नानी का चश्मा

नानी का चश्मा

बच्चों के लिए मेरी पसंदीदा कहानियाँ–2

रस्किन बॉण्ड

अनुवाद

ऋषि माथुर

अनबाउंड स्क्रिप्ट

First published in English by Aleph Book Company in 2020

अनबाउंड स्क्रिप्ट से प्रथम संस्करण : 2023

अनबाउंड स्क्रिप्ट
ISBN : 978-93-92088-30-8
मूल्य : ₹ 399/-

प्रकाशक : अनबाउंड स्क्रिप्ट
बी-10, सेवेन वंडर्स बिजनेस सेंटर,
प्लॉट नं॰ जी-20, बेसमेंट, प्रीत विहार,
नई दिल्ली-110092

वेबसाइट : www.unboundscript.com
ई-मेल : books@unboundscript.com
मुद्रक : यश प्रिंटोग्रफिक्स
नोएडा, उत्तर प्रदेश

NANI KA CHASHMA
by Ruskin Bond
Translated by Rishi Mathur

|| जैसा रस्किन ने कहा ||

दूसरे संवेदनशील लोगों की तरह, एक लेखक के तौर पर, मेरे बचपन के विभिन्न दृश्यों और प्रसंगों ने मुझे भी प्रभावित किया है: परी-कथाओं जैसे जामनगर के महल, समुद्र की आवाज, पिता का डाक-टिकट संग्रह, ग्रामोफोन (जो वर्षों हमारे पास रहा), देहरा में मेरी दादी का बगीचा, बरामदे में खिले जिरेनियम, गर्मियों में दिल्ली की लू, पहाड़ पर चीड़ के सींकों की खुशबू, जंगल वाले बंगले में धूल भरी किताबों की अलमारी, बारिश में फुटबॉल का खेल, अकेलेपन का दौर जब घर घर जैसा नहीं लगता...

मैं कुछ ज़्यादा ही जल्दी बड़ा हो गया था। जब मैं तेरह साल का था तब मैं बच्चा नहीं रह गया था। जब मैं सोलह साल का था तब तक मैं थोड़ा-बहुत कमाने लगा था, और एक साल बाद मैं अपनी कमाई से अपना ख़र्च चलाने लगा था। लोग कहते थे कि मैं अपनी उम्र के लिहाज से कुछ ज़्यादा ही गंभीर था। मैं उन लड़कों में से नहीं था जिनका बचपना नहीं जाता, बल्कि मैं कुछ ज़्यादा ही जल्दी बड़ा हो गया था।

मैं एक अच्छा श्रोता था। मुझे बुजुर्ग लोगों की बातें सुनना पसंद था, खासकर जब वे अपनी जिंदगी और उस दुनिया के बारे में बात करते थे जिसमें वे बड़े हुए थे। वह दुनिया अक्सर उस दुनिया से बहुत अलग होती थी, जिसमें वे अब खुद को फँसा हुए-सा पाते थे। बचपन से ही विकलांग, मिस केलनर, अपने बिछड़े हुए परिवार के बारे में बातें करती थीं। दुक्खी माली मुझे दादाजी के बारे में बताया करता था, जिन्हें मैंने नहीं देखा था (दुक्खी की बातों और अपनी माँ की यादों के आधार पर मुझे अपने मन में उनकी छवि बनानी पड़ी)। मिस चिल, शादी से ठीक एक दिन पहले दुर्घटना में जिनके मंगेतर की मौत हो गयी थी, और जिन्होंने फिर कभी शादी नहीं की। मिस्टर जोन्स, जो शिक्षक बनने के लिए जरूरी पढ़ाई भले ही पूरी नहीं कर पाये थे, लेकिन वह एक

बेहद प्रतिभावान शिक्षक थे, जो अपने कंधे पर एक कबूतर लेकर कक्षा में आते थे। उन्हें डिकेंस और स्टीवेन्सन की लिखी कहानियां पढ़कर सुनाना अच्छा लगता था।

बुजुर्गों में मेरी दिलचस्पी थी क्योंकि उन्होंने जिंदगी में बहुत कुछ देखा हुआ होता है, और उनके पास सुनाने के लिए कहानियाँ होती हैं। उन कहानियों में से कुछ मुझे वर्षों याद रहीं और समय-समय पर मैंने उन्हें खुद लिख डाला।

अस्सी की उम्र पार करने के बाद भी बचपन की यादों ने मुझे एक लेखक के तौर पर जमाए रखा है। मैं अपने बचपन और लड़कपन के दिनों को साफ-साफ देख पाता हूँ, और इसी वजह से वह दौर मेरे लिए सुनहरा दौर बन गया। मैंने उसे अपनी पकड़ से छूटने नहीं दिया। और इसीलिए मैं अपने पाठकों से कहता हूँ कि वे अपने बचपन को कसकर पकड़े रहें, जितना हो सके इसे बचाकर रखें, भले ही ऐसा करने से उन्हें अपरिपक्व कहा जाए। आज हम पाँच या छह साल की उम्र के मुकाबले कोई बहुत ज़्यादा बेहतर या समझदार नहीं हो गये हैं। बस हमारी मासूमियत ही कहीं पीछे छूट गयी है।

इस संग्रह की कई कहानियाँ 1950 के दशक में लिखी गयीं और पहली बार प्रकाशित हुई थीं, जब मैं एक युवा लेखक के तौर पर संघर्ष कर रहा था। और कुछ बाद के दिनों की हैं।

कहने के लिए अभी और कहानियाँ बाकी हैं, और मुझे उम्मीद है कि रौशनी रहने तक मैं कुछ और कहानियाँ लिखूँगा।

रस्किन बॉण्ड

|| संपादकीय ||

एक बड़ा रचनाकार संसार की तुच्छतम चीज़ों को भी खास और उत्सुकताजनक बना सकता है। वह अपनी इस क्षमता से पाठकों की जिज्ञासा और उसके संसार के दायरे को फैलाता है। उसके आसपास की मामूली चीजों को फिर से जीवंत कर देता है, जिसे वो फिर-फिर मुग्ध भाव से देखता और सराहता रहता है। अगर आपने रस्किन बॉण्ड की पहले कोई कहानी पढ़ी है, तो आपके जेहन में जरूर उन्हीं का नाम चल रहा होगा! है न?

इस संकलन में अंतिम कहानी का शीर्षक है- 'पुराना सूटकेस'। इसे पढ़ते हुए आप यह महसूस करेंगे कि हमारे गिर्द की हर चीज अपने निजी इतिहास के साथ हमारे व्यक्तिगत स्मृतियों की सहयात्री है। पहली कहानी, 'वह फ़ोटो वाली,' पढ़ते हुए यह खूबसूरत राज पता चलता है कि तस्वीरें गुजर चुके समय का एक ठहरा हुआ क्षण होती हैं, जिन्हें अपनी स्मृतियों पर जोर डालकर फिर से 'री-क्रिएट' किया जा सकता है! ऐसी ही छोटी-सी कहानी है- 'खिड़की'। यह कहानी पाठकों के लिए स्वयं एक खिड़की है, जिससे वो ऊबी हुई ठस दुनिया के बाहर पशु-पक्षी-कीट-पतगों की ज्यादा गहन और रोमांचक दुनिया में झाँक सकते हैं।

कुछ कहानियाँ कई एपिसोड वाली वेब सिरीज की तरह लगती हैं। जैसे 'दादा जी का निजी अजायबघर', 'आदमखोर और चाँद', 'कुंड से ग्लेशियर' आदि कहानियाँ। इनके चरित्र कहीं पशु-पक्षी हैं तो कहीं बच्चे। लेकिन उनके किरदार का प्रभाव इतना गहरा होता है कि पाठक उसे भूल नहीं पाता।

रस्किन बॉण्ड रोमाँच और डर के मनोभावों का अद्भुत संसार रचते हैं। उनकी भूत कथाएँ और शिकार कथाएँ ऐसी ही हैं। लेकिन

ये कहानियाँ लोक विश्वासों और मानवीय मन का भयादोहन करने की बजाय उसे मानवेतर संसार के प्रति संवेदनशील और जिज्ञासु बनाती हैं।

'नानी का चश्मा' शीर्षक यह कहानी संकलन स्वयं रस्किन बांड द्वारा संकलित 'बच्चों के लिए मेरी पसंदीदा कहानियाँ' का दूसरा भाग है। अगर आपके हाथ में यह किताब है तो आशा है कि आप इसका पहला भाग भी पढ़ेंगे। अस्तु!

आशीष मिश्र

क्रम

1

वह फ़ोटो वाली

मैं दस साल का था। मेरी दादी आम के पेड़ के नीचे खाट पर बैठी थीं। महीनों से गर्मी पड़ रही थी, बगीचे में सूरजमुखी के फूल खिले थे और पेड़ों के बीच भी लू के थपेड़े महसूस हो रहे थे। मेरी दादी सर्दियों के लिए ऊनी स्कार्फ बुन रही थीं। वह काफी बूढ़ी थीं, और उन्होंने हमेशा की तरह सादी सफेद साड़ी पहन रखी थी। हालांकि उनकी नजर पहले जितनी तेज़ नहीं रह गई थी, लेकिन उनकी उंगलियां सलाइयों के साथ सारी दोपहर तेजी से चलती थीं। दादी के बाल तो सारे सफेद हो चुके थे लेकिन उनके चेहरे पर ज्यादा झुर्रियां नहीं थीं।

मैं मैदान में क्रिकेट खेल कर घर लौटा था। मैंने खाना खा लिया था, उसके बाद पुरानी किताबों और दूसरी पुश्तैनी चीजों से भरे उस संदूक को टटोल रहा था जिसे मां ने उसी दिन टांड़ से उतारा था। संदूक से निकली और किसी चीज में मेरी उतनी दिलचस्पी नहीं थी जितनी उस किताब में जिसमें तितलियों और पक्षियों की रंगीन तस्वीरें थीं। किताब के पन्ने पलटते हुए मैं उस में छपी तस्वीरें देख रहा था, कि तभी मुझे पन्नों के बीच एक छोटी सी फोटो मिली। धुंधली सी तस्वीर थी; पीली और फीकी पड़ चुकी। वह दीवार के सहारे खड़ी एक छोटी लड़की की तस्वीर थी, जिसमें दीवार के पीछे खुले आसमान के सिवा कुछ नहीं था।

लेकिन दीवार के दूसरी ओर से दो हाथ ऊपर को उठे हुए दिख रहे हैं, जैसे कोई दीवार पर चढ़ने जा रहा हो। लड़की के आसपास फूल भी खिले दिख रहे थे, लेकिन मैं नहीं बता सकता कि काहे के फूल थे। एक बेल भी थी, लेकिन वह सिर्फ एक बेल थी।

मैं दौड़कर बगीचे में पहुँचा।

'दादी,' मैंने आवाज़ लगायी, 'इस तस्वीर को देखो! यह मुझे पुरानी चीजों वाले संदूक में मिली है। किसकी तस्वीर है यह?'

मैं उछला कर अपनी दादी के बगल में खाट पर आ गया, पर उन्होंने मेरे पिछवाड़े पर एक हाथ जड़ा, और कहा, 'लो मैं फंदों की गिनती भूल गयी! अगली बार अगर तुमने ऐसा किया तो मैं तुमसे ही इस स्कार्फ को पूरा करवाऊंगी।'

दादी हमेशा मुझे बुनाई सिखाने की धमकी दिया करती थीं पर मुझे लगता था कि लड़कों के लिए यह काम करना भद्दा है। मेरी शरारत पर लगाम लगाकर रखने का यह अच्छा तरीका था। एक बार मुझसे ड्राइंग रूम का परदा फट गया था, तो दादी ने मेरे हाथ में सुई-धागा थमा दिया और मुझसे हाथों-हाथ परदा सिलवा लिया। यह बात और है कि मैंने दो-दो इंच की दूरी पर तगाई कर दी, जिसे बाद में मेरी मां को उधेड़ कर दोबारा सिलना पड़ा।

उन्होंने मेरे हाथ से वह तस्वीर ले ली और कुछ देर तक हम दोनों उसे देखते रहे। लड़की के बाल लंबे थे जो उसने खोल रखे थे, और उसने एक लंबा सा कुर्ता पहन रखा था, जो उसके टखनों तक आता था, जिसकी बाहें उसकी कलाई तक आ रही थीं। और उसके हाथों में बहुत सारी चूड़ियां थीं। इतनी सारी चीजों से लदे होने के बावजूद, लड़की बिल्कुल बिंदास और चंचल लग रही थी। हाथ कमर पर टिकाए दोनों पांव दूर-दूर करके खड़ी वह दांत दिखाती बड़ी शरारती सी मुस्कान बिखेर रही थी।

'यह किसकी तस्वीर है? 'मैंने दादी से पूछा। 'एक छोटी सी लड़की की, 'दादी ने कहा, 'क्या तुम देख नहीं रहे हो?'

'हां, पर क्या तुम इस लड़की को जानती हो?'

'हां, जानती हूँ न, 'दादी ने कहा,' पर यह बहुत ही शैतान लड़की थी और मुझे इसके बारे में तुम्हें कुछ नहीं बताना है। लेकिन मैं तुम्हें इस तस्वीर के बारे में जरूर बताऊंगी। यह तस्वीर तुम्हारे दादा जी के

घर तकरीबन साठ साल पहले ली गयी थी। वह बगीचे की दीवार है, और दीवार के पार शहर की तरफ जाने वाली सड़क हुआ करती थी।'

'और यह हाथ किसके हैं, 'मैंने पूछा, 'जो दूसरी तरफ से आते दिखाई दे रहे हैं?'

दादी ने आंखें मिचमिचा कर तस्वीर को गौर से देखते हुए सिर इधर-उधर हिलाया। 'इन पर तो पहली बार मेरा ध्यान गया है। जरूर सफाई करने वाले लड़कों के होंगे। या फिर तुम्हारे दादा जी के।'

'यह हाथ दादाजी के नहीं लगते, मैंने कहा। उनके हाथों में तो हड्डियां ही हड्डियां दिखाई देती हैं।'

'पर यह तस्वीर भी तो साठ साल पुरानी है।'

'क्या फोटो खिंचने के बाद वह दीवार पर चढ़ गये थे?'

'नहीं, कोई नहीं चढ़ा था, कम से कम मुझे तो याद नहीं आता।'

'और तुम्हारी तो याददाश्त अच्छी है, दादी।'

'तुम्हारी याददाश्त अच्छी है न दादी?'

'हां, मुझे याद है. . . मुझे वह भी याद है जो इस तस्वीर में नहीं दिख रहा है। बसंत का मौसम था और उस दिन बड़ी सुहानी हवा चल रही थी, आजकल जैसा नहीं था। लड़की के पैरों के पास जो फूल

खिले हैं वह गेंदे के थे, और बोगनविलिया की बेल ने सारे में बैंगनी छटा बिखेरी हुई थी। इस तस्वीर में तुम इन रंगों को नहीं देख सकते और अगर तुम देख पाते, जैसा आजकल होता है, तब भी न तो तुम्हें फूलों की वैसी महक सूंघने को मिलेगी और न ही हवा में वैसा मज़ा।

'और लड़की का क्या?' मैंने कहा, मुझे लड़की के बारे में तो बताइए।'

'देखो, वह एक शैतान लड़की थी,' दादी ने कहा, तुम अंदाजा नहीं लगा सकते कि जो बढ़िया कपड़े उसने पहन रखे हैं, उसे पहनाने के लिए उन्हें कितने पापड़ बेलने पड़े थे।'

'मुझे तो लगता है कि वह बहुत ही घटिया कपड़े हैं,' मैंने कहा।

'उसे भी ऐसा ही लगता था। अक्सर वह बस नाम को कपड़े पहना करती थी। यह गांव के बिगड़ैल लड़कों की पूरी फौज लेकर कीचड़ वाले पोखर में तैरने जाती थी और भैंसों की पीठ पर सवारी करती थी। लेकिन कभी किसी लड़के ने उसे नहीं छेड़ा क्योंकि वह उन को उठाकर पटक सकती थी, नोच सकती थी और बाल उखाड़ कर हाथ में रख सकती थी!'

'देखने से भी ऐसा लगता है,' मैंने कहा, 'उसकी मुस्कुराहट से कोई भी बता सकता है। किसी भी पल कुछ हो सकता है।'

'कुछ हुआ भी था!' दादी ने कहा, 'जब उसकी मां ने उसे यह कपड़े उतारने के लिए रोका, तो वह उन्हीं कपड़ों में तैरने चली गयी और आधे घंटे तक कीचड़ में ही पड़ी रही।'

मैं जोर-जोर से हंसने लगा और दादी भी खूब हँसीं।

'लड़की कौन थी? आपको बताना पड़ेगा कि वह लड़की थी कौन?'

'नहीं, उससे कोई फर्क नहीं पड़ता,' दादी ने कहा।

मैं भी यही दिखावा करता रहा कि मैं कुछ नहीं जानता। पर मैं जानता था, क्योंकि दादी अब भी वैसे ही मुस्कुराती थीं, जबकि उनके दांत उतने नहीं बचे थे।

'अरे दादी, बताओ न, बता भी दो न!'

लेकिन दादी सिर हिलाकर मना करती हुई अपनी बुनाई में जुटी रहीं। और मैं हाथ में वह तस्वीर लिए यह देखता रहा कि फोटो में गुथी हुई चोटी वाली लड़की और मेरे सामने बैठी बूढ़ी दादी के बीच क्या कुछ मिलता जुलता है। हल्के पीले रंग की एक तितली दादी की बुनाई वाली सलाई के सिरे पर आकर बैठ गयी, और बैठी रही, और सलाइयां चलती रहीं। मैंने तितली को पकड़ने की कोशिश की तो वह उड़ी और लहराते हुए जाकर सूरजमुखी के फूल पर बैठ गयी।

'पता नहीं किसके हाथ थे?' सिर झुकाए बैठी दादी खुद से बड़बुदबुदाई, और गर्मी की उस नरम-गरम दोपहर की खामोशी में सलाइयों के टकराने की आवाज देर तक सुनाई देती रही।

□□□

2

नाराज़ नदी

पहाड़ों से निकल कर समंदर तक जाने वाली उस बड़ी नदी के बीच एक छोटा सा टापू था। नदी टापू को चारों ओर से अपनी लहरों में घेर कर रखती थी और कभी-कभी उसके किनारों को भी कुतर डालती थी, लेकिन कभी उसे रौंद कर आगे नहीं बढ़ी। बीस साल पहले नदी की बाढ़ ने टापू को अपनी चपेट में लिया था, तब वहां कोई नहीं रहता था। लेकिन पिछले दस साल से वहां एक झोपड़ी थी, मिट्टी की दीवारों वाली झोपड़ी जिस पर ढलान वाला छप्पर छाया था। झोपड़ी टापू पर एक बड़ी सी चट्टान के एक हिस्से से जोड़ कर इस तरह बनायी गयी थी कि उसकी सिर्फ तीन तरफ की दीवारें मिट्टी की थीं और चौथी तरफ चट्टान थी।

टापू पर उगने वाली छोटी-छोटी घास और कटीली झाड़ियों की चुभने वाली पत्तियों को बकरियां चरा करती थीं। कुछ मुर्गियां भी उनके पीछे-पीछे चुगती फिरती थीं। वहां एक तरबूज की क्यारी थी और एक सब्जियों की। टापू के बीचोंबीच पीपल का पेड़ खड़ा था। यही वहां का इकलौता पेड़ था। जब बहुत भयानक बाढ़ आयी थी, और टापू पानी में डूब गया था, तब भी पीपल का पेड़ अपनी जगह डटा रहा था।

पेड़ काफी पुराना था। करीब पचास साल पहले तेज हवाओं के साथ उड़कर आये बीज को दो चट्टानों के बीच पनाह मिली और वहीं उसने जड़ पकड़ ली। जब बड़ा हुआ तो एक छोटे से परिवार को छाया दी, सिर छुपाने की जगह दी। भारत के लोग पीपल के पेड़ों को बहुत चाहते हैं। खासकर गर्मी के तपते महीनों में जब उसकी दिल जैसे दिखने

वाले पत्ते बहुत धीमी सी बयार में भी खुशी से डोलने लगते हैं, जैसे नीचे बैठने वालों को पंखा झल रहे हों। एक पवित्र पेड़ है पीपल, जिसमें अच्छी और बुरी आत्माओं का वास होता है।

'जब पीपल के नीचे बैठी हो तब जम्हाई मत लेना,' दादी सीता को चेताती रहती थीं। 'अगर जम्हाई लेनी ही पड़े, तो मुंह के आगे चुटकी बजाती रहना। अगर तुम ऐसा करना भूलीं तो कोई आत्मा तुम्हारे मुंह के रास्ते तुम्हारे अंदर घुस जाएगी!'

'और फिर क्या होगा?' सीता ने पूछा।

'वह तुम्हारा हाजमा बिगाड़ सकती है,' दादा जी बोले, जो आत्माओं में विश्वास करने वालों में से नहीं थे।

पीपल के पत्ते सुंदर होते हैं और दादी को तो वह कृष्ण भगवान के स्वरूप जैसे लगते थे- ऊपर चौड़े कंधे जैसे और नीचे कमर की ओर पतले होते जाते।

वह पुराना पेड़ था और उसके साये में एक बूढ़ा बैठा था, जो मछली पकड़ने के जाल को ठीक कर रहा था। वह पिछले दस साल से नदी से मछलियां पकड़ रहा था और वह एक काबिल मछुआरा था। उसे मालूम था कि नदी में पतली-पतली रुपहली चिलवा मछलियां कहां मिलेंगी और बड़ी वाली खूबसूरत महसीर या लंबी मूछों वाली सिंघाड़ा कहां मिलेंगी। उसे मालूम था कि नदी कहां गहरी है और कहां उथली। उसे पता था किस मछली को पकड़ने के लिए चारे के तौर पर क्या इस्तेमाल करना चाहिए। किसके लिए केंचुए और किसके लिए चने। उसने अपने बेटे को मछली पकड़ना सिखाया था, लेकिन उसका बेटा कोई सौ मील दूर शहर की एक फैक्ट्री में काम करने चला गया। उसके कोई पोता नहीं था। एक पोती थी सीता। जो वह सारे काम कर सकती थी जिन्हें कोई लड़का कर सकता था। और कभी-कभी तो वह कई लड़कों से भी बेहतर ढंग से काम करती थी। जब वह बहुत छोटी थी तभी उसकी मां मर गई थी। दादी ने उसे वह सारी चीजें सिखाई थीं जो लड़कियों को आनी चाहिए, लेकिन उसके दादा-दादी में से कोई भी लिख पढ़ नहीं सकता था, और इसका नतीजा यह हुआ कि सीता भी पढ़ना-लिखना नहीं सीख पायी।

नदी के पार के एक गांव में एक स्कूल था, लेकिन सीता ने वह देखा भी नहीं था क्योंकि टापू पर ही करने के लिए बहुत कुछ था।

जब दादा जी अपना जाल ठीक कर रहे थे तब सीता झोपड़ी के अंदर अपनी दादी का सिर दबा रही थी, जिनका बदन बुखार से तप रहा था। दादी तीन दिन से बीमार थीं, और उनसे कुछ खाया नहीं जा रहा था। वह पहले भी बीमार पड़ी थीं, लेकिन इतनी बुरी हालत नहीं हुई थी। दादाजी पास के शहर के बाजार से उनके लिए कुछ संतरे लाए थे, और उन्होंने किसी तरह उनका रस चूसा था, लेकिन उनसे और कुछ नहीं खाया गया। वह उम्र में दादा जी से छोटी थीं, लेकिन बीमारी की वजह से ज़्यादा बूढ़ी लगती थीं। वैसे वह ज़्यादा ताकतवर तो कभी थीं भी नहीं। जब सीता ने देखा कि दादी को नींद आ गयी है, वह दबे पांव नंगे पैर कमरे से निकल बाहर आकर खड़ी हो गयी। आसमान में मानसून की काली घटा छायी थी। रात भर बारिश हुई थी, और ऐसा लग रहा था कि कुछ घंटों में फिर से बारिश होगी। मानसून जल्दी आ गया था, जून के आखिर में। अब उसे बरसते बरसते आधा जुलाई हो चुका था और नदी में खूब बाढ़ आ चुकी थी।

उसके उमड़-घुमड़ कर बहने का शोर पहले से ज्यादा नजदीक से आता और आम दिनों से कहीं ज़्यादा डरावना लग रहा था। सीता अपने दादाजी के पास गयी, और पीपल के नीचे उनके बगल में बैठ गयी।

'जब तुम्हें भूख लगे तो मुझे बता देना,' वह बोली, 'और, मैं तुम्हारे लिए रोटी बना दूंगी।' 'तुम्हारी दादी सो रही हैं?'

'अभी तो सो रही हैं, लेकिन जल्दी ही जाग जाएंगी, क्योंकि उन्हें दर्द ज़्यादा है।'

बूढ़े दादा ने नदी के पार अपनी नजरें दौड़ाई, जहां जंगल हरा-हरा दिखाई दे रहा था, और ऊपर काले बादलों ने आसमान को ढक रखा था। फिर बोले, 'अगर कल तबीयत में सुधार नहीं हुई तो मैं उसे शाहगंज के अस्पताल ले जाऊंगा। डॉक्टर ही जानें कि वह कैसे ठीक होगी। तुम्हें कुछ दिन अकेले रहना पड़ सकता है, लेकिन तुम तो पहले भी अकेली रह चुकी हो।'

सीता ने बात की गहराई को समझते हुए सिर हिलाया। वह पहले भी अकेली रह चुकी थी; बारिश के मौसम में भी। वह तो बस यही चाहती थी कि दादी ठीक हो जाएं, और उसे पता था कि नदी के इतने तेज बहाव में अपनी छोटी सी कश्ती को खे कर ले जाना सिर्फ दादाजी के बस की बात थी। किसी न किसी को तो घर पर रुकना ही पड़ता, घर में जो कुछ भी थोड़ा बहुत था उसकी देखभाल के लिए।

सीता को अकेले रहने से डर नहीं लगता था, लेकिन उसे नदी का यह रूप ठीक नहीं लग रहा था। सुबह जब वह पानी लेने गई थी, तो उसने देखा था कि नदी में पानी बढ़ गया था। वो चट्टानें जिन पर आमतौर पर टिटहरी, चाहा और दूसरे जलीय पक्षियों का बीट पड़ा रहता था, वह अचानक पानी में समा चुके थे। पानी बढ़ने पर वह हर साल डूब जाया करती थीं, लेकिन इतनी जल्दी नहीं।

'दादाजी, अगर नदी में पानी बढ़ा तो मुझे क्या करना होगा?

'तुम ज्यादा ऊंचाई वाली जगह पर चली जाना।'

'अगर पानी वहां भी पहुँच जाये तो?'

'तब मुर्गियों को साथ लेकर झोपड़ी के अंदर चली जाना, और वहीं रहना।'

'और, अगर झोंपड़ी में पानी आ जाये, तो?'

'तो पीपल पर चढ़ जाना। बड़ा मजबूत पेड़ है, गिरेगा नहीं। और पानी इतना नहीं बढ़ सकता कि पेड़ डूब जाये!'

'और बकरियां, दादाजी?'

'उन्हें मैं अपने साथ ले जा रहा हूँ, सीता। हो सकता है तुम्हारी दादी के लिए अच्छा खाना और दवाइयों के खर्च के लिए, मुझे उन्हें बेचना पड़े। जहां तक मुर्गियों का सवाल है, अगर जरूरत पड़ जाये तो उन्हें छप्पर पर चढ़ा देना। लेकिन बहुत ज्यादा परेशान मत होना,' इसके साथ ही उन्होंने सीता का सिर थपथपाया और कहा, 'पानी इतना ऊंचा नहीं चढ़ेगा! और, मैं जल्दी लौटूंगा, ठीक है?

‘क्या दादी नहीं आएंगी?’

‘हां, क्यों नहीं आएंगी, लेकिन उन्हें कुछ दिन अस्पताल में रखा जा सकता है।’

शाम होते-होते फिर से बारिश होने लगी। बड़ी बड़ी बूंदें गिर रही थीं, और नदी की सतह पर उनके गिरने के निशान बन-बिगड़ रहे थे। लेकिन बारिश का पानी इतना ठंडा नहीं था कि सीता को ठंड लगे। वह बारिश में भीगने से डरती नहीं थी, उसे अच्छा लग रहा था। पिछले महीने जब मानसून की पहली बौछार पड़ी थी और जिससे पेड़ों के पत्तों पर जमी धूल धुल गयी थी, और जमीन की सोंधी महक निकल कर बिखरी थी, तब उसे बहुत अच्छा लगा था और वह खुशी से चिल्लाती हुई दौड़ती फिरी थी। अब तो वह बारिश पर ज़्यादा ध्यान भी नहीं देती थी, बल्कि उससे कुछ ऊब भी चुकी थी, लेकिन भीगने से उसे कोई फर्क नहीं पड़ता था। घर के अंदर उमस थी, लेकिन उसके पतले कपड़े चूल्हे की आंच से जल्दी सूख जाते थे।

वह नंगे पैर घूमती थी और उसकी टाँगे भी खुली रहती थीं। अपने पांव पर उसे खूब भरोसा था पत्थर, कीचड़, बजरी कैसी भी जमीन पर उसके पंजे मजबूत पकड़ बनाए रहते थे। और हालांकि वह काफी दुबली पतली थी लेकिन वह गजब की ताकतवर थी। काले बाल उसके चेहरे पर आ जाते थे। काली आंखें, और पतली सांवली बाहें। उसकी जांघ पर एक पुराने घाव का निशान था, तब का जब वह छोटी थी, और अपने ननिहाल गयी हुई थी। जहां वह सो रही थी, वहां एक लकड़बग्घा घुस आया, उसकी टांग पकड़कर खींच कर ले जाने की कोशिश की लेकिन उसकी चीखों से गांव वाले आ गये और लकड़बग्घा भाग गया।

मूसलाधार बारिश में भी वह इधर-उधर दौड़-भाग कर, मुर्गियों को झोपड़ी के पीछे वाले दड़बे की ओर खदेड़ती रही। बिल में पानी भरने की वजह से एक भूरा सांप झोपड़ी के आगे खुली जगह में रेंग रहा था। सीता ने एक छड़ी उठाई और सांप को उसमें लेकर चट्टानों के बीच में छोड़ दिया। सांपों से उसका कोई बैर नहीं था। वह चूहे और मेंढकों

को बढ़ने नहीं देते। वह सोचने लगी थी कि सबसे पहले चूहे टापू पर कैसे आए होंगे, शायद किसी की नाव में या किसी अनाज के बोरे में। अब उन्हें बढ़ने से रोकना अपने आप में एक काम था। जब सीता सारे काम निपटा कर झोपड़ी के अंदर पहुँची, तब उसे भूख लगने लगी थी।

उसने सूखी मटर के कुछ दाने चबाये, और बकरी का थोड़ा सा दूध गर्म किया। दादी एक बार जागीं, तो दादा जी ने पीतल की ग्लास उठाकर उनके होठों से लगाया।

सारी रात बारिश हुई।

छत से पानी टपकता रहा और फर्श पर पानी से भरा एक छोटा सा गड्ढा बन गया था। उन्होंने मिट्टी के तेल की ढिबरी को सारी रात जलाए रखा। उन्हें रोशनी की कोई जरूरत नहीं थी, लेकिन रोशनी रहने से ऐसा लगता है कि सब कुछ ठीक-ठाक है।

नदी की आवाज तो हमेशा से उनकी जिंदगी का हिस्सा रही थी, लेकिन उन्हें उसका पता नहीं चलता था। पर उस रात उन्होंने उसकी आवाज में कुछ बदलाव महसूस किया। कुछ ऐसी आवाज थी जैसे कोई कराह रहा हो, जैसी सरसराहट ऊंचे पेड़ों में हवा चलने से होती है, और चट्टानों से टकराकर अपने साथ बजरी बहाकर ले जाते पानी की एक तीखी सी फुफकार। और बीच-बीच में कुछ गड़गड़ाहट होती थी, जब नदी के उठे हुए रेतीले किनारे पानी में दरकते थे।

सीता को नींद नहीं आ रही थी।

उसके पास एक कपड़े की गुड़िया थी जो दादी की मदद से पुराने कपड़ों के टुकड़ों से बनी थी। वह हर रात उसे अपने साथ लेकर सोती थी।

लंबी रातों में नींद न आने पर गुड़िया ही थी जिससे वह अपने दिल की बात करती थी। आमतौर पर उसके दादा-दादी बातें करने के लिए होते थे, और दादी जब भली-चंगी थीं तब खूब कहानियां सुनाया करती थीं, लेकिन कभी-कभी सीता का मन करता था कि उसके पास भी कुछ ऐसी बातें हों जिन्हें सब से छुपा कर रखा जाए, और हालांकि

उसकी जिंदगी में कोई ऐसी खास छुपाने लायक बातें नहीं थीं, फिर भी वह कुछ ऐसी बातें गढ़ लिया करती थी, क्योंकि बातें छुपाने का अपना अलग मजा है। और अगर आपके मन में कोई ऐसी बात हो जो सब को नहीं बता सकते, तो उसे साझा करने के लिए कोई दोस्त होना चाहिए, कोई साथी होना चाहिए, जो हमउम्र हो। क्योंकि टापू पर और बच्चे नहीं थे, इसलिए सीता अपने मन की बात कपड़े की गुड़िया को बताती थी जिसका नाम ममता था।

दादा और दादी सो रहे थे। हालांकि दादी की भारी-भारी सांसों की आवाज नदी की आवाज की तरह लगातार सुनाई दे रही थी।

'ममता,' सीता ने अंधेरे में अपनी बातचीत का सिलसिला शुरू किया, 'क्या तुम्हें लगता है कि दादी फिर से ठीक हो जाएंगी?'

ममता हमेशा सीता के सवालों के जवाब देती थी, भले ही वह जवाब सीता के सिवा कोई और नहीं सुन पाता था।

'वह बहुत बूढ़ी हैं,' ममता ने कहा।

'क्या तुम्हें लगता है कि नदी झोपड़ी तक आ जाएगी,' सीता ने पूछा?

'अगर ऐसे ही बारिश होती रही, और नदी ऐसे ही चढ़ती रही, तो वह झोपड़े तक पहुँच जाएगी।'

'मुझे नदी से थोड़ा डर लगता है, ममता। क्या तुम्हें नहीं लगता?'

'डरो मत। नदी हमेशा से हमारे लिए अच्छी साबित हुई है।'

'अगर वह झोंपड़ी तक आ गयी तो हम क्या करेंगे?'

'हम छप्पर पर चढ़ जाएंगे, और अगर वह छप्पर तक आ गयी तो?'

'तो हम पीपल के पेड़ पर चढ़ जाएंगे। नदी पीपल के पेड़ से ऊपर तो कभी नहीं गयी है।'

जैसे ही छोटे से रोशनदान से सुबह के उजाले की झलक मिली, सीता उठ गयी और बाहर निकल आयी। ज़्यादा तेज बारिश नहीं हो रही थी, बस हल्की सी रिमझिम थी, लेकिन ऐसी रिमझिम थी जो कई

दिनों तक चल सकती थी, और उसका यह मतलब भी हो सकता था कि नदी जहां से निकलती थी, उन पहाड़ों पर तेज बारिश हो रही हो।

सीता नीचे उतर कर पानी की धारा तक गयी। उसे अपना पसंदीदा पत्थर नहीं दिखाई दिया जिस पर वह अक्सर बैठती थी और अपने पांव नदी में डाल कर पानी में तैर रही छोटी-छोटी चिलवा मछलियों को देखा करती थी। बेशक पत्थर अब भी वहीं होगा, लेकिन अब नदी उसके ऊपर से बह रही थी। वह रेत में खड़ी हुई तो उसने अपने पांवों के नीचे से पानी को भलभला कर ऊपर आते महसूस किया।

नदी अब न हरी और नीली थी, और न ही उसमें उजाले की चमक झलकती थी, बल्कि अब उसका रंग मटमैला हो चुका था।

वह वापस झोपड़ी में चली गयी।

अब दादाजी उठ चुके थे। वह अपनी नाव को तैयार कर रहे थे।

सीता ने एक बकरी का दूध दुहा। शायद उसने आखिरी बार उसे दुहा था।

जब सूरज निकल ही रहा था, तब दादाजी नाव खोलकर चलने को तैयार हो गये। दादी नाव के आगे वाले हिस्से में लेटी थीं। वह सीता को एकटक देखे जा रही थीं, और कुछ कहने की कोशिश कर रही थीं, लेकिन शब्द उनकी जबान पर नहीं आ रहे थे। उन्होंने उसे दुआएं देते हुए हाथ उठा दिया।

सीता ने झुक कर दादी के पैर छुए, और फिर दादाजी ने नाव को लहरों के हवाले कर दिया। छोटी सी कश्ती दो बुजुर्गों और तीन बकरियों को लिए नदी में तेजी से आगे बढ़ी जा रही थी, लेकिन जब वह दूसरे किनारे की ओर पहुँचने लगी तब ऐसा लग रहा था कि वह धीरे-धीरे, बहुत धीरे-धीरे आगे बढ़ रही हो। बहाव अब इतना तेज हो चुका था, कि सीता जान गयी थी कि दादा जी नाव दूसरे किनारे पर लगा पाएं, इससे पहले वह धारा के साथ आधा मील तो आगे निकल ही जाएगी।

लहरों पर हिचकोले खाती नाव दूर होने के साथ-साथ छोटी और छोटी होती जा रही थी और आख़िरी में नदी के चौड़े पाट पर वह सिर्फ

एक छोटे से तिल जैसी दिखने लगी। और अचानक सीता अकेली रह गयी। वहां थी तेज हवा जो बारिश की बूंदों से उसके चेहरे पर चोट कर रही थी, और वहां था पानी जो टापू को वहीं छोड़ आगे बढ़ता जा रहा था, और दूर बहुत दूर था दूसरा किनारा, जो बारिश की वजह से धुंधला नजर आ रहा था। वहां थी वह छोटी सी झोपड़ी, और वही पेड़।

सीता काम में लग गयी। मुर्गियों को दाना डालना था। उन्हें खाने के सिवा और किसी बात से मतलब नहीं था। सीता ने कुछ मुट्ठी मोटा अनाज, और आलू और मूंगफली के छिलके उनके लिए डाल दिये।

फिर उसने झाड़ू उठाई और झोपड़ी को अंदर से बाहर तक बुहारा, लकड़ी के कोयले की अंगीठी जलायी, थोड़ा सा दूध गर्म किया, और सोचा, 'कल दूध नहीं होगा।' फिर वह प्याज छीलने लगी। कुछ ही देर में उसकी आंखों में जलन होने लगी, और कुछ पल ठहर कर जब उसने आंखें खोलीं और शांत कमरे में नजर घुमाई, तब उसे फिर एक बार एहसास हुआ कि वह अकेली थी। दादाजी का हुक्का एक कोने में अकेला विराजमान था। वह एक शानदार पुराना हुक्का था जो सीता के पड़दादा के जमाने का था। हुक्के का चिलम चांदी के पत्तर से मढ़े नारियल के खोल का बना था। ऊपर से नीचे तक चार फुट का। घर की सबसे कीमती चीज।

शीशम की लकड़ी की मजबूत छड़ी जिसे दादी लेकर चलती थीं, दूसरे कोने में खड़ी थी।

सीता ममता को इधर-उधर ढूंढने लगी, जो खाट के नीचे मिली, तो उसे ऐसी जगह रख दिया जहां तक उसे देखा-सुना जा सके।

बादलों की गरज वादी में गूंज उठी। धूम धड़ाम धूम।

'पहाड़ों के देवता नाराज हैं,' सीता ने कहा- 'क्या तुम्हें लगता है वह मुझसे नाराज हैं?'

'वह तुमसे क्यों नाराज होंगे? ममता ने पूछा। 'उनके नाराज होने के लिए कोई वजह हो, यह जरूरी नहीं।'

'वह हर चीज से नाराज लगते हैं, और हम हर चीज से घिरे हुए हैं। फिर हम तो बहुत छोटे हैं। तुम्हें लगता है कि उन्हें पता होगा कि हम यहां हैं?'

'कौन जाने देवता क्या सोचते होंगे?'

'लेकिन मैंने तुम्हें बनाया है और मैं जानती हूँ कि तुम यहां हो।'

'क्या नदी में और बाढ़ आने पर तुम मुझे बचाओगी?'

'हां, बिल्कुल। मैं तुम्हारे बिना कहीं नहीं जाऊंगी, ममता।'

सीता ज़्यादा देर अंदर नहीं रह पायी। वह ममता को लेकर बाहर आ गयी। और नदी के उस पार, वह जगह देखने लगी जो बाढ़ के खतरे से दूर लग रही थी। लेकिन क्या वहां सचमुच खतरा नहीं होगा? नदी का पाट अब काफी ज़्यादा चौड़ा हो चुका था। हां, नदी अपने किनारों को रौंदती हुई सीधे-सपाट मैदानी इलाके में पसर गयी थी। काफी दूर पर लोग अपने दुधारू जानवरों को पानी भरे इलाके और खेतों के बीच से हांक कर अपना तमाम समान गठरियों में बांध, अपने सिर और कंधों पर रख कर, अपने घरों को छोड़कर ऊंचाई वाली जगह की तलाश में निकल रहे थे। कोई भी जगह खतरे से खाली नहीं थी।

वह सोच रही थी कि उसके दादा और दादी पर क्या गुजर रही होगी। क्या वह लोग दूसरे किनारे पर सही सलामत पहुँच गये होंगे, दादा जी को बैलगाड़ी या घोड़ा गाड़ी किराये पर लेनी पड़ी होगी, दादी को पांच या छह मील दूर जिले के कस्बे तक ले जाने के लिए, जहां बाजार, अदालत, जेल, सिनेमा और अस्पताल थे।

वह सोच रही थी कि क्या वह अपनी दादी को फिर कभी देख पाएगी।

बुजुर्ग दादी की देखभाल की उसने अपनी तरफ से पूरी कोशिश की थी, उस वक्त को याद करते हुए जब दादी उसकी देखभाल करती थीं- बुखार होने पर हौले से उसके माथे पर हाथ फेरा था, और उसे कहानियां सुनायी थीं, देवताओं की कहानियां। बाल कृष्ण की कहानियां, जीव-जंतुओं के सखा, इतने नटखट कि अपनी माया से दूसरे देवताओं को चकरा दें- बादलों की गरज और आकाशीय बिजली के देव इंद्र, विशाल श्वेत गरुड़ पक्षी की सवारी करने वाले सृष्टि के पालनहार विष्णु, और हाथी के सिर वाले गणेश, वानर देव हनुमान जिन्होंने लंका के राजा से लड़ने में युवराज राम की मदद की थी।

क्या दादी वापस आकर इन सब के बारे में और ज़्यादा बताएंगी, या फिर अब उसे खुद ही पता लगाना पड़ेगा?

टापू अब पहले से काफी छोटा लगने लगा था। कई जगह से उसके किनारों की मिट्टी पानी के साथ बह चुकी थी, या फिर नदी की धारा में ढह चुकी थी। लेकिन टापू के बीचोबीच कुछ हिस्से में चट्टानें थीं। और पत्थर न बहते हैं, न दरकने हैं, भले ही पानी में डूब जाएं।

इन्हीं चट्टानों के बीच एक पेड़ उगा हुआ था। आसपास के हालात को ठीक से देखने के लिए सीता पेड़ पर चढ़ गयी। पेड़ पर वह पहले भी कई बार चढ़ चुकी थी, और उसे ऊंची डालों तक पहुँचने में कुछ पल ही लगे। उसने अपना हाथ आंखों के आगे लगाया ताकि वह उन्हें बारिश की बूंदों से बचा सके, और उस ओर नजर दौड़ाई जिधर से नदी आ रही थी। हर ओर पानी ही पानी था। जैसे सारी दुनिया एक बड़ी सी नदी में बदल गयी हो। यहां तक कि नदी के एक ओर वाले जंगल के पेड़ सुंदरबन के जंगलों की तरह पानी में उगे हुए लग रहे थे। आसमान में भी बड़े-बड़े बारिश वाले बादल घुमड़ रहे थे। बादलों की गड़गड़ाहट पहाड़ों से लुढ़कते हुए आ रही थी। और ऐसा लग रहा था जैसे उसकी गूंज नदी में समा कर बुझे से शोर में बदल रही हो।

बहाव के साथ कुछ बहता चला आ रहा था, कुछ बड़ा और फूला हुआ सा। जब वह पास आ गया तब सीता समझ पायी कि वह मरी हुई भैंस थी, जिसे सैलाब अपने साथ तेजी से बहाए लिये जा रहा था।

यानी ऊपर के गांवों में पहले ही पानी भर चुका था। या फिर हो सकता है कि भैंस चढ़ती नदी के ज़्यादा करीब चर रही हो।

सीता को जिस बात का सबसे ज़्यादा डर था वही कुछ देर में उसके सामने आ गयी, जब उसने देखा कि लकड़ी के पटरे, छोटे पेड़ और झाड़ियां, और फिर एक तखत टापू के पास से बहते हुए निकले।

नदी को उसकी अपनी छोटी सी झोपड़ी तक पहुँचने में कितना समय लगेगा?

जब वह पेड़ से उतरी तो बारिश और तेज हो गयी। वह मुर्गियों को घेरते हुए अंदर की ओर दौड़ी। मुर्गियां झटपट दादी की खाट के नीचे

एक दूसरे से सट कर बैठ गयीं। उसने सोचा कि अब उन्हें अपने साथ अंदर रखना ही सबसे अच्छा रहेगा। और उनके साथ होने से अकेलापन भी कुछ कम हो जाएगा।

तीन मुर्गियां थीं और एक मुर्गा। नदी की बाढ़ से उन्हें कोई फर्क नहीं पड़ रहा था। उन्हें तो सिर्फ खाने से मतलब था, और सीता ने उन्हें खुश रखने के लिए उनके आगे मुट्ठी भर प्याज के छिलके डाल दिये।

उसका मन तो यह था कि दरवाजा बंद करके नदी और बारिश के शोर को अंदर आने से रोके, लेकिन फिर यह पता लगाने का कोई रास्ता नहीं बचता कि पानी कितनी तेजी से बढ़ रहा है। उसने ममता को हाथ में लिया और बारिश बंद होने और नदी के उतरने के लिए प्रार्थना करने लगी।

उसने इंद्र भगवान से प्रार्थना की और वह कहीं किसी और काम में न लगे हों, इसलिए उसने दूसरे देवताओं से भी प्रार्थना की। उसने अपने दादा-दादी के और खुद के ठीक-ठाक रहने के लिए प्रार्थना की। खुद को उसने सबसे बाद में रखा और वह भी बड़ी मुश्किल से।

उसे अपने लिए खाना बनाना होगा। उसने कुछ प्याज कतरे, उन्हें भूना, फिर उसमें पिसी हुई हल्दी और लाल मिर्च डाली, और तब तक चलाती रही जब तक सब कुछ अच्छी तरह भुनने नहीं लगा। फिर उसने उसमें एक गिलास पानी डाला, थोड़ा सा नमक डाला, और एक कटोरी सस्ती वाली दाल डाल दी। उसने पतीली को ढक दिया और खदकने के लिए आंच पर छोड़ दिया। यह सब करने में सीता को दस मिनट लगे। लेकिन दाल बनने में कम से कम आधा घंटा लगता है। जब उसने दरवाजे के बाहर देखा तो उसे पेड़ के पास वाली चट्टानों के बीच काफी सारा पानी भरा हुआ दिखाई दिया। उसे समझ में नहीं आया कि वह बारिश के पानी का भराव था या नदी का पानी चढ़ आया था।

तभी उसे कुछ सूझा।

कमरे के एक कोने में बड़ा सा टीन का संदूक रखा था, जो सीता की मां का था। ठंड के मौसम में इस्तेमाल की जाने वाली रूई की एक रजाई के सिवा उसमें कुछ नहीं था। उसने सोचा कि वह घर की सारी

कीमती और काम की चीजें रखकर उसे इतना भारी कर देगी कि अगर नदी का पानी टापू पर आ जाये तो भी संदूक बहाव में न बह जाये। उसने दादाजी के हुक्के को संदूक में रखा। फिर दादी की छड़ी उसमें गयी। छोटी-छोटी टीन की डिब्बियां जिसमें रसोई में इस्तेमाल होने वाले मसाले रखे थे- जीरा, धनिया, मिर्च, दालचीनी, जायफल, एक बड़ा टीन आटे का, और एक चीनी का डिब्बा। अगर सीता को पेड़ पर कई घंटे रहना भी पड़ा, तो पेड़ से उतरने पर उसके पास खाने को कुछ होगा।

दादाजी की धुली हुई सफेद सूती कमीज और दादी की रोजाना पहनने वाले कपड़ों से अलग अकेली साड़ी भी संदूक में रखी गयी।

अगर इन पर हल्दी के निशान लग जाएं तो भी कोई बात नहीं!

अगर कपड़ों में से नमक लगाकर सुखाई मछली की महक आने लगे तो भी कोई बात नहीं, क्योंकि वह भी संदूक में डाली गयी थी।

संदूक में सामान रखने में सीता इतनी खो गयी थी कि वह ध्यान नहीं दे पायी कि कब ठंडा पानी उसके पैरों को छूने लगा था। उसने संदूक में ताला लगाया और चाभी चट्टान वाली दीवार पर रख दी, और चूल्हे पर पक रही दाल देखने को मुड़ी। तभी उसे समझ में आया कि उसके कदम फर्श पर आये पानी में पड़ रहे थे।

फिर उसे जो दिखाई दिया, तो सहम कर वह वहीं खड़ी की खड़ी रह गयी। देहरी के ऊपर से बहकर पानी धीरे-धीरे झोपड़ी के अंदर आ रहा था।

सीता बुरी तरह घबरा गयी थी। वह खाने के साथ, बाकी सब भी भूल गयी। झोपड़ी में से तेजी से बाहर निकली, और टखनों तक गहरे पानी में छपाके मारते हुए बचने के लिए वह पीपल के पेड़ की ओर दौड़ी। अगर पेड़ न होता, दूर से नजर आने वाला पेड़, तो शायद वह नदी के गहरे पानी में समा जाती।

वह तेजी से पेड़ की मजबूत डालों पर चढ़ते हुए एक जानी-पहचानी डाल पर जाकर बैठ गयी और अपनी आंखों पर आ गये गीले बाल हटाये।

उसे इस बात की तसल्ली थी कि उसने सब कुछ जल्दी-जल्दी कर लिया। अब झोपड़ी पानी से घिर चुकी थी। सिर्फ टापू के ऊंचाई वाले

हिस्से नजर आ रहे थे, कुछ छोटी चट्टानें, बड़ी वाली चट्टान जिस पर झोपड़ी बनी थी, और छोटा-सा सा टीला जिस पर काफल की झाड़ियां उगी हुई थीं।

मुर्गियों को झोपड़ी से निकलने की परवाह नहीं थी। वह अब शायद खाट के ऊपर बैठ गयी होंगी।

क्या नदी अभी और चढ़ेगी? सीता ने ऐसे हालात पहले कभी नहीं देखे थे। उसके चारों ओर उमड़ती-घुमड़ती नदी, हर और फैलती ही जा रही थी।

डूब कर मरे कई और जानवर सैलाब में बहकर आये। कुछ अलग तरह की चीजें भी पानी में बहती जा रही थीं। एल्यूमीनियम की केतली, बेंत की कुर्सी, दंत मंजन का डिब्बा, सिगरेट की खाली डिब्बी, एक खड़ाऊं, और एक प्लास्टिक की गुड़िया।

गुड़िया!

अचानक सीता को ममता याद आयी, और उसका दिल बैठने लगा।

बेचारी ममता उसे झोपड़ी में ही छोड़ दिया गया था। जल्दी में सीता अपनी अकेली सहेली को भूल गयी थी। 'ठीक ही है,' सीता ने सोचा, 'अगर मैं उसके साथ लापरवाही कर सकती हूँ जिसे मैंने बनाया है, तो नदी के बीच में अकेले होने पर मैं यह उम्मीद कैसे कर सकती हूँ कि भगवान मेरा ध्यान रखें?' पानी अब और बढ़ गया था और टापू डूबता जा रहा था। तभी झोपड़ी में से कुछ बहता हुआ निकला।

मिट्टी के तेल का खाली टीन था जिस पर एक मुर्गी बैठी थी। बहाव के साथ ऊपर-नीचे होता टीन धीरे-धीरे पेड़ के काफी क़रीब तक आया, और फिर तेज बहाव की चपेट में आकर नदी के सैलाब में बह गया। मुर्गी अब भी उस पर बैठी थी।

कुछ देर बाद, पानी खाट तक पहुँच गया होगा, क्योंकि बाकी मुर्गियां उड़कर चट्टान के सिरे पर आ गयीं, और एक दूसरे से चिपक कर उस छोटी सी जगह में बैठ गयीं।

अब पानी बड़ी तेजी से बढ़ रहा था, और टापू पर अगर कुछ बचा था तो वह थी बड़ी वाली चट्टान जिसके सहारे झोपड़ी बनी थी। बहाव से ऊपर सिर्फ झोपड़ी का छप्पर था और था पीपल का पेड़।

पेड़ बड़ा था और उसमें बहुत सारी शाखाएं थीं, और ऐसा नहीं लगता था कि पानी इतना बढ़ सकता है कि उसके ऊपर से बहने लगे। लेकिन सीता को कब तक वहां रहना होगा? वह थोड़ा और ऊपर चढ़ गयी, और जब उसने ऐसा किया तब एक बिल्कुल काला पहाड़ी कौवा ऊपर की डालियों पर आकर बैठ गया, और सीता ने देखा कि उनमें एक घोंसला था, कौवे का घोंसला, जहां से एक डाल दो डालों में बंटी थी, ठीक वहीं अटका, बेतरतीब सा टहनियों का कटोरा जैसा था। घोंसले में चार हरे-नीले से चित्तीदार अंडे थे। कौवा उन्हीं पर जाकर बैठ गया और बेहाल हो कर लगातार कांव-कांव कर रहा था। हालांकि कौवा परेशान था, लेकिन उसकी मौजूदगी से सीता को थोड़ी राहत मिली। अब कम से कम है अकेली नहीं थी। साथ देने को और कोई नहीं है तो कौवा ही सही।

और चीजें पानी में तैरते हुए झोपड़ी से बाहर निकलने लगीं- एक बड़ा सा कद्दू, दादाजी की पगड़ी जो पानी में खुलकर किसी सांप की

तरह लहरा रही थी, और फिर ममता! क्योंकि गुड़िया के अंदर भूसा और लकड़ी का बुरादा भरा था, इसलिए वह पानी पर तैरती रही, और तैरते हुए पीपल के पेड़ के पास से तेजी से निकली। सीता ने उसे देखा और आवाज देनी चाही, अपनी सहेली से कहना चाहा कि पेड़ तक आ जाये, लेकिन वह जानती थी कि गुड़िया तैर नहीं सकती, सिर्फ पानी पर बहती रह सकती है। वह नदी की धारा के साथ बहकर दूर जा सकती है, और फिर हो सकता है कि मीलों आगे जाकर, कहीं किनारे लग जाये।

हवा और बारिश के चलते पेड़ हिल रहा था। कौवा कांव-कांव करते हुए ऊपर को उड़ा और पेड़ के कुछ चक्कर लगाकर वापस अपने घोसले में आ गया। सीता अपनी डाल को कसकर पकड़े रही।

पेड़ का पूरा का पूरा लंबा-चौड़ा ढांचा डोल रहा था। सीता को ऐसा लग रहा था जैसे भूचाल आ रहा हो। पेड़ का कांपना वह अपनी हड्डियों में महसूस कर रही थी।

अब उसके चारों तरफ नदी थी जिसमें भंवर पड़ रहे थे। नदी झोपड़ी के छप्पर से बस थोड़ा ही नीचे रह गयी थी। जल्द ही मिट्टी की दीवारें दरक कर गायब हो जाएंगी। बड़ी वाली चट्टान और दूर बहुत दूर कुछ पेड़ों के अलावा पानी ही पानी नजर आ रहा था।

पल दो पल के लिए सीता को एक नाव की झलक दिखाई दी जिसमें कई लोग थे, और वह धीरे-धीरे बाढ़ में डूबे गांव के खंडहरों से दूर चली जा रही थी। उसे लगा कि नाव में से कोई उसकी ओर इशारा कर रहा था, लेकिन नदी का बहाव नाव को अपने साथ ले गया और वह जल्दी ही आंखों से ओझल हो गयी।

नदी बहुत गुस्से में थी। किसी जंगली जानवर की तरह, कहर ढाने को निकले किसी ड्रैगन की तरह, गरजते हुए पहाड़ों से उतरती- अपने साथ जानवरों की लाशें, जड़ से उखड़े पेड़, घरेलू सामान और कीचड़ के भंवर में दम घुटने से मरी बड़ी-बड़ी मछलियां; अपने रास्ते से सब कुछ समेट कर लिये जा रही थी।

ऊंचा और पुराना पीपल का पेड़ कराह उठा। उसकी दूर तक फैली टेढ़ी-मेढ़ी जड़ें उस जमीन को कसकर पकड़े रहने की जीतोड़ कोशिश

कर रही थीं, जिसमें बहुत साल पहले पेड़ पनपा था। लेकिन मिट्टी ढीली पड़ रही थी, और पत्थर तक उखड़ कर बहे जा रहे थे। पेड़ की जड़ों की पकड़ लगातार ढीली पड़ती जा रही थी।

जरूर कौए को मालूम होगा कि कुछ गड़बड़ है, क्योंकि वह उड़ते हुए पेड़ के चक्कर काटे जा रहा था, न घोंसले में बैठ रहा था, और न छोड़कर जा रहा था। जब तक वहां घोंसला था, कौए को वही रहना था, परेशान होकर पंख फड़फड़ाते हुए कांव-कांव करना था। सीता के झीने-झीने कपड़े उसके दुबले-पतले बदन से चिपक गये थे। बारिश का पानी उसके लंबे-काले बालों से चू रहा था। पेड़ के हर पत्ते से पानी की धार बह रही थी। कौआ भी पानी से सराबोर होकर सोया-सोया सा लगने लगा था।

पेड़ की डालें हिल रही थीं, लेकिन सीता ने अपनी पकड़ ढीली नहीं की। अब पानी बहुत पास आ चुका था। सीता सहमी हुई थी। वह बाढ़ के फैलाव या नदी के पाट का अंदाजा नहीं लगा पा रही थी। उसे सिर्फ वही खतरा दिखाई दे रहा था जो सामने था- वह पानी जो चारों ओर से पेड़ को घेरे हुए था।

पेड़ ने एक आह भरी और अंगड़ाई ली। उसने बहुतेरे मानसून देखे थे। एक बार पहले भी नदी में बाढ़ आई थी और तब भी वह मजबूती से खड़ा रहा था, जबकि उसका मोटा तना भंवरों से घिर गया था। लेकिन तब वह जवान था। अब उम्र बढ़ जाने के बाद और एक जगह इतने लंबे समय तक खड़े-खड़े ऊब जाने के बाद, पेड़ नदी के साथ जाने को तैयार था।

अपने खूबसूरत पत्तों में कुलबुलाहट और नीचे कीचड़ और पानी में हलचल के साथ पेड़ ने अपनी जगह छोड़ी, और एक ओर झुका, फिर इधर-उधर जोर डालता अपनी जड़ों को घसीटते हुए धीरे से आगे बढ़ा। सीता को ऐसा लगा जैसे नदी आसमान से मिलने को ऊपर उठ रही हो। फिर पेड़ नदी के सैलाब में शामिल हो गया, और थोड़ी रफ्तार पकड़, सीता को दाएं-बाएं झुलाता तेजी से आगे बढ़ने लगा।

उसके पांव पानी में थे फिर भी उसने अपनी डाल को कसकर पकड़ रखा था।

कौआ पेड़ के चारों ओर उड़ता रहा। वह बेहद बेचैन था। घोंसला अब भी डाल पर था, लेकिन ज़्यादा देर वहां नहीं रह सका। पेड़ अच. ानक एक ओर को झुका और थोड़ा सा घूमा, और घोसला पानी में गिर गया। सीता ने एक-एक करके अंडे पानी में जाते देखे।

कौए ने पानी के बिल्कुल पास से उड़ान भरी लेकिन वह कुछ कर नहीं सकता था। कुछ ही पलों में घोंसला गायब हो गया। पक्षी पेड़ के पीछे-पीछे करीब पचास गज तक उड़ा, जैसे उसे अब भी पेड़ में कुछ होने की उम्मीद हो।

फिर अपने पंख फड़फड़ाते हुए वह हवा में ऊंचा उड़ा और उड़ते-उड़ते नदी के पार जाकर आंख से ओझल हो गया। सीता एक बार फिर अकेली रह गयी। लेकिन अकेलापन महसूस करने के लिए समय नहीं था। सब कुछ चल रहा था, ऊपर-नीचे दोनों ओर और आगे। सीता ने सोचा, किसी भी पल पेड़ पलट जाएगा, और मैं पानी में चली जाऊंगी!

उसने एक कछुआ तैर कर जाते देखा, सड़ा हुआ मांस खाने वाला नदी का कछुआ। सीता ने अपना मुंह फेर लिया। काफी दूर उसे बाढ़ से घिरा एक गांव नजर आया, और चपटे पेंदे वाली नाव दिखाई दी, लेकिन वे सब बहुत दूर थे।

बहुत बड़े आकार का होने के कारण पेड़ नदी में ज़्यादा तेजी से नहीं बह रहा था। जब कभी वह ऐसी जगह से निकलता जहां पानी की गहराई कम होती, तो वह रुक जाता, उसकी जड़े पत्थरों में फँस जातीं, लेकिन जल्दी ही नदी के बहाव की तेजी उसे आगे ले जाती। एक जगह जहां नदी में घुमाव था, वहां पेड़ रेत के टीले से टकराकर ठहर गया। सीता को बहुत थकान महसूस हो रही थी। उसकी बाहों में दर्द हो रहा था और उससे सीधे नहीं रहा जा रहा था। अब पेड़ लगभग उसी ओर झुक गया था जिधर सीता थी, और सीता को गिरने से बचने के लिए डाल को बहुत कस कर पकड़े रहना पड़ रहा था।

आंसू बहाता मटमैला सा आसमान एक बहुत बड़े चलते हुए गुंबद जैसा था। उसे मालूम था कि वह इस हालत में ज़्यादा देर नहीं टिकी रह

पाएगी। शायद तैर कर किसी मकान की छत या पेड़ पर जाना बेहतर होगा। फिर उसने किसी को पुकारते हुए सुना।

गर्दन उचका कर उसने बहाव के उल्टी दिशा में देखा तो उसे एक छोटी सी नाव सीधे उसी की ओर आती दिखाई दी। नाव पेड़ की ओर बढ़ती हुई आयी। नाव में एक लड़का था जिसने खुद को डांवाडोल होने से बचाने के लिए पेड़ की एक डाल थाम ली, और दूसरा हाथ सीता की ओर बढ़ाया। उसने पकड़ लिया और नाव में उसके बगल में आ गयी। लड़के ने अपने पांव से पेड़ के तने को धक्का देकर नाव को उससे दूर किया। छोटी सी नाव नदी के बहाव में तेजी से बह निकली। बड़ा सा पेड़ पीछे रह गया। सीता ने फिर कभी उस पेड़ को नहीं देखा।

वह नाव में आराम से तो बैठ गयी, लेकिन डर के मारे कुछ कह नहीं पायी। लड़के ने उसे देखा, लेकिन उसने भी कुछ नहीं कहा, यहां तक कि मुस्कुराया भी नहीं। वह सधे हाथों से एक लय में अपने दोनों छोटे-छोटे चप्पू चलाता रहा, नदी की बीच धारा में जाने से बचने की कोशिश करता रहा। वह इतना ताकतवर नहीं था कि नाव को तेज धारा से बचा सके, लेकिन उसने कोशिश जारी रखी।

छोटी सी नाव और बड़ी सी नदी। नदी जिसने अपनी हद तोड़ दी थी, और हर ओर दूर-दूर तक फैले मैदानी इलाके को अपनी बाढ़ में डुबो दिया था। प्रचंड बहाव में नाव आगे बढ़ती रही और सीता का घर बहुत पीछे छूट गया।

'तुम टापू पर रहती हो,' उसने आखिरकार अपनी चुप्पी तोड़ी, और अपने चप्पुओं पर झूल गया, और नाव को कुछ देर के लिए बहाव के भरोसे छोड़ दिया, क्योंकि अब नाव नदी के चौड़े पाट और थोड़े शांत हिस्से में पहुँच गयी थी।

'मैंने तुम्हें कई बार देखा है। लेकिन बाकी सब कहां हैं?'

'मेरी दादी बीमार थीं,' सीता ने कहा, 'इसलिए दादाजी उन्हें शाहगंज के अस्पताल ले गये।'

'वे कब निकले थे?'

'आज सुबह।' वह आज सुबह ही तो गये थे; लेकिन सीता को ऐसा लग रहा था जैसे तब से कई सुबहें बीत चुकी हों।

'तुम्हारा घर कहां है?' उसने पूछा। उसने लड़के को पहले कभी नहीं देखा था।

'मेरा घर है. . ., 'वह हिचकिचाया, 'पहाड़ियों के पास।' मैं अपनी नाव से एक गांव में बाढ़ से भारी तबाही की खबर लेकर नदी पार करने निकला था, लेकिन पानी का बहाव बहुत तेज था। सैलाब में फंसी हमारी नाव तुम्हारे टापू के आगे से निकली। हम नदी से नहीं लड़ सकते, हमें वहीं जाना पड़ता है जहां वह ले जाती है।

'तुम थक गए होगे। चप्पू मुझे दे दो।'

'नहीं अब ज्यादा कुछ करने के लिए नहीं बचा है, बस नाव को साध के रखना है।'

उसने एक चप्पू को नाव में ले लिया और अपने खाली हुए हाथ से बैठने वाले पटरे के नीचे रखी एक छोटी सी टोकरी को टटोला। उसने दो आम निकालें और एक सीता को दिया।

वह पके हुए रसीले गूदेदार आमों पर टूट पड़े, और दांतो से छिलका काट-काट कर हटाते रहे।

मीठा रस बहकर उनकी ठोड़ी से टपकता रहा। फल का स्वाद सचमुच लाजवाब था। जरूर देवताओं का अमृत ऐसा ही होता होगा!

सीता को आम चखे साल भर से ज़्यादा हो गया था। कुछ देर के लिए वह बाढ़ के बारे में सब कुछ भूल गयी। अगर कुछ मायने रखता था तो वह था आम!

नाव बहाव के भरोसे थी, लेकिन अब उसकी चाल पहले जैसी तेज नहीं थी क्योंकि जैसे जैसे वह मैदानी इलाके की ओर बढ़े, नदी ने अपनी तेजी खो दी।

'मेरा नाम किशन है,' लड़के ने कहा, 'मेरे पिता के पास बहुत सारी गाय और भैंस हैं, लेकिन उनमें से कई बाढ़ में बह चुकी हैं।

'मुझे लगता है तुम स्कूल जाते होगे,' सीता ने कहा।

'हां, सबको लगता है कि मुझे स्कूल जाना चाहिए। एक स्कूल है भी जो हमारे गांव से ज़्यादा दूर नहीं है। क्या तुम्हें भी स्कूल जाना पड़ता है?'

'नहीं, घर पर बहुत ज्यादा काम रहता है।'

लेकिन अब घर पर होने के बारे में सोचना बेमानी था। घर तो वहां रहा नहीं होगा, लेकिन इस समय तो उसकी इच्छा थी कि एक और आम मिल जाता।

जब शाम होने को आयी तब नदी ने रंग बदला। ढलता हुआ सूरज बादलों के पीछे से झांका, और नदी की मटमैली रंगत धीरे से सुनहरेपन में बदली, सुनहरे से गहरा नारंगी और फिर जब सूरज डूबा, तो यह सारे रंग नदी में डूब गये और नदी रात के रंग में रंग गयी।

चांद पूरनमासी जैसा था और सीता को नदी के पार तक दिखाई दे रहा था, वहां तक, जहां किनारे पर पेड़ उगे हुए थे।

'कोशिश करता पेड़ों तक पहुँच जाऊं,' किशन ने कहा।

'सारी रात पानी में तो नहीं रहना चाहेंगे। है न?'

और फिर वह पेड़ों की ओर बढ़ने लगा। दस मिनट तक खूब ताकत से चप्पू चलाने के बाद वह नदी में एक मोड़ पर पहुँचा, और बीच धारा के तेज बहाव से बाहर निकल आया। जल्दी ही वह चप्पू चलाते हुए एक जंगल में पहुँच गये, ऊंचे-ऊंचे सदाबहार पेड़ों के बीच।

वह धीरे-धीरे आगे बढ़ रहे थे। नाव को पेड़ों के बीच खेते हुए, और चांद उनके रास्ते को रोशन कर रहा था, पानी पर टेढ़ी-मेढ़ी रुपहली पगडंडी बनाते हुए।

'हम नाव को इनमें से किसी एक पेड़ से बांध देंगे,' किशन ने कहा, 'फिर हम आराम कर सकते हैं। कल हमें जंगल से बाहर निकलने का रास्ता ढूंढना होगा।' उसने नाव की पेंदी से रस्सी का एक टुकड़ा निकाला, उसका एक सिरा नाव के अगले हिस्से में लगे छल्ले से बांधा, और दूसरा सिरा एक मजबूत डाल पर फेंक दिया। जो पानी से कुछ ही फुट ऊपर थी। नाव पेड़ के तने से टिक कर ठहर गयी।

वह एक बड़ा और मजबूत तून यानी भारतीय महोगनी का पेड़ था, जिसके गिरने का कोई खतरा नहीं था, क्योंकि इस जगह पानी का बहाव भी तेज नहीं था। यही नहीं, पेड़ काफी पास-पास थे जिससे मिट्टी ढीली नहीं पड़ती थी और पकड़ मजबूत बनी रहती थी।

लेकिन जंगल के वासी शांत नहीं बैठे थे। बिल, खोह और मांद में पानी भर जाने से जीव-जंतु बाहर आ गये थे और पानी के भराव से दूर पनाह लेने की सूखी जगह ढूंढ रहे थे।

सीता और किशन ने अपनी नाव अभी पेड़ से बांधी ही थी कि तभी उन्होंने एक बड़े से अजगर को पानी में तैरते हुए अपनी ओर आते देखा। सीता इस बात से डर गयी कि कहीं वह उनकी नाव में आने की कोशिश न करे, लेकिन वह आगे निकल गया। उसका सिर पानी के ऊपर था और गजब का लंबा बाकी शरीर उसके पीछे पानी में लहराता जा रहा था, जब तक कि वह सायों के अंधेरों में गुम नहीं हो गया।

किशन के पास टोकरी में और आम थे, और भूख के मारे वह और सीता नाव में बैठे-बैठे आम चूसने लगे।

एक बड़ा सा नर सांभर पानी में छपाके मारते हुए आया। उसे तैरने की जरूरत नहीं थी; वह कद में इतना ऊंचा था कि उसका सिर और कंधे पानी से काफी ऊपर थे। उसके सींग बड़े और खूबसूरत थे।

'और जानवर भी आएंगे,' सीता ने कहा, 'क्या हमें पेड़ पर चढ़ जाना चाहिए?'

'नाव में हम बिल्कुल सुरक्षित हैं,' किशन ने कहा, 'जानवर भी सूखी जमीन तक पहुँचना चाहते हैं। अभी वह एक दूसरे का शिकार तक नहीं करेंगे। आज की रात हिरनों को तेंदुए और बाघ से कोई खतरा नहीं रहेगा। इसलिए लेट कर सो जाओ, मैं पहरा दूंगा।'

सीता नाव में पैर फैला कर लेट गयी और अपनी आंखें बंद कर लीं। नाव के दोनों ओर टकराते पानी की आवाज ने लोरी का काम किया और उसे नींद आ गयी। एक बार उसकी आंख खुली, जब एक एक अजीब सी चिड़िया ने बिल्कुल सिर पर आकर पुकार लगायी। वह कोहनी टिका कर उठी, लेकिन किशन जाग रहा था, और नाव के

आगे वाले हिस्से पर बैठे-बैठे वह सीता को तसल्ली देने के लिए उसे देख कर मुस्कुराया।

चांदनी में वह नीला सा दिख रहा था, जैसा भगवान कृष्ण का रंग था, और कुछ पल के लिए सीता को लगा कि वह लड़का कहीं वास्तव में कृष्ण तो नहीं, लेकिन जब उसने इस बारे में सोचा तो उसने मान लिया कि ऐसा नहीं हो सकता।

वह बस गांव का एक लड़का था, और उसने उसके जैसे सैकड़ों देखे थे, बिल्कुल उसके जैसे नहीं; वह अलग था, लेकिन कैसे अलग था, यह बात वह खुद को भी नहीं समझा पा रही थी।

और जब वह फिर से सोयी, तो उसने सपने में देखा कि वह लड़का और कृष्ण एक ही थे, और वह उसके बगल में बैठी थी, एक विशाल श्वेत पक्षी पर जो उन्हें पहाड़ों के ऊपर से, हिमालय की बर्फीली चोटियों के ऊपर से, देवताओं के आकाश लोक में ले जा रहा था। बहुत जोर की गड़गड़ाहट हो रही थी। जैसे जो कुछ हो रहा था, उसे लेकर देवता बहुत नाराज हों, और उन्हीं तेज आवाजों से उसकी नींद खुल गयी। जागते ही वह अपने आसपास देखने लगी। वहीं चांदनी से नहाए उस पेड़ों के झुरमुट में एक हाथी का बच्चा पेट तक गहरे पानी में खड़ा अपनी सूंड उठाकर जोर-जोर से चिंघाड़ कर, अपना हाल जंगल को बयान कर रहा था। हाथी का सही, पर वह बच्चा ही था जो खो गया था, और अपनी मां को ढूंढ रहा था।

वह फिर से चिंघाड़ा, फिर अपना सिर झुका कर ध्यान से सुनने लगा, और तभी बहुत दूर से एक दूसरे हाथी की तीखी सी चिंघाड़ने की आवाज। वह जरूर छोटे हाथी की मां होगी, क्योंकि उसके बाद हाथी के बच्चे ने बड़े उत्साह से कई बार चिंघाड़ा और जोर-जोर से पैर पटकते हुए बाढ़ के पानी में छपाके मारता पेड़ों के बीच की जगह में चला गया। पानी में उसके चलने से उठी लहरों से नाव डोलती रही।

'अब सब ठीक है। तुम फिर से सो सकती हो।'

'मुझे नहीं लगता कि मुझे और नींद आएगी,' सीता ने कहा।

'तो मैं तुम्हें अपनी बांसुरी बजा कर सुनाता हूँ,' लड़के ने कहा, 'इससे समय और जल्दी से कट जाएगा।'

अपनी नाव की पेंदी से उसने एक बांसुरी निकाली और उसे अपने होठों पर रख कर बजाना शुरू किया। ऐसा मधुर संगीत सीता ने पहले कभी नहीं सुना था, जैसा उस छोटी सी बांसुरी से निकल रहा था। और ऐसा लगने लगा यह मधुर संगीत सारे जंगल के खालीपन में रस भर रहा था। और वह संगीत उसे फिर से सपनों की दुनिया में ले गया, जहां वह दोनों फिर से उस पक्षी की सवारी कर रहे थे। सीता और सांवरे-सलोने देव बादलों और धुंध के बीच से गुजर रहे थे कि तभी सूरज बादलों में से बाहर झांका। और उसी पल सीता ने अपनी आंखें खोलीं, और तून के पेड़ की डालों के बीच से अपनी किरणें बिखेरते सूरज को देखा, जिसके चमकदार हरे पत्ते आंखें चौंधियाने वाले आकाश के नीले उजाले के आगे काले-काले बेल-बूटे जैसे लगते थे।

सीता हड़बड़ा कर उड़ बैठी, जिससे नाव डोल उठी। अब आसमान में कहीं बादल नहीं थे। पेड़ धूप से सराबोर हो उठे थे।

वह लड़का जो कि किशन था, नाव की पेंदी में गहरी नींद सोया हुआ था। उसके आधे खुले हाथ की हथेली पर बांसुरी थीं। सूरज की तिरछी किरणें उसकी खुली सांवली टांगों पर पड़ रही थीं। एक पत्ती उसके चेहरे पर आकर गिरी, लेकिन लड़के की नींद नहीं टूटी, बल्कि वह उसके गाल पर इस तरह पड़ी रही जैसे वहीं उगी हो। सीता फिर नहीं हिली-डुली। वह किशन को सोने देना चाहती थी। ऐसा तो नहीं लग रहा था कि पानी उतरा हो, लेकिन बढ़ा भी नहीं था, और इसका मतलब था कि बाढ़ का जोश ठंडा पड़ चुका था।

धूप की गर्माहट रेंग कर किशन के बदन तक जा पहुँची, और आखिरकार उसे जगा दिया। उसने जम्हाई ली और अंगड़ाई लेकर सीता के बगल में बैठ गया।

'मुझे भूख लगी है,' उसने मुस्कुराकर कहा।

'मुझे भी,' सीता ने कहा।

'यह आखिरी आम हैं,' उसने कहा, और टोकरी से बचे हुए आखरी दोनों आम निकाल कर उसे खाली कर दिया।

फल खाकर खत्म कर देने के बाद, वह उनकी गुठलियों को रस की आखिरी बूंद रहने तक चूसते रहे। पानी में फेंकी गुठलियां आराम से तैरती रहीं। कागज की नाव के बजाय सीता को गुठलियां पानी में तैराना ज़्यादा अच्छा लगता था।

'अब हमें यहां से चल देना चाहिए,' किशन ने कहा।

वह नाव को पेड़ों के बीच खे कर ले गया, और फिर करीब एक घंटे तक वे बाढ़ में डूबे जंगल में बारिश से सराबोर पेड़ों की डालों के नीचे-नीचे आगे बढ़ते रहे, और पेड़ों से उन पर पानी टपकता रहा। कई बार उन्हें बेलों को हटाने के लिए चप्पू इस्तेमाल करना पड़ा, तो कभी पानी में डूबी झाड़ियां उनके रास्ते में अड़चन बन जाती थीं। लेकिन दोपहर होने से पहले वह जंगल से बाहर निकल आये।

अब पानी ज़्यादा गहरा नहीं था और उनकी नाव बाढ़ में डूबे खेतों पर आराम से बढ़ी चली जा रही थी। उन्हें दूर एक गांव दिखायी दिया। वह कुछ उंचाई पर था। पहले जमाने में लोग ऊंचाई वाली जगह पर गांव बसाते थे, जिससे डाकुओं और हमलावर फौजों से बचाव रहता था।

वह एक पुराना गांव था और हालांकि वहां के वासियों ने बहुत पहले ही तलवारें रख कर हंसिए थाम लिए थे। पहाड़ी पर होने से गांव का बाढ़ से बचाव हो जाता था। गांव के वासी लंबे तगड़े जाट दरियादिल थे, और बाढ़ में फंसे बच्चों के लिए उन्होंने खाने और रहने का इंतजाम किया। सीता अपने दादा-दादी से मिलने को बेचौन थी, और एक बुजुर्ग किसान, जिसे शाहगंज में कुछ काम था, सीता को शाहगंज ले जाने को तैयार हो गया। वह उम्मीद कर रही थी कि किशन भी उसके साथ जाएगा, लेकिन उसने कह दिया कि वह गांव में उसका इंतजार करेगा, क्योंकि उसे मालूम था कि वहां और लोग भी आने वाले हैं, जिनमें उसके अपने लोग भी होंगे।

'अब सब ठीक हो जाएगा,' किशन ने कहा, 'तुम्हारे दादा जी तुम्हारी फिक्र कर रहे होंगे। इसलिए सबसे अच्छा यही है कि तुम जल्दी से जल्दी उनके पास पहुँच जाओ। दो या तीन दिन में पानी उतर जाएगा और तुम टापू पर वापस लौट सकोगी।

'हो सकता है टापू हमेशा के लिए गायब हो चुका हो,' सीता ने कहा।

और जब वह किसान की बैलगाड़ी में चढ़ रही थी तब किशन ने उसे अपनी बांसुरी पकड़ा दी।

'इसे अपने पास रखना,' उसने कहा, 'मैं एक दिन इसे लेने आऊंगा,' और जब उसने देखा कि वह झिझक रही है, तो उसने कहा, 'यह बड़ी प्यारी बांसुरी है।'

और उसकी आंखों में तारे झिलमिला उठे।

बैलगाड़ी में जाने का मतलब था धीमी चाल। रास्ता पानी में डूबा था। पहिये कीचड़ में फंस जाते थे और किसान, उसके जवान बेटे, और सीता को धक्का देकर बड़े-बड़े लकड़ी के पहिये निकालने के लिए बार-बार उतरना पड़ता था।

वह अब भी घुटनों तक पानी में थे। बैलों के जगह-जगह कीचड़ लग गया था, और सीता के पैर बुरी तरह मिट्टी से सन गये थे। पूरे दिन और पूरी रात चलने के बाद कहीं वे शाहगंज पहुँचे; उस समय, भीड़भाड़ वाले संकरे बाजार से होकर चली जा रही सीता को पहचानना मुश्किल हो गया था। दादाजी उसे नहीं पहचान पाए। वह सड़क पर अकड़ कर चले जा रहे थे, ठीक नाक की सीध में देखते, और वह धूल में सनी बिखरे बाल और कपड़ों वाली लड़की पर ध्यान दिए बिना आगे बढ़ जाते, अगर वह उनकी सूखी सी लड़खड़ाती टांगों की ओर दौड़ कर उन्हें कमर पर से जकड़ न लेती।

जैसे ही वे खुद को संभाल पाये, उनके मुंह से अचानक निकला, 'सीता, लेकिन तू यहां कैसे पहुँची? टापू से कैसे निकली? मुझे बहुत फिक्र हो रही थी, पिछले दो दिनों में बड़ा बुरा हुआ।'

'दादी ठीक हैं?' सीता ने पूछा। लेकिन पूछते समय उसका मन कह रहा था कि दादी अब उनके बीच नहीं रहीं। दादाजी की आंखों का सूनापन सब कुछ कह रहा था। वह रोना चाहती थी, दादी को याद करके नहीं, क्योंकि उन्हें तो कष्टों से मुक्ति मिल गयी थी, बल्कि दादाजी के लिए, जो कि सहमे और खोए-खोए से लग रहे थे, और

वह नहीं चाहती थी कि वह दु:खी रहें। उसने अपने आंसू नहीं निकलने दिये, उनका उभरे जोड़ों वाला कांपता हुआ हाथ थाम लिया और उन्हें साथ लेकर भीड़भाड़ वाली सड़क पर चल पड़ी।

वह जानती थी, कि आने वाले बरसों में दादाजी को उसके कंधों का सहारा लेना होगा।

कुछ दिनों बाद, जब नदी की बाढ़ खत्म हो गयी तो वह टापू पर लौट आये। बारिश तो फिर भी होती रही पर सबसे बुरा दौर बीत चुका था। दादाजी के पास अब भी दो बकरियां बची थीं। एक से ज़्यादा बेचने की जरूरत नहीं पड़ी थी।

उनके लिए अपनी आंखों पर विश्वास करना मुश्किल हो गया जब उन्होंने देखा कि पेड़ टापू से गायब हो चुका था। पेड़, जो ऐसा लगता था जैसे टापू की तरह ही हमेशा वहीं रहेगा, जो उनकी जिंदगी का वैसे ही हिस्सा था जैसे टापू और नदी। सीता के बच कर निकलने पर वह बेहद खुश थे।

'तुम्हें पेड़ ने बचाया,' वह बोले।

'और लड़के ने?' सीता ने कहा।

'हां, लड़के ने भी।'

वह लड़के के ख्यालों में खो गयी, और सोचने लगी कि क्या वह कभी उससे दोबारा मिल सकेगी। लेकिन उसने बहुत नहीं सोचा, क्योंकि करने के लिए बहुत कुछ था।

तीन रात वह बोरियों को जोड़कर बनाये साये के नीचे सोये। दिन भर मिट्टी की झोपड़ी बनाने में वह दादा जी का हाथ बटाती थी। एक बार फिर उन्होंने बड़ी चट्टान को सहारे के तौर पर इस्तेमाल किया।

सीता ने जिस संदूक में इतना संभाल के सामान रखा था, वह सैलाब के साथ तो नहीं बहा और टापू पर ही रहा, लेकिन पानी उसके अंदर चला गया था, और खाने की चीजें और कपड़े खराब हो गए थे। लेकिन दादाजी का हुक्का बच गया, और अब शाम को अपना काम करने के बाद, सीता का पकाया थोड़ा बहुत खाना खाकर वह हुक्का पीने बैठ जाते थे –

कुछ-कुछ पहले जैसी तसल्ली के साथ- और सीता को पहले आयी बाढ़ों और तूफानों के बारे में बताते थे, जो उन्होंने अपने बचपन में देखे थे।

सीता ने एक आम की गुठली को उसी जगह बो दिया जहां पीपल का पेड़ खड़ा था। उसे एक बड़ा पेड़ बनने में अभी कई साल लगने वाले थे, लेकिन सीता को यह सोचना अच्छा लगता था कि एक दिन वह उसकी डालों में बैठी होगी और सीधे पेड़ से आम तोड़कर तोड़-तोड़ कर दिन भर खाया करेगी।

दादाजी सब्जियां उगाने में लगे थे, और मटर, गाजर, चने और सरसों बो रहे थे।

एक दिन जब मेहनत वाला ज़्यादातर काम पूरा हो चुका था, और नयी झोपड़ी करीब-करीब तैयार थी, सीता लड़के की दी हुई बांसुरी लेकर पानी के किनारे पर गयी, और उसे बजाने की कोशिश की। लेकिन उसकी कोशिश से बस कुछ टूटे-फूटे स्वर ही निकले और बकरियों तक ने उसकी धुन पर ध्यान नहीं दिया।

कभी-कभी सीता को लगता कि नदी में एक नाव चली आ रही है, और वह उसकी ओर दौड़ पड़ती। लेकिन वहां कोई नाव नहीं होती। और अगर होती थी तो वह किसी अजनबी या किसी दूसरे मछुआरे की होती। इस तरह उसने नाव का इंतजार करना बंद कर दिया। कभी-कभी उसे लगता कि उसे बांसुरी की धुन सुनाई दे रही है, लेकिन वह बहुत दूर से आती हुई लगती थी, और उसे कभी समझ में नहीं आया कि वह संगीत कहां से आता था।

धीरे-धीरे बारिश बंद हो गयी। बाढ़ का पानी उतर गया, और गांव के लोगों ने खेत जोतने शुरू कर दिये, और जाड़े की फसल की बुवाई शुरू कर दी।

पशु मेले और दंगल होने लगे। दिन गुनगुने और उमस भरे रहने लगे। नदी का पानी अब मटमैला नहीं रहा, और एक शाम दादाजी एक बड़ी सी महसीर मछली घर लाये, और सीता ने उसे मसालेदार झोल में पकाया।

दादाजी झोपड़ी के बाहर बैठे हुक्का गुड़गुड़ा रहे थे। सीता टापू के दूसरे सिरे पर कपड़े सूखने के लिए चट्टानों पर फैला रही थी।

एक बकरी उसके पीछे-पीछे आ गयी थी। दोनों में से वही सीता से ज्यादा हिली हुई थी और अक्सर टापू पर सीता के पीछे-पीछे घूमती थी। सीता ने उसके लिए रंगीन मनको की एक माला भी बनाई थी।

वह एक चिकने पत्थर पर बैठी, और जब वह बैठ रही थी, उसने देखा उसके पैरों के पास रेत में कुछ चमकीला सा था।

वह उसे उठाने के लिए झुकी। एक छोटा सा लकड़ी का खिलौना था। एक रंगीन मोर। जो जरूर बाढ़ में बह कर आया होगा और लहरों के साथ किनारे लग कर टापू पर आ गया होगा। उस पर लगे रंगों की परत कई जगह से उखड़ गयी थी, लेकिन सीता के लिए, जिसके पास कोई और खिलौने नहीं थे, उसका मिलना बड़ी बात थी। शायद वह भी उससे बात करे, जैसे ममता करती थी।

जब वह खिलौने वाला मोर हाथ में लिए थी, तब उसे लगा कि उसे फिर से बांसुरी की धुन सुनाई दी, लेकिन उसने सिर उठाकर नहीं देखा। उसे वह पहले भी सुनाई देती रही थी और उसने समझ लिया था यह सब उसके दिमाग का खेल है। लेकिन इस बार संगीत के स्वर पास से, काफी पास से आते सुनाई दे रहे थे।

रेत में किसी के चलने की बहुत हल्की सी आहट भी थी। और उसने सिर उठाया तो किशन को अपने सामने खड़े पाया।

'मुझे लग रहा था कि तुम कभी नहीं आओगे,' सीता ने कहा।

'मुझे बारिश का मौसम खत्म होने का इंतजार करना पड़ा। अब मेरा सब काम खत्म हो गया है, तो अब मैं जल्दी-जल्दी आ सकूंगा। तुमने मेरी बांसुरी रखी है न?'

'हां, लेकिन मैं उसे ठीक से बजा नहीं पाती। मुझे लगता है कि कभी-कभी वह अपने आप बजने लगती है, लेकिन मेरे कहने से नहीं बजेगी!'

'मैं तुम्हें बजाना सिखा दूंगा,' किशन ने कहा।

वह उसके बगल में बैठ गया और दोनों पानी में अपने पांव डालकर ठंडक का मजा लेने लगे। पानी अब बिल्कुल साफ था, और उसमें नीला आसमान झलक रहा था। नदी की तली में रेती-बजरी और कंकड़-पत्थर तक दिखाई दे रहे थे।

'कभी नदी नाराज हो जाती है, और कभी अपनापन जताती है,' सीता ने कहा।

'हम नदी की संतान हैं,' लड़के ने कहा, 'हम इसके बिना नहीं रह सकते।'

वह एक बड़ी नदी थी- गहरी और शक्तिशाली, पहाड़ों से निकलकर समुद्र तक जाने वाली। उसके किनारों पर सैकड़ों मीलों तक करोड़ों लोग रहते थे, और सीता उनमें से सिर्फ एक छोटी सी लड़की थी और किसी को उसके बारे में नहीं पता था। उसे किसी ने नहीं जाना, सिवाय एक बूढ़े आदमी, एक लड़के और नदी के।

□□□

3

दादाजी का निजी अजायबघर

टोटो के कारनामे

दादाजी ने टोटो को एक तांगे वाले से पांच रुपये में खरीदा था। तांगेवाला लाल मुंह वाले इस छोटे से बंदर को घोड़े के चारे की हौदी से बांधकर रखता था, और बंदर को ऐसी जगह देखकर बड़ा बुरा सा लगता था, इसलिए दादाजी ने तय किया कि वह उस बेचारे नन्ही सी जान को अपने निजी अजायबघर में रखेंगे। टोटो प्यारा सा बंदर था। उसकी उभरी हुई भौंहों के नीचे गड्ढे में धंसी आंखों में शैतानी की चमक झलकती थी, और उसके दांत जो मोती जैसे सफेद थे अक्सर उसके मुस्कुराते समय ऐसे दिखते थे कि बुजुर्ग एंग्लो-इंडियन महिलाओं की रूह कांप जाती थी। लेकिन उसके हाथ ऐसे सूखे-सिकुड़े से लगते थे, जैसे उनका अचार डाल कर उसे कई साल धूप दिखायी गयी हो। लेकिन उसकी उंगलियां बड़ी तेजी से चलती थीं, और वह भी बड़े शातिराना अंदाज में, और उसकी पूंछ उसकी खूबसूरती बढ़ाती थी (दादाजी का मानना था कि पूंछ किसी के भी रूप में चार चांद लगा सकती थी), और तीसरे हाथ के तौर पर भी काम करती थी। वह उसे डाल से लटकने या ऐसी पसंदीदा खाने की चीजें समेटने के लिए भी इस्तेमाल कर सकता था जो हाथ की पहुँच से बाहर हों।

जब कभी दादाजी कोई नया पक्षी या जानवर घर लाते थे तो दादी हमेशा झमेला करती थी। इसलिए यह तय किया गया कि टोटो की मौजूदगी को तब तक उनसे छुपा कर रखा जाए जब तक कि वह बहुत अच्छे मूड में न हों। दादाजी और मैंने उसे अपने सोने के कमरे की

दीवार में बनी एक छोटी सी आले जैसी खिड़की में खूंटे और डोरी से अच्छी तरह बांधकर रखा।

कुछ घंटे बाद जब दादा जी और मैं टोटो को खोलने के लिए आये तो हमने पाया कि दीवारों पर लगा दादाजी की पसंद का सजावटी कागज अपनी जगह से गायब था। अब नंगी ईंटें और जोड़ में लगा मसाला नजर आ रहा था। दीवार में लगी खूंटी अपनी जगह से उखड़ चुकी थी, और मेरा स्कूल का ब्लेजर जो उस पर टंगा था उसके चिथड़े हो चुके थे। मैं सोच रहा था कि दादी क्या कहेंगी। लेकिन दादा जी को कोई फिक्र नहीं थी; वह टोटो की कारगुजारियों से खुश लग रहे थे।

'वह होशियार है,' दादा जी ने कहा।

'उसे वक्त मिले तो मुझे पूरी उम्मीद है कि वह तुम्हारे ब्लेजर के चीथड़ों से रस्सी बना कर खिड़की के रास्ते निकल भागने का इंतजाम कर लेता!'

घर में उसके होने की बात अभी सब से छुपा कर रखी गयी थी, पर अब तो टोटो को नौकरों के कमरे में रखे एक बड़े से पिंजरे में भेज दिया गया था। वहां दादा जी के और भी कई पालतू जानवर आपस में मिल-जुल कर रहते थे- एक कछुआ, खरगोश का जोड़ा, पालतू गिलहरी और कुछ दिनों से मेरी पालतू बकरी। लेकिन बंदर अपने किसी साथी को रात को चौन की नींद नहीं सोने देता, इसलिए दादा जी ने तय किया कि वह उसे अपने साथ देहरादून से सहारनपुर ले जाएंगे जहां उन्हें अगले दिन अपनी पेंशन लेने के लिए जाना था।

बदकिस्मती से मैं दादाजी के साथ उस सफर पर नहीं जा पाया, लेकिन उन्होंने बाद में मुझे उसके बारे में बताया। टोटो के लिए एक बड़ा सा काला केनवस का पिट्ठू थैला लिया गया था। थैले में सबसे नीचे थोड़ा सा घास-फूस बिछा कर उसके रहने लायक बनाया गया। डोरियां खींच कर बंद कर देने के बाद उसमें से निकलना नामुमकिन था। छोटी सी खुली जगह में से टोटो अपने हाथ बाहर नहीं निकाल सकता था, और कैनवस इतना मजबूत था कि उसे अपने दांत से काट कर टोटो बाहर नहीं निकल सकता था। बैग से निकलने की उसकी कोशिश से सिर्फ बैग अपनी जगह से लुढ़कने लगता था या कभी-कभी हवा में

उछल पढ़ता था, और देहरादून के रेलवे प्लेटफॉर्म पर लोग ठहर कर यह तमाशा देखने के लिए भीड़ लगा लेते थे।

सहारनपुर तक तो टोटो थैले में रहा, लेकिन जब दादाजी घूमने वाले दरवाजे पर बाहर निकलने के लिए टिकट दिखा रहे थे, टोटो ने अचानक अपना सिर थैले में से निकाला और टिकट कलेक्टर को अपनी बत्तीसी दिखा दी। वह बेचारा हैरान रह गया, लेकिन दादा जी के खीजाने की वजह बनते हुए, बड़ी सूझबूझ के साथ उसने पूछ ही लिया, 'जनाब, आपके साथ कुत्ता है। आपको उसके लिए भुगतान करना पड़ेगा।'

दादाजी ने यूं ही टोटो को थैले से निकाला; फिर यूं ही उन्होंने यह साबित करने की कोशिश की कि एक बंदर कुत्ता नहीं हो सकता और यहां तक कि वह एक चौपाया भी नहीं है। टिकट कलेक्टर ने टोटो को कुत्ते जैसा माना और उसके भाड़े के तौर पर दादाजी को तीन रुपये की रकम का भुगतान करना पड़ा। फिर दादा जी ने सिर्फ बदला लेने की नीयत से उसे चिढ़ाने के लिए अपनी जेब से हमारा पालतू कछुआ निकाला, और कहा, 'इसके लिए मुझे कितना देना होगा? क्योंकि आप हर जानवर का भाड़ा वसूलते हैं।'

टिकट कलेक्टर ने कछुए को गौर से देखा, और उसे अपनी एक उंगली से टटोलते हुए, चहक कर जिंदादिली के साथ दादाजी की ओर देखते हुए कहा, 'इसका कुछ नहीं। यह कुत्ता नहीं है।'

आखिरकार जब टोटो को दादी ने अपना लिया, तब उसे अस्तबल में रहने की आरामदेह जगह मिली, जहां उसके साथ रहती थी घर की गधी नोना। अस्तबल में टोटो की पहली रात थी और दादा जी यह देखने उसके पास पहुँचे कि वह आराम से तो है। उन्हें यह देखकर बड़ी हैरानी हुई कि नोना बिना किसी वजह के अपनी रस्सी खींच रही थी और अपना सिर भूसे के ढेर से दूर रखने की कोशिश कर रही थी। दादाजी ने नोना की जांघों के पीछे एक जोरदार चपत लगायी, जिससे वह पीछे को उछली, और तभी नजर आया टोटो। उसने नोना के बड़े से कान में अपने छोटे-छोटे तेज दांत गड़ा रखे थे।

टोटो और नोना में कभी दोस्ती नहीं हो सकी।

जाड़ों में शाम को टोटो को दादी की तरफ से एक बढ़िया सौगात मिलती थी, नहाने के लिए एक तसला गर्म पानी। वह बड़ी होशियारी से पहले अपना हाथ डालकर यह देखता था कि पानी कितना गरम है, फिर धीरे से नहाने के लिए तसले में उतरता- पहले एक पांव और फिर दूसरा अंदर उतारता (जैसा उसने मुझे करते हुए देखा था) और फिर इस तरह बैठ जाता था कि पानी उसकी गर्दन तक रहे। फिर आराम से अपने हाथ या पांव में साबुन लेकर अपने शरीर पर रगड़ता। जब पानी ठंडा हो जाता तो वह बाहर निकल आता और जितनी जल्दी हो सके दौड़ कर रसोईघर में चूल्हे के पास खुद को सुखाने के लिए बैठ जाता। इस सारे तमाशे के दौरान अगर कोई उसका मजाक उड़ाता, तो टोटो की भावनाओं को ठेस लग जाती और वह नहाना बंद कर देता।

एक दिन टोटो खुद को खौलते पानी में जिन्दा उबालने से बाल-बाल बचा।

रसोई में चाय के लिए पानी से भरी एक बड़ी सी केतली चूल्हे पर रख कर छोड़ दी गयी थी। और टोटो को कुछ और नहीं सूझा तो उसने केतली का ढक्कन हटा दिया। केतली का पानी नहाने लायक गरम पाकर वह उसमें घुस गया, बस उसका सिर खुली केतली से बाहर था। कुछ देर तो उसे कोई दिक्कत नहीं हुई लेकिन जल्दी ही पानी उबलने लगा। टोटो उठा, लेकिन बाहर ठंड लगने पर फिर बैठ गया। कुछ देर वह ऐसे ही उठता बैठता रहा। तब कहीं दादी ने आकर उसे आधा उबला हुआ सा केतली से बाहर निकाला।

अगर दिमाग का कोई हिस्सा पूरी तरह शरारत के लिए होता है, तो टोटो का वह हिस्सा कुछ ज़्यादा ही विकसित था। वह हमेशा किसी भी चीज के टुकड़े-टुकड़े करने में लगा रहता था। मेरी एक बुआ जब-जब उसके करीब आतीं, वह उनके कपड़ों को पकड़कर उन्हें सुराख करके फाड़ने की कोशिश करने लगता।

एक दिन दोपहर के खाने के समय एक बड़ी तश्तरी में चावल का पुलाव खाने की मेज के बीचों-बीच रखा गया था। जब हम कमरे में पहुँचे तो हमने देखा कि टोटो चावल ठूंसे जा रहा था। दादी ने देखा तो

चिल्ला पड़ीं, और टोटो ने एक प्लेट उठाकर उनके ऊपर फेंकी। मेरी बुआ आगे बढ़ीं तो पानी से भरा गिलास उनके चेहरे पर फेंका। जब दादाजी आये तो टोटो ने पुलाव की तश्तरी उठायी और खिड़की से बाहर निकल गया। हमें वह कटहल के पेड़ की शाखाओं में मिला, और तब भी पुलाव वाली तश्तरी थामे था। वह दोपहर भर वहीं बैठा धीरे-धीरे चावल खाता रहा, जैसे एक भी दाना न छोड़ने का मन बना चुका हो! और फिर दादी मां को जानबूझकर परेशान करने के लिए, क्योंकि वह उस पर चिल्लायी थीं, उसने तश्तरी पेड़ से नीचे फेंक दी, और उसके सैकड़ों टुकड़े हो जाने पर खुशी से चहकता रहा।

जाहिर है, टोटो ऐसा नहीं था कि हम उसे अपने साथ ज़्यादा समय पाल पाते। यहां तक कि दादा जी को भी इस बात का एहसास था। हम कोई रईस नहीं थे, और तश्तरी, कपड़े, पर्दे और दीवारों पर लगे वॉलपेपर का बार-बार नुकसान नहीं सह सकते थे। इसलिए दादा जी ने तांगे वाले को ढूंढ निकाला और टोटो को सिर्फ तीन रुपये में वापस उसी को बेच दिया।

अहंकारी अजगर

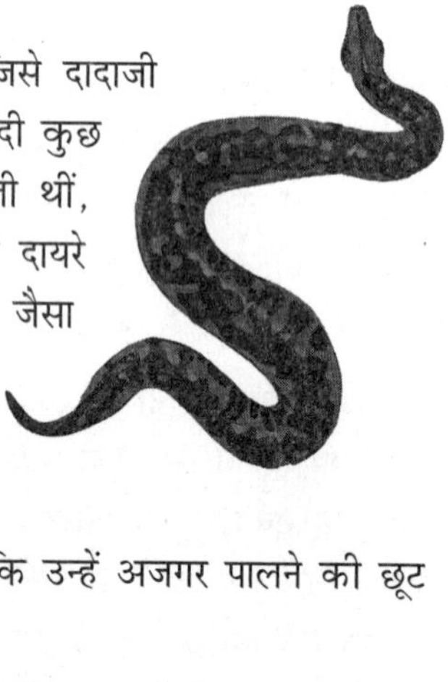

एक पालतू जानवर ऐसा भी था जिसे दादाजी ज्यादा लंबे समय तक नहीं रख सके। दादी कुछ जानवरों और परिंदों को बर्दाश्त कर लेती थीं, लेकिन रेंगने वाले जीवों को उन्होंने इस दायरे से बाहर रखा था। यहां तक कि हेनरी जैसा खुशमिजाज गिरगिट (जिसके बारे में हम बाद में बात करेंगे) को देख कर भी उनकी जान सूख जाती थी।

दादा जी को पता होना चाहिए था कि उन्हें अजगर पालने की छूट मिलने की बहुत कम गुंजाइश थी।

वह अजीबोगरीब जानवरों को खरीदने से खुद को रोक नहीं पाते थे, और हालांकि अभी टोटो हमारे घर पर ही था, फिर भी उन्होंने बाजार में घूम रहे सपेरे को चार फुट के अजगर के, जिसे वह लड़के -लड़कियों

की भीड़ को दिखा रहा था, सिर्फ चार रुपये में खरीद लिया। दादा जी ने अजगर को गले में डाला और घर की ओर चल पड़े। वहां मौजूद तमाम लोग उन्हें हैरानी से देखते रह गये।

कटहल के पेड़ की एक डाल से झूल रहे टोटो ने सबसे पहले उन्हें आते हुए देखा। अजगर पर उसकी एक नजर पड़ी, तो अपनी जाति के पुराने दुश्मन को देख वह डर के मारे चीखता हुआ घर के अंदर घुस गया। शोर सुनकर दादी बरामदे में आ गयीं, जहां दादा जी के गले में अजगर को कुंडली मारे देख वह बेहोश होते होते बचीं। 'यह गला घोंट कर आपको मार डालेगा,' वह बोली, 'इसे फौरन हटाओ!'

'बेकार की बात करती हो! अजी, यह तो बच्चा है, जल्दी ही हमसे घुल-मिल जाएगा।'

'बेशक, घुल-मिल सकता है,' दादी ने कहा, 'लेकिन उसके साथ घुलने-मिलने की मेरी कोई मंशा नहीं है। और तुम्हें पता है कि तुम्हारी चचेरी बहन मेबल कल हमारे घर रहने आ रही है। उसे जिस पल पता चलेगा कि घर में एक सांप है, वह उसी पल लौट जाएगी।'

'तब ठीक है, वह जैसे ही आएगी वैसे ही हमें उसको यह दिखा देना चाहिए,' दादा जी ने कहा, जिन्हें मेरी ही तरह रिश्तेदारों का आना-जाना पसंद नहीं था।

'तुम ऐसा कुछ नहीं करोगे,' दादी ने कहा।

'देखो, मैं इसे बगीचे में तो छोड़ नहीं सकता। यह मुर्गियों के बाड़े में घुस सकता है। तब हम क्या करेंगे?

'अरे, तुम कितना परेशान करते हो!' दादी बड़बड़ाई, 'इस नामुराद को गुसलखाने में बंद कर दो, और जाकर उस आदमी को ढूंढो जिससे तुम इसे लेकर आये हो, और उसे साथ लेकर आओ ताकि वह इसे ले जाये।'

मैं हक्का-बक्का रह गया और मेरे सामने ही दादाजी अजगर को गुसलखाने में ले गये और उसे टब में रख दिया। दरवाजा बंद करने के बाद उन्होंने मेरी ओर उदासी भरी नजरों से देखा।

'शायद दादी इस बार अपनी जगह ठीक हैं,' उन्होंने कहा, 'आ. खिरकार हम यह तो नहीं चाहते कि अजगर टोटो को धर दबोचे। और भूखा तो वह लग ही रहा है।' वे झटपट बाजार में सपेरे को ढूंढने के लिए निकल गये, और करीब दो घंटे तक नहीं लौटे जबकि इस बीच दादी मां बरामदे में इधर से उधर, उधर से इधर परेशान घूमती रहीं। जब दादाजी लौटे, वे हताश लग रहे थे और हम समझ गये कि वह सपेरे को नहीं ढूंढ पाये।

'तो फिर तुम खुद ही इसे कहीं ले जाओ,' दादी ने कहा– 'नदी के उस पार वाले जंगल में छोड़ आओ।'

'ठीक है, लेकिन मुझे पहले इसको कुछ खिलाने तो दो,' दादा जी ने कहा। उन्होंने पंख हटा कर साफ किया हुआ एक मुर्गा निकाला (उन दिनों मुर्गा एक रुपए से भी कम में आ जाता था) और गुसलखाने के अंदर चले गये। उनके पीछे मैं, मेरे पीछे दादी, और खानसामा और माली।

दादा जी ने दरवाजा खोला और अंदर कदम रखा। मैंने उनके पैरों के आसपास गौर से देखा, जबकि बाकी सब थोड़ा पीछे ही ठहर गये थे।

हमें अजगर कहीं नहीं दिखाई दिया।

'वह तो गया,' दादाजी ने ऐलान किया।

'वह ज़्यादा दूर नहीं गया होगा,' दादी ने कहा, 'टब के नीचे देखो।'

हमने टब के नीचे देखा लेकिन अजगर वहां भी नहीं था। फिर दादाजी खिड़की की ओर बढ़े।

'हमने इसे खुला छोड़ दिया था,' वह बोले, 'यहीं से निकल गया होगा।'

सारे घर में– रसोईघर, बगीचा, अस्तबल, मुर्गीखाना; सब जगह बड़ी बारीकी से ढूंढा गया, लेकिन अजगर कहीं नहीं मिला।

'वह बगीचे की दीवार पार कर गया होगा,' दादा जी ने कहा, 'अब तक तो वह बहुत दूर चला गया होगा।'

'मैं भी बिल्कुल यही उम्मीद करती हूँ,' दादी ने कहा। और उनके चेहरे पर राहत झलक आयी।

अगले दिन मेबल बुआ आयीं, तीन हफ्ते हमारे साथ रहने के लिए, और अगले दो-तीन दिन तक मैं और दादाजी यह सोच कर थोड़ा परेशान रहे कि कहीं अजगर अचानक दर्शन न दे दे। लेकिन तीन दिन तक जब वह कहीं नजर नहीं आया, तो हमने मान लिया कि वह वाकई कहीं दूर चला गया होगा।

और फिर शाम होने से पहले ही बगीचे में किसी के चीखने की आवाज ने हम सब को चौंका दिया। पल भर में ही मेबल बुआ बरामदे की सीढ़ियां लांघती-फलांगती आयीं जैसे कोई दानव खुद उनके सामने प्रकट हो गया हो।

'अमरूद के पेड़ पर है,' उन्होंने हांफते हुए कहा, 'मैंने एक अमरूद तोड़ने के लिए हाथ बढ़ाया ही था कि मुझे वह दिखाई दिया। वह मुझे घूर रहा था। और उसकी आंखें कितनी डरावनी थीं! जैसे वह मुझे जिंदा निगल जाएगा।'

'शांत हो जाओ, मेरी प्यारी गुड़िया,' दादी ने मेबल बुआ पर गुलाब जल के छींटें मारते हुए कहा, 'हमें बताओ, क्या देख लिया तुमने?'

'सांप!' मेबल बुआ सुबकते हुए बोलीं, 'एक बड़ा सा अजगर था। यही कोई बीस फुट का होगा! अमरूद के पेड़ पर। उसकी आंखें कितनी डरावनी थी, और मुझे कैसे अजीब ढंग से देख रहा था. . .'

मेरे दादा दादी ने एक दूसरे की शक्लें देखीं, और फिर दादाजी ने कहा, 'मैं जाता हूँ, और उसे मार कर आता हूँ।' उन्होंने एक छतरी उठायी और फौजियों वाले अंदाज में बगीचे की ओर बढ़ गये। और जब वह अमरूद के पेड़ पर पहुँचे अजगर वहां से जा चुका था। 'लगता है मेबल बुआ से डर कर भाग गया,' मैंने कहा।

'चुप रहो,' दादा जी बोले, 'हमें तुम्हारी बुआ के लिए ऐसे नहीं कहना चाहिए।' लेकिन हँसी उनकी आंखों में झलक रही थी। इस घटना के बाद अजगर ने बार-बार दर्शन देने शुरू किए और हर बार वह ऐसी

जगह प्रगट हुआ जहां कोई उम्मीद नहीं कर सकता था। मेबल बुआ को एक बार फिर खौफ का दौरा पड़ा जब उन्होंने उसे गद्दी के नीचे से निकलते देखा। उन्होंने अपना सामान बांधा और रवाना हो गयीं। अजगर की तलाश जारी रही।

एक सुबह मैंने अजगर को ड्रेसिंग टेबल पर कुंडली मारे बैठे देखा। वह आईने में खुद की छवि को निहार रहा था। मैं दादा जी को ढूंढने गया, लेकिन जब हम दोनों कमरे में पहुँचे तब अजगर अपनी जगह से जा चुका था। वह बगीचे में भी दिखाई देता था और एक बार रसोईये ने उसे लोहे की सीढ़ियों पर रेंगते हुए छत की ओर जाते देखा। फिर हमें वह दूसरी बार ड्रेसिंग टेबल पर आत्ममुग्ध होकर खुद को आईने में निहारते हुए मिला। जाहिर है वह अपनी सूरत पर फिदा हो गया था।

'उस पर सब के इस तरह ध्यान देने से शायद उसे घमंड हो गया है,' दादा जी ने कहा।

'शायद वह मेबल बुआ की नजरों में चढ़ने के लिए बेहतर दिखने की कोशिश कर रहा है,' मैंने कहा। (यह बात दादी के कानों में पड़ गयी थी, और मुझे ऐसा कहने पर तब अफसोस हुआ जब उन्होंने मेरा एक हफ्ते का जेब खर्च रोक लिया।)

'जो भी हो, अब हमें उसकी कमजोरी पता लग गयी है,' दादाजी ने कहा।

'तुम भी मजाक उड़ाने में लग गये हो?' दादी ने कहा।

'मैं मेबल को लेकर ऐसा नहीं कह रहा था,' दादा जी ने समझाया। मेरा मतलब था कि अजगर बेकार के अहंकार में पड़ गया है, इसलिए अब उसे पकड़ना आसान होगा।'

दादा जी एक ओर आईना लगाकर एक बड़ा सा पिंजरा तैयार करने में लग गये। इस पिंजरे में उन्होंने मुर्गे के रसीले टुकड़े और कई दूसरी स्वादिष्ट चीजे रखीं। घुसने के रास्ते में ऐसा दरवाजा लगाया गया कि अंदर आते ही वह कैद हो जाये।

अजगर को पकड़ने के लिए पिंजरा लगने से पहले ही मेबल बुआ जा चुकी थीं, लेकिन हमें इस काम को पूरा करना ही था क्योंकि हम

नहीं चाहते थे कि अजगर हमेशा शिकार की तलाश में घर भर में घूमता रहे। अजगर के काटने से जहर नहीं फैलता, लेकिन वह जीते जागते बंदर को निकल सकता है और किसी छोटे बच्चे के लिए भी खतरनाक हो सकता है।

कुछ दिनों तक कुछ भी नहीं हुआ। और फिर एक दिन जब मैं स्कूल जाने के लिए निकल रहा था तब मैंने अजगर को पिंजरे में देखा। वह अपने लिए रखी सारी चीजें खा गया था, और आईने के सामने कुंडली मारे बैठा था, और उसे देख कर ऐसा लग रहा था जैसे मुस्कुरा रहा हो! अगर आप अजगर की मुस्कुराहट की कल्पना कर सकें तो।

मैंने धीरे से पिंजरे मैं घुसने के रास्ते का खटका गिरा दिया, और अजगर ने मुझ पर कोई ध्यान नहीं दिया। दादाजी और माली ने मिलकर पिंजरे को तांगे में रखवाया और सूखी नदी के पार ले गये। पिंजरे का दरवाजा खोल कर जंगल में छोड़ दिया। जब वह वहां से चले गये, तब भी अजगर ने उसमें से निकलने की कोई कोशिश नहीं की।

अजगर के पास से आईना हटाना मेरे दिल को गवारा नहीं हुआ। दादा जी ने कहा, 'पहली बार मैंने देखा है कि किसी सांप को प्यार हुआ हो!'

हैरॉल्ड नाम का धनेश

दूसरे अच्छे धनेशों की तरह, हैरॉल्ड की मां एक बेहद होशियार बीवी थी, और उसके पिता बहुत शांत और सरल पति। जनवरी में ढाक के पेड़ों पर आग की लपटों जैसे लाल लाल फूल खिलने से पहले ही हेरॉल्ड के पिता अपनी बीवी को एक पेड़ के तने के एक बड़े से कोटर में ले गये, जो काफी ऊंचाई पर था, जहां उसके पिता और उनके पिता के पिता अपनी दुल्हनों को हर साल इसी समय ले कर जाते थे।

हर तरह के कितने ही मौसम झेल चुके इस कोटर में धनेश की कितनी ही पीढ़ियां पली-बढ़ी थीं। हैरॉल्ड की मां को भी उससे पहले वाली मांओं की तरह बाहर से मिट्टी, सींक और गोबर की मजबूत दीवार बनाकर कोटर के अंदर बंद कर दिया गया।

हैरॉल्ड के पिता ने दीवार के बीच में एक छोटी सी दरार छोड़ी जिससे कि जब उसका बतियाने का मन करे, तो वह अपनी पत्नी से बात कर सके। हैरॉल्ड की मां अपने इसी कमरे में, जो कि बिलकुल आरामदेह नहीं था, दो महीने से ज़्यादा के लिए कैद रही। इस दौरान एक अंडा दिया गया और हैरॉल्ड का जन्म हुआ।

बचपन में जब पंख नहीं थे तब हैरॉल्ड जरा भी खूबसूरत नहीं दिखता था। अलग सी नजर आने वाली चटक लाल चोंच उसकी खास पहचान थी। उसकी यह लाल चोंच गर्मी के मौसम की अगवानी करते पलाश के फूलों से मेल खाती थी, जो अब खूब खिल रहे थे। उसके माता-पिता दिन भर कटहल के टुकड़े और बरगद के गूलर खिलाते, लेकिन उसका पेट था कि उनकी तमाम कोशिशों के बाद भी भरता ही नहीं था।

जैसे-जैसे वह बड़ा होता गया, वह जगह उनके लिए और छोटी पड़ने लगी, और एक दिन उसकी मां एक झटके में दीवार तोड़ कर बाहर निकल गयी, अपने पंख फैलाए और पेड़ों के ऊपर उड़ान भरने लगी। उसके पति ने ऐसा जताने की कोशिश की कि वह उसे बाहर देख कर खुश हुआ, और उसके साथ मस्ती करने लगा, अपनी खुशी जाहिर करने के लिए गले से गहरी घरघराहट और कुड़कुड़ाहट की आवाजें करने लगा। फिर उन्होंने घोंसले की दीवार को मरम्मत करके पहले की तरह बंद कर दिया ताकि हैरॉल्ड गिर न जाये।

हैरॉल्ड अपनी छोटी सी कोठरी में काफी खुश था और उसे आजादी की कोई चाह नहीं थी। उसका वजन बढ़ रहा था और पंख निकलने के साथ ही दुनिया को देखने का अपना नजरिया भी बन रहा था! फिर कुछ ऐसा घटा कि उसकी जिंदगी बदल गयी।

एक दोपहर दीवार पर किसी चीज के जोर-जोर से टकराने की आवाज ने उसे जगा दिया। यह आवाज उससे बहुत अलग थी जैसी उसके माता-पिता करते थे। जल्दी ही दीवार गिर गयी, और एक बड़ी सी लाल चीज उसे घूरती नजर आयी, जो उसके माता-पिता की चोंच नहीं थी, बल्कि वह था दादा जी का धूप से लाल हुआ चेहरा और छोटी सी लाल दाढ़ी।

पल भर में ही हैरॉल्ड पकड़ा गया। वह बहुत जोर-जोर से चिल्लाया और अपनी चोंच और पंजों से वार किये, लेकिन कोई फायदा नहीं हुआ।

दादाजी ने उसे अपने थैले में बंद किया, और धनेश का बच्चा हमारे आगे वाले बरामदे में बने चिड़ियाघर में शामिल कर लिया गया।

हैरॉल्ड का नजरिया बड़ा ही सहज था और एक बार उसे जब शुरुआती दौर की उलझनों से छुटकारा मिल गया, तो फिर वह नजदीक आने वाले अजनबी लोगों का स्वागत करने लगा। उसके लिए दादाजी और मेरे आने का मतलब था- खाना मिलने वाला है, और वह सिर ऊंचा उठा-उठा कर चोंच खोलकर जोर से 'का-का-काईई' की आवाज के साथ हमारा स्वागत करता था।

जिस जगह उसकी परवरिश हुई थी, उस घिचपिच वाली जगह के मुकाबले दादाजी ने उसे बरामदे के धूपदार कोने में एक काफी बड़े से पिंजरे में रखा था, और उसे हर रोज नहाने के लिए एक बड़े तसले में ताजा पानी भी दिया जाता था।

आम भारतीयों के नजरिये से हैरॉल्ड खूबसूरत नहीं था। उसका शरीर छोटा सा और सिर बड़ा था। लेकिन उसका स्वभाव अच्छा था, और उसने अपनी जिंदगी के बारह साल मेरे दादा-दादी के साथ घर के सदस्य के तौर पर बहुत अच्छी तरह से काटे। वह बुआ जी को भी बर्दाश्त कर लेता था जिन्हें घर के दूसरे पालतू जानवर बेहद नापसंद करते थे।

हैरॉल्ड के लिए सबसे अच्छे दोस्त वो थे जो उसे खाना देते थे, और वह अपना खाना हमारे साथ मिल बांट कर खाने के लिए तैयार रहता था, बल्कि कभी-कभी मुझे अपनी बड़ी सी चोंच से खिलाने की कोशिश भी करता था। हैरॉल्ड के लिए खाना एक बड़ा ही अहम काम था और अगर कभी खाना देने में देर हो जाती थी, तो वह जोर-जोर से पुकारते हुए अपनी चोंच पिंजरे की लकड़ी की चौखट पर मार-मार कर हमें बुलाता था।

उसे केले, खजूर और पके चावल के लड्डू खाना पसंद था। मैं चावल के लड्डू उसकी ओर फेंकता तो वह उन्हें चोंच में लपक लेता,

फिर उन्हें हवा में उछाल कर अपनी खुली चोंच में लेकर निगल जाता। चीजों को लपकने के हुनर को उसने खूब चमकाया और फिर दादा जी ने उसे तेजी से पंद्रह गज दूर से फेंकी गयी टेनिस की गेंद को लपकना सिखा दिया।

वह क्रिकेट के मैदान में बेहतरीन स्लिप फील्डर बन सकता था। परिवार, कामकाज या धरम-करम के झंझट-झमेले से आजाद, हैरॉल्ड अपनी शक्ल-सूरत का ध्यान रखने में काफी समय लगाता था। अपनी रूज की डिब्बी हर समय उसके साथ रहती थी, और वह उसे बड़ी होशियारी से सुबह-सुबह तैयार होने के समय इस्तेमाल करता था। यह रूज की डिब्बी दरअसल ठीक उसकी पूंछ के पंखों की जड़ के ऊपर एक ग्रंथि थी, जिससे गहरा पीला सा पदार्थ निकलता था। समय-समय पर हैरॉल्ड अपनी चोंच से वह पदार्थ लेकर अपने पंखों और गर्दन के पीछे मल लिया करता था। हैरॉल्ड को छूने पर वह रंग हमारे हाथों में लग जाता था। मुझे लगता है कि उसके इस रंग में पानी से बचाने का गुण होगा क्योंकि वह इसे बारिश के मौसम में सबसे ज़्यादा इस्तेमाल करता था।

दादा जी के साथ इतने साल रहते हुए हैरॉल्ड ने कुछ पीया नहीं, पानी तक नहीं। लगता है धनेश को जितने पानी की जरूरत होती है वह उनके भोजन से ही मिल जाता है।

सिर्फ एक बार उसने बुरी लगने वाली हरकत की। तब जब उसने अमेरिका से हमारे घर आये एक दोस्त के हाथ से जलती हुई सिगार छीन ली, और उसे निगल गया। हैरॉल्ड के लिए वह अपने दिल की करने का एक मौका था और हमारे मेहमान के लिए दिल दहलाने वाला। दोनों को संभालने के लिए उन्हें थोड़ी-थोड़ी ब्रांडी पिलानी पड़ी।

हालांकि हैरॉल्ड पानी नहीं पीता था, लेकिन उसे बारिश अच्छी लगती थी। हमें हमेशा पता लग जाता था कि बारिश होने वाली है, क्योंकि हैरॉल्ड बूँदें पड़ने से करीब घंटा भर पहले खुद से बातें करने लगता था। मेरी बुआओं को इससे चिढ़ मचती थी। जब वह घर से निकलती थीं और हैरॉल्ड खुद से बातें कर रहा होता था, और जब वह तरबतर हो कर लौटतीं, तब वह बेतहाशा हँसता था।

जब घनघोर बादल छाते और हवा के थपेड़े केले के पेड़ों को जोर-जोर से झकझोरते, तब हैरॉल्ड को बहुत मजा आता था, और उसकी चुलबुली चक-चक एक अजीब भुतही सी सीटी में बदल जाती थी। वह 'व्हीईईईईई. . .' करके सीटी बजाता। और जब बारिश की पहली बूंदे बरामदे की सीढ़ियों पर पड़तीं और धरती से निकलने वाली सोंधी सुगंध घर भर में छा जाती, तब वह फिर से किसी पियक्कड़ की तरह बलबलाने लगता।

हवा के थपेड़े जब बारिश की बौछार का रुख उसके पिंजरे की ओर मोड़ देते, तो पंख फैलाकर किसी सर्कस के जोकर की तरह नाचता था।

जब मानसून की बारिश पूरे जोर पर होती, और बारिश में कुछ नयापन नहीं रह जाता तो उसका सारा जोश हमारे जोश की तरह ही ठंडा पड़ जाता था। लेकिन शुरुआत की कुछ झड़ी हमेशा उस पर जादू सा असर करती थीं, और तब हम उसे देखने और उसकी खुशी में शामिल होने के लिए बाहर बरामदे में आ जाते थे।

मुझे हैरॉल्ड की कर्कश पुकार और अपनी बड़ी सी चोंच पटकना याद आता है। अगर नेक धनेशों के लिए कोई स्वर्ग होगा, तो मुझे पूरा यकीन है कि वहां उसे जी भर कर सावन की फुहारों का आनंद मिल रहा होगा और लपकने के लिए टेनिस की गेंदों की भी कमी नहीं होगी।

कीचड़ में सिमटा संसार

मैंने कभी सोचा नहीं था कि हमारे घर के पिछवाड़े वाले बरसाती पोखर में तमाम सारी कीचड़ और कभी-कभी उसमें आकर लोटने वाली एक-आध भैंस के अलावा भी कुछ होगा। वह तो दादाजी ने मुझे पोखर में पाये जाने वाले किस्म-किस्म के जीवों से परिचित कराया, जिनके बीच आपस में ऐसा रिश्ता था कि हरेक के ठीक-ठाक रहने में ही हर किसी की भलाई थी। पोखर के वासियों के लिए पोखर ही संपूर्ण संसार था। और, दादा जी का विचार था, कि संसार के लोगों के लिए संसार एक कीचड़ भरे पोखर से ज़्यादा कुछ नहीं!

जब दादा जी ने मुझे पहली बार पोखर की दुनिया दिखायी, तब उन्होंने एक पुराने पीपल के पेड़ के साये में एक ऐसी जगह चुनी जहां हम घंटे भर तक बैठे पानी पर मलाई की तरह जमी पतली सी काई की हरी परत को देखते रहे। दोपहर के समय पानी में डुबकी लगाने वाली भैंसें अब तक नहीं आयी थीं, और पोखर की सतह पर कोई हलचल नहीं थी।

पहले दस मिनट के दौरान हमें कुछ देखने को नहीं मिला। फिर एक छोटा सा काला उभार पोखर के बीच में नजर आया। धीरे-धीरे वह ऊपर उठा और आखिरकार हमें समझ में आया कि वह एक मेंढक का सिर था। उसकी बड़ी-बड़ी आंखें हम पर ही टिकी थीं। उसे नहीं मालूम था कि हम दोस्त हैं या दुश्मन, और उसने अपना शरीर पानी के अंदर ही छुपा रखा था। उसकी तलाश में उसका जानी दुश्मन कोई बगुला, कहीं आस-पास हो सकता था। जब उसे भरोसा हो गया कि हम बगुले नहीं हैं, तो उसने यह जानकारी अपने दोस्तों और पड़ोसियों तक पहुँचायी, और जल्दी ही बहुत सारे बड़े-बड़े सिर और आंखें पानी की सतह पर नजर आने लगे। गले की थैली फूल गयीं और उनका समूह गान शुरू हो गया- टर्र टर्र टर्र टर्र।

पेड़ के पास उथले पानी में एक गहरा साया हमें इधर-उधर होता हुआ दिखाई दे रहा था। जब हमने उस जगह को एक डंडी के सिरे से छुआ तो उसमें तुरंत हलचल मच गयी।

हजारों टैडपोल यानी भेंकशिशु या मेंढक के बच्चे बिलबिलाने लगे, एक दूसरे को धकियाते, एक दूसरे से टकराते।

'ये टैडपोल क्या खाते हैं,' मैंने दादा जी से पूछा।

'आमतौर पर यह एक दूसरे को खाते हैं,' दादा जी ने कहा। वह पहले कुछ टैडपोल अपने एक्वेरियम में रख चुके थे। यह जानकर अच्छा तो नहीं लगता कि हमेशा से ऐसा ही होता आया है, लेकिन जब आप इस बात पर गौर करते हैं कि हजारों हजार टैडपोल अंडों से निकलते हैं, तब इस व्यवस्था की अच्छाई समझ में आती है। अगर इस पोखर के सारे टैडपोल मेंढक बन जाएं, तो यहां से अपने घर तक के सारे

रास्ते में मेंढक ही मेंढक हो जाएंगे, और जमीन पर पैर रखने की जगह भी नहीं बचेगी!

'उनकी टर्र-टर्र से दादी जरूर बौखला जाएंगी,' मैंने कहा, और इस बात पर दादाजी भी सहमत थे।

जब दादाजी कम उम्र के थे, तब एक बार वह पेड़ों पर रहने वाले कुछ हरे मेंढक घर ले आये थे। उन्होंने उन सबको चौड़े मुंह वाली कांच की एक बर्नी में डाला और बर्नी को खिड़की की मुंडेर पर रख कर छोड़ दिया था, लेकिन उनके बारे में किसी को नहीं बताया था।

सुबह के करीब चार बजे तेज और डरावनी सी आवाजों से सारे घर के लोग जाग गये, और दादी के साथ कई सहमे हुए रिश्तेदार किसी खतरे से बचने के लिए बरामदे में इकट्ठे हो गये। जब उन्हें पता चला कि आवाज कहां से आ रही थी, तो उनका डर उसी समय गुस्से में बदल गया। भोर के उजाले का आभास मिलते ही मेंढक मिलकर शोर मचाने लगे थे।

दादी मेंढकों को बर्नी समेत खिड़की से बाहर फेंक देना चाहती थीं, लेकिन दादाजी ने उसे जोर से हिलाया तो मेंढक चुप हो गये। सब फिर से सोने चले गये, लेकिन दादा जी को अपनी जिम्मेदारी समझते हुए जागते रहना पड़ा ताकि जैसे ही यह समझ में आये कि मेंढक फिर से शोर मचाने को तैयार हो गये हैं, बोतल को हिला दिया जाये।

सभी के लिए एक बात अच्छी हुई कि अगले दिन मेबल बुआ ने यह देखने के लिए कि अंदर क्या है, कांच की बर्नी का ढक्कन खोल दिया। वह पेड़ पर रहने वाले दर्जन भर मेंढकों को देखकर इतनी ज़्यादा डर गयीं कि बिना वापस ढक्कन लगाये वहां से भाग निकलीं। मेंढक कूद-कूद कर बाहर बगीचे में चले गये और फिर कभी दिखाई नहीं दिये।

उनके भाग जाने से दादाजी की पेड़ों पर पाये जाने वाले मेंढकों की मदद से हवा का दबाव पता करने की योजना खटाई में पड़ गयी। दादाजी का इरादा मेंढको को ऊंचे-ऊंचे ऐसे मर्तबानों में रखने का था जिनके अंदर सीढ़ियां बनी हों। सीढ़ियों का हर पायदान अलग-अलग

स्तर बताता। जब मौसम अच्छा होता तो मेंढक सीढ़ी पर ऊपर के पायदान तक आ जाते और मौसम बिगड़ने पर बोतल के पेंदे की ओर चले जाते। दादाजी चाहते थे कि पिकनिक पर जाने से पहले वह अपने मेंढकों की सलाह लेते।

लेकिन अपने तालाब की बात पर लौटने हुए बताना चाहूँगा कि मुझे जल्द ही उसके किनारों और कम गहरे हिस्सों को जानने-समझने के लिए अकेले ही वहां जाने की आदत पड़ गयी; और, अपने जूते उतारकर, मैं घुटनों तक मटमैले पानी में उतरता और पानी की सतह पर खिले कुमुदनी के फूल तोड़ता।

एक दिन, जब मैं तालाब पर पहुँचा, तो मैंने देखा कि उसमें पहले से ही भैंसें हैं। उनका मालिक, जो मुझसे थोड़ा बड़ी उम्र का लड़का था, तालाब के बीच तैर रहा था। किनारे पर बाहर निकलने के बजाय, वह अपनी भैंसों में से एक की पीठ पर चढ़ गया और धूप में चमकती उसकी गीली पीठ पर अपना उघरा सांवला शरीर पसार कर गाना गाने लगा।

जब लड़के ने देखा कि मैं तालाब के किनारे से उस पर ही नजरें गड़ाए हूँ, तो वह मुस्कुराया। धूप से काले पड़े उसके चेहरे पर सफेद दांत अलग चमक रहे थे। उसने मुझे तैरने के लिए बुलाया। जब मैंने उसे बताया कि मुझे तैरना नहीं आता, तो उसने मुझे सिखाने की पेशकश की। उसने अपनी भैंस की पीठ से छलांग लगा दी, और तैर कर मेरे पास आ गया। और अपनी कमीज और जांघिया उतारकर, जैसे-जैसे वह मुझे करने को कहता गया, मैं वैसा ही करता रहा, और फिर खुद को कुमुदिनी के पौधों के बीच पानी में हाथ-पांव मारते पाया।

लड़के का नाम रामू था, और उसने मुझे रोज दोपहर तैरना सिखाने का वादा किया। इसलिए दोपहर के दौरान, खासतौर से गर्मियों की दोपहर में, जब बाकी सब सो जाते थे, तब हम मिलते थे।

बहुत जल्द मैं इतना तैरना सीख गया कि तालाब पार करके मटमैले से समुद्र के बीच किसी टापू जैसी लगने वाली मस्ती में डूबी किसी

भैंस पर रामू के साथ बैठने जा पहुँचूं। रामू एक किसान परिवार से था और उसे अब तक स्कूल में पढ़ने का मौका नहीं मिला था।

लेकिन उसे पीढ़ी दर पीढ़ी चली आ रही दुनियादारी की तमाम बातों की खूब समझ थी, और वह पशु-पक्षियों के बारे में भी काफी कुछ जानता था। मुझे भी भैंस अच्छी लगती थीं। कभी-कभी हम उनसे दौड़ लगवाने की कोशिश करते। तब रामू और मैं अलग-अलग भैंसों पर सवार होते। लेकिन वे ठहरीं आलसी जीव, एक आरामदेह ठिया तब छोड़तीं जब दूसरा मिल जाये। खेल का मन न होने पर वह कहीं भी पसर जातीं, या फिर हमें अपने साथ लिए तालाब के कीचड़ और काई के हरे कचरे में लोट लगातीं। मैं अक्सर तालाब से हरे और खाकी रंगों में रंग कर निकलता था, फिर अपने कपड़े पहनने से पहले गुसलखाने में जाकर नल के नीचे खड़े होकर नहाता था।

रामू और मैं अपनी पसंदीदा भैंसों पर बैठे सारस के एक जोड़े को एक दूसरे के साथ अठखेलियां करते और थिरकते हुए देख रहे थे: बिना रोंए वाले लाल सिर और लंबी लाल टांगों वाले ऊंचे कद के पक्षी। वे हमेशा अपने साथी के प्रति बेहद वफादार रहते हैं, और ऐसा कहा जाता है कि अगर एक सरस को कोई मार दे तो उसका साथी कई हफ्तों तक उसी जगह मंडराता और दिल चीर देने वाली आवाजें करता रहता है, और कभी-कभी अपने बिछड़े साथी के गम में मर भी जाता है। गांव के लोग उन्हें बड़ा प्यार करते हैं, और बड़े होने से पहले पकड़ में आ जाएं तो लोग उन्हें पाल भी लेते हैं। हालांकि दादाजी के पास पालतू सारस नहीं था, लेकिन उन्होंने बताया था कि वे अच्छे पहरेदार भी होते हैं, और उन्हें कोई परेशान करे तो तुरही की तरह जोर की आवाजें करते हैं।

जब पीपल के पेड़ पर बैठा एक नीलकंठ पक्षी नीचे आकर एक टिड्डे को चोंच में दबाकर उड़ गया तो रामू ने कहा, 'कई जीव-जंतुओं को पवित्र माना जाता है।' उसने मुझे बताया कि भगवान शिव का एक नाम नीलकंठ भी है। इस पक्षी की तरह भगवान शिव का कंठ यानी गला भी नीला है, क्योंकि उन्होंने मानव जाति की रक्षा के लिए वह घातक विष पी लिया था, जो संसार को नष्ट कर सकता था। लेकिन उन्होंने इस विष को गले से नीचे नहीं उतरने दिया।

'क्या गिलहरी भी पवित्र हैं?' मैंने पूछ लिया। रामू ने कहा, 'भगवान राम को गिलहरी बहुत प्यारी थीं। वह उन्हें गोद में लेकर अपनी लंबी-लंबी उंगलियों से सहलाया करते थे। इसीलिए उनकी पीठ पर सिर से पूंछ तक चार काली रेखाएं होती हैं। ये रेखाएं उनकी उंगलियों के निशान हैं।'

ऐसा लगता था कि रामू और दादाजी दोनों का मानना था कि हमें पशु-पक्षियों के साथ ज़्यादा अच्छी तरह पेश आना चाहिए, और इतने सारे जीवों की जान नहीं लेनी चाहिए। 'यह जरूरी है कि उनके लिए हमारे मन में अच्छी भावना हो,' दादाजी ने कहा। श्हमें मानना चाहिए कि दुनिया पर उनका भी हक है। जहां देखो, पशु-पक्षियों का जीना मुश्किल हो रहा है क्योंकि हम उनके जंगलों का सफाया करते जा रहे हैं। पेड़ों के कट जाने पर उन्हें कहीं और रहने की जगह ढूंढनी पड़ती है।

रामू और मैं गर्मियों की लंबी दोपहर बिताने के लिए कितनी ही बार तालाब पर चले जाते थे। सिर्फ भैंस और मेंढक और सारस ही हमारी दोस्ती के बारे में जानते थे। उन्होंने हमें अपनी दुनिया, यानी बेहद राहत देने वाले अपने कीचड़ भरे तालाब का हिस्सा मान लिया था। और आखरिकार जब मैंने वहां जाना बंद कर दिया, तो रामू और तालाब के जीव-जंतुओं ने यह मान लिया होगा कि मैं भी पक्षियों की तरह एक न एक दिन वापस आऊंगा।

बरगद का पेड़

हालांकि घर और मैदान मेरे दादा-दादी के थे, लेकिन शानदार पुराना बरगद का पेड़ मोटे तौर पर मेरा ही था, खासकर इसलिए क्योंकि पैंसठ साल के दादाजी अब उस पर चढ़ नहीं सकते थे। उसकी फैली हुई शाखाएं, झुक कर जमीन तक आ जाती थीं और फिर से जड़ पकड़ लेती थीं, और इस तरह उनके बीच कई घुमावदार रास्ते बन गए थे जिनमें मुझे बेहद मजा आता था। उनमें गिलहरी, घोंघे और तितलियां होती थीं। घर बनने के बहुत पहले से पेड़ वहां था, दादा जी से भी उम्रदराज, शायद देहरादून जितना पुराना। मैं उसकी शाखाओं में, घने हरे पत्तों की आड़ में छुपकर, किसी को पता लगे बिना देख सकता था कि

नीचे की दुनिया में क्या हो रहा है। सबसे पहले एक छोटी सी स्लेटी गिलहरी मेरी दोस्त बनी। शुरुआत में ऐसा लगता था कि वह अपनी पीठ को तान अपने इलाके में मेरी घुसपैठ पर नाराजगी जताती होगी। लेकिन जब उसने पाया कि न मेरे पास गुलेल थी और न एयरगन, तो उसने मेरे साथ मेलजोल बढ़ाया, और जब मैं उसके लिए केक और बिस्किट के टुकड़े लेकर जाने लगा, तो उसकी हिम्मत खुल गयी, और जल्द ही वह मेरे हाथ से चीजें लेकर खाने लगी।

जल्दी ही उसने मेरी जेब तक अपनी पहुँच बना ली और वहां उसे जो कुछ मिल जाए उस पर हाथ साफ करना शुरू कर दिया। वह एक बहुत छोटी गिलहरी थी और शायद उसके दोस्त और रिश्तेदार एक इंसान पर इतना भरोसा करने की वजह से उसे बेवकूफ या अड़ियल मानते होंगे।

वसंत में, जब बरगद के पेड़ पर बहुत सारे छोटे-छोटे और लाल गूलर लगे होते थे तब तमाम तरह के परिंदों के झुंड के झुंड उसकी शाखाओं पर उमड़ पड़ते थे: जिंदादिल और भुक्खड़ पूंछ के नीचे लाली वाली बुलबुल; लगातार चकर-चकर करने वाली गुलाबी जंगली मैना। तोते, देसी मैना और कौवे आपस में नोकझोंक करते रहते थे। गूलर वाले मौसम के दौरान, बगीचे में सबसे ज़्यादा शोर बरगद के पेड़ पर ही मचा रहता था।

पेड़ की ऊंचाई के लगभग बीच में मैंने एक कच्ची मचान सी बना ली थी, जहां बहुत ज़्यादा गर्मी न होने पर मैं दोपहर का समय बिता सकूं। मैं वहां घर की बैठक से लायी गद्दी लगाकर पेड़ के तने के सहारे बैठ कर पढ़ सकता था। 'ट्रेजर आइलैंड,' 'द एडवेंचर्स ऑफ हकलबेरी फिन,' और 'द स्टोरी ऑफ डॉक्टर डूलिटल' कुछ ऐसी किताबें थीं, जो मेरी बरगद के पेड़ वाली लाइब्रेरी का हिस्सा बनीं। जब मेरा पढ़ने का मन नहीं होता था, तो मैं पत्तों के बीच से झांक कर नीचे की दुनिया का जायजा ले सकता था। और, एक दिन दोपहर में, मुझे भारतीय जंगली जानवरों के सबसे जाने-माने नजारे- एक नेवले और एक नाग की लड़ाई को करीब से देखने का मौका मिला। लेकिन यह लड़ाई मुझे दिखाने के लिए नहीं लड़ी गयी थी!

गर्मी का मौसम सिर पर था और हवा में बढ़ी गर्माहट ने दूसरे तमाम लोगों के साथ माली को भी घर में रहने को मजबूर कर दिया था। मुझे नींद घेरने लगी तो मैं तालाब पर जाकर रामू और भैंसों के साथ थोड़ा तैरने की सोचने लगा, कि तभी मैंने देखा कि एक बड़ा सा काला नाग रेंगता हुआ कैक्टस के झुरमुट से बाहर आ रहा था। उसी समय झाड़ियों से एक नेवला निकला और सीधे नाग की ओर बढ़ा। बरगद के पेड़ के नीचे एक ऐसे खुले हिस्से में जहां घास वगैरह नहीं थी, वे एक-दूसरे के आमने-सामने आ गये। नाग बहुत अच्छी तरह जानता था कि तीन फुट लंबा नेवला एक शानदार लड़ाका था- होशियार और खूंखार। लेकिन नाग भी एक शातिर और अनुभवी योद्धा था। वह तेजी से पैंतरा बदल सकता था और बिजली की चाल से हमला कर सकता था; और, उसके लम्बे और नुकीले दांतों के पीछे जहर की थैलियां जानलेवा जहर से भरी हुई थीं।

यह दो सूरमाओं की लड़ाई थी। फुफकार मार कर चुनौती देते, आगे से दो हिस्सों में बटी जीभ को अंदर और बाहर करते हुए, नाग ने अपने छह फीट के शरीर में से आधे को जमीन से ऊपर उठा कर तान दिया और चश्मे जैसे निशान वाले फन को फैला दिया। नेवले ने अपनी पूंछ पटकी। उसकी रीढ़ के लंबे बाल खड़े हो गए। हालांकि लड़ाके पेड़ में मेरी मौजूदगी से अनजान थे, लेकिन उन्हें जल्द ही दो दूसरे तमाशबीनों के आने का पता चल गया। एक तो मैना थी, दूसरा जंगली कौआ। उन्होंने मुकाबले की तैयारियों को देखा तो नतीजा देखने के लिए नागफनी पर बैठ गए थे। अगर उन्हें सिर्फ देखने से तसल्ली हो जाती, तो दोनों के साथ सबकुछ ठीक ही होता।

नाग बचाव की मुद्रा में खड़ा हो गया, अपने फन को धीरे-धीरे इधर-उधर हिलाते हुए नेवले को मंत्रमुग्ध करने की कोशिश करता रहा ताकि नेवला गलत दांव लगा दे। लेकिन नेवले को अपने दुश्मन की न झपकने वाली कांच जैसी आंखों की ताकत का बखूबी अंदाजा था, इसलिए वह उससे आंखें मिलाने से बचता रहा। इसके बजाय, उसने नाग के फन के ठीक नीचे एक बिंदु पर अपनी निगाह टिका दी और हमले के लिए तैयार हो गया।

वह तेजी से आगे बढ़ा लेकिन नाग की पहुँच में आने से ठीक पहले नेवले ने एक तरफ बढ़ने का नाटक किया। नाग ने तुरंत फन मारा। उसका बड़ा सा फन इतनी तेजी से नीचे आया कि मुझे लगा कि नेवला अब नहीं बचा सकता। लेकिन वह छुटकू बड़ी सफाई से खुद को बचाकर एक तरफ कूद गया, और नाग जैसी तेजी से ही उसके फन के पीछे काट कर उसी फुर्ती से नाग की पहुँच से बाहर हो गया।

जिस पल नाग ने फन मारा, उसी पल कौए और मैना भी हमला करने के लिए कूद पड़े, लेकिन नाग तक पहुँचने से पहले ही वह दोनों हवा में एक दूसरे से बुरी तरह टकरा गये। दोनों ने एक दूसरे को खूब बुरा-भला कहा, और वापस जाकर नागफनी की झाड़ पर बैठ गये।

नाग की पीठ पर खून की कुछ बूंदें चमक उठीं। नाग ने फिर हमला किया और फिर चूक गया। फिर से नेवला पहले की तरह एक तरफ उछला, फिर फुर्ती से नाग को काट खाया। दोनों पक्षी फिर से नाग पर हमला करने के लिए आगे बढ़े और एक-दूसरे से टकरा गये, और खुद को बचाने के लिए नागफनी पर लौट गये।

तीसरे दौर में भी वही सब हुआ जो दो बार पहले भी हो चुका था, बस एक बात नाटकीय रूप से अलग थी। कौए और मैना ने अपनी मुहिम आगे बढ़ाने की ठान कर सांप पर हमले के लिए फिर से झपट्टा मारा, और इस बार वे एक दूसरे के साथ टकराने से तो बचे ही, अपने निशान पर चोट करने से भी चूक गये। मैना उड़ते हुए आगे चली गयी और अपने अड्डे पर पहुँच गयी, लेकिन कौए ने बीच हवा में ही वापस लौटने की कोशिश की। कौए को ऐसा करने में पल भर का जो समय लगा उसी में नाग ने अपना फन पीछे को खींचा और पूरी ताकत से कौए पर वार कर दिया। उसके फन का अगला हिस्सा कौए के शरीर पर जोरदार आवाज के साथ टकराया।

मैंने उस पक्षी को करीब बीस फीट दूर बगीचे के दूसरे सिरे पर जाकर गिरते देखा। वह कुछ देर इधर-उधर फड़फड़ाता फिरा, फिर शांत हो गया। मैना नागफनी के पौधे पर डटी रही, और जब सांप और नेवला लड़ने को आमने-सामने आये, तो उसने बड़ी समझदारी से काम लेते हुए उनके बीच न पड़ने का फैसला किया!

कोबरा कमजोर पड़ रहा था, और नेवला बेधड़क आगे बढ़ते हुए उसके पास तक पहुँच गया, अपने छोटे-छोटे पैरों पर उचक कर बिजली सी फुर्ती के साथ उसने उस बड़े से सांप का फन पकड़ लिया। नाग दिल दहलाने वाले ढंग से ऐंठते हुए छटपटाने लगा, और यहां तक कि उसने एक बार नेवले को अपने लपेटे में ले लिया। लेकिन कोई फायदा नहीं हुआ। छोटे जनाब ने सांप के फन को तब तक नहीं छोड़ा जब तक कि सांप ने खुद को बचाने की जद्दोजहद बंद नहीं कर दी। फिर उसने लंबाई में सिर से पूछ तक उसके रह-रह कर झटके खाते शरीर को सूंघा, उसके फन को मुंह में दबोचा और उसे झाड़ियों में खींच ले गया।

मैना होशियारी से जमीन पर उतरी, फिर फुदकते हुए सुरक्षित दूरी से झाडियों की ओर मुंह करके चिल्ला-चिल्ला कर चिढ़ाती रही, और फिर, तीखे और तेज स्वर में बधाई देकर उड़ गयी।

बरगद का पेड़ उस मामले से जुड़ी जगह भी थी जिसे हमने धुएँ सी रंगत वाली गिलहरी और सफेद चूहे के अनोखे प्रकरण के रूप में जाना।

सफेद चूहा दादाजी का था। वह उसे चार आने में खरीद कर लाए थे, लेकिन मैं उसे अक्सर अपने साथ बरगद के पेड़ पर ले जाता था, जहां जल्द ही उसने एक गिलहरी से दोस्ती कर ली। वे दोनों अक्सर पुराने पेड़ की जड़ों और शाखाओं के बीच साथ में सैर-सपाटे के लिए निकल जाते थे।

फिर गिलहरी ने घोंसला बनाना शुरू किया। पहले तो उसने मेरी जेबों में घोंसला बनाने की कोशिश की, और जब मैंने घर लौटकर अपने कपड़े उतारे तो देखा कि कपड़ों से घास-फूस निकलकर गिर रही थी। फिर एक दिन दादी की बुनाई सलाई समेत गायब हो गयी। हमने उसे हर जगह ढूंढा लेकिन हमें कामयाबी नहीं मिली। अगले दिन मैंने देखा कि पेड़ के एक खोह में कुछ चमक रहा था। देखने के लिए ऊपर चढ़ा, तो मैंने देखा कि वह दादी की स्टील की बुनाई वाली सलाई का सिरा था। खोह के अंदर झांका तो पाया कि बुनाई उसके अंदर थी। और बुनाई और ऊन के बीच गिलहरी के तीन बच्चे थे जो सभी सफेद थे!

हमने नन्हीं सफेद गिलहरियों को हैरानी से देखा और उनके लिए हमारे मन में प्यार उमड़ आया। दादा जी को पहले तो कुछ समझ में

नहीं आ रहा था, लेकिन जब मैंने उन्हें बताया कि सफेद चूहा पेड़ पर आता-जाता था, तो उनके माथे से दुविधा की सिलवटें गायब हो गयीं। उन्होंने कहा- 'हो न हो, सफेद चूहा ही इनका पिता होगा।'

आंगन का कौआ

कौए का बच्चा अपने घोंसले से गिरकर सड़क पर इधर-उधर फड़फड़ाता फिर रहा था। वह किसी ठेले या तांगे से कुचल जाता या बिल्ली उसे दबोच ले जाती, इसलिए मैं उसे उठाकर अपने घर ले आया। वह बड़ी खराब हालत में था, चोंच खुली जा रही थी और सिर लटका जा रहा था। हमें उसके जीने की उम्मीद नहीं थी। लेकिन दादाजी और मैंने उसे जिलाने की कोशिश में वह सब कुछ कर डाला जो किया जा सकता था। हमने उसकी चोंच को एक पेंसिल से धीरे से खोलकर, थोड़ी सी दूध-रोटी उसमें डाली, फिर पेंसिल को हटा लिया ताकि वह उसे निगल सके। हमने उसके खाने-पीने में बदलाव के लिए बीच-बीच में उसे घर पर ही दादी की बनायी शराब की कुछ खुराक दीं, और नतीजतन जल्दी ही कौए के बच्चे की हालत सुधारने लगी।

उसे खुला छोड़ दिया गया, लेकिन वह कहीं नहीं गया। आजादी को गले लगाने के बजाय उसने घर में ही आराम से रहने का मन बनाया। दादी, मेबेल बुआ, और यहां तक कि दादाजी के कुछ पालतू जानवरों ने भी इस बात पर ऐतराज जताया; लेकिन इस परिंदे से छुटकारा पाने का कोई रास्ता किसी को नजर नहीं आया। उसके तौर-तरीकों से ऐसा लगता था जैसे घर चलाने का दारोमदार उसी के कंधों पर हो। हमें नहीं मालूम था कि वह नर था भी या नहीं, लेकिन हम उसे सीजर नाम से पुकारते थे।

शुरू से ही, बगीचे में अपने पसंदीदा कीड़े-मकोड़े चुगने के बाद भी सीजर खाने के समय हमारा साथ देने आ जाता था। जब तक उसे एक छोटी कटोरी में मीट, सब्जियां और सूप नहीं दिया जाता तब तक वह खाने की मेज पर धमाचौकड़ी मचाता, और हमें चैन से खाने नहीं देता था। बेचैन तो वह हमेशा ही रहता था- इधर-उधर भटकता, हर चीज की जांच-पड़ताल करता रहता था। वह मेज के दूसरी ओर रखी

माचिस की डिब्बी से तीलियां बाहर निकालता, अखबार को चिंदी-चिंदी कर डालता, फूलदान में सजे फूल निकाल कर उसे उलट देता, या हमारे घर के किसी कुत्ते की पूंछ खींचता।

'यह कौआ सब सत्यानाश कर देगा!' कालीन से गेंदे के फूल समेटते हुए दादी बड़बड़ाई, 'क्या तुम लोग इसे पिंजरे में नहीं रख सकते?'

हमने सीजर को पिंजरे में रखने की कोशिश भी की, लेकिन इससे वह बुरी तरह चिढ़ गया और पंख फड़फड़ाते हुए इतनी जोर-जोर से चिल्लाया कि हमारी बर्दाश्त से बाहर हो गया, और आख़िरकार अपनी शांति की खातिर उसे सारे घर में खुला घूमने के लिए छोड़ दिया गया। बरगद के पेड़ पर आने वाले दूसरे कौओं के बीच जाने में उसने कोई दिलचस्पी नहीं दिखायी। दादाजी का कहना था कि ऐसा इसलिए था क्योंकि वह वास्तव में एक जंगली कौआ था और शायद जानवरों की लाशें खाने वाले आम कौओं को हिकारत भरी नजरों से देखता था। लेकिन मुझे लगता है कि सीजर इंसानों के साथ रहने का आदी हो गया था, वह भी बराबरी की शर्त पर, और अपनी जाति वालों के साथ घुलना-मिलना नहीं चाहता था। यहां तक कि वह हैरॉल्ड नाम के धनेश के साथ भी पंगे लेता रहता था। हैरॉल्ड के पिंजरे पर बैठ कर वह उस बड़े से पक्षी के पैरों पर चोंच मार कर उसे परेशान करता, और फिर हैरॉल्ड उसे खूब भला-बुरा कहता, डाट लगाता और सलाखों के बीच से सीजर को पकड़ने की कोशिश करता था।

समय के साथ, सीजर ने थोड़ा-थोड़ा बात करना सीख लिया, जैसा कि कभी-कभी पहाड़ी कौए भारी और फटी सी आवाज में करते हैं। वह घंटों खिड़की के बाहर बैठा रहता, अपनी चोंच लगातार शीशे पर मारता और 'हैलो- हैलो' पुकारता। लगता है मेरे आने पर घर के फाटक के खुलने की आवाज वह पहचानता था, क्योंकि जब मैं स्कूल से घर आता था, तो वह 'हैलो-हैलो' कहता हुआ कूदता-फांदता-फुदकता दरवाजे पर आ जाता था! मैंने उसे अपनी बांह पर बैठ कर 'चुम्मा! चुम्मा' कहते हुए अपना सिर धीरे से मेरे मुंह पर रख देना सिखाया था।

एक बार जब मेबेल बुआ आयीं, तो सीजर कहीं से आकर उनपर बैठ गया और चिल्लाया, 'चुम्मा-चुम्मा!' मेबेल बुआ शायद खुश हुईं और उसे चूमने के लिए आगे झुकीं, लेकिन सीजर का ध्यान उनके चमचमाते हुए चश्मे की ओर गया, और उसने चोंच मारकर उसे गिरा दिया। वैसे भी, मेबेल बुआ की पालतू जानवरों के साथ कभी नहीं पटी।

घर का प्यारा पालतू जीव या फालतू की मुसीबत? उसकी मजेदार हरकतों के बावजूद, दादी हमेशा सीजर को एक फालतू की मुसीबत मानती थीं। अगर उसने अपनी कारगुजारियों को हमारे घर के दायरे में रखा होता तो भी गनीमत थी; लेकिन वह आसपास के घरों में जाकर कलम, पेंसिल, बालों के रिबन, कंघी, चाबियां, शटलकॉक, टूथब्रश और नकली दांत चुराने लगा। टूथब्रश उसे खासतौर से पसंद थे, और उसने मेरे कमरे में अलमारी के ऊपर काफी सारे टूथ ब्रश इकट्ठे कर रखे थे। हमारे ज़्यादातर पड़ोसियों की निशानी के तौर पर उनके टूथब्रश हमारे घर में मौजूद थे। उस साल टूथब्रश की बिक्री बढ़ गयी। और दादी का ब्लड प्रेशर भी।

सीजर चुपचाप बनिये की दुकान पर जाते बच्चों को ताड़ लेता, और जब वह टॉफी-बिस्किट या खाने की कोई दूसरी मजेदार चीज लेकर बाहर आते, तो अक्सर उनसे वह चीजें छीनने में कामयाब हो जाता। कपड़े टांगने वाली चिमटियों का तो वह दीवाना था। पड़ोसी कपड़े सुखा कर बाजार जाते, तो लौटने पर उन्हें कपड़े धूल-मिट्टी में पड़े मिलते, और उन्हें डोरी पर टांगे रखने के लिए लगायी गयी चिमटियां गायब होतीं। चिमटियां लाकर वह मेरी अलमारी के ऊपर इकट्ठी करता था। लेकिन सीजर की असली शामत तब आयी जब उसने बागबानी में अपनी चोंच अड़ायी। वह हमारे पड़ोसी के बगीचे में लगी फलियां खा रहा था, तभी किसी ने उस पर एक छड़ी घुमा कर फेंकी जिससे उसका पैर टूट गया। बदनसीब को मैं ही उठाकर घर लाया, और दादाजी के साथ मिलकर जितनी अच्छी तरह से हो सकता था, उसके पैर को धोया और पट्टी बांध दी। लेकिन उसकी चोट ठीक होने का नाम ही नहीं ले रही थी। सीजर अब सिर लटकाए बैठा रहता और कोई बात नहीं करता। उसने कुछ भी खाने से इनकार कर दिया और दिन-ब-दिन

कमजोर होता गया। सिर्फ दादी की घर में बनी शराब थी जिसके सहारे वह जी रहा था।

एक सुबह मुझे वह सोफे पर मरा हुआ मिला, उसके आसमान की ओर उठे पैर अकड़ चुके थे। बेचारा सीजर! लोगों को रास न आने वाली उसकी आदतों की वजह से वह समय से पहले चल बसा।

मैंने बगीचे में एक उथली सी कब्र खोदी, और उसे वहीं दफना दिया, साथ ही वह सारे टूथब्रश और कपड़े सुखाने की चिमटियां भी जिन्हें इकट्ठा करने के लिए उसने इतनी मुश्किलें उठायी थीं।

हमारा गिरगिट हेनरी

यह कहानी है हमारे पालतू गिरगिट हेनरी की। गिरगिट का अपना एक अलग ही दर्जा है, और वे कोई मामूली रेंगने वाले जीव नहीं होते। रिश्ते में सबसे करीबी, छिपकलियों से उनके अलग होने की कुछ साफ निशानियां हैं, जिनसे उन्हें आसानी से पहचाना जा सकता है। दूसरे गिरगिटों की तरह हेनरी की जीभ उसके शरीर जितनी लंबी थी। उसके सिर पर एक सख्त उभार था जो आग बुझाने वाले फायरमैन के हेलमेट जैसा दिखता था। उसके हाथ-पैर लंबे और पतले थे, और हाथ और पैर की उंगलियां दूसरे सरीसृपों, यानी रेंगने वाले जीवों के मुकाबले ज़्यादा विकसित थीं।

हेनरी की सबसे बड़ी खासियत थीं उसकी आंखें। वे सुंदर नहीं थी। लेकिन उसकी बायीं आंख उसकी दाहिनी आंख से बिल्कुल अलग रहकर काम करती थी। वह एक आंख की पुतली एक दिशा में और दूसरी आंख की पुतली किसी दूसरी दिशा की ओर घुमा सकता था। ऐसा करने पर वह कुछ ज़्यादा ही भेंगा लगने लगता था। उसकी एक आंख बाहर को उभरी हुई हो, तो भी उसी समय दूसरी आंख गड्ढे में धंसी हो सकती थीं। और इसी तरह उनकी पुतलियां भी उसकी मर्जी से अलग-अलग दिशाओं में ऊपर-नीचे, आगे पीछे हो सकती थीं। सरीसृप परिवार के जीव किसी चीज को दोनों आंखों से एक साथ नहीं देखते।

जब कभी मैं हेनरी के पास जाता, वह बहुत गौर से मेरी तरफ देखता। जहां बैठा होता, वहीं बिना हिले-डुले बैठा रहता, लेकिन उसकी

वह आंख जो मेरी ओर होती, वह बड़ी तेजी से सर्चलाइट की रोशनी की तरह घूमती जब तक कि उसकी नजर मुझ पर न टिक जाये। फिर वह आंख अपनी जगह ठहर जाती और दूसरी आंख किसी दूसरी दिशा में नजर आने वाली चीजों का मुआयना करती। हेनरी किसी पर भरोसा नहीं करता था और उसके साथ बेहद दोस्ताना रवैया अपनाने पर भी बदलते हाव-भाव को बेहद शक की निगाहों से देखता था।

उसके इस रवैये से ऊबकर मैं अपनी उंगली से उसके सीने पर धीरे से गुदगुदी करता। इससे वह हमेशा बेहद झुंझला उठता। वह अपने शरीर को फुला लेता, उसके फेफड़े शरीर को हवा से भर देते थे, ताकि वह और बड़ा दिखे। वह अपनी पिछली टांगों पर बैठ जाता, और इस उम्मीद में इधर-उधर झूमता कि उसके ऐसा करने से मैं उससे डर जाऊंगा। फिर अपना मुंह पूरा खोलकर वह गुस्से से फुफकारने लगता। लेकिन नाराजगी जताने के लिए उसने इससे ज़्यादा कुछ नहीं किया। वह काटता नहीं था। उसका रास्ता अहिंसा का रास्ता था।

बहुत से लोग गिरगिट को एक खतरनाक और जहरीला रेंगने वाला जीव मानते हैं। दादाजी जब एक दोस्त से मिलने गांव-देहात के इलाके में जा रहे थे, तो उन्हें एक बगीचे के फाटक पर शोरगुल करते हुए लोगों का जमावड़ा मिला। आदमी चिल्ला रहे थे, पत्थर फेंक रहे थे और लाठियां लेकर हमला करने को तैयार थे। इसकी वजह था एक गिरगिट, जो एक झाड़ी पर बैठ कर धूप सेंकता दिखाई दे गया था। माली ने ऐलान कर दिया था कि इस जीव का जहर बीस फुट की दूरी से भी लोगों पर असर कर सकता है, और इसी वजह से घर के सारे लोग उसे मारने को आ गये थे। दादाजी गिरगिट के मौत का शिकार होने से पहले सही समय पर उसे बचाने पहुँच गये, और उस छोटे से रेंगने वाले जीव को घर ले आये।

हेनरी ही वह गिरगिट था, और इस तरह से वह हमारे साथ रहने आया था।

हेनरी किसी को नुकसान न पहुँचाने वाला एक सीधा-सादा जीव था। यहां तक कि अगर मैं जान-बूझकर अपनी उंगली उसके मुंह में

डाल देता, तो गुस्से में होने पर भी वह मेरे उंगली बाहर निकालने का इंतजार करता। मुझे लगता है कि वह काट सकता था। उसके सख्त जबड़ों में कई बारीक, नुकीले दांत थे। लेकिन हेनरी को इस बात का पूरी तरह एहसास था कि ये उसे सिर्फ खाने के लिए मिले हैं।

अगर मैं तसल्ली से खिलाता, तो हेनरी मेरे हाथों से खाना खाने को तैयार रहता था। खाने का काम वह बहुत फुर्ती से करता था। उसकी जीभ एक रस्सी की तरह मुंह से निकलती और खाने की चीज यानी किसी कीड़े-मकोड़े को चिपका कर मुंह के अंदर वापस ले जाती। इससे पहले कि मैं समझ पाता कि क्या हुआ, मेरी उंगलियों के बीच दबा टिड्डा हेनरी के जबड़ों तक पहुँच चुका होता था।

हेनरी ने हमारे घर में कोई दिक्कत नहीं खड़ी की, लेकिन उसने पड़ोस के नर्सरी स्कूल में जरूर अफरा-तफरी मचा दी।

जो हुआ, कुछ यूं हुआ-

जब हमारे बगीचे में लगे पपीते पक जाते थे, तो दादी अक्सर एक टोकरी में उन्हें रखकर अपनी सहेली मिसेज घोष के लिए भेजती थीं, जो नर्सरी स्कूल की प्रिंसिपल थीं। इस बार, जब कोई नहीं देख रहा था, तब हेनरी पपीते की टोकरी में जाने में कामयाब हो गया। (वैसे उसका अपना पिंजरा था, लेकिन उसमें शायद ही कभी रहता था) माली पपीते की टोकरी स्कूल ले गया और उसे मिसेज घोष के दफ्तर में रखकर उसने अपना फर्ज पूरा कर दिया। जब मिसेज घोष स्कूल में चक्कर मार कर अपने कमरे में आयीं, तो उन्होंने बढ़िया पपीते देखें और उलट-पलट कर उनका मुआयना करती रहीं और खुश होती रहीं।

तभी हेनरी सामने आ गया।

मिसेज घोष की चीख निकल गयी।

हेनरी शायद यही चाहता कि शर्म से उसका रंग सुर्ख लाल पड़ जाये, लेकिन लाल के बजाय उसका रंग चटक हरा हो गया, क्योंकि पपीते उसी रंग के थे! मिसेज घोष की सहायक, मिस डैनियल, दौड़कर आयीं, गिरगिट पर एक नजर डाली, और चीखने-चिल्लाने में शामिल हो गयीं।

हेनरी डर गया और दफ्तर से निकल भागा, गलियारे को पार करके एक क्लास में घुस गया। वहां वह एक डेस्क पर चढ़ गया, और बच्चे इधर-उधर भागने लगे, कुछ हेनरी से दूर जाने के लिए तो कुछ उसे पकड़ने के लिए। लेकिन हेनरी एक खिड़की से बाहर निकल गया और बगीचे में गायब हो गया।

दादी ने मिसेज घोष से घटना के बारे में सब कुछ सुना, लेकिन उन्हें यह नहीं बताया कि गिरगिट हमारा था। मैंने नहीं सोचा था कि हेनरी हमारे पास वापस आ जाएगा, क्योंकि स्कूल तीन घर छोड़कर था। लेकिन तीन दिन बाद, मैंने उसे बगीचे की दीवार पर धूप सेंकते हुए पाया। उसने आसानी से मेरे हाथ से खाने की चीजें ले लीं, और बिना किसी झिझक के खुद को मेरे हवाले कर दिया।

जंगल में वो सात दिन

दादाजी ने जंगली जानवरों का शिकार कभी नहीं किया। अपने जंगलों में पाये जाने वाले जीव-जंतुओं को मारने में कुछ लोगों को जो मजा आता है, वह उनकी समझ से परे था। उन्हें लगता था कि पक्षियों और जानवरों को भी जीने का उतना ही हक है जितना इंसानों को। 'हम उन्हें भोजन के लिए मार सकते हैं,' वह कहते, 'क्योंकि अपना पेट भरने के लिए जानवर भी शिकार करते हैं; लेकिन मजे के लिए नहीं।' बारह साल की उम्र में मेरे उसूल दादाजी जैसे बुलंद तो नहीं थे। फिर भी, मुझे शिकार बिल्कुल भी अच्छा नहीं लगता था। मुझे शिकार एक उबाऊ काम लगता था।

हेनरी चाचू और उनके कुछ शिकार के शौकीन दोस्त एक बार शिवालिक पहाड़ियों की तराई वाले जंगलों में शिकार खेलने गये, तो मुझे भी साथ ले गये।

बंदूकों से लैस कई बड़ों के साथ जंगल में पूरे एक हफ्ते रहने की बात से ही मुझे बेचैनी होने लगी थी। मुझे मालूम था कि लंबे-चौड़े पेशेवर से दिखने वाले ऐसे शिकारियों के पीछे-पीछे मुझे कई-कई घंटे तक चलना होगा, जो कभी इस बाघ को मार गिराने की बात करते थे तो कभी उस जंगली हाथी को पकड़ने की, जबकि उन्हें कभी अगर

किस्मत से कुछ मिलाता भी, तो वह होता था कोई जंगली खरगोश या तीतर।

ऐसा लगता है कि सारे बाघ और जोश सिर्फ जिम कॉर्बेट के हिस्से में आये थे। इस बार शिकार पर जाना भी हर बार जैसा ही साबित हुआ। चार आदमी बंदूकों से लैस थे, और जब हफ्ता पूरा हुआ, तब तक वह कुल मिलाकर तालाब में रहने वाले कमजोर से दो परिंदों को अपनी गोलियों का शिकार बना पाये थे।

लेकिन दूसरे दिन ही मैंने किसी तरह उन्हें इस बात के लिए राजी कर लिया कि मुझे जंगल में ले जाने के बजाय रेस्ट हाउस में ही छोड़ जाएं। और, फिर हर सुबह उस पुराने बंगले की खोजबीन के दौरान, मुझे जल्दी ही पीछे वाले बरामदे के एक कोने में छुपी हुई किताबों से भरी एक अलमारी मिली।

उन्हें वहां कौन छोड़ गया होगा? साहित्य में दिलचस्पी रखने वाला कोई वन अधिकारी? कैम्प फायर में अपने पति के डींग हांकने से पक चुकी कोई मेमसाहिब? या कोई और जिसे जंगली जानवरों को मारने के मर्दाना खेल में कोई दिलचस्पी नहीं रही होगी और वह समय काटने के लिए अपने साथ अपने पुस्तकालय की तमाम किताबें लेकर आया होगा? उसने उन्हें अपने जैसे दूसरे लोगों के लिए यहीं छोड़ दिया होगा। या हो सकता है कि बेचारा किसी दिन अपने उन साथियों के कहने पर, जो खून के ज़्यादा प्यासे थे, जंगल में चला गया हो, और किसी हाथी ने उसे रौंद डाला हो, या फिर किसी जंगली सूअर ने उसका पेट फाड़ दिया हो, या, जिसका ज़्यादा अंदेशा है, उसने किसी शिकारी की गलती से चली गोली से जान गंवा दी हो, और उसके गम में डूबे दोस्त उसकी लाश अपने साथ ले गये हों, और किताबें यहीं छोड़ गये हों।

जैसे भी हो, वहां अलमारी के एक खाने में अलग-अलग शक्ल-सूरत और रंगत वाली करीब तीस किताबें थीं। मैंने उनके जिल्द से धूल की मोटी परत झाड़ी ताकि मैं देख सकूं कि कौन-कौन सी किताबें हैं। क्योंकि अब तक पढ़ने के मामले में मेरी कोई पक्की पसंद नहीं बनी थी, इसलिए मैं कुछ भी पढ़कर देखने को तैयार था। उस अलमारी में

कई तरह की किताबें थीं, और तब से मेरी दिलचस्पी भी काफी अलग-अलग किस्म की चीजों को पढ़ने में बनी हुई है।

वन विश्राम गृह में उस दूसरे दिन मैंने पी. जी. वुडहाउस को जाना और उनकी एक शुरुआती युकरिज कथा, 'लव अमंग द चिकिन्स,' पढ़ी जो अब भी मेरी पसंदीदा कहानियों में से एक है। शाम को जब पसीने से लथपथ शिकारी अपने चुके हुए कारतूसों के खोखे और एक से बढ़कर एक बहाने लेकर लौटे, तब तक मैं एम. आर. जेम्स की 'घोस्ट स्टोरीज ऑफ एन एंटीक्वेरी' की शुरुआत कर चुका था।

इससे यह हुआ कि मैं रात को बहुत देर तक, ढिबरी में मिट्टी का तेल खत्म होने तक, जागता रहा।

अगली सुबह, ताजगी और उम्मीदों से भरे शिकारी फिर से एक अलग इलाके में जाने के लिए निकल पड़े, जहां उन्हें बाघ मिलने की उम्मीद थी। उन्होंने जंगल में हांका लगाने के लिए कुछ गांव वालों से बात कर रखी थी, और पूरे दिन मुझे दूर से आती ढोल-ताशों की आवाजें सुनाई देती रहीं। लेकिन वह मुझे एम.आर. जेम्स को चट कर डालने, या एडवर्ड हैमिल्टन एटकिन की लिखी एक छोटी सी किताब 'ए नैचुरलिस्ट ऑन द प्राउल' को पढ़कर समझने से रोक नहीं पायीं। इसमें अपने कमरे की खिड़की के बाहर बेहद दिलचस्प जिंदगी जीने वाले टिड्डे, गुबरैले, चीटियां, तितलियां और प्रेइंग मैंटिस जैसे जीवों को बगीचे या घर के पिछवाड़े ढूंढ कर उन्हें जानने-समझने के बारे में बेहद जबरदस्त और मजेदार ढंग से बताया गया है।

किताब पढ़ने से पहले मैं पुराने बंगले के कोनों में मकड़ियों और चारदीवारी के अंदर उग आयी लंबी घास में टिड्डों के पीछे पड़ा था। लेकिन पढ़ते समय सिर्फ एक बार मेरा ध्यान बंटा, वह तब जब मैंने सिर उठाया और पाया कि एक चीतल बंगले के सामने वाली खुली जगह को पार कर रहा था। फिर हिरन साल के पेड़ों के बीच गायब हो गया और मैं बरामदे में लौट कर अपनी किताब पढ़ने लगा।

जब मुझे शिकार से लौटते दल की आहट मिली, तो शाम ढल चुकी थी। शिकारी जोर-जोर से बातें करते चले आ रहे थे और खुश भी लग

रहे थे। शायद उन्हें बाघ मिल गया था। मैंने किताब रख दी और उनसे मिलने के लिए बंगले से बाहर आ गया।

'क्या आप लोगों को बाघ मिल गया?' मैंने चहक कर पूछा। 'नहीं, मेरे पट्ठे,' हेनरी चाचू ने कहा, 'मुझे लगता है कि वह हमें कल मिल जाएगा। तुम्हें हमारे साथ चलना चाहिए था। हमने एक चीतल देखा!'

अब तीन दिन बचे थे और मुझे पता था कि मैं अलमारी की सारी किताबें नहीं पढ़ पाऊंगा। मेरा ऐसा इरादा भी नहीं था, क्योंकि अलमारी के सभी लेखक मेरे पसंदीदा नहीं थे। मैंने एक नजर में 'द विंड इन द विलो,' 'द जंगल बुक' और 'डेविड कॉपरफील्ड' को चुन लिया।

जिस दिन किताब के जरिए भेड़ियों के बीच पले लड़के मोगली से मेरा साहित्यिक परिचय हुआ, उसी दिन शिकारियों ने उन दो जंगली मुर्गियों को गोली मारी थी जिनका जिक्र पहले ही किया जा चुका है। शिकारी दल ने पहले से ही जंगल में खाने का इंतजाम करने का मन बनाया हुआ था, वह अपने साथ सिर्फ थोड़ी सी खाने की डिब्बाबंद चीजें साथ लाये थे; लेकिन दल के पांच लोगों के लिए दो दुबली सी जंगली मुर्गियां काफी नहीं थीं, और फिर से खाने में मक्के के आटे में लिपटा मीट और मस्टर्ड सॉस से काम चलाया गया।

अगले दिन, जब बड़े लोग अपना बाघ ढूंढ रहे थे और मैं 'द विंड इन द विलो' के 'वाटर रैट,' 'टोड' और नदी के दूसरे बाशिंदों से ज्ञान की बातें सीख रहा था, तब एक घटना घटी जिससे थोड़ी देर के लिए मेरे पढ़ने में खलल पड़ा। बीते दिन ही मेरा इस बात पर ध्यान गया था कि चौकीदारों, गांववालों और वन रक्षकों के पाले हुए कई देसी कुत्ते हमेशा उस बंगले के आसपास खाने की बची-खुची चीजें फेंके जाने का इंतजार किया करते थे। सुबह के दस बज चुके थे और यह ऐसा समय होता है जब जंगली जानवर शायद ही कभी खुले में आते हों। तभी मुझे अचानक खुले में से कुत्ते के रिरियाने की आवाज सुनायी दी।

सिर उठाकर देखा तो एक बड़ा तेंदुआ एक कुत्ते को मुंह में दबाए जंगल की ओर चला जा रहा था। तेंदुआ या तो हांका लगाने वालों के ढोल-ताशे के शोर से बचने के लिए बंगले की तरफ आया होगा, या

फिर उसने शिकारियों को बंगले से जाते देख लिया होगा और तभी तय कर लिया होगा कि उसे भी शिकार करना है।

उस समय वहां आसपास में और कोई नहीं था। जाहिर है, कुत्ता पकड़े जाने के कुछ पल के अंदर ही मर गया होगा, और तेंदुआ भी गायब हो चुका था, इसलिए शोर मचाने का कोई मतलब नहीं था, तो मैंने लौट कर फिर किताब उठा ली। शिकारियों को लौटने में देर हो गयी थी। वे धूल से सने, पसीने-पसीने और हमेशा की तरह हताश थे। इस बार उनके बहानों में चुनौती का पुट था। उन्होंने मक्के के आटे में लपेट कर तला गया गोश्त खाते समय बातचीत भी बिल्कुल नहीं की। अगले दिन, हमें शहरी दुनिया में वापसी करनी थी, और भारत के जंगलों में एक हफ्ता बिताने के बावजूद किसी भी शिकारी के पास शिकार के नाम पर कुछ नहीं था।

'इन जंगलों में शिकार के लिए कोई जानवर ही नहीं बचा है,' शिकारियों की टोली के प्रमुख सदस्य ने कहा, जिन्हें कभी दो आदमखोर बाघ और एक मगरमच्छ थोड़े-थोड़े समय के अंतर पर मारने के लिए जाना जाता था।

'सब मौसम का खेल है,' दूसरे ने कहा, 'इस बार सर्दी में बिल्कुल भी बारिश नहीं हुई।'

'न जाने देश का क्या होगा,' तीसरा बड़बड़ाया।

'आज सुबह मैंने एक तेंदुआ देखा,' मैंने झिझकते हुए हौले से कहा।

दरअसल मैं कुल मिलाकर कुछ ज्यादा ही झिझक रहा था। मैंने कुछ वैसे ही कहा होगा जैसे यह कहा जाए कि मैंने आज सुबह एक गधे को देखा। कम से कम मेरे कहने का कुछ ऐसा ही असर रहा होगा।

'सच में देखा क्या?' प्रमुख शिकारी ने पूछा। उसने मेरे पास पड़ी किताब की तरफ देखा। 'हमारे छोटे कॉपरफील्ड उस्ताद का कहना है कि उन्होंने एक तेंदुआ देखा!' बाकी लोगों ने इस बात को बेहद मामूली तौर पर लिया। वैसे उनमें हँसने की ताकत भी कहां बची थी।

'अपनी उम्र के लिहाज से कुछ ज़्यादा ही ख्याली पुलाव पकाना सीख लिया है,' उनमें से एक ने कहा, 'और मुझे लगता है, कि ये किताबों की देन है।'

'अगर तुम इस बंगले से बाहर निकलकर जंगल में थोड़ा बहुत घूमते,' हेनरी चाचू ने मेरा मजाक उड़ाने के अंदाज ने कहा, 'तो तुम्हें वाकई में तेंदुआ देखने को मिल सकता था। न जाने ये आजकल के लड़कों को क्या होता जा रहा है . . . तुमने उसे पकड़ क्यों नहीं लिया यार? पकड़ कर अपने दादा जी के पास ले जाते!'

इस बात पर सब हँस पड़े।

मैं जल्दी सो गया और सोच लिया कि उनके बेहतरीन गुजरे जमाने की कहानियां उन्हें मुबारक, जब गैंडे, चीते, और पौराणिक कथाओं के मायावी फीनिक्स पक्षी तक शिकार के लिए मिल जाया करते थे।

मैं बदनामी और बेइज्जती का शिकार होकर घर लौटा। मेरे चाचा के दोस्तों को लगा कि मैं कायर भी हूँ और झूठा भी। यही नहीं, लगता है कि बेचारे हेनरी चाचू ने मुझे ही शिकार के इस दौरे की नाकामी के लिए जिम्मेदार मान लिया था। वह मुझे फिर कभी अपने साथ नहीं ले गये। लेकिन जब मैंने दादा जी को शिकार के बारे में सब कुछ बताया तो हंसते-हंसते उनके पेट में बल पड़ गये, और उन्होंने कहा कि काश वह हमारे साथ होते, तो सिर्फ हेनरी चाचू और उनके दोस्तों के चेहरे देखने से ही उनको मजा आ जाता। खुश होकर उन्होंने मुझे डेविड कॉपरफील्ड की एक प्रति खरीद कर दी, क्योंकि मैं वन विश्राम गृह में उसे पूरा नहीं पढ़ पाया था। आख़िरकार मैं उनकी दी हुई किताब बरगद के पेड़ पर ले गया, और वहां कई गिलहरियों और बहुत शोर मचाने वाले झींगुर की संगत में उसे पढ़कर पूरा किया।

❒❒❒

4

दो अनोखे: हाथी और कैसोवरी

उत्तर भारत में हमारे घर हाथी के बच्चे का होना कोई बड़ी बात नहीं थी, क्योंकि हाथी तो भारत में पाये ही जाते हैं। खासतौर से हमारा घर दादाजी के लाये पालतू जानवरों से भरा था। दादाजी वन विभाग में थे। लेकिन कैसोवरी पक्षी की बात अलग थी। पहले कभी किसी ने ऐसा पक्षी नहीं देखा था, कम से कम भारत में तो बिल्कुल भी नहीं। दादाजी जब सिंगापुर की यात्रा पर गये थे, तब उसे ले आये थे, जहां यह पक्षी उन्हें रबर के बागान में पौधों की रोपाई करने वाले ने दिया था, जो उसे एक डच व्यापारी से मिला था। उसे वह इंडोनेशिया में एक आदमी ने दिया था।

जो भी हो, वह देहरा में हमारे घर पर आ पहुँचा, और लगता तो यही था कि यहां की उपोष्णकटिबंधीय जलवायु यानी न ज़्यादा गर्म और न ज़्यादा ठंडा मौसम उसे खूब रास आ रहा था। वह एक टर्की और एक शुतुरमुर्ग के मेल से पैदा हुए जीव की तरह दिखता था, लेकिन पहले वाले से बड़ा और बाद वाले से छोटा, लगभग पांच फीट ऊंचा था। वह कोई सुंदर पक्षी नहीं था, न ही मिलनसार था, बल्कि यहां आने के बाद यहीं का होकर रह गया था। हर कोई उसके बारे में जानना चाहता था, खासतौर से हाथी का बच्चा। शुरुआत से ही हाथी के बच्चे ने कैसोवरी में काफी दिलचस्पी दिखाई, जो भारतीय जंगलों में पाये जाने वाले किसी भी पक्षी से बिल्कुल अलग था।

वह उस अजीब से जीव के चक्कर लगाता, और झिझकते हुए अपनी सूंड से छूकर उसके ठूंठ जैसे पंखों की बनावट का बारीकी से

मुआयना करता; जाहिर है उसे कुछ बुरा होने का कोई डर नहीं था, और अंजानी चीजों को जानने की उसकी बच्चों जैसी ललक के चलते उसने कुछ ऐसी मनमानी कर डाली जिसकी वजह से उसे बहुत बुरे अनुभव से गुजरना पड़ा।

तुनकमिजाज कैसोवरी के साथ दोस्ती करने की कोशिश कर रहे हाथी के बच्चे को देखकर हमें थोड़ा डर तो पहले से लग रहा था। अपने आप में रहने वाले घुन्ने और बड़े से कैसोवरी पक्षी ने उसकी कोशिश के जवाब में बड़े ही शातिराना अंदाज में अनंत आकाश की ओर एकटक निहारते हुए अपनी ताकतवर टांगो में से एक को धीरे से ऊपर उठाया। हम जानते थे कि इस हरकत का क्या मतलब है; भले ही ऊपर से कुछ पता नहीं चलता, लेकिन हम उस खतरनाक टांग को अचानक इस तरह चलता देख चुके थे जिसके आगे किसी बिगड़ैल ऊंट की लात भी फीकी पड़ जाये। सच तो यह है कि ऊंट और कैसोवरी एक ही तरह से लात मारते हैं। फर्क सिर्फ इतना होता है कि ऊंट पीछे की तरफ घोड़े की तरह लात मारता है, जबकि कैसोवरी की मार आगे पड़ती है।

हम अपने हाथी के बच्चे को किसी तकलीफदेह एहसास से बचाना चाहते थे, और इसीलिए उसे पक्षी से दूर रखने की कोशिश करते रहे। लेकिन वह दोस्ती करने के अपने इरादे पर डटा रहा, और एक सुबह उसे इनाम में मिली बड़ी बुरी सजा। बिजली जैसी तेजी से कैसोवरी ने कूल्हे और घुटने के जोड़ों का सारा जोर लगाकर ऐसी लात मारी कि हाथी का बच्चा चीखते हुए सीधे दादी के पास भागा।

कई दिनों तक उसने कैसोवरी से दूरी बनाये रखी, और हमने समझा कि उसे सबक मिल गया है। यह सोचता हुआ कि क्या करे और क्या न करे वह अपनी सूंड को हिलाता-डुलाता बेचैनी के साथ अहाते और बगीचे में एक सिरे से दूसरे सिरे के बीच बार-बार इधर से उधर आ-जा रहा था। फिर, करीब एक हफ्ते बाद, वह नाश्ते के समय खुशी-खुशी बच्चों वाले अपने चुलबुले अंदाज में बरामदे में आया, और कैसोवरी के बगल में आकर इस तरह खड़ा हो गया जैसे कि कुछ भी न हुआ हो।

इस बात पर हम भौंचक्के थे और ऐसा लग रहा था कि वह पक्षी भी हैरान था। क्या वह दर्दनाक सबक उसने यूं ही भुला दिया, और वह भी हाथी जाति के एक सदस्य ने जिसकी जाति को ही इस बात के लिए जाना जाता है कि उसकी याददाश्त इतनी जबरदस्त होती है कि वह कभी भूलता नहीं। बस उसी दवा की एक और खुराक मिल जाएगी तो बच्चू जी हमेशा के लिए सुधर जाएंगे।

कैसोवरी ने एक बार फिर उसी कुटिल सोच के साथ अपनी उसी टांग को ऊपर को उठाना शुरू किया। वह अपनी टांग से कुंग-फू शैली के उस्ताद लड़ाकों की तरह लात की चोट करने की पूरी तैयारी के करीब थी, कि तभी अचानक हाथी के बच्चे ने अपनी सूंड से कैसोवरी के दूसरे पैर को पकड़ कर झटके से खींच कर उसे नीचे गिरा दिया। उसके बाद तो बस पंखों की ताबड़तोड़ फड़फड़ाहट और गले की लाल-लाल लटकन में अचानक भारी सूजन के साथ कैसोवरी फर्श से उठने की ऐसी हड़बड़ी में लग गयी जैसे चित होने पर कोई पहलवान दस तक गिने जाने से पहले उठने की पूरी कोशिश करता है। किसी तरह उठते ही कैसोवरी ने अकड़ कर चलना शुरू किया और वहां से

कूच कर गयी। यह सब देखते हुए मेज पर नाश्ता कर रहे थे हम सब का हँसते-हँसते बुरा हाल था।

इसके बाद कैसोवरी ने हाथी के बच्चे के साथ जितना हो सकता था उतनी दूरी बनाकर रखी। लेकिन उन्हें ज़्यादा लंबे समय तक साथ रहने के लिए मजबूर नहीं किया गया। हाथी का बच्चा भारी-भरकम हो रहा था, इसलिए उसे बेच दिया गया, और अब वह एक चिड़ियाघर में रहता है। वहां वह घूमने आने वाले बच्चों का चहेता बन गया है, जो उसकी पीठ पर बैठकर घूमना बहुत पसंद करते हैं। जहां तक कैसोवरी का सवाल है, तो उसने कई साल तक हमारे बरामदे की शान बढ़ायी। उसे देखकर लोग हैरान रह जाते थे, लेकिन जब उसका बुढ़ापा आया तो उसने खुद को दोस्तों की कमी का शिकार पाया!

❑❑❑

5

प्रेत की प्रीत

I

वह दादाजी ही थे जिन्होंने आखिरकार फैसला किया कि हमें दूसरे घर में रहने जाना होगा। और यह हुआ सिर्फ एक शरारती प्रेत के कारण, जिसने सभी का जीना मुहाल कर रखा था।

प्रेत आमतौर पर पीपल के पेड़ों पर रहते हैं, और वहीं पर पहले हमारे छोटे प्रेत का घर था, एक विशाल पुराने पीपल के पेड़ की शाखाओं में, जो हमारे कम्पाउंड की दीवार में उगा था और बाद में हमारे बागीचे तक फैल गया था। पेड़ का एक हिस्सा दीवार के हमारी तरफ था, और दूसरा हिस्सा बाहर सड़क की तरफ जिससे बीच सड़क तक छाया रहती थी। ऐसी जगह रहने से पूरा इलाका प्रेत की नजर में रहता था।

हमारे घर में किसी को परेशान किये बिना वह प्रेत बरसों से मजे से वहीं रह रहा था। मैं पीपल के पेड़ पर बहुत समय बिताता था, लेकिन उसने मुझे कभी तंग नहीं किया। कभी मैं घर के बड़ों से बचने के लिए वहां चला जाता था, और कभी सड़क पर आने-जाने वालों को देखने जाता था। गर्मी के दिनों में पीपल के पेड़ पर ठंडक रहा करती थी, और दिल के आकार के पत्ते हमेशा हवा में लहराते रहते थे। पत्तों के इस तरह लगातार हिलते-डुलते रहने से भी प्रेत की हरकतों का पता नहीं चलता था, जिससे मुझे वास्तव में कभी मालूम ही नहीं पड़ सका कि वह कहां बैठा है। उसने भी कभी मेरी तरफ ध्यान नहीं दिया। सड़क पर आने-जाने वालों से ही उसे कभी फुर्सत नहीं मिली।

कभी-कभी, जब कोई तांगा गुजर रहा होता था, तो वह नीचे कूद कर घोड़े को डरा देता था, जिससे छोटी सी घोड़ागाड़ी गलत दिशा में चली जाती थी।

कभी-कभी वह कार या बस के इंजन में घुस जाता, जिससे कुछ ही समय में वह गाड़ी बंद हो जाती।

और उसे साहबों या अधिकारियों के सिर से धूप से बचाने वाले टोप उड़ाने में खूब मजा आता था, जो बाद में हैरानी के साथ यह सोचते रह जाते थे कि इतनी तेज हवा का झोंका अचानक कहां से आया, और उतनी ही जल्दी हवा कैसे थम गयी। हालांकि यह मायावी प्रेत सामने आकर अपने होने का एहसास करा सकता था, और कभी-कभी लोगों को उसकी आवाज भी सुनाई देती थी, लेकिन इंसान की आंखों से वह हमेशा ओझल रहता था।

मैं लोगों की नजरों से ओझल नहीं हो सकता था, और प्रेत की कारगुजारियों का ठीकरा अक्सर मेरे सर पर फोड़ा जाता था। अगर साइकिल सवारों पर आम या खुबानी की गुठली पड़ती, तो वे ऊपर देखते, और पेड़ की शाखाओं में उन्हें नजर आता एक छोटा लड़का जो कि मैं था! तब वह मुझे देख लेने की धमकी देते। अपनी कार पेड़ के साये में खड़ी करके जाने वाले अक्सर लौटने पर पहियों की हवा निकली पाते। खुद को बेगुनाह बताने का उन पर कोई खास असर नहीं होता। लेकिन जब मैं उन्हें पेड़ में प्रेत के होने की बात बताता, तो वे बेचौन हो जाते, क्योंकि या तो वे मुझे पागल समझते या उन्हें भूत-प्रेत का डर सताने लगता। तब उन्हें दूसरे काम याद आ जाते और फिर वह तुरंत वहां से भाग जाते।

रात को कोई पीपल के पेड़ के नीचे नहीं जाता था। ऐसा कहा जाता था कि अगर आप पेड़ के नीचे जम्हाई लेते हैं, तो प्रेत आपके गले से नीचे उतर जाएगा और आपको तकलीफ देगा। हमारा माली चंदू, जो अक्सर बीमारी की छुट्टी लेता रहता था, पेट की तकलीफ के लिए प्रेत को जिम्मेदार ठहराता था। एक बार जम्हाई लेते समय चंदू मुंह के आगे हाथ लगाना भूल गया था और प्रेत बिना किसी मुश्किल के अंदर चला गया।

अब चंदू का ज़्यादातर समय अपने छोटे से घर के आंगन में एक बान से बुनी खाट पर लेटे हुए बीतता था। जब दादी उससे मिलने जातीं तो वह अपना पेट पकड़कर कराहने लगता, और बहुत तेज दर्द होने का रोना रोता था; लेकिन उनके जाने के बाद ज़्यादा कुछ नहीं कहता। उसका दावा था कि दर्द की वजह से उसकी भूख पर असर नहीं पड़ा, और वह पहले की तरह खाना खाता रहा, बल्कि सच तो यह है कि वह थोड़ा ज्यादा खाने लगा, क्योंकि प्रेत को भी तो खुश रखना था!

II

'देखो भई, इसमें हमारी कोई गलती नहीं है,' दादाजी ने कहा, जब उन्होंने लोक निर्माण विभाग को हमारी जमीन पर लगे उस पीपल के पेड़ को काटने के लिए अपनी रजामंदी दी। 'वे सड़क को चौड़ा करना चाहते थे, और पेड़ के साथ हमारी थोड़ी सी दीवार रास्ते में आ रही थी। इसलिए दोनों को हटाया जाना था।'

रुद्रपुर के राजा समेत कई लोगों ने ऐतराज किया। वह सड़क के उस पार रहते थे और कभी-कभी दादाजी के साथ टेनिस खेलने जाया करते थे। वह बोले- 'यह पीपल का पेड़ सैकड़ों साल से यहां है। इसे काटने वाले हम कौन होते हैं?'

चीफ इंजीनियर का जवाब था- 'हम पी.डब्ल्यू.डी. यानी लोक निर्माण विभाग वाले हैं, और प्रेत भी हमारे विभाग की मर्जी के खिलाफ नहीं जा सकता।'

वे आरी और कुल्हाड़ी से लैस आदमी लेकर आये, और पहले उन्होंने सारी शाखों को इस तरह काटा कि बेचारा पेड़ नंगा हो गया। यही वह समय रहा होगा जब प्रेत पेड़ छोड़ गया होगा। फिर उन लोगों ने बीच के मोटे तने पर आरी चलायी, और आखिरकार वह पुराना पीपल चरमरा कर सड़क पर गिर पड़ा, और उसकी चपेट में आकर टेलीफोन के तार टूट गये, बिजली का एक खंभा गिर गया, और राजा के बगीचे की दीवार का एक हिस्सा भी धराशायी हो गया।

उन्हें रास्ता साफ करने में तीन दिन लग गये और इस दौरान चीफ इंजीनियर ने बहुत सारी धूल फांकी और उसके साथ पेड़ों के परागकण

अंदर लिये। इसके बाद कई महीनों तक वह दम घुटने जैसे एहसास की शिकायत करते रहे, जबकि किसी डॉक्टर को उनके गले में कुछ भी हाथ नहीं लगा।

'यह प्रेत का काम है,' राजा ने जोर देकर कहा, 'उन्हें उस पेड़ को कतई नहीं काटना चाहिए था।'

अपने पेड़ से हाथ धोने के बाद प्रेत ने फेसला किया कि वह हमारे घर में रहेगा।

मुझे उसकी मौजूदगी का पहली बार पता तब चला जब मैं बरामदे की सीढ़ियों पर बैठकर एक किताब पढ़ रहा था। मेरे पीछे से खिल. खिलाने की हल्की सी आवाज आयी। मैंने इधर-उधर देखा, लेकिन कोई नजर नहीं आया। जब मैंने फिर से अपनी किताब पढ़ना शुरू किया, तो फिर से खिलखिलाना शुरू हो गया। इस बार मैंने ध्यान नहीं दिया। फिर मेरी खुली किताब के पन्नों पर हल्के-हल्के गुलाब की पंखुड़ियों की बौछार हुई। प्रेत चाहता था कि मुझे उसके वहां होने का पता चल जाये! 'चलो ठीक है,' मैंने कहा, तुम हमारे साथ रहने के लिए आ ही गये हो। तो अब मुझे पढ़ने दो।'

उस समय तो वह वहां से चला गया, लेकिन एक अच्छे प्रेत को अपने वजूद को मनवाने के लिए कुछ न कुछ बुरा तो करना ही पड़ता है, इसलिए उसने तरह-तरह की शरारतों का सिलसिला शुरू करने में ज़्यादा समय नहीं लगाया।

उसने दादी के चश्मे को छिपाने से शुरुआत की।

'मुझे पूरा यकीन है कि मैंने उन्हें उतार कर खाने की मेज पर रखा था,' वह बड़बड़ायीं। थोड़ी देर बाद उनका चश्मा बरामदे की दीवार पर सजे उस जंगली सूअर के भूसा भरे हुए सिर पर नाक के ठीक पीछे टिका हुआ पाया गया, जो उन दिनों की यादगार था जब दादाजी जवान थे और शिकार खेलने जाया करते थे।

जाहिर है, इस गुस्ताखी के लिए पहले मुझे ही जिम्मेदार ठहराया गया। लेकिन एक-दो दिन बाद, जब चश्मा फिर से गायब हो गया, और

तोते के पिंजरे के सीखचों से लटकता हुआ पाया गया, तब यह माना गया कि यह हरकत मेरी नहीं हो सकती, क्योंकि तोते ने एक बार मेरी उंगली का एक हिस्सा ही काट खाया था, और तब से मैंने उसके पास जाना बंद कर दिया था।

तोता उल्टा लटका हुआ था, और एक लेंस से देखने की कोशिश कर रहा था। मुझे नहीं पता कि ऐसा करने से उसे बेहतर दिखाई दे रहा था या नहीं, लेकिन उसे जो कुछ भी दिखाई दिया, उसे देख कर तोते को बहुत गुस्सा आया, क्योंकि उसकी आंखों की पुतलियां सिकुड़ कर बहुत छोटी हो गयी थीं, और उसने गुस्से से चश्मे के फ्रेम में अपनी चोंच गड़ा दी जिससे उसमें हमेशा के लिए एक गहरा निशान बन गया। इससे पहले कि चश्मा फर्श पर गिरता, मैंने उसे लपक लिया।

लेकिन ऐसा लग रहा था कि हमारा तोता बिना चश्मे के भी प्रेत को देख सकता है। वह इधर-उधर घूम-घूम कर न दिखाई देने वाली उंगलियों पर झपटता रहता, और अदृश्य हाथों की पकड़ में आकर खींचे और मरोड़े जाने से अपनी पूंछ को बचाने की कोशिश करता। उसे बोलना सिखाने की बहुत कोशिश की गयी थी, लेकिन उसने नहीं सीखा तो नहीं सीखा! लेकिन अब वह बोलने के लिए बड़ा उतावला रहने लगा था, और जब देखो तब न जाने किस अनजान भाषा में बकबक करता रहता था, और बीच-बीच में गुस्से से चीखता-चिल्लाता और सनक कर देर तक आँखें तरेरा करता था। 'हमें यह तोता किसी और को देना ही होगा,' दादी ने कहा, 'वह दिन-ब-दिन और बदमिजाज होता जा रहा है।'

अब परेशान होने की बारी दादाजी की थी। वह एक सुबह बगीचे में गये और पाया कि उसके पसंदीदा स्वीट पी के सारे फूल घास पर टूटे पड़े थे। चंदू को लगा कि गौरैया फूलों का यह हाल कर गयी होंगी, लेकिन हम नहीं मान सकते थे कि सूरज निकलने से ठीक पहले परिंदे एक-एक फूल को नोच सकते हैं।

'यह प्रेत का काम होगा,' दादाजी ने कहा, और मैंने भी उनकी बात पर हामी भरी। प्रेत ने मुझे ज़्यादा परेशान नहीं किया, क्योंकि वह मुझे पीपल के पेड़ वाले दौर से जानता था, और उसे यह भी मालूम था कि

मैं भी उसी की तरह पेड़ काटे जाने के खिलाफ था। लेकिन वह मेरा ध्यान अपनी ओर खींचना चाहता था, और इसके लिए मेरे अकेले होने पर वह पास आकर दबी सी हँसी हँसता या तीखी सीटी सी आवाज निकालता, और किसी के साथ होने पर मेरे कान में कुछ फुसफुसा जाता था। धीरे-धीरे मुझे उसके बोले शब्द समझ में आने लगे। उसने अंग्रेजी सीखना शुरू कर दिया था!

III

बेन्जी चाचू, जो कोई खास काम न होने पर काफी दिनों के लिए हमारे साथ रहने आ जाया करते थे। ऐसा अक्सर होता था। और अब जल्दी ही उनकी शामत आने वाली थी। वह सुलक्कड़ किस्म के इंसान थे, और एक बार बिस्तर में जाने के बाद जगाये जाने से उन्हें नफरत थी। तो जब वह भरी-भरी आंखें लिए परेशान से नाश्ता करने आये, तो हमने उनसे पूछा कि वह ठीक तो महसूस कर रहे हैं?

'कल रात मेरी पल भर भी आंख नहीं लगी,' उन्होंने शिकायत की, 'मैं जब भी सोने वाला होता, तो कोई पलंग से चादर ही खींच लेता था। मुझे कम से कम एक दर्जन बार ओढ़ने-बिछाने की चादरें फर्श पर से उठाने के लिए उठना पड़ा। फिर वह मुझे शक की निगाह से घूरने लगे। 'कल रात तुम कहां सोये थे, छोटे उस्ताद?'

'दादाजी के कमरे में,' मैंने कहा, 'मैंने अपना कमरा आपको दिया हुआ है न।'

'यह पीपल के पेड़ वाला भूत है,' दादी ने आह भरते हुए कहा। 'भूत! बेंजी चाचू ने चौंककर कहा, 'मुझे नहीं पता था कि घर भुतहा है।' 'यह अब भुतहा हो गया है,' दादी ने कहा, 'पहले, मेरा चश्मा, फिर स्वीट पी, और अब बेंजी के ओढ़ने-बिछाने के कपड़े! अब आगे न जाने क्या होगा?'

हमें ज्यादा समय तक कुछ होने का इंतजार नहीं करना पड़ा। छोटी-मोटी गड़बड़ियों का सिलसिला ही चल पड़ा। कभी फूलदान मेज से गिर जाता, तो कभी दीवारों से तस्वीरें। एक दिन तोते के पंख

चायदानी में मिले, जबकि तोता खुद अक्सर आधी रात को गुस्से से चीखता-चिल्लाता और न जाने क्या क्या बकता। बंद की गयी खिड़कियां खुली मिलतीं, और खुली छोड़ी गयी खिड़कियां बंद पाई जातीं।

और फिर बेंजी चाचू को अपने बिस्तर में कौवे का घोंसला मिला, और उन्होंने जब उसे खिड़की से बाहर फेंका तो दो कौवों ने उनपर हमला कर दिया।

फिर रूबी आंटी हमारे घर रहने को आयीं, और मामला कुछ समय के लिए ठंडा पड़ गया। क्या रूबी आंटी की जबरदस्त शख्सियत का प्रेत पर असर पड़ा था, या वह सिर्फ उनकी ताकत का अंदाजा लगाने के लिए शांत हुआ था?

'मुझे लगता है कि प्रेत तुम्हारी आंटी को पसंद करने लगा है,' दादाजी ने शरारत भरे अंदाज में कहा। वैसे वह अपने रवैये में बदलाव के साथ अब शराफत से काम ले रहा था।

यह बात सच भी हो सकती थी, क्योंकि तोता, जो प्रेत के सताने की वजह से अंग्रेजी के कुछ शब्द बोलने लगा था, वह अब रूबी आंटी के कमरे में मौजूद होने पर 'चुम्मा! चुम्मा!' करने लगता था।

'कितना प्यारा पक्षी है,' रूबी आंटी ने कहा।

'तुम चाहो तो उसे साथ ले जा सकती हो,' दादी ने कहा।

एक दिन रूबी आंटी जब घर में घुसीं, तो उन पर खूब सारी गुलाब की पंखुड़ियां पड़ी थीं।

'मुझे नहीं पता कि ये कहां से आयीं,' उन्होंने हैरानी से कहा, 'मैं बगीचे में बैठी अपने बाल सुखा रही थी, कि तभी मुझ पर पंखुड़ियां बरसने लगीं!'

'वह तुम्हें पसंद करता है,' दादाजी ने कहा। 'कौन पसंद करता है?'

'भूत।'

'कैसा भूत?'

'प्रेत! जब पीपल का पेड़ काटा गया तब से वह हमारे घर में रहने लगा।'

'क्या बकवास है!' रूबी आंटी ने कहा।

'चुम्मा! चुम्मा– तोता चिल्लाया।

'कोई भूत-प्रेत वगैरह नहीं होते,' रूबी आंटी ने जोर देकर कहा।

'चुम्मा! चुम्मा!' तोता फिर से चिल्लाया। लेकिन क्या यह तोता ही था? ऐसा लग रहा था कि आवाज छत से आ रही है।

'काश, यह तोता चुप ही रहे।'

'यह तोता नहीं था,' मैंने कहा, 'प्रेत था।'

रूबी आंटी ने मेरे कान के ऊपर एक हल्की सी चपत लगायी और कमरे से बाहर निकल गयीं। लेकिन उन्होंने प्रेत को नाराज कर दिया था। उनका चाहने वाला अब उनका दुश्मन बन गया। उनके टूथपेस्ट की जगह दादाजी की शेविंग क्रीम का ट्यूब पाया गया। जब वह खाने के कमरे में घुसीं, तो उनके मुंह से झाग निकल रहे थे, हम अपनी जान बचाने के लिए वहां से भागे, क्योंकि बेंजी चाचू चिल्ला चिल्ला कर कह रहे थे कि रूबी आंटी को रेबीज हो गया है।

IV

दो दिन बाद रूबी आंटी ने शिकायत की कि उनकी नाक पर चकोतरा आकर लगा है, जो रसोईघर की एक खुली अलमारी से न जाने कैसे उछला और खुद-ब-खुद आकर सीधे उनकी नाक पर पड़ा।

'अगर रूबी और बेंजी दोनों यहां एक साथ ज़्यादा दिन तक रहे, तो दोनों को पागलपन के दौरे पड़ने लगेंगे,' दादा जी ने खूब सोच-समझकर कहा।

'मुझे तो लग रहा था कि ये पहले से उसी रास्ते पर हैं,' मैंने कहा।

'गाल बजाता है शैतान! रूबी आंटी ने डपटा। 'हमें यहां से भगाने की नीयत से इसने प्रेत से हाथ मिला लिया है!' बेंजी चाचू ने कहा।

'तुम लोग उसकी बात पर ध्यान मत दो, जब तक जी चाहे यहां रहो,' दादी ने कहा, जिन्होंने अपने तमाम भतीजे-भतीजियों, चचेरे भाइ. -बहनों या दूर के रिश्तेदारों तक के लिए हमेशा घर के दरवाजे खुले रखे थे।

लेकिन, प्रेत मेहमान-नवाजी में दादी जैसा नहीं था, और रूबी आंटी को सताया जाना बंद नहीं हुआ।

'आज सुबह जब मैंने आईने में झांक कर देखा, तो उसमें मुझे एक बौना-सा राक्षस दिखाई दिया, जिसके कान बड़े-बड़े, आंखें उभरी हुई, नथुने चौड़े थे, और हंसते हुए उसके पोपले मुंह में मसूड़े नजर आ रहे थे!' उन्होंने तीखे अंदाज में शिकायत की।

'आप इतनी बुरी तो नहीं दिखाई देतीं, रूबी आंटी,' मैंने अच्छा बनने की कोशिश करते हुए कहा।

'यह सब या तो तुम्हारी कारस्तानी है या फिर उस बौने भूत की जिसे तुम प्रेत कहते हो,' रूबी आंटी ने कहा, 'और अगर भूत है, तो अब हम सब को दूसरे घर में रहने चले जाना चाहिए।'

बेंजी चाचू को कुछ और ही सूझा।

'चलो, भूत को घर से बाहर भगाया जाये,' उन्होंने कहा, 'मैं एक साधू को जानता हूँ जो घर में घुसी बुरी आत्माओं से छुटकारा दिलाता है।'

'लेकिन प्रेत बुरा नहीं है,' मैंने कहा, 'बस शरारती है।' बेंजी चाचू बाजार गये और कुछ घंटों बाद वापस आये तो उनके साथ एक रहस्यमय, लंबे बालों वाला आदमी था, जो खुद को ऐसा साधू बता रहा था, जिसने कपड़ों समेत ज़्यादातर सांसारिक चीजों को त्याग दिया था।

तोता लगातार घर में उसके घुसने के खिलाफ़ टांय टांय की रट लगा रहा था, इसके बावजूद वह घर भर में घूमता रहा और उसने सभी कमरों में धूप दिखायी। इस बीच वह लगातार कई रहस्यमय मंत्रों का जाप करता रहा। फिर उसने अपनी दक्षिणा के तीस रुपये लिये, और वादा किया कि प्रेत अब कभी परेशान नहीं करेगा।

लेकिन जब वह घर से जा रहा था तभी अचानक उस पर बरसात हुई! वह दरअसल सड़े हुए फूलों और पत्तों के साथ संतरे के और केले छिलकों की बारिश थी। ऐसा होते ही वह अपने सारे मंत्र भूल गया, और सीधे फाटक की तरफ दौड़ा और वहां से निकल कर जान बचाने के लिए बाजार की ओर भाग गया।

रूबी आंटी ने शिकायत की कि जब वह तकिये पर सिर रख कर लेटती हैं तो उन्हें उसके नीचे से आती शैतानी हंसी की आवाजें सुनाई देती हैं जिससे उनका रात को सोना नामुमकिन हो गया है। उन्होंने अपनी चीजें बैग में भरीं और चली गयीं। बेंजी चाचू रुके रहे। उन्हें अब भी अपने सोने के कमरे में ओढ़ने-बिछाने की चीजें खींचे जाने से छुटकारा नहीं मिला था, और अब तो वह खुद से बातें करने लगे थे, जो कि एक बुरा संकेत था।

'प्रेत से बात कर रहे हैं, अंकल?' मैंने जब उन्हें एक दिन बड़बड़ाते हुए पकड़ा, तो मासूमियत से पूछ लिया।

उन्होंने नाराजगी के साथ मुझे घूर कर देखा। 'क्या कहा तुमने? वह बोले, 'जरा एक बार फिर से तो बोलना?'

मैंने सोचा, उन्हें खुश रखने में ही भलाई है, और कहा, 'लगता है आप सुन नहीं पाये! मैं कह रहा था कि क्या तोते को बोलना सिखा रहे हैं, अंकल?'

उन्होंने मुझे घूर कर देखा और कुछ बुदबुदा कर चल दिये। वह घर से नहीं जाना चाहते थे, क्योंकि उन्होंने उम्मीद लगा रखी थी कि दादी से उन्हें मोटरसाइकिल खरीदने के लिए पैसा उधार मिल जाएगा। लेकिन दादी ने कहा कि पहले उन्हें कुछ काम-धंधा के बारे में सोचना चाहिए। एक

दिन मैंने उन्हें ड्रॉइंग-रूम के सोफे पर पागलों की तरह हंसते हुए पाया। तोता भी इतना घबरा गया था कि उस की बोलती बंद थी, और बस सिर नीचा करके, जो कुछ घट रहा था उसे समझने की कोशिश कर रहा था। बेंजी चाचू का चेहरा लाल पड़ा था, पूरी तरह लाल-ओ-लाल!

'चाचू, आपके चेहरे को क्या हुआ?' मैंने पूछ लिया। उन्होंने हंसना बंद कर दिया और कुछ पल मुझे बेरुखी से घूरते रहे। तब मुझे एहसास हुआ कि उनकी हँसी के पीछे कोई खुशी नहीं थी।

'मुझे बताए बिना वॉश-बेसिन को लाल रंग से किसने रंगा?' उन्होंने कांपती हुई आवाज में पूछा।

क्योंकि बेंजी चाचू सचमुच खतरनाक लग रहे थे, इसलिए मैं कमरे से भाग निकला।

'मुझे लगता है हमें यहां से जाना होगा,' दादाजी ने बाद में कहा, 'महीने-दो महीने के लिए ही सही। मुझे तो बेंजी की फिक्र हो रही है। मैंने उससे कहा कि वॉश-बेसिन को मैंने खुद पेंट किया है, लेकिन उसे बताना भूल गया था। पर उसे मेरी बात पर यकीन ही नहीं होता। उसे लगता है कि यह प्रेत या लड़के में से किसी ने किया है, या दोनों ने मिलकर! बेंजी को माहौल में बदलाव की जरूरत है। है तो हमें भी। शहर के दूसरे छोर पर मेरे भाई का घर है। वह कुछ महीने बाहर रहेगा। अगले हफ्ते हम वहां रहने चलते हैं।'

और इस तरह, कुछ दिनों में, कई मुसीबतों का सामना करने के बाद, घर बदलने का दिन आया।

V

पहले फर्नीचर और दूसरी भारी चीजों को दो बैलगाड़ियों में लाद कर भेजा गया। बेंजी चाचू उनके साथ गये। हमारी पुरानी कार की छत पर बैग और रसोई के बर्तनों को एक के ऊपर एक करके लादा गया। दादाजी ने कार की स्टीयरिंग संभाली, मैं उनके बगल वाली सीट पर बैठ गया, और दादी शान से पीछे वाली पूरी सीट पर अकेले फैल कर बैठीं।

फिर हम चल पड़े और मुख्य सड़क पर कुछ ही आगे बढ़े थे कि स्टीयरिंग व्हील से दादाजी को परेशानी होने लगी। ऐसा लग रहा था

कि वह ढीली हो गई थी, जिससे कार सड़क पर इधर-उधर बहकने लगी, जिससे साइकिल वाले, पैदल चलने वाले, आवारा कुत्ते, सूअर और मुर्गियां बचने के लिए हड़बड़ा कर इधर-उधर भागने लगे। एक गाय टस से मस नहीं हुई, लेकिन वह किसी तरह हमारी गाड़ी की चपेट में आने से बच गयी। और फिर अचानक गाड़ी सड़क से उतरकर एक नीची सी दीवार की ओर बढ़ने लगी। दादाजी ने पैर से नीचे ब्रेक को दबाया, लेकिन उससे तो रफ्तार और बढ़ गयी! 'बचो!,' दादाजी चिल्लाये। वह रुद्रपुर के राजा के बगीचे की एक ईंट से बनी दीवार थी, जो कार की टक्कर से बड़ी आसानी से गिर गयी, और कार अंदर राजा के लॉन में जाकर रुकी।

'देखो तुमने क्या कर डाला!' दादी ने कहा।

'गनीमत है फूलों की क्यारियां बच गयीं,' दादा जी ने कहा। 'कोई कार से छेड़छाड़ कर रहा था। हमारा प्रेत ही होगा, इसमें कोई शक नहीं।'

राजा और उनके दो नौकर हमारी ओर दौड़ते हुए आये।

राजा भले आदमी थे, और जब उन्होंने देखा कि गाड़ी दादाजी चला रहे थे, तो खुशी से उनका चेहरा खिल उठा।

'आपको देखकर बहुत खुशी हुई, आप तो हमारे पुराने आदमी हैं!' उन्होंने कहा, 'हमारे घर पधारे, बड़ी खुशी की बात है! चलिए टेनिस खेलने चलते हैं, कैसा रहेगा?'

'दीवार तोड़कर अंदर आने के लिए अफसोस है,' दादाजी ने माफी मांगने के अंदाज में कहा।

'उसकी कोई बात नहीं! आप तो बड़े हैं, पुराने जानकार हैं। फाटक बंद था, ऐसे में आप और क्या कर सकते थे?'

दादा जी भी राजा से कम भले आदमी नहीं थे, इसलिए उन्होंने सोचा कि राजा के साथ टेनिस खेल लेना ही ठीक रहेगा। दादी और मैं उनका खेल देखने के साथ शिकंजी की चुस्कियां लेते रहे। खेल के बाद, राजा ने हमें विदा किया और हम दीवार के टूटे हुए हिस्से से होकर वापस सड़क पर आ गये। कार का ज़्यादा कुछ नहीं बिगड़ा था।

हम ज़्यादा दूर नहीं चले थे कि हमें एक अजीब सी आवाज सुनाई दी, जैसे कोई दबी-सी हंसी हंसते हुए खुद से बातें कर रहा हो। आवाज कार की छत से आ रही थी।

'तोते को सामान के साथ ऊपर रैक पर रखा है क्या?' दादा जी ने पूछा।

'नहीं तो!' दादी ने कहा, 'उसे तो पहले ही बेंजी के साथ भेज दिया था।' दादाजी ने कार रोकी, बाहर निकले और छत पर देखा।

'यहां तो कुछ भी नहीं है,' उन्होंने अंदर आकर फिर से इंजन चालू करते हुए कहा, 'मुझे लगा कि मैंने तोते को बोलते सुना।'

जब हम थोड़ा और आगे बढ़े, तो फिर खिलखिलाना शुरू हो गया। एक तीखी पर धीमी सी तोते जैसी आवाज में अंग्रेजी में बातचीत शुरू हो गयी।

'अरे यह तो प्रेत है,' दादी ने फुसफुसा कर कहा, 'सुनो तो क्या कह रहा है?'

गाड़ी के नये मकान के फाटक में घुसते ही प्रेत की तीखी आवाज में कुछ तेजी आ गयी।

'आ गये! आ गये! उसने चहकते हुए कहा। नया घर! घरवाले वही पुराने! कितना मजा करेंगे हम!'

दादा जी ने वहीं कार रोकी, फिर उसे वापस पीछे की ओर लिया, और फिर पुराने घर की ओर वापस लौटने लगे।

'यह आप क्या कर रहे हैं?' दादी ने पूछा।

'घर चल रहे हैं,' दादाजी ने कहा।

'और प्रेत का क्या?'

'उसका क्या? उसने तय कर लिया है कि वह हमारे साथ ही रहेगा, इसलिए हमें यही देखना होगा कि इन हालात में क्या अच्छा हो सकता है। आप किसी मुश्किल से भाग कर उसका हल नहीं ढूंढ सकते।'

'ठीक है,' दादी ने कहा, 'लेकिन बेंजी का क्या होगा?'

'यह उसके ऊपर है, है न? उसे करने को कुछ काम मिल जाए तो वह ठीक हो जाएगा।'

दादाजी ने बरामदे की सीढ़ियों के सामने कार रोक दी।

'मुझे भूख लगी है,' मैंने कहा।

'ऐसा कुछ खाकर काम चलाना पड़ेगा जैसे पिकनिक में होता है,' दादी ने कहा, तकरीबन सब कुछ तो बैलगाड़ियों पर लादकर भेज दिया था।श

जैसे ही हम कार से उतरे और बरामदे की सीढ़ियां चढ़े, गुलाब की पंखुड़ियों और खुशबूदार चमेली की बौछार से हमारी अगवानी हुई।

'कितना अच्छा लग रहा है न!' दादी मुस्कुराते हुए बोलीं, 'मुझे लगता है कि वह हमें चाहता है!'

❑❑❑

6

आड़ी-तिरछी चाल

केन अंकल का हमेशा यही मानना रहा कि जिन्दगी में कामयाब होने का सबसे अच्छा तरीका है टेढ़ा-मेढ़ा रास्ता अपनाना। उन्होंने ऐलान किया- 'अगर आप दिशा बदल-बदल कर आगे बढ़ते रहते हैं तो आपको नये-नये काम-धंधे के मौके मिलते रहेंगे!'

खैर, केन अंकल को यकीनन मौके तो कई मिले, लेकिन डेल कार्नेगी और दीपक चोपड़ा ने कामयाब इंसान के जो पैमाने बताये हैं उन पर वह कहीं से खरे नहीं उतरते थे। परिवार की मदद से कहीं जुगाड़ और कहीं घपले करते हुए जिंदगी के लंबे दौर में केन अंकल ने कई काम-धंधे किये जिनमें मुर्गी फार्म (काफी कुछ वोडहाउस के 'लव इन द चिकन्स' में यूक्रिज की तरह) और एक मिनरल वॉटर बॉटलिंग प्रोजेक्ट शामिल था। इस बाद वाले काम के लिए उन्होंने एक हजार पुरानी सोडा-वॉटर की बोतलें खरीदीं और उन्हें देहरा से पांच मील दूर कुदरती सोते के गंधक वाले पानी से भर कर बाजार में उतारा। थोड़ा सा पिया जाए तो यह अच्छी चीज थी, लेकिन बकौल एक नाराज खरीददार, एक बार में पूरी बोतल पी लेने पर उसमें मौजूद गंधक की वजह से पेट में गड़बड़ी होने लगती थी। कई नाराज खरीदारों ने घर के सामने हँगामा किया, और खाली बोतलें दीवार के ऊपर से उछाल-उछाल कर दादी के बगीचे में फेंकीं।

दादी हंगामा मचाने वालों से ज़्यादा केन अंकल पर नाराज हुईं और उनसे सभी ग्राहकों की रकम वापस करवायी।

गंधक वाला पानी पीने के लिए आपको खूब सेहतमंद और ता. कतवर होना जरूरी है, उन्होंने बाद में खुलासा किया।

'मैंने समझा था इसको पीने से सेहतमंद और ताकतवर हो जाते हैं,' मैंने कहा।

दादाजी ने कहा कि सादे सोडा वॉटर से इसकी बराबरी नहीं की जा सकती, जिसे वह अपनी व्हिस्की में मिलाकर पीते थे।

'तुम सोडा वॉटर की बोतल क्यों नहीं बेचते?' उन्होंने कहा, 'उसकी माँग कहीं ज्यादा है।'

लेकिन केन अंकल का मानना था कि उन्हें हर मामले में दूसरों से अलग हटकर होना चाहिए। कामयाबी का राज है आड़ी-तिरछी चाल! दादी ने कहा, 'जब तुम्हारे ग्राहक घर में बोतलें फेंक रहे थे, तब तुम उनसे बचने के लिए बगीचे में इधर-उधर आड़े-तिरछे ही घूम रहे थे।'

केन अंकल ने ही आड़ी-तिरछी चाल की खोज भी की थी। किसी जगह को सचमुच अच्छी तरह से जानने का एक ही तरीका है और वह है वहां आड़े-तिरछे चलना।

आड़े-तिरछे चलने के लिए आप सबसे पहले वाले बायें मोड़ पर मुड़िये, फिर पहला मोड़ दायी ओर, फिर पहला मोड़ बायें को, और इसी तरह आगे बढ़ते जायें। यह काफी मजेदार हो सकता है बशर्ते आप कहीं पहुँचने की जल्दी में न हों। दिक्कत यह थी कि केन अंकल ने चलने के आड़े-तिरछे तरीके का इस्तेमाल तब भी किया जब उन्हें ट्रेन पकड़नी थी।

जब दादी ने उन्हें लखनऊ से अपने बच्चों के साथ आ रही मेबेल आंटी को लेने के लिए स्टेशन जाने को कहा, तो उन्होंने आड़े-तिरछे रास्तों पर चलते हुए शहर भर का चक्कर लगा डाला। शहर के पश्चिम में वनस्पति उद्यान और पूर्व में चूना-पत्थर की भट्ठियों और आखिर में रेलवे के माल-गोदाम से होते हुए स्टेशन पर पहुँचे, और उनका कहना था

कि ऐसा उन्होंने इसलिए किया ताकि आने वालों को चौंकाया जा सके। लेकिन उनके इस काम से कोई भी नहीं चौका, और कम से कम मेबेल आंटी तो बिल्कुल भी नहीं, जिन्हें घर पहुँचने के लिए तांगा करना पड़ा। उधर केन अंकल स्टेशन के प्लेटफॉर्म पर बैठे अगली ट्रेन के आने का इंतजार करते रहे। तब उन्हें घर लाने के लिए मुझे भेजा गया।

'चलो फिर से आड़े-तिरछे चलते हुए घर जाते हैं,' उन्होंने कहा।

'सिर्फ एक शर्त पर- हम हर पंद्रह मिनट में चाट खाएंगे,' मैंने कहा।

तो हम आड़े-तिरछे चलते हुए सबसे ज़्यादा घुमावदार बाजारों से होते हुए घर गये। और उत्तर भारत के शहरों में तो वैसे भी आड़ी-तिरछी गलियों की कोई कमी नहीं होती, और कई चाटवालों और हलवाइयों की दुकानों पर रुकते हुए हम आड़े-तिरछे आगे बढ़ते रहे, जब तक कि केन अंकल के सारे पैसे खत्म नहीं हो गये। हमें घर पहुँचने में बहुत देर लग गयी और हमें सब की डांट खानी पड़ी। लेकिन केन अंकल ने मुझे समझाया कि हम अपने ढंग से चलने वाले पहले लोग हैं, जैसे कि खोजी होते हैं, और यह लाजमी है कि हमें गलत समझा जाये और बदनामी भी सहनी पड़े। लेकिन आने वाले दौर में आड़े-तिरछे चलने की अहमियत को ठीक से पहचाना जाएगा। वह कहते थे कि आड़े-तिरछे रास्तों से दिल और दिमाग के बीच सबसे छोटे रास्ते मिल जाते हैं। जिन दिनों हमारे हालात ठीक नहीं थे, उस दौर में अगर केन अंकल इस मुद्दे पर प्रवचन देना शुरू कर देते, तो इम्तिहान में नाकाम रहने वाले छात्र बड़ी तादाद में उनके मुरीद हो सकते थे। लेकिन केन अंकल खुद अंदर से जैसे थे, वैसे ही दूसरे लोगों को शायद बर्दाश्त नहीं कर पाते।

अगर वह एक अंतरिक्ष यात्री होते, तो वह एक ग्रह से दूसरे ग्रह पर आड़े-तिरछे रास्ते तय करते हुए आकाशगंगा में इधर से उधर चक्कर लगाते रहते। केन अंकल कहीं भी तेजी से पहुँचने में कामयाब नहीं होते, लेकिन मुझे लगता है कि वह किसी एक को (मुझे) अपने खास नजरिये से देखने के लिए तैयार करने में जरूर कामयाब रहे। वह नजरिया यह

है कि जब आप आड़े-तिरछे चलते हैं, तो भले ही आप यह नहीं तय करते कि इस दुनिया में आप क्या देखना चाहते हैं, लेकिन यह तय है कि आप दुनिया को एक मौका जरूर देते हैं कि वह आपको देख सके!

❑❑❑

7

रसोई का शेर

जंगल रसोई

बचपन में मेरी पसंदीदा कहानियां कौन सी थीं? जो भी हो, छोटी-छोटी कहानियां हों या सच की सारी हदों को पार करके सिर के ऊपर से निकल जाने वाले किस्से, उन किस्सों का जवाब नहीं जो मैंने पांच या छह साल की उम्र में महमूद से सुने थे। वह हमारा खानसामा यानी रसोइया था।

मेरे माता-पिता ने मुझे ज़्यादा कहानियां नहीं सुनायीं। मां को अपनी पार्टियों से फुर्सत नहीं थी और पिताजी दफ्तर से आने के बाद अपने तमाम डाक-टिकटों के रखरखाव में लगे रहते थे। तब घर और साथ के मैदान में मैं जो चाहूँ कर सकता था, लेकिन फूलों के अलावा मेरे पास और कोई बात करने वाला नहीं था। कॉस्मस के फूल मेरी खूब सुनते थे। जब मैं उनसे बात करता तो वे सलीके से सिर हिलाते थे। गुलाब मुंह फेर लेते थे; वे बड़े घमंडी थे। गेंदे काफी मिलनसार थे, बशर्ते उन्हें तोड़ा न जाये।

मैं घूमता-फिरता यह देखने रसोई में चला जाता कि महमूद दोपहर के खाने में क्या बना रहा है। और कभी कोफ्ते का सालन चखता तो कभी चावल का पुलाव, बस यह देखने के लिए कि स्वाद सही है या नहीं। तब से सब्जी-सालन चखने के काम में दूसरों से आगे हूँ। महमूद एक

अच्छा रसोइया था, और, कई मायनों में, मेरा सबसे अच्छा दोस्त भी (जहां हम रहते थे वहां कोई और बच्चा नहीं था); लेकिन इसके साथ वह एक शानदार किस्सागो भी था। आखिर हमारे पास आने से पहले, वह पहुँचे हुए शिकारी जिम कारपेट के घर काम किया करता था, जिन्होंने बड़ी तादाद में आदमखोर बाघों के अलावा कितने ही दूसरे खतरनाक जंगली जानवरों को अपनी गोली का निशाना बनाया था।

'क्या तुमने उन्हें कभी किसी बाघ को गोली मारते देखा?' मैंने पूछ लिया।

'अजी, कई बार!' महमूद ने कहा, 'हर हफ्ते एक बाघ मारना तो कारपेट साहब के लिए मामूली बात थी!'

'क्या बाघ घर में आते थे, या तुम लोग उनकी तलाश में जाते थे?'

'कारपेट साहब उनका पीछा करते थे।' हम अक्सर तंबुओं में रहते थे और मुझे अपना खाना बनाने का काम खुले में करना पड़ता था। जंगल में रसोइये काम करना आसान नहीं होता। आमतौर पर नमक कम पड़ जाता था और हर कोई शिकायत करता था।'

'मेरी मां कहती है कि तुम खाने में बहुत ज़्यादा नमक डालते हो।'

'ऐसा है क्या? ऐसा इसलिए क्योंकि मैं नमक डालना कभी नहीं भूलता। खाना बेस्वाद हो, इससे तो अच्छा यही है कि थोड़ा और नमकीन हो जाये। मेरी बात से सहमत हो न, बाबा?'

'और मिर्च भी बहुत डालते हो,' मैंने आगे कहा।

'एक मिर्च रोजाना खाये, डॉक्टर के पास कभी न जाये!'

'ऐसा मेरे दादाजी कहा करते थे, और वे एक यूनानी हकीम थे, जो पुराने फारसी तरीके से कुदरती चीजों से इलाज करते थे। थोड़ा सा मसाला, थोड़ी सी हल्दी किसी की जरूरत न पड़े जल्दी! मेरे दादाजी एक बेहद समझदार इंसान थे। उन्होंने मुझे उर्दू में पढ़ना और लिखना सिखाया, और मैं बहुत कम उम्र से ही रोजी-रोजगार में लग गया, जबकि मैं कभी किसी स्कूल नहीं गया। मैंने इसलिए खाना बनाना सीखा, क्योंकि रोजगार का यह कोई बुरा तरीका नहीं है।'

'तुम कोई खराब रसोइये नहीं हो।'

'तो अपने मां-बाबा से कहो कि मेरी तनख्वाह बढ़ा दें।'

'फिर नमक होशियारी से डालना!'

'तुम बड़े नमकीन लड़के हो। और चटपटे भी। जरा इनमें से एक कोफ्ता तो चख कर देखो।'

'मुझे मालूम था कि तुम आओगे, इसलिए मैंने एक कोफ्ता ज़्यादा बना रखा था।'

'शुक्रिया, महमूद। लेकिन मुझे कारपेट साहब के बारे में कुछ और बताओ। और बाघों के बारे में भी। क्या तुमने कभी बाघ देखा?'

'हां, मैंने देखा न। हर तरफ बाघ हुआ करते थे। धांय, धांय, धंय! कारपेट साहब गोलियां चलाते रहते थे, और बाघ ढेर होते रहते थे। आदमखोर, दुधारू जानवर खाने वाले, बच्चे उठाने वाले। जब हमने जंगल में डेरा डाला हुआ था तब उनमें से एक बाघ मेरे मसालची को ले गया था। उसी तंबू से जिसमें हम दोनों साथ रह रहे थे। वह चीखता-चिल्लाता रहा और बाघ उसके पैरों को पकड़ कर दूर खींच ले गया। वह बाघ कारपेट साहब से ज़्यादा तेज निकला। जब तक खेमे के दूसरे लोग जाग कर आते, तब तक बाघ और मसालची दोनों गायब हो चुके थे। हमें सुबह उसकी हड्डियां मिलीं।'

'मसालची क्या होता है?' मैंने पूछ लिया।

'वह लड़का जो काम में मेरी मदद करता था। वह मुझे मीट और सब्जियां बनाने में मदद करता था और बाद में सारे बर्तन मांजता था। बड़ा नुकसान हो गया। दो हफ्ते तक मुझे सब कुछ बिना किसी की मदद के खुद करना पड़ा। हमें दूसरा मसालची नहीं मिला। कोई नहीं आया काम के लिए। और फिर जब तक हम वहां रहे, मुझे अकेले सोना पड़ा। कारपेट साहब ने मुझसे अपने तंबू के बाहर आग जलाये रखने को कहा। बाघ आग से दूर रहते हैं। वह जलना नहीं चाहते।'

'तो क्या बाघ फिर नहीं आया?'

'नहीं, वह जालिम फिर आया। जहां तंबू में खुली जगह थी, वहां से अपना सिर अंदर घुसाया। वह एक और रसीले मसालची की तलाश में था। लेकिन मैं उससे निपटने के लिए तैयार था। बिल्कुल तभी मैंने कुछ अंडे फ्राई किये थे, और मेरा फ्राइंग पैन भट्ठी की तरह तप रहा था, और उसी को घुमाकर मैंने बाघ की नाक पर दे मारा!'

'तुम एक बहादुर आदमी हो, महमूद। बाघ ने क्या किया?'

'उसे ठीक नहीं लगा। देखो, बाघों की नाक बहुत नाजुक होती है। इसीलिए उनकी सूंघने की ताकत इतनी अच्छी होती है। उनकी नाक ही उन्हें उनके शिकार तक पहुँचने में मदद करती है। लेकिन नाक जल जाये तो बहुत तकलीफदेह हो सकती है, खासकर बाघ के लिए। और मैंने तो उसकी मूंछें भी जला दी थीं। सेना के जनरलों की तरह बाघों को अपनी मूंछें खोना अच्छा नहीं लगता!'

'फिर क्या हुआ?'

'वह दहाड़ा, और हवा में पीछे की ओर उछलकर सुलगती लकड़ियों की आग में गिर पड़ा, और एक बार फिर गरज कर जंगल में भाग गया। एक घंटे या उससे ज्यादा देर तक हमें उसकी दर्द से कराहने की आवाजें सुनाई देती रहीं।

'तुमने बहुत बहादुरी से काम लिया, महमूद। जब तुमने सबको बताया कि तुमने क्या किया है, तो सब ने क्या कहा?'

'उन्होंने मुझपर यकीन नहीं किया, बाबा। उन्होंने कहा कि मैं यह सब अपने मन से गढ़ कर कह रहा था; कि आग में अपना पंजा जलाकर बाघ वहां से भाग गया। मैंने कारपेट साहब को दिखाया कि मेरे फ्राइंग पैन के नीचे बाघ की मूंछ के बाल चिपके हुऐ हैं, लेकिन वह सिर्फ हँस दिये और कहा कि मैं चाहूँ तो रात के खाने में बाघ का सूप परोस सकता हूँ।'

'लेकिन तुमने बहादुरी वाला काम किया था, महमूद!'

'हां, बाबा! मुझे खुशी है कि तुम ऐसा सोचते हो। एक और कोफ्ता लो।'

दिलचस्प वाकये

अगले दिन महमूद बकरे की चाप बना रहा था। मुझे बकरे की चाप अच्छी लगती थी। महमूद को मालूम था कि मुझे चाप पसंद है इसलिए उसने एक चाप मेरे लिए अलग से बना कर रखी थी, ताकि अगर मुझे दोपहर के खाने से पहले कुछ थोड़ा सा खाने का मन करे तो मैं खा सकूं।

'जिम कारपेट को सबसे ज़्यादा क्या पसंद था?' मैंने नर्म-नर्म चाप का मजा लेते हुए पूछा।

'अरे, वह तो भुनी हुई बत्तख पसंद करते थे। वह झील से उड़ान भरती हुई बत्तखों को मार गिराते थे।'

'ये झील क्या होती है, महमूद?'

'कम गहराई वाला बहुत बड़ा सा तालाब होता है। उसमें कहीं-कहीं तो आप पानी में चल भी सकते हैं। सर्दियों में वहां तरह-तरह के पक्षी आते हैं, किस्म-किस्म की बत्तखें, हंस और बगुले जैसे पक्षी। बगुले खाने में अच्छे नहीं होते। लेकिन भुनी हुई बत्तखें अच्छी लगती हैं।

'सो हमने झील के पास डेरा डाला, और एक हफ्ते तक भुनी हुई बत्तखें खाते रहे, जब तक कि सब ऊब नहीं गये।'

'क्या तुम झील में तैरने भी गये थे?'

‘नहीं, झील लंबे जबड़े वाले मगरमच्छों से भरी हुई थी, जिन्हें घड़ियाल कहते हैं, और अगर कोई उनकी पकड़ में आ जाए तो वह उसे झकझोर कर रख देंगे! बड़े बुरे होते हैं मगरमच्छ। उनमें से एक तो बस मुझे पकड़ ही लेता।’

अरे, क्या हुआ था महमूद भाई?’

ओह, बाबा, जो कुछ हुआ था बस उसकी याद से ही मैं सिहर जाता हूँ! मैं सबको खाना खिला कर अपने तंबू में सोने चला गया था। बड़ी गर्म रात थी और हमसे सोया नहीं जा रहा था। झुंड के झुंड मच्छरों ने झील से निकल कर तंबूओं पर हमला बोल दिया था, और मेरे चेहरे और हाथ–पैरों पर टूट पड़े थे। मैंने अपनी खाट को इस उम्मीद में तंबू के बाहर घसीटा, कि हवा की वजह से मच्छरों से कुछ राहत मिलेगी। कुछ देर बाद वे चले गये और मैं चादर तानकर सो गया। भोर होने से कुछ पहले मुझे लगा कि मेरी खाट कांप रही है, हिल रही है। क्या भूकंप आ रहा था? लेकिन और कोई नहीं जागा था। और फिर खाट एक ओर को सरकने लगी! मैं उठ बैठा, और अपने इधर–उधर देखा। अब खाट एक सी चाल से पानी की तरफ बढ़ रही थी। और मुझे अपने ऊपर उठाए हुए उसके नीचे एक मगरमच्छ था!

जिंदगी में इतनी बुरी तरह से मैं कभी नहीं डरा था, बाबा। मेरी खाट के नीचे मगरमच्छ और मैं उसके ऊपर! मैंने मदद के लिए पुकार लगायी। कारपेट साहब उठे, और हाथ में बंदूक लिए अपने तंबू से बाहर निकल आये। लेकिन अभी भी अँधेरा था, और वह सिर्फ इतना देख सकते थे कि मेरी खाट तेजी से झील की ओर बढ़ी चली जा रही थी।

इससे पहले कि खाट पानी में जाती, मैं उस पर से कूद गया, और मदद के लिए पुकारते हुए किनारे की ओर भागा। तब कारपेट साहब मुझे देख पाये। वह ढलान से नीचे झील की ओर दौड़े, और पानी में बढ़ती खाट पर गोली चला दी। मुझे नहीं पता कि उनकी गोली उस खतरनाक जानवर को लगी या नहीं, लेकिन एक जोरदार छपाका हुआ, और वह झील में गायब हो गया।’

‘और क्या तुम्हें खाट मिली?’

‘नहीं, वह बहती हुई आगे निकल गयी और फिर डूब गयी। हम उसके पीछे नहीं गये।’

‘और बाद में कारपेट साहब ने क्या कहा?’

‘उन्होंने कहा कि मैंने बड़ी होशियारी से काम लिया। उन्होंने कहा कि उन्होंने कभी किसी को खुद को बचाने के लिए ऐसी छलांग लगाते नहीं देखा!

‘महमूद, तुम तो हीरो निकले!’

‘शुक्रिया, बाबा। अगर तुम्हें भूख लग रही हो, तो अब एक और चाप लेने का वक्त हो चला है।’

‘मुझे भूख लगी है, मैंने कहा, और खाना परोसे जाने में अभी एक घंटा बाकी है। फिलहाल मुझे जिम कारपेट के साथ बिताये अपने समय के बारे में और कुछ बताओ। क्या उन्हें तुम्हारा बनाया खाना पसंद था?’ अरे, वह तो उन्हें काफी अच्छा लगता था, लेकिन उनकी बहन बहुत मीन-मेख निकालने वाली थीं।’

‘उनके साथ उसकी बहन रहती थीं?’

‘हां, बिल्कुल सही सुना। उन्होंने कभी शादी नहीं की, इसलिए उसकी बहन घर और रसोई से जुड़ी हर चीज की खरीदारी और देखरेख किया करती थीं, सिवाय तब जब हमने शिकार के सिलसिले में कहीं डेरा डाला होता था। वहां मुझे पूरी छूट होती थी। कारपेट साहब अपने खाने को लेकर ज़्यादा मीन-मेख नहीं निकालते थे, खासकर जब वे शिकार के लिए निकले होते थे। एक सैंडविच या पराठे से उनका काम चल जाता था। लेकिन अगर उन्हें मेहमानों को खिलाना होता, तो उन्हें लगता था कि उन्हें अच्छे से अच्छा खिलाना चाहिए, और तब मेरा काम कठिन हो जाता था।

मिसाल के तौर पर, एक थे जनकपुर के राजा- बड़े से, मोटे से शखस, जो खाने के पहले, खाने के दौरान और खाने के बाद खाने के

बहुत शौकीन थे। मुझे नहीं पता कि वह शिकार पर आने की जहमत क्यों उठाते थे, जबकि अपने महल में वह आराम से रह सकते थे, और दिन-रात दावत उड़ा सकते थे। लेकिन उन्हें अपने महल की दीवारों पर जंगली जानवरों के सिर सजाने की चाहत थी। आपको तबतक महान राजा नहीं माना जाता था जब तक कि आपकी दीवारों पर बाघ, बब्बर शेर, हिरन, भालू और खतरनाक दिखने वाले दूसरे जानवरों के भूसा भरे सिर न सजे हों। राजा सारा दिन खा-पी सकते थे, लेकिन वह बिना किसी जानवर का शिकार किये घर नहीं जा सकते थे। तो उन्हें एक हाथी पर चढ़ा दिया जाता, और वह शान से उसके ऊपर बैठकर, जंगल में चलने-फिरने वाली किसी भी चीज पर गोली चला देते। उन्होंने शायद ही कभी किसी जानवर का शिकार किया हो, लेकिन कारपेट साहब किसी बारहसिंगे या तेंदुए को मार गिराते, और राजा को उनकी काबि. लियत और बढ़िया निशानेबाजी के लिए बधाई देकर उनका साथ देते थे।

सारे ऐसे नहीं थे, लेकिन कुछ राजा बिल्कुल बेवकूफ या पागल तक थे। और गोरे साहब यानी अंग्रेज भी उनसे बेहतर नहीं थे। उन्हें भी बाघ या तेंदुए को गोली मारकर अपनी मर्दानगी साबित करनी होती थी। कारपेट साहब को हमेशा पूछा जाता था क्योंकि वह वहां रहते थे जहां से जंगल शुरू होता था, और यह जानते थे कि तमाम जानवर कहां-कहां ढूंढने से मिलेंगे।

जनकपुर के राजा जब हाथी पर सवार होते थे तब उन्हें किसी बात का खतरा नहीं होता था, लेकिन एक दिन उन्होंने पैदल ही जंगल में जाने की गलती कर दी। वह बहुत दूर नहीं पहुँचे थे कि एक जंगली सूअर उनकी तरफ दौड़ कर आता दिखाई दिया। जंगली सूअर देखने में बहुत खतरनाक नहीं लगता, लेकिन उसके दांत पैने होते हैं और वह उन्हें इस्तेमाल करने में देर नहीं लगाता। इससे पहले कि राजा अपने कंधे पर बंदूक तान पाते, सूअर ने उन पर हमला कर दिया। राजा के हाथ से बंदूक छूट गयी। वह पीछे मुड़े और अपनी जान बचाने के लिए भागे। लेकिन वह बहुत तेज या बहुत दूर तक नहीं दौड़ सकते थे। उनका पैर किसी चीज से टकराया और वह गिर गये। और जब मैं

आग जलाने के लिए टहनियां ढूंढ रहा था, तो सूअर उनके बिल्कुल करीब पहुँच चुका था। किस्मत से, मेरे हाथ में एक छोटी सी कुल्हाड़ी थी। मैंने सूअर के सिर पर वार कर दिया। वह घूमा और अपना एक लंबा-पैना दांत मेरी जांघ में घुसा दिया। मैंने उस पर तब तक वार किये, जब तक कि वह मेरे पैरों में गिर कर मर नहीं गया। राजा साहब वहां कहीं नजर नहीं आये।

'जैसे ही वह खेमे पर पहुँचे, उन्होंने अपने नौकरों को बुलवा भेजा, और झटपट वहां से रवाना हो गये। जान बचाने के लिए उन्होंने मुझे शुक्रिया तक नहीं कहा।'

'महमूद, क्या तुम्हें ज़्यादा चोट लगी थी?'

'मैं कुछ दिनों तक काम करने लायक नहीं रहा। घाव भरने में वक्त लगा। मेरे नये मसालची ने सारा खाना बनाया, और खाना इतना खराब बनता था कि ज़्यादातर मेहमान जल्दी-जल्दी चले जाते थे। अभी भी निशान है। देखो, बाबा!'

महमूद ने अपना पांयचा ऊपर खींचा और मुझे अपनी दाहिनी जांघ पर एक गहरे घाव का निशान दिखाया।

'तुम तो छा गये, महमूद,' मैंने कहा– 'तुम्हें तो इनाम मिलना चाहिए था।'

'मेरा इनाम यहां है, बाबा, ये मटन चॉप आपके लिए तैयार करने को मिल रहे हैं। आओ, एक और ले लो! अगर दोपहर के खाने में कम पड़े तो भी आपके मां-बाबा नजरअंदाज कर देंगे।

बहुत खूब, महमूद!

उस साल गर्मी का मौसम लंबा, और कुछ ज्यादा ही गर्म था, लेकिन मैदानी इलाकों में गर्मी का मुआवजा मिलता है आम, खरबूजे, तरबूज और लीची की शक्ल में। फल वाला रोजाना हमारे घर आता था, अपने सिर पर ताजे फलों की टोकरी संभाले। एक सुबह, जैसे ही मैंने रसोई में कदम रखा, तो मैंने पाया कि वहां आम से भरी बाल्टी रखी थी, और महमूद एक बड़े से जग में मैंगो-मिल्क शेक बनाने में जुटा था।

'मुझे थोड़ी बर्फ दो, बाबा, इस बाल्टी में होगी। तुम एक गिलास मिल्कशेक अभी पी सकते हो, और दूसरा दोपहर को खाने के साथ। कारपेट साहब मेरे मिल्कशेक की बहुत बड़ाई करते थे। आम के मौसम में, वह सुबह सबसे पहले दो गिलास मैंगो-मिल्कशेक पीते थे, और तब जाकर बाघ का शिकार करते थे!'

'क्या तुमने कभी बाघ का शिकार किया?' मैंने महमूद से एक गिलास मिल्कशेक लेकर उसमें बर्फ का एक टुकड़ा डालते हुए पूछा। 'मैंने एक बार एक तेंदुए का शिकार किया था,' महमूद ने कहा। मुझे बंदूकें छूने की इजाजत नहीं थी, लेकिन एक सुबह, मिल्कशेक पीने के बाद, कारपेट-साहब ने कहा कि मैं उनके साथ जंगल में जा सकता हूँ, बशर्ते मैं मैंगो-मिल्कशेक से भरा एक बड़ा थर्मस साथ ले चलूं। उस सुबह गर्मी और उमस ज़्यादा थी और कारपेट साहब को जल्द ही प्यास लगने लगती थी।

'मेरी राइफल पकड़ो, महमूद। जरा मैं ये पी लूं।' यह कहते हुए उन्होंने अपनी बंदूक मेरे हाथों में थमा दी, और थर्मस मुझसे ले लिया। जब वह अपनी प्यास बुझा रहे थे, तभी एक कांकड़, जो कुत्ते की तरह भौंकने वाला एक किस्म का हिरन होता है, हमारे सामने, महज पन्द्रह-बीस फीट पर, खुले में आ खड़ा हुआ। 'क्या मैं इसे गोली मार दूं, जनाब? मैंने पूछ लिया। मैंने उन्हें कई बार शिकार के दौरान बंदूक से गोली चलाते हुए देख चुका था, और मुझे मालूम था कि राइफल कैसे चलायी जाती है।

'बेहिचक मार दो, शिकारी बाबू!' उन्होंने कहा, 'चलो रात के खाने के लिए बढ़िया इंतजाम हो जायेगा।'

तो मैंने राइफल अपने कंधे पर टिकायी, निशाना साधा, और घोड़ा दबा दिया। यह पहला मौका था जब मैंने बंदूक चलायी थी, और बंदूक चलते ही बट का जोरदार झटका मेरे कंधे पर लगा, जबकि गोली सनसनाती हुई हिरन के काफी ऊपर से निकली और उस पेड़ में जा

घुसी जिसके नीचे वह खड़ा था। कांकड़ भाग गया, जबकि जोर का झटका लगने के बाद मैंने अपना कंधा पकड़ रखा था। मेरा निशाना चूक गया था और गोली कई फीट की दूरी से निकल गयी थी। लेकिन तभी पेड़ की डालियों से बुरी तरह कराहने की आवाज के साथ एक बड़ा सा तेंदुआ डालों से रगड़ खाता हुआ निकला, और गरजने के साथ हमारे पैरों के पास आकर गिरा। वह तभी मर गया, बाबा! मेरी गोली से काकड़ तो बच गया लेकिन तेंदुआ मर गया। वह हिरन को ताड़ रहा होगा, उसे धर दबोचने का इंतजार कर रहा होगा, जब उसे मेरी गोली लगी होगी। 'क्या निशाना लगाया है! कारपेट साहब चिल्लाये, 'क्या खूब मारा, महमूद! मैंने तो तेंदुए को देखा ही नहीं था।'

'और न ही मैंने देखा था, जनाब!' मैंने कहा।

'फिर भी तुमने तो उसे मार गिराया,' कारपेट साहब ने कहा।

'और चूंकि मुझे खाल नहीं चाहिए थी, इसलिए उन्होंने मुझे पांच सौ रुपये का इनाम दिया। बंदरों को डराने के लिए तेंदुए को भरवाकर उनके बरामदे में रख दिया गया। हालांकि उन्होंने सब को बताया कि मैं कितना अच्छा निशाना लगाता हूँ, लेकिन उन्होंने फिर कभी मुझे अपनी बंदूक पकड़ने के लिए नहीं दी।'

'कोई बात नहीं,' मैंने कहा, 'तुमने तेंदुए को मार दिया, और एक खूबसूरत हिरन की जान बख्श दी। और तुम्हारा मैंगो-मिल्कशेक दुनिया भर में सबसे अच्छा है।'

'शुक्रिया बाबा,' मेरा गिलास फिर से भरते हुए महमूद ने कहा, 'इस साल आम की फसल अच्छी हुई है।'

उस साल मैंगो-मिल्कशेक, चाप और कोफ्ते की भी कोई कमी नहीं रही!

□□□

8

खिड़की

जब आमिर तेरह साल का था, तब उसने तय किया कि वह इतना बड़ा हो गया है कि उसका एक अलग कमरा हो।

'किस लिए?' उसकी मां ने पूछा।

'बच्चे बहुत ज्यादा शोर करते हैं। उसने अपने छोटे भाइयों और बहनों का जिक्र करते हुए कहा, 'मैं पढ़ाई नहीं कर पाता।'

'ठीक है, अगर तुम सचमुच पढ़ाई करना चाहते हो, तो तुम्हें एक अलग कमरा मिल सकता है, उसके दादा ने कहा, जो उस पुरानी इमारत के मालिक थे। वह कमरा जो छत पर था।

तो आमिर ने छत वाला कमरा ले लिया।

वह एक लंबी, कम ऊंचाई वाली इमारत थी जिसकी दीवारों में बड़ी-बड़ी दरारें थीं, जिनमें पीपल के पेड़ उग रहे थे। आमिर के दादा ने कहा कि उसकी मरम्मत का खर्च वह नहीं उठा सकते। इमारत में बहुत से किरायेदार थे और चालीस साल पहले तय किया गया किराया दे रहे थे, जब किराया बहुत कम था, इसलिए ज़्यादा पैसा नहीं आ रहा था। आमिर के पिता की बाजार में दर्जी की दुकान थी, लेकिन वहां से भी ज़्यादा आमदनी नहीं थी। इमारत की छत सपाट थी, जिस पर सिर्फ एक छोटा कमरा था, जिसे बरसाती कहा जाता है। आमिर को अपने कमरे की खिड़की से नीचे की दुनिया से बिल्कुल अलग दुनिया दिखाई देती थी।

ठीक सामने वाला बरगद का पेड़ उसका था, और उसमें रहने वाले उसकी प्रजा। दो गिलहरी, कई मैना, एक कौवा और रात में, एक जोड़ा चमगादड़ उसमें रहते थे। गिलहरी दोपहर में अपने कामकाज में जुटी

रहती थीं, पक्षी सुबह-शाम को और रात को चमगादड़। आमिर के पास कोई बहुत काम नहीं था। वह कभी-कभी अपनी किताबों पर नजर डाल लिया करता था, लेकिन उसने मान लिया था कि वह साल पढ़ाई के लिए बहुत अच्छा साल नहीं है। अपनी खिड़की से बाहर देख कर उससे कहीं ज़्यादा सीखा जा सकता है।

पहले तो उसे कमरे में अकेलापन महसूस हुआ। लेकिन फिर उसे खिड़की की ताकत का पता चल गया। वहां से बरगद का पेड़ और आम का बाग, बेतरतीब से बगीचे और इमारत के आगे से निकलने वाले चौड़े रास्ते, और दूसरे घरों की छत, सड़क और खेत, और उससे भी आगे वहां तक दिखाई देता था जहां जमीन और आसमान मिलते नजर आते हैं। रास्ता खूब चलता था- फल और सब्जी वाले आते और चले जाते, बिल्कुल वैसे ही जैसे खिलौने वाला और गुब्बारे वाला, अपनी चीजें डंडे पर लटका कर बेचते हुए। लड़के साइकिलों पर, बच्चे प्रैम गाड़ियों में, चकर-चकर करती स्कूली लड़कियां, झगड़ती गृहणियाँ, गपशप करते बुजुर्ग, सब अपने रास्ते जाते हुए, उसकी खिड़की के आगे से होकर जाते थे।

उस गर्मी की शुरुआत में एक तांगा खड़बड़-छमछम करता हुआ आया और इमारत के सामने रुक गया। एक लड़की और एक बुजुर्ग

महिला उसमें से उतरे, और इस बीच एक नौकर ने उनका सामान उतारा। वे घर के अंदर गये और तांगा वहां से चला गया। अगले दिन लड़की ने बगीचे से ऊपर देखा तो खिड़की पर आमिर दिखाई दिया।

उसके बाल काले थे और कंधे तक आते थे। उसकी आंखें उसके बालों की तरह ही काली थीं, और वैसी ही चमकदार भी। वह करीब ग्यारह साल की रही होगी।

'हैलो,' आमिर ने कहा।

उसने शक की निगाहों से उसकी तरफ देखा। 'तुम कौन हो?' उसने पूछा।

'मैं भूत हूँ।'

वह हँस दी, और उसकी हँसी में एक ठिठोली वाला सुर था।

'तुम कुछ वैसे ही दिखते हो!'

आमिर को उसका कहा मजेदार तो नहीं लगा, लेकिन इसके लिए उसने खुद मौका दिया था।

'तुम वहां ऊपर क्या कर रहे हो?' उसने पूछा। 'जादू का रियाज कर रहा हूँ।' आमिर ने कहा। वह फिर हँसी लेकिन इस बार मजाक उड़ाने जैसा अंदाज नहीं था।

'मुझे तुम पर यकीन नहीं है,' उसने कहा।

'तुम खुद आकर क्यों नहीं देख लेतीं?'

वह सीढ़ियों की तरफ बढ़ी और होशियारी से, धीरे-धीरे उन पर चढ़ने लगी। जब उसने कमरे में कदम रखा, तो आमिर को एकटक देखते हुए उसने पूछा- 'कहां है तुम्हारा जादू?'

'इधर आओ,' उसने कहा, और वह उसे खिड़की पर ले गया और उसे अपनी दुनिया दिखायी। उसने कुछ नहीं कहा, बस खिड़की से बाहर देखती रही। फिर वह मुड़ी और आमिर की ओर देखकर मुस्कुरा दी। और वो दोस्त बन गये।

वह सिर्फ इतना जानता था कि उसे छम्मो कहा जाता था, और वह अपनी चाची के साथ गर्मियों के महीने बिताने आयी थी। उसके बारे में

आमिर को और कुछ जानने की जरूरत नहीं थी, और उसे भी आमिर के बारे में कुछ और जानने की जरूरत नहीं थी, सिवाय इसके कि वह वास्तव में एक भूत नहीं था। वह लगभग हर दिन सीढ़ियों से ऊपर आती थी और आमिर के साथ खिड़की पर खड़ी रहती थी। खिड़की की दुनिया में बहुत कुछ मजेदार होने वाला था, खासकर मानसून की बारिश आने पर।

जैसे ही गड़गड़ाहट शुरू होती, औरतें डोरी पर सूख रहे कपड़े उठाने के लिए बाहर दौड़ती थीं, और अगर हवा तेज होती, तो डोरी से उड़े कपड़ों का पीछा करने के लिए अहाते में दौड़ती थीं। जब बारिश आयी, तो जैसे दुश्मनी निकलने के इरादे से आयी हो, बगीचे को दलदल बना दिया और रास्ते को नदी। कोई साइकिल सवार ताबड़तोड़ चलाते हुए आता, कोई बुजुर्ग अपनी छतरी से जूझता, बारिश में इधर-उधर घूमते नंगे-नंगे छोटे बच्चे। कभी-कभी आमिर बाहर छत पर दौड़ जाता और बारिश में आवाजें निकालता और नाचने लगता। और बारिश कमरे के खुले दरवाजे और खिड़की के रास्ते आने आने लगती, जिससे फर्श पर पानी भर जाता और खाट उसमें एक टापू जैसी बन जाती।

लेकिन खिड़की किसी भी चीज से ज़्यादा मजेदार थी।

'यह फिल्म जैसी है,' छम्मो ने कहा, 'खिड़की पर्दा है, बाहर की दुनिया तस्वीर है।'

जल्द ही आम पक गये थे और छम्मो आम के पेड़ की शाखाओं पर भी उतनी ही बार चढ़ने लगी जितनी बार वह अमिर की खिड़की पर जाती थी। आमिर को पढ़ाकू माना जाता था, इसलिए उसके आम के पेड़ पर आने-जाने से दादाजी खुश नहीं होते। लेकिन खिड़की से उसे पेड़ का अच्छा नजारा मिलता था, और वह लगभग उसी ऊंचाई से छम्मो से बात कर सकता था। वह उसके लिए कैरी ले आयी, और उन्होंने इतनी ज़्यादा कैरी खा लीं कि उसके बाद दिन भर उनके पेट में दर्द होता रहा।

'चलो छत पर एक बगिया बनाते हैं,' छम्मो ने कहा।

'हमें इसके लिए क्या-क्या करना होगा?' आमिर ने पूछा।

‘बिल्कुल आसान है। हम मिट्टी और ईंटें लाकर फूलों की क्यारियां बनाएंगे। फिर हम उनमें बीज बो देंगे। हम तरह-तरह के फूल उगाएंगे।’

‘छत गिर जाएगी,’ आमिर ने कहा।

‘कोई बात नहीं,’ छम्मो ने कहा।

उन्होंने बाल्टियों में मिट्टी भर कर सीढ़ियों से छत तक ले जाने और फूलों की क्यारियां बनाने में दो दिन लगाये। काम कठिन था, लेकिन ज़्यादातर काम छम्मो ने किया। जब क्यारियां बन कर तैयार हो गयीं, तो उन्होंने बोवाई की रस्म की। लेकिन नीचे बगीचे में से निकाल कर लगाये गये कुछ छोटे पौधों के अलावा, उनके पास सिर्फ एक ही किस्म के बीज थे- कद्दू के बीज।

‘मैं कद्दू नहीं खा सकता,’ आमिर ने कहा। ‘क्या तुम कभी किसी ऐसे शख्स से मिले हो जिसे कद्दू पसंद हो?’ छम्मो ने पूछा।

‘नहीं, हर कोई उनसे नफरत करता है। यह सच है। फिर भी लोग कद्दू उगाते हैं और बेचते हैं, और बच्चों को उन्हें खाने के लिए जबरदस्ती करते रहते हैं।’

‘वे सिर्फ हमें परेशान करने के लिए ऐसा करते हैं,’ आमिर ने कहा।

‘सच बात है! हम कद्दू अपने दुश्मनों को भेंट में देंगे।’

फिर उन्होंने कद्दू के बीज मिट्टी में बो दिये और ऐसा महसूस करने लगे जैसे उन्होंने कोई बड़ा काम कर दिया हो।

लेकिन अगली ही रात बहुत तेज बारिश हुई, और सुबह उन्होंने देखा कि ईटों के सिवा सब कुछ बह गया था।

इसलिए वे खिड़की पर लौट आये।

एक मैना किसी से लड़ कर आयी थी और उसके सिर के पंख नुचे हुए थे। बोगनविलिया की एक बेल जो पहले से दीवार पर चढ़ रही थी, उसकी एक नयी शाख खिड़की से अंदर आ रही थी।

छम्मो बोली, ‘अब हम बेल को खराब किये बिना खिड़की बंद नहीं कर सकते।’

‘तो हम अब खिड़की बंद ही नहीं करेंगे’, आमिर ने कहा। और उसने बेल को कमरे में आने दिया।

बारिश का मौसम बीत चला और पतझड़ की हवा बरगद के पेड़ की डालियों से फुसफुसाते हुए आने लगी। जमीन पर लाल-लाल पत्ते बिछ गये और हवा उन्हें उठाकर इस तरह यहां-वहां ले जाने लगी कि वे तितलियों जैसे लगते थे। आमिर सूरज निकलते देखता था, आसमान के बिल्कुल सुर्ख लाल होने से लेकर पहली किरणों के खिड़की की चौखट पर पसरने और सरकते हुए कमरे की दीवारों पर चढ़ने तक।

और शाम को छम्मो और आमिर सूरज को रुई के फाहे जैसे बादलों के समुद्र में ढलते हुए देखते। बादल कभी गुलाबी, कभी नारंगी होते, लेकिन होते हमेशा रंगीन ही थे, और ऐसे लगते थे जैसे उन्हें खिड़की में मढ़ दिया गया हो।

'मैं कल जा रही हूँ,' एक शाम छम्मो आकर बोली।

आमिर इतना हैरान हो गया, कि उससे कुछ भी कहते नहीं बना।

'तुम तो हमेशा यहीं रहते हो, है न?' उसने कहा।

आमिर ने सिर हिलाकर हामी भरी।

'जब मैं अगले साल फिर से आऊंगी, तब भी तुम यहीं होगे, है न?'

'लगता तो ऐसा ही है,' आमिर ने कहा।

सवेरे तांगा दरवाजे पर था, और नौकर, चाची और छम्मो उसमें थे। आमिर अपनी खिड़की पर था। छम्मो ने उसे देखकर हाथ हिलाया। फिर तांगे वाले ने घोड़े की लगाम फटकी, तांगा चरमराया और खड़खड़ाया, और उसमें लगे घुंघरू बज उठे। रास्ते पर आगे बढ़ते हुए तांगा जब तक अहाते के फाटक से बाहर नहीं निकल गया तब तक छम्मो लगातार हाथ हिलाती रही।

जब तांगा नजरों से ओझल हो गया तो आमिर ने बोगनविलिया की कमरे में घुस रही डाली को बाहर निकाल दिया। फिर उसने खिड़की को बंद कर दिया। और तय किया कि अब खिड़की बसंत और छम्मो के दोबारा आने पर ही खुलेगी।

9

मेहमान

आमिर अपनी खाट पर बैठा हुआ उस दरवाजे के बाहर देख रहा था जो छत पर खुलता था। वहां एक मैना के सिवा कोई नहीं था- एक ऐसी मैना जो सिर पर पंख न होने से गंजी दिख रही थी। मैना भी उसी को देख रही थी। तभी उसने नीचे से किसी को पुकारते सुना।

'क्या ऊपर कोई रहता है?'

'नहीं,' आमिर ने चिल्ला कर कहा, 'यहां कोई नहीं रहता।'

'तो क्या मैं ऊपर आ सकता हूँ? नीचे वाले ने पूछा। आमिर ने जवाब नहीं दिया। फिर उसने कदमों की आहट सुनी। मैना छत से उड़ी और एक आम के पेड़ पर जा बैठी।

एक लड़का दरवाजे पर आकर खड़ा हुआ, और आमिर को देख कर मुस्कुराया। वह आमिर से थोड़ा लंबा और बहुत पतला था। उसने धरीदार पजामे के ऊपर सफेद कमीज पहन रखी थी। उसके पैरों में पट्टे वाली चप्पल थी। उसने गले में एक चौड़े पट्टे से एक ट्रे टांग रखी थी, जिसमें ढेर सारी चीजें सजी हुई थीं।

'क्या तुम्हें कुछ खरीदना है?' उसने पूछा। उसकी ट्रे में कंघी, बटन, धागे की रील, जूते के फीते, सस्ते इत्र की छोटी शीशियां जैसी चीजें थीं।

'मेरे पास आपकी जरूरत की हर चीज है,' उसने कहा।

'मुझे किसी चीज की जरूरत नहीं है,' आमिर ने कहा।

'तुम्हें बटन की जरूरत है।'

‘मुझे नहीं चाहिए।’

‘तुम्हारा सबसे ऊपर वाला बटन गायब है।’ आमिर ने अपनी कमीज के ऊपर वाले बटन की जगह छू कर देखा और वहां बटन न पाकर चौंक गया। उसने कहा, ‘मुझे कमीज के बटन लगाना पसंद नहीं है।’

‘यह अलग बात है,’ आने वाले ने कहा, और आमिर को ऊपर से नीचे तक देखने लगा, कि कहीं और कुछ कमी तो नहीं है।

‘तो जूते के एक जोड़ी ही ले लो।’ आमिर ने नीचे अपने जूतों की तरफ देखा और कहा, मेरे पास फीते हैं।

‘बहुत घटिया किस्म के हैं,’ लड़के ने कहा, और एक फीते को पकड़कर ऐसे खींचा कि उसके दो टुकड़े हो गये।

‘देखा कितनी आसानी से टूट गया? अब तो नये फीते चाहिए।’

‘जो भी हो, मैं नहीं खरीदने वाला।’ आमिर ने कहा। लड़के ने आह भरी, कंधे उचकाये और दरवाजे की ओर बढ़ गया। जब वह धीरे-धीरे सीढ़ियों से नीचे उतर रहा था, आमिर जीने के दरवाजे पर खड़ा होकर उसे जाते हुए देख रहा था।

उसे अंदर से कुछ लगा और उसने आवाज लगायी- 'तुम्हारा नाम क्या है?'

'मोहन,' लड़के ने कहा।

'अच्छा, हफ्ते भर बाद आना, आमिर ने कहा, 'तब शायद मुझे किसी चीज की जरूरत हो।'

आमिर खाना खाने के लिए नीचे गया। फिर वह पढ़ने के लिए अपने कमरे में लौट आया, लेकिन पढ़ने के बजाय उसे नींद आ गयी। शाम के समय उसे भूख लगी और वह बेचैन हो उठा। जब बाकी सब लोग खरीदारी करने, गपशप करने, खाने-पीने और सिनेमा देखने के लिए सड़कों पर निकल रहे हों, तब वह अपने कमरे में नहीं रह सकता था। छत से वह बाजार में रोशनी होते हुए देख सकता था, और तांगे के घुंघरुओं की खनखन और बस के भोंपू की कानफाड़ू आवाज सुन सकता था। उस शाम ठंडक थी और उसने नीचे जाने से पहले अपना कोट पहन लिया।

बाजार जाने वाले रास्ते पर तेज कदम चलना मुश्किल था। बड़ी तादाद में पैदल चलने वालों के अलावा, साइकिल सवार और स्कूटर -रिक्शा, ठेले और गायें थीं, जिससे आने-जाने में दिक्कत हो रही थी। एक छोटी सी चाय की दुकान में लाउडस्पीकर पर फिल्मी गाने बज रहे थे, जिससे अफरा-तफरी में शोर भी जुड़ गया था। गुब्बारे वाले की बन आयी थी। वह बच्चों के झुंड से घिरा हुआ था, जो गुब्बारे खरीदने के बजाय उन्हें फोड़ने पर आमादा थे। एक-दो गुब्बारों के धागे टूटे, और वह लोगों के सिर के ऊपर से उड़ते हुए चाट की दुकान में जलती आग पर आ कर फूटे।

आमिर ने चाट की दुकान के आगे खड़े होकर तरह-तरह की मसालेदार चीजें खायीं। फिर उसने उसी केले के पत्ते से अपनी उंगलियां पोंछ लीं, जिस पर चाट वाले ने चाट दी थी, और बाजार में आगे बढ़ गया।

घंटाघर की तरफ चलने पर सड़क भी चौड़ी हो गयी और भीड़ भी कम हो गयी। सड़क के नुक्कड़ पर एक स्ट्रीट लाइट थी। एक लड़का लाइट के नीचे फुटपाथ पर बैठा था, आंखें गड़ाए किताब पढ़ रहा था,

और जो पढ़ रहा था उसी में डूबा हुआ था। वह बाजार के शोर या हवा की ठंडक से बेअसर लग रहा था। जब आमिर करीब पहुँचा, तो उसने देखा कि वह लड़का मोहन था।

उसे समझ में नहीं आया कि उससे बात करने के लिए रुके या अपने रास्ते आगे चलता जाये। कुछ दूर चलने के बाद उसे लड़के से मिलने के लिए न रुकने पर शर्मिंदगी महसूस हुई, इसलिए वह मुड़ा और वापस पीछे चल पड़ा। लेकिन जब वह बिजली के खंभे तक पहुँचा तो मोहन जा चुका था।

जब मोहन फिर घर आया तो उसने नीचे से आवाज नहीं दी बल्कि सीधे कमरे में आ गया। उसने आमिर की कमीज और जूतों पर नजर डाली और देखा कि एक जूते में अभी भी आधा फीता पड़ा है। उसने एक जोड़ी फीते इस अंदाज में कमरे में रखी मेज पर डाले जैसे कोई चाल जीतने के लिए ताश का पत्ता फेंक रहा हो।

'मैं अभी इनकी कीमत नहीं चुका सकता,' आमिर ने कहा।

'तुम बाद में दे देना।'

आमिर अपनी मेज के सिरे पर बैठ गया, जबकि मोहन दीवार के सहारे खड़ा रहा।

'क्या तुम स्कूल जाते हो?' आमिर ने पूछा।

'कभी-कभी मैं शाम को लगने वाली क्लास में जाता हूँ,' मोहन ने कहा। मैं अगले महीने हाई स्कूल के लिए 'प्राईवेट' इम्तिहान में बैठ रहा हूँ। अगर मैं पास. . .'

वह उन चीजों के बारे में सोचने के लिए रुक गया जो वह पास होने पर कर सकता था। उसके लिए करियर का रास्ता खुला होगा, वह आगे पढ़ सकेगा, और इंजीनियर, या वैज्ञानिक या बड़ा अधिकारी बन सकता है। फिर उसे गली-नुक्कड़ पर कंघे और बटन नहीं बेचने पड़ेंगे।

'तुम्हारे माता-पिता कहां हैं?' आमिर ने पूछा।

'मेरे पिताजी गुजर चुके हैं। मेरी मां पहाड़ पर हमारे गांव में रहती है। घर पर भाई-बहन हैं, लेकिन मैं ही इतना बड़ा हूँ कि काम कर सकता हूँ।'

'तो तुम यहां कहां रहते हो?'

'कहीं भी। किसी के बरामदे में, या मैदान में; गर्मियों में तो कुछ ज़्यादा फर्क नहीं पड़ता। इन दिनों मैं स्टेशन पर सोता हूँ। वहां काफी गर्माहट रहती है।'

'तुम यहां सो सकते हो,' आमिर ने कहा।

एक सुबह, जब आमिर ने अपने कमरे का दरवाजा खोला, तो उसने मोहन को सीढ़ियों के ऊपर वाली जगह सोता पाया। उसने खुद को एक पतले कंबल में लपेट रखा था। तमाम चीजो से भरी उसकी ट्रे कुछ ही दूरी पर रखी थी। आमिर ने उसे धीरे से हिलाया और वह तेज धूप में आंखें मिचमिचाते हुए उठ बैठा।

'तुम अंदर क्यों नहीं आये?' आमिर ने पूछा, 'तुमने मुझे बताया क्यों नहीं कि तुम यहाँ हो?'

'रात ज़्यादा हो चुकी थी,' मोहन ने कहा, मैं तुम्हारी नींद खराब नहीं करना चाहता था। इसके अलावा, रात को मौसम अच्छा था, ज़्यादा ठंड नहीं थी।'

'कोई तुम्हारी चीजें चुरा सकता था।'

आमिर ने मोहन से उस रात उसके कमरे में सोने का वादा लिया। वह काफी जल्दी आ गया। आमिर ने उसे दूसरा वाला कंबल दिया, और वह फर्श पर बिछी चटाई पर लेट गया और आराम से सो गया, जबकि आमिर इस फिक्र में जागता रहा कि उसके मेहमान को कोई दिक्कत न हो।

मोहन अक्सर आ जाता था, और इससे पहले कि आमिर उसके लिए खाने का इंतजाम करे, वह सुबह जल्दी निकल जाया करता था। वह बाजार में किसी छोटी-मोटी जगह खा लेता था।

हाई स्कूल के इम्तिहान नजदीक थे, और मोहन अपनी किताबें लेकर देर रात तक बैठा रहता। कभी-कभी लगने वाली अपनी शाम की कक्षाओं के अलावा, उसे पढ़ाई के नाम पर कुछ खास तालीम नहीं मिली। इम्तिहान दस दिनों तक चले, और इस दौरान मोहन ने अपनी

तमाम किस्म की चीजों से भरी ट्रे को एक तरफ रख दिया। उसने खुद पर पूरा भरोसा रखते हुए इम्तिहान दिये। उसे लग रहा था उसने सारे इम्तिहान काफी अच्छी तरह दिये हैं। और जब इम्तिहान खत्म हुआ, तो वह फिर से अपनी ट्रे लेकर सारे शहर में फेरी लगाने लगा, इतने दिन बिक्री न होने से हुए नुकसान की भरपाई करने की कोशिश में।

जिस दिन परीक्षा का नतीजा आने वाला था, आमिर जल्दी उठ गया। सुबह पांच बजे अखबार आने के समय ही वह न्यूज एजेंसी पहुँच गया। भरतू ने उसे देखने के लिए एक अखबार दिया। उसे वह पन्ना मिल गया जिस पर इम्तिहान का नतीजा छपा था। उसने इम्तिहान में पास होने वाले शहर के कॉलम को नीचे तक देखा, लेकिन वहां मोहन का नंबर नहीं मिला। उसने यह सोच कर दोबारा देखा कि कहीं उससे देखने में चूक न हो गयी हो, और फिर मायूस होकर भरतू को अखबार लौटा दिया।

'फेल?' भारतू ने पूछा।

आमिर ने सिर हिलाया और चला गया। जब वह कमरे पर लौटा तो उसने देखा कि मोहन सीढ़ियों के ऊपर वाली जगह बैठा है। उसे कुछ भी बताने की जरूरत नहीं पड़ी। मोहन को उसकी शक्ल देखकर ही सब कुछ समझ में आ गया था।

आमिर उसके बगल में बैठ गया, और कुछ देर तक दोनों कुछ भी नहीं बोले।

'कोई बात नहीं,' मोहन ने कहा।

'अगले साल पास हो जाऊंगा।'

ऐसा लग रहा था कि उससे ज्यादा आमिर को दिलासा दिये जाने की जरूरत थी।

'काश तुम्हें पढ़ने के लिए ज़्यादा समय मिला होता,' आमिर ने कहा।

'मेरे पास अब भी काफी समय है। एक और साल। क्या मैं अब भी तुम्हारे कमरे में रह सकता हूँ?'

'जब तक यह कमरा मेरे पास है। यानी मुझे भी काम करना होगा, नहीं तो मेरे दादाजी मुझे फिर से नीचे खींच ले जाएंगे।'

मोहन हँसा और कमरे में चला गया। जब वह बाहर निकला तो ट्रे उसकी गर्दन से लटकी हुई थी। वह बोला-

'मेरे पास तुम्हारी जरूरत की हर चीज है! बोलो जी तुम क्या-क्या खरीदोगे?'

❑❑❑

10

अंतिम संस्कार

मुझे नहीं लगता कि उसे जाना चाहिए,' एक आंटी ने कहा। 'वह बहुत छोटा है,' दूसरी आंटी पहली की बात से राजी थीं, 'वह परेशान होकर मुश्किल खड़ी कर सकता है। और तुम जानती ही हो कि पादरी लाल को अंतिम संस्कार में बच्चों की मौजूदगी पसंद नहीं है।'

बच्चे ने कुछ नहीं कहा। वह अंधेरे कमरे के सबसे अंधेरे कोने में बैठा था, और उसके चेहरे के भाव नहीं पढ़े जा सकते थे कि वह क्या सोच रहा था, या महसूस कर रहा था। उसके पिता का ताबूत बगल वाले कमरे में रखा था, और ताबूत का ढक्कन बंद हो जाने के बाद अब उस शख्स के उदास चेहरे को नहीं देखा जा सकता था- वह शख्स जो उसके लिए बहुत मायने रखता था। और किसी की कोई अहमियत नहीं थी। चाचा-चाची और दादा-दादी का होना न होना बराबर था, और मां के होने के तो कोई मायने ही नहीं थे जो सैकड़ों मील दूर थी, दूसरे पति के साथ। उसने उसे तब से नहीं देखा था जब वह चार साल का था, जिस बात को अब पांच साल बीत चुके थे, और अब उसे वह ठीक से याद भी नहीं थी।

घर दोस्तों, रिश्तेदारों और पड़ोसियों से भरा हुआ था। कुछ लोगों ने उसका खूब लाड़ करने और हमदर्दी जताने की कोशिश की थी, लेकिन उसकी चुप्पी और सूनी आंखों के आगे उनकी एक न चली। जो ज़्यादा समझदार थे वह खुद ही दूर रहे।

शोक-संवेदना के बिखरे हुए शब्द हवा में ड्रैगनफ्लाई की तरह आगे-पीछे चल रहे थे।

'बहुत बुरा हुआ!'

'सिर्फ चालीस के ही तो थे!'

'किसी को समझ में नहीं आया कि बीमारी इतनी गहरी थी!'

'सारा ध्यान बच्चे पर था।'

लड़के को ऐसा लगा, कि हिल स्टेशन पर जितने भी जाने-माने लोग थे, वे सब मौजूद थे। और पहली बार वे उनके घर की ओर उमड़ पड़े थे, क्योंकि उसके पिता ज़्यादा लोगों के साथ मेल-जोल नहीं रखते थे। अपने बेटे के अलावा किताबें, संगीत, फूल और डाक-टिकट इकट्ठे करने में ही उनका समय जाता था।

एक छोटी-सी गाड़ी को फाटक के अंदर लाया गया जिसमें एक पहाड़ी टट्टू जुता था, और कई लोगों ने मिलकर ताबूत को उठाकर गाड़ी में रख दिया। भीड़ छंट गयी। कब्रिस्तान करीब एक मील दूर था और जिनके पास कार नहीं थी, उन्हें पैदल चल कर जाना था।

लड़का खिड़की से फाटक के रास्ते निकल रहे लोगों के छोटे से हुजूम को देखता रहा। फिलहाल उसे भुला कर, नौकरों की देखरेख में छोड़ दिया गया था, क्योंकि सिर्फ वही घर पर रह गये थे। बाहर धुंध छायी थी। धुंध घाटी से ऊपर उठ कर पहाड़ के चेहरे पर एक नम तौलिये की तरह आ लगी थी।

बारिश न होने के बावजूद सभी लोग भीग गये थे।

लड़का सब के जाने तक इंतजार करता रहा, और फिर वह कमरे से निकल कर बरामदे में चला गया। नेस्टर्शियम की क्यारी में बैठकर

काम कर रहे माली ने ऊपर देखा और लड़के से पूछा कि क्या उसे कुछ चाहिए। लेकिन लड़के ने सिर हिलाया और घर के अंदर चला गया। मातमपुर्सी के लिए आने वालों के पैरों तले कुचलने से फूलों की क्यारियों को हुए नुकसान की वजह से शोक मे डूबा नजर आ रहा माली भी पैर घसीटता अपने क्वार्टर में चला गया। साहब की मौत का मतलब था कि बहुत जल्द उसकी नौकरी चली जाने वाली थी। घर दूसरे के हाथों में चला जाना था, और बच्चा अनाथालय में। अब ऐसे लोग ज़्यादा नहीं रह गये थे जो माली रखते थे। रसोई में, रसोइया इस घर में पहली और आख़िरी बार इतने सारे लोगों के लिए खाना बनाने की तैयारी में जुट गया था। वे सभी रिश्तेदार, और पादरी भी, भूखे-प्यासे लौटेंगे और तब उनके आगे परोसने के लिए सादा सा सही, लेकिन काफी खाना तैयार करना होगा। जल्द ही उसकी भी नौकरी चली जानी थी, लेकिन रसोइयों की मांग हमेशा बनी रहती थी।

लड़का पिछवाड़े वाले दरवाजे से चुपचाप घर के बाहर निकल गया और जंगली गुलाबों के झुरमुट के बीच थोड़ी सी खाली जगह से होकर गली में आ गया। जब वह मुख्य सड़क पर पहुँचा, तो उसने देखा कि अंतिम संस्कार के लिए शवयात्रा में शामिल लोग पहाड़ी का चक्कर काट कर कब्रिस्तान की ओर जा रहे थे। वह कुछ दूरी बनाकर उनके पीछे चलता रहा।

यह वही सड़क थी जिस पर वह अक्सर अपने पिता के साथ शाम की सैर के लिए जाता था। उसे पहाड़ों पर उगने वाले लगभग हर पौधे और जंगली फूल का नाम मालूम था। इनके अलावा तमाम परिंदों और कीड़े-मकोड़ों को उसके पिता ने ही पहली बार दिखाया और उनके बारे में काफी कुछ बताया था।

उत्तर की ओर देखने पर, वह हिमालय के ऊंचे पहाड़ों को देख सकता था जहां हमेशा बर्फ जमी रहती थी। कब्रिस्तान में कब्रें इस तरह बनायी गयी थीं कि अगर एक दिन उनमें दफन लोग जी उठें, तो सबसे पहल वह सामने बर्फ से ढकी चोटियों पर सूरज की किरणों की चमक देखेंगे। शायद उस जगह को इस नजारे की वजह से ही चुना गया होगा। लेकिन लड़के को ऐसा नहीं लग रहा था कि कोई भी उन कब्रों पर

लगी बड़ी और भारी पत्थर की सिल्लियों को एक तरफ हटाकर अपनी कब्रों से उठकर उस नजारे का लुत्फ उठा सकेगा। लगता था कि वह यूं ही हमेशा चोटियों की बर्फ की तरह चैन से आराम करते रहेंगे। एक भूचाल ही उन सिल्लियों को हटाकर ताबूतों को जमीन के अंदर से बाहर निकाल सकता था। लड़के ने सोचा कि लोगों ने ऐसा कुछ क्यों नहीं किया कि मरे हुए लोग आसानी से उठ सकें। उन्हें इतने पक्के तरीके से दफनाया गया था जिससे ऐसा लगता था कि कोई भी वास्तव में नहीं चाहता कि वह कभी बाहर निकलें।

'खुदा भी तुम्हारे पिता को अपने करीब चाहता था,' उसके भले की सोचते चर्च के एक प्रचारक ने इन शब्दों के साथ उसे दिलासा देने की कोशिश की थी। तो क्या खुदा को इसी तरह, उन हजारों मर्दों, औरतों और बच्चों की जरूरत थी जिन्हें यहां साफ-सुथरी नपी-तुली कतारों में आराम करने के लिए दफनाया गया था? उसने इन्हें किस लिए चाहा होगा? जब हम मर जाते हैं तो खुदा के लिए किस काम का होते हैं, बच्चा सोच रहा था।

कब्रिस्तान का फाटक खुला हुआ था, लेकिन बच्चा पत्थर की पुरानी दीवार से टिक कर खड़ा हो गया, और एक बहुत तेज गेंदबाज का सामना करने वाले बल्लेबाज जैसी बेचैनी के साथ शवयात्रा में आये लोगों को इधर-उधर आते-जाते ताकता रहा। बस यहां गेंदबाज आंखों से ओझल था और जैसे चुपचाप आ जाता हो, वह भी बिना सामने आये।

अंतिम संस्कार की पूरी रस्म के दौरान पादरी लाल की खनकदार आवाज सुनायी देती रही, फिर ताबूत को नीचे, गहराई में उतार दिया गया। बच्चा हैरान था क्योंकि ताबूत न जाने कितनी ज़्यादा गहराई तक जाता हुआ लग रहा था! क्या वह दूसरी दुनिया, इस से भी अच्छी दुनिया, धरती की गहराई में थी? चाहे वह कोई भी हो, गहराई तक जाने के बाद इतनी धरती को धकेल कर कोई बाहर कैसे आ सकता है? सुपरमैन ने कॉमिक्स में ऐसा किया था, लेकिन उसके पिता एक नरम दिल इंसान थे जो जमीन और घास और छोटे पेड़ों की जड़ों को नुकस. ान पहुँचा कर ऐसी जद्दोजहद नहीं करेंगे। शायद वह एक पेड़ बन कर जमीन से बाहर निकलना पसंद करें! अगर कभी मुझे भी इस तरह जमीन

में दबा दिया गया, तो मैं किसी पौधे की जड़ में घुस जाऊंगा, और फिर फूल बन जाऊंगा, और फिर शायद कोई चिड़िया आकर मेरे बीज को दूर तक ले जाएगी। किसी न किसी तरह मैं बाहर निकल ही आऊंगा!

पादरी ने कुछ और शब्द कहे, और फिर वहां मौजूद कुछ लोगों ने वहां से जाने से पहले कुछ मुट्ठी मिट्टी ताबूत पर डाली। धीरे-धीरे अंतिम संस्कार में आने वाले एक-एक दो-दो करके जाते रहे। धुंध में समाते रहे। दीवार के पीछे बच्चे को वे नहीं देख पाये। उन्हें भूख लग रही थी।

वह तब तक वहीं खड़ा रहा जब तक सब चले नहीं गये। फिर उसने देखा कि माली और देखरेख करने वाले कब्र को भर रहे थे। उसे समझ में नहीं आ रहा था कि उसे आगे जाना चाहिए या नहीं। वह थोड़ा डरा हुआ था। और अब बहुत देर हो चुकी थी। कब्र लगभग भर चुकी थी।

वह मुड़ा और कब्रिस्तान को पीछे छोड़ आगे बढ़ने लगा। आगे सुनसान सड़क थी, जिस पर धुंध छायी थी। वह अकेला था। उसके पिता ने एक बार उससे क्या कहा था? दुनिया का सबसे ताकतवर इंसान वही है जो अकेला खड़ा रह सकता है।

खैर, वह अकेला था, लेकिन फिलहाल वह खुद को कहीं से ताकतवर महसूस नहीं कर रहा था।

एक पल के लिए उसे लगा जैसे उसके पिता उसके बगल में हैं, जैसे वे साथ में दूर तक टहलने जाते थे। उसने सहज ही अपना हाथ बढ़ाया, अपने पिता के अपनेपन से भरे स्पर्श को महसूस करने की उम्मीद में। लेकिन वहां कोई नहीं था, कुछ नहीं था, कुछ भी नहीं। उसने अपनी मुट्ठियाँ भींच लीं और हाथों को वैसे ही जेब में पूरी गहराई तक डाल दिया। उसने अपना सिर नीचे कर लिया ताकि कोई उसके आंसू न देख सके। धुंध में लोग चले जा रहे थे, लेकिन वह उनसे दूर ही रहना चाहता था, क्योंकि उन्हीं लोगों ने उसके पिता को दूर पहुँचा दिया था।

'वह कोई रास्ता निकाल लेंगे,' बच्चे ने खुद से जोर देकर कहा, 'वह किसी न किसी तरह निकल ही आएंगे!'

□□□

11

मंदार का पेड़

रात गरम थी, रह-रह कर बारिश हो रही थी, और मैं घर के अंदर न सो कर बरामदे में सो रहा था। मैं बीस पार करके रोजी-रोजगार भी शुरू कर चुका था, और मुझे लगने लगा था कि मेरी भी कुछ जिम्मेदारियां हैं।

कुछ ही देर में एक तांगा मुझे रेलवे स्टेशन ले जायेगा, और वहां से एक ट्रेन मुझे बम्बई ले जाने वाली थी, और फिर एक जहाज मुझे इंग्लैंड ले जाने वाला था। वहां काम होगा, इंटरव्यू होगा, नौकरी होगी, एक अलग तरह की जिंदगी होगी। इतना कुछ होगा कि मेरे दादाजी का यह छोटा सा बंगला बस कभी-कभी तब अचानक याद आया करेगा, जब बड़ी मुश्किल से बीते हुए दिनों के बारे में सोचने का मौका मिलेगा।

बरामदे में सोते हुए जब मेरी नींद टूटी, तो मैंने देखा एक बदरंग सा सवेरा, और लाल मिट्टी पर बारिश की सोंधी खुशबू नाक में भर गयी, और तभी याद आया कि मुझे जाना था। एक लड़की बरामदे के आगे वाली जगह में खड़ी थी, और मुझे बहुत ध्यान से देख रही थी। जब मैंने उसे देखा, तो मैं हड़बड़ाकर उठा और बिस्तर पर ही बैठ गया। वह एक छोटी, सांवली सी लड़की थी, जिसकी आंखें बड़ी और काली थीं, उसकी चोटी में चटक लाल रिबन बंधा हुआ था, और वह बारिश और लाल मिट्टी की तरह तरो-ताजा और निर्मल थी।

वह खड़ी मेरी ओर देख रही थी और बहुत गम्भीर थी।

'बोलो, मैंने मुस्कुराते हुए कहा ताकि वह सहज महसूस करे। लेकिन लड़की का रवैया बड़ा नपा-तुला सा था, और उसने जवाब में धीरे से सिर हिलाकर जताया कि उसने मेरी बात सुन ली थी।

'क्या मैं तुम्हारे लिए कुछ कर सकता हूँ?' मैंने अंगड़ाई लेते हुए पूछा, 'क्या तुम पास में ही रहती हो?'

उसने बड़े विश्वास के साथ कहा, 'हां, लेकिन अपने दम पर।'

'तुम मेरी तरह हो,' मैंने कहा, और थोड़ी देर के लिए, बीस साल का होने के बारे में भूल गया। 'मुझे अकेले रहना पसंद है लेकिन मैं आज यहां से जा रहा हूँ।'

'अच्छा,' उसने अटकते हुए कहा।

'क्या तुम इंग्लैंड जाना चाहोगी?'

'मैं सब जगह जाना चाहती हूँ, उसने कहा। अमेरिका और अफ्रीका और जापान और होनोलूलू।'

'क्यों नहीं, जरूर जाना,' मैंने कहा।

'मैं हर जगह जाऊंगी, और मुझे कोई नहीं रोक सकता।'

'लेकिन तुम्हें क्या चाहिए, किसलिए आयी थीं?'

'मुझे कुछ फूल चाहिए, लेकिन मैं उन तक पहुँच नहीं सकती।' उसने अपना हाथ लहराकर बाहर बगीचे की ओर इशारा करते हुए कहा, 'उस पेड़ से, देखो?'

मंदार का पेड़ घर के सामने ही खड़ा था, पानी से भरे गड्ढों और टूट कर गिरे हुए फूलों से घिरा। पेड़ की शाखाएं मटर के फूल जैसे, लेकिन लाल रंग के बड़े-बड़े फूलों से लदी थीं।

'ठीक है, बस मैं जरा तैयार हो जाऊँ।

पेड़ पर चढ़ना मुश्किल नहीं था और मैं निचली शाखाओं में से एक पर आराम से बैठ गया, और ऊपर को उठे लड़की के संजीदा चेहरे को देखकर मुस्कुराया।

'मैं तोड़-तोड़ कर तुम्हारे पास फेंकता जाऊंगा,' मैंने कहा।

मैंने एक डाल को मोड़ा, लेकिन लकड़ी पकी नहीं थी, और हरी थी और मेरे कई बार मोड़ने-ऐंठने के बाद टूटी।

'मुझे समझ में नहीं आ रहा है कि मैं इन्हें तोडूं या नहीं,' मैंने कहा, और इसी के साथ ही मैंने फूलों से भरी टहनी तोड़कर लड़की के लिए नीचे गिरा दी।

'चिंता मत करो,' उसने कहा।

मैंने अचानक खुद को बचपन की यादों के बीच पाया, और इच्छा हुई कि अपने दादाजी के घर की उलझी हुई यादों और बीते हुए बरसों के सायों से दूर न जाऊं। लेकिन मैं अकेला बचा था, और यहां मैं इमली और कटहल के पेड़ों पर चढ़ने के सिवा क्या कर सकता था?

'क्या तुम्हारे बहुत दोस्त हैं?' मैंने पूछ लिया। 'अरे, हां। हैं न!'

'और उनमें सबसे अच्छा कौन है?'

'बावर्ची। वह मुझे रसोई में रहने देता है, जो घर से ज़्यादा अच्छी जगह है। उसे खाना बनाते हुए देखना मुझे अच्छा लगता है। और वह मुझे अच्छी-अच्छी चीजें खाने को देता है, और कहानियां भी सुनाता है।'

'और तुम्हारा दूसरा सबसे अच्छा दोस्त कौन है?'

उसने अपना सिर एक तरफ झुका लिया और बहुत सोचा।

'मैं तुम्हें दूसरा सबसे अच्छा दोस्त बना लूंगी,' उसने कहा। मैंने उसके सिर पर मंदार के फूल बरसा दिये।

'तुम बहुत अच्छी हो! मैं दूसरा सबसे अच्छा दोस्त बनकर खुश हूँ।'

फाटक पर तांगे का भोंपू बजा, और मैंने पेड़ पर से ही उस पर नजर डाल कर कहा, 'यह मेरे लिए आया है। अब मुझे जाना होगा।' मैं नीचे उतर आया।

'क्या तुम सूटकेस लगाने में मेरी मदद करोगी?' मैंने उसके साथ बरामदे की ओर बढ़ते हुए पूछा, 'यहां मेरी मदद करने वाला कोई नहीं है। सबसे आखिर में मैं जा रहा हूँ। इसलिए नहीं कि मैं यहां से जाना चाहता हूँ, बल्कि इसलिए क्योंकि जाना मेरे लिए जरूरी है।'

मैं खाट पर बैठ गया और अपने सूटकेस में आखिर तक रखने से रह गयी कुछ चीजें रखीं। घर के सभी दरवाजे बंद किये। स्टेशन के रास्ते में, मैं मकान की देखरेख करने वाले के पास चाबी छोड़ दूंगा। मैं पहले ही एक दलाल से मकान बेचने की कोशिश करने को कह चुका था।

और कुछ करने को नहीं बचा था। बिना कुछ बोले, हम एक दूसरे के बारे में सोचते हुए इंतजार कर रहे तांगे की ओर चल पड़े। लड़की रास्ते के किनारे, नम मिट्टी में खड़ी होकर मेरी ओर देखती रही।

'शुक्रिया,' मैंने कहा, मुझे उम्मीद है कि तुमसे फिर मुलाकात होगी।'

'मैं तुमसे लंदन में मिलूंगी,' उसने कहा, 'या अमेरिका या जापान में, मैं हर जगह जाना चाहती हूँ।'

'बिल्कुल, तुम जरूर जाओगी,' मैंने कहा, 'और शायद मैं कभी वापस आऊं, और हम इसी बगीचे में फिर से मिलें। यह अच्छा रहेगा, है ना?'

उसने सिर हिलाया और मुस्कुरा दी। हमें मालूम था कि यह एक खास पल था। तांगेवाले ने अपने घोड़े से कुछ कहा और तांगा थोड़ा चरमराया और बजरी बिछे रास्ते पर चल पड़ा। वह लड़की और मैं एक-दूसरे को देखते हुए हाथ हिलाते रहे। लड़की के हाथ में मंदार के फूलों की टहनी थी। जब वह हाथ हिला रही थी तो कुछ फूल टहनी से अलग हो जाते, और कुछ देर हवा में तैरते रहते।

'अलविदा!' मैंने उससे कहा।

'अलविदा!' लड़की ने कहा।

तभी ढीला होकर उसकी चोटी का रिबन जमीन पर पड़े मंदार के फूलों के बीच गिर गया।

लेकिन वह अब भी बारिश की फुहार और लाल मिट्टी के सोंधेपन की तरह तरो-ताजा और निर्मल थी।

❑❑❑

12

चीड़ों के साये में

I

एक तेंदुआ, खूब फुर्तीला और हट्टा-कट्टा, पहाड़ी सोते से पानी पीकर फरवरी के आखिरी दिनों की धूप सेंकने के लिए घास में लेट गया। यूं वह सोता हुआ दिखाई देता था, लेकिन उसकी पूंछ बीच-बीच में फड़कती थी। दूर से आ रही बोलने की आवाजों को सुनने के लिए उसने अपना सिर उठाया, फिर खड़ा हो गया और धारा के बीच बड़ी-बड़ी चट्टानों पर धीरे-धीरे छलांगें मारता हुआ उस पार के पेड़ों के बीच गायब हो गया।

एक-दो मिनट बाद, तीन बच्चे जंगल की पगडंडी पर चलते हुए आये। एक लड़की और दो लड़के थे, और वे अपनी स्थानीय बोली में एक पुराना गीत गा रहे थे, जो उन्होंने अपने दादा-दादी से सीखा था।

पांच मील चलना है और

बारिश-बर्फ पर न कर गौर

नाले के उस पार है जाना

परबत पर अपना ठिकाना

चार मील पर अपना ठौर!

उनके स्कूल के बस्ते नये लग रहे थे। उनके कपड़े धोकर इस्तरी किये हुए थे। उनके जोरदार और जोश भरे गाने से एक चितकबरी मक्खीखोर चिड़िया चौंक गयी। चिड़िया अपनी पसंदीदा चट्टान को वहीं धारा में छोड़ कर अंधेरी घाटी की ओर उड़ गयी।

'चलो, अब तो हमें सिर्फ तीन मील और चलना है, बड़े लड़के प्रकाश ने कहा, जो सैकड़ों बार इस रास्ते से आया-गया था। लेकिन पहले हमें नाला पार करना होगा। वह बारह साल का एक तगड़ा बच्चा था, जिसकी आंखें काले अंगूर सी काली थीं और ऐसे घने खड़े-खड़े बाल थे जो जमने का नाम ही नहीं लेते थे। लड़की और उसका छोटा भाई पहली बार इस रास्ते से जा रहे थे। 'मैं थक गया हुआ, बीना,' छोटे लड़के ने कहा।

बीना उसे देखकर मुस्कुराई और प्रकाश ने कहा, 'चिंता मत करो, सोनू,' तुम्हें चलने की आदत हो जाएगी। अभी बहुत समय है। उसने अपने दादा की दी हुई पुरानी घड़ी पर नजर डाली। उसमें हमेशा चाबी भरनी पड़ती थी। हम यहां पांच-छह मिनट आराम कर सकते हैं। वे एक चिकनी चट्टान पर बैठ गये और पहाड़ी से नीचे की ओर बहती साफ पानी की उथली धारा को देखते रहे। बीना ने प्रकाश की कलाई पर बंधी पुरानी घड़ी को देखा। कांच पर बुरी तरह से खरोंच लगे थे और डायल पर लिखे अंक मुश्किल से पढ़े जा रहे थे। 'क्या तुम्हें पक्का भरोसा है कि यह अब भी सही समय बताती है?' उसने पूछा।

'देखो, यह हर दिन पांच मिनट पीछे हो जाती है, इसलिए मैं इसे रात में दस मिनट आगे कर देता हूँ। इससे होता यह है कि सुबह तक यह काफी ठीक समय बताने लगती है! यहां तक कि हमारे मास्टर साहब मणि जी भी मुझसे समय पूछते हैं। अगर वह नहीं भी पूछते हैं, तो मैं उन्हें बता देता हूँ! हमारी क्लास में जो घड़ी लगी है, वह बार-बार बंद हो जाती है। उन्होंने अपने जूते उतार दिये और बहते हुए पहाड़ के ठंडे पानी में अपने पैरों को डाल दिया। बीना की उम्र प्रकाश के बराबर ही थी। उसके गाल गुलाबी, आंखें भूरी और पनीली सी थीं, और बाल पहले से कम घुंघराले होने लगे थे। उसके चेहरे पर एक भोलापन था, लेकिन उसकी छोटी सी उभरी हुई ठोड़ी बताती थी कि वह एक पक्के इरादे वाली लड़की होगी। उसका छोटा भाई सोनू दस साल का था। वह एक दुबला-पतला लड़का था जो बचपन से ही कमजोर सा था, लेकिन अब गदराने लगा था। हालांकि वह देखने में खिलाड़ियों जैसा नहीं लगता था, लेकिन वह हवा की चाल से दौड़ता था।

II

बीना पहाड़ के दूसरी ओर अपने गांव कोली के स्कूल में जा रही थी। लेकिन यह एक प्राथमिक स्कूल था, जो पांचवीं क्लास तक था। अब, पांचवीं से आगे पढ़ने के लिए उसे रोज कई मील पैदल चलकर नौटी जाना पड़ता था, जहां का स्कूल आठवीं तक था। यह तय किया जा चुका था कि बीना का साथ देने के लिए सोनू का दाखिला भी नये स्कूल में करवा दिया जाएगा। कोली में उनके पड़ोस में रहने वाला प्रकाश पहले से ही नौटी के स्कूल में पढ़ने जाने लगा था। शरारती होने की वजह से वह कभी-कभी मुश्किल में पड़ जाता था, जिसके चलते उसे एक क्लास में दोबारा पढ़ना पड़ा था।

लेकिन जैसे उसे इस बात से कोई फर्क नहीं पड़ता था। 'इतनी जल्दी क्या है?' उसने अपने नाराज माता-पिता से कह दिया था, 'स्कूल की पढ़ाई खत्म करने के बाद आप मुझे पढ़ने के लिए विदेश तो भेज नहीं रहे हैं। और हमारी गायें भी कहीं भागी नहीं जा रही हैं?' जैसे ही वे आगे चलने के लिए उठे, बीना ने पूछा, 'तो तुम गाय पालना पसंद करोगे, है न? 'अभी तो स्कूल ही ठीक है। देखते रहो बुड्ढे मणि मास्टर साहब क्या-क्या करते हैं! जब देखो हमारे नामों को गड्ड-मड्ड कर देते हैं, और जो कुछ हमें पढ़ाना होता है उसमें भी। पिछली क्लास में गणित के बजाय उन्होंने हमें भूगोल का पाठ पढ़ा दिया!'

'भूगोल गणित से तो ज़्यादा मजेदार लगता है,' बीना ने कहा। 'हां, लेकिन इस साल एक नयी टीचर आयी हैं। सब कहते हैं कि वह बहुत कम उम्र की हैं, हाल ही में कॉलेज से पढ़कर निकली हैं। बीना तेजी से चल रही थी, और सोनू को उनके साथ चलने में थोड़ी दिक्कत हुई। वह नये स्कूल और वहां के अलग तरह के माहौल के बारे में सोच कर खुश थी। वह अपने गांव के बाहर बहुत ही कम गयी थी, जहां एक छोटा सा स्कूल और एक राशन की दुकान थी। उसका दिन हमेशा खेत में, घर के काम में मां की मदद करने, धारा से पानी लाने, मवेशियों के लिए घास और चारा काटने जैसे कामों में ही बीतता था। इससे अलग कुछ नहीं था उसके जीवन में। उसके पिता, जो एक फौजी थे, साल में नौ महीने घर से दूर रहते थे, और सोनू अभी इतना बड़ा नहीं हुआ था कि काम का बोझ उठा सके।

जैसे ही वे नौटी गांव के पास पहुँचे, दूसरे कई रास्तों से आने वाले बच्चे भी उनके साथ चलने लगे। पहाड़ पर, जहां कोई बड़ी सड़कें नहीं थीं, वहां भी संकरी पगडंडियां और छोटे-छोटे रास्ते थे। सांप-सीढ़ी के खेल की तरह, ये संकरे रास्ते पहाड़ियों और गांवों के इधर-उधर से निकलकर खेतों के बीच से, उथले नालों को पार करते हुए गहरी घाटियों से होकर, कहीं न कहीं किसी ऐसी सड़क से मिल जाते थे जिन पर लोगों के अलावा खच्चर, मवेशी और बकरियों की खूब आवाजाही रहती थी।

नौटी काफी बड़ा गांव था, और वहां से टिहरी के लिए एक चौड़ी लेकिन धूल भरी सड़क शुरू होती थी। वहां एक छोटी बस, कई ट्रक

और और रास्ते के हिस्से को घेरे हुए एक रोड-रोलर खड़ा था। सड़क पूरी नहीं हो पायी थी क्योंकि डीजल से चलने वाला भारी रोलर वहां से नौटी तक की खड़ी चढ़ाई नहीं चढ़ पाया था। यह टिहरी वाली सड़क के आधे रास्ते पर सड़क के किनारे खड़ा था। प्रकाश इलाके के तकरीबन सभी लोगों को जानता था और तमाम बच्चों के साथ-साथ वह खच्चर वालों, बस वालों, दूधवालों और सड़क पर काम करने वाले मजदूरों के साथ दुआ-सलाम और गपशप किया करता था। सभी को अपनी घड़ी से समय बताना उसे अच्छा लगता था, चाहें कोई जानना चाहे या नहीं।

'नौ बजे हैं,' वह अपनी कलाई पर नजर डाल कर सबको बताता। 'क्या तुम्हारी बस आज नहीं जा रही है?' 'चलो आगे बढ़ो! बस वाला जवाब देता, जब बस भर जायेगी तब मैं जाऊंगा।' जैसे ही बच्चे नौटी के पास पहुँचे, गांव के बाहरी इलाके में कतार में खड़े लंबी सींकों वाले चीड़ के पेड़ों से घिरी स्कूल की सीधी-सपाट इमारत दिखाई दी। इकलौते खेल के मैदान में कुछ लोगों की भीड़ लगी थी। ऐसा लग रहा था कि कुछ हो गया है। प्रकाश यह देखने के लिए आगे दौड़ा कि माजरा क्या है। बीना और सोनू एक तरफ खड़े थे, चारदीवारी के पास एक जगह पड़ रही धूप में खड़े इंतजार कर रहे थे। प्रकाश जल्दी ही दौड़ता हुआ उनके पास वापस आ गया। वह हड़बड़ाहट में कुछ बुदबुदा रहा था। 'मणि मास्टर साहब!' उसने हाँफते हुए कहा, 'वह लापता हो गये हैं! लोग कह रहे हैं कि उन्हें तेंदुआ उठा ले गया!'

III

मणि साहब कोई ज़्यादा उम्र के नहीं थे। वह करीब पचपन साल के थे और जल्दी ही रिटायर होने वाले थे। लेकिन बच्चों को चालीस से ऊपर के लोग पुराने जमाने के लगते हैं! और मणि साहब जब जवान थे तब से ही कुछ खोये-खोये से रहते थे। वह सुबह तड़के यह कह कर टहलने के लिए निकले थे कि वह आठ बजे तक वापस आ जाएंगे, ताकि नाश्ता करके स्कूल के लिए तैयार हो सकें। उनकी शादी नहीं हुई थी, लेकिन उनकी बहन और उसके पति उनके साथ रहते थे।

जब नौ बज गये तो उनकी बहन ने सोचा कि वह नाश्ता करने के लिए पड़ोसी के घर रुक गये होंगे (उन्हें दूसरों के घर नाश्ता करने में बड़ा मजा आता था) और वहीं से स्कूल चले गये होंगे। लेकिन जब दस बजे स्कूल की घंटी बजी, तब मणि साहब के अलावा बाकी सब पहुँच चुके थे। फिर पूछताछ शुरू हुई और तरह-तरह के अंदाजे लगाये जाने लगे।

किसी ने उन्हें सैर कर के लौटते हुए नहीं देखा था, और गांव में पूछताछ से पता चला कि वह किसी के घर नहीं रुके थे। मणि साहब का गायब हो जाना एक पहेली जैसा था; बिना नाश्ता किये उनका गायब हो जाना इससे भी ज़्यादा हैरान कर देने वाली बात थी। तभी बगल वाले गांव से लौट रहे एक दूधवाले ने बताया कि उसने चीड़ के जंगल के बाहरी इलाके में एक चट्टान पर बैठे तेंदुए को देखा था। घाटी में मवेशियों का शिकार कर रहे जानवर की, और बांध बनने से बेघर हुए तेंदुए और दूसरे जानवरों के बारे में चर्चा हो रही थी। लेकिन अभी तक यह नहीं सुना गया था कि तेंदुए ने आदमी पर हमला किया हो। क्या मणि साहब तेंदुए के पहले शिकार हो गये हैं? किसी को काफल की झाड़ी में लाल कपड़े की एक पट्टी उलझी हुई मिली और वह उसे लेकर गांव भर में दौड़-दौड़ कर हर किसी को दिखाता रहा। लोग जानते थे कि मणि साहब लाल पायजामा पहनते थे। जरूर उन्हें पकड़कर खा लिया गया होगा! लेकिन उनके शरीर के बचे-खुचे हिस्से कहां गये? और वह पायजामा पहन कर क्यों गये थे?

इस बीच बीना और सोनू और बाकी बच्चे अपने शिक्षकों के पीछे-पीछे स्कूल के खेल के मैदान में पहुँच चुके थे। कुछ खोया-खोया सा महसूस करते हुए बीना प्रकाश को इधर-उधर ढूंढ़ती रही। उसने खुद को चश्मा पहने हुए एक सांवली और छरहरी युवती के सामने पाया, जो बीस-बाईस साल की होगी, स्कूल की किसी लड़की से बस कुछ ही बड़ी रही होगी। उसका चेहरा बोलता हुआ सा था उस पर करुणा झलक रही थी, और जो कुछ हो रहा था, उसे लेकर वह थोड़ा परेशान लग रही थी।

बीना ने देखा कि उसके हाथ खूबसूरत थे; और यह साफ था कि नयी टीचर ने गाय का दूध नहीं दूहा था और न ही खेतों में काम किया था!

'तुम यहां नयी आयी हो?' टीचर ने बीना से मुस्कुराते हुए पूछा, 'और क्या यह तुम्हारा छोटा भाई है?' 'हां, हम कोली गांव से आये हैं। हम वहां के स्कूल में थे।' 'कोली जाने के लिए तो काफी चलना पड़ता है। तुम्हें कोई तेंदुआ तो नहीं दिखाई दिया? बताओ? वैसे मैं भी नयी हूँ। क्या तुम छठी में हो?' 'सोनू तीसरी में है। मैं छठी में हूँ।' 'तो मैं तुम्हारी नयी टीचर हूँ। मेरा नाम तानिया रमोला है। मेरे साथ आओ, देखते हैं कि क्या अपनी क्लास का कामकाज शुरू किया जा सकता है।

दोपहर के बारह बजे मणि साहब आ गये और सोचने लगे कि यह सब क्या बखेड़ा खड़ा हो गया है। 'नहीं,' वह कड़क कर बोले कि उन पर किसी तेंदुए ने हमला नहीं किया था; और, हां, उनका पायजामा जरूर खो गया था और अगर किसी को मिले तो वह उन्हें लौटा दे।

'सर, आपका पायजामा कैसे खोया?' प्रकाश ने पूछा।

'कपड़े सुखाने के तार से उड़ गया था! मणि साहब ने नाराजगी जताते हुए कहा। बहुत पूछताछ के बाद, मणि साहब ने कुबूल किया कि वह जहां तक जाना चाहते थे, वहां से कहीं आगे निकल गये थे, और वापस आते समय रास्ता भटक गये थे। वह थोड़ा परेशान थे क्योंकि नयी टीचर, एक कच्ची उम्र की लड़की को छठी क्लास की जिम्मेदारी सौंप दी गई थी, जबकि वह अब भी पांचवी को पढ़ा रहे थे। उसी क्लास में परेशान करने वाला लड़का प्रकाश भी था, जो उन्हें बार-बार यह याद दिलाता रहता था कि कितना समय हो गया!

हेड मास्टर साहब ने समझाया था कि मणि साहब को साल के आखरि में रिटायर होना था इसलिए स्कूल उनके ऊपर बड़ी क्लास का बोझ नहीं डालना चाहता था। लेकिन मणि साहब ने इसे उनसे छुटकारा पाने की साजिश के तौर पर देखा। वह जब भी मिस रमोला के पास से गुजरते थे, उनकी नजर उस पर पड़ती थी। और जब वह मुस्कुराती, तो वे मुंह फेर लेते थे!

पिछले कुछ समय से मणि साहब और भी ज्यादा खोए खोए रहने लगे थे, जूते पहनने से पहले मोजे पहनना भूल जाते थे, घर पर बुना

आधी बांह का स्वेटर उल्टा पहनकर बाहर चले जाते थे, लोगों के नाम याद रखने में गड़बड़ी कर देते थे, और हां, दूसरों का खाना खा जाया करते थे। उनकी बहन ने सर्दी-जुकाम से परेशान पोस्टमास्टर के लिए गोश्त का शोरबा बनाया था, और उन्हें दे आने के लिए मणि साहब को थरमस में डाल कर दिया था। जब पोस्टमास्टर ने थरमस खोला, तो उन्हें बस तली में शोरबे की सिर्फ कुछ बूंदें मिलीं। मणि साहब ने शोरबा रास्ते में ही कहीं पी लिया था।

कभी-कभी जब मणि साहब अपने रिटायर होने की बात करते थे, तो वास्तव में वह बता रहे होते थे कि वह अपने उस छोटे से खेत में क्या-क्या करने की सोचते हैं, जो उनके घर के ठीक पीछे था। फिलह. ाल उसमें आलू की फसल लगी हुई थी, जिसकी ज़्यादा देखभाल की जरूरत नहीं होती; लेकिन वह डहेलिया, गुलाब, राजमा और कई फल और फूल उगाने की सोचते थे। अगली बार जब वे टिहरी गये, तो उन्होंने खुद से वादा किया था कि वे डहलिया के कुछ बल्ब और गुलाब की कलम खरीदेंगे। उन्हें लगाने के लिए बारिश का मौसम अच्छा रहेगा। और इस बीच, उनके आलू बहुत बढ़िया उग रहे थे।

IV

बीना ने नये स्कूल में अपने पहले दिन का मजा लिया। वह रमोला मिस के साथ सहज महसूस करती थी, जैसा कि उसकी क्लास के ज़्यादातर दूसरे लड़के और लड़कियों ने किया था। तानिया रमोला दिल्ली और लखनऊ जैसे दूर के शहरों में जा चुकी थीं, जिनके बारे में उन्होंने केवल सुना ही था और कहा जाता था कि उनका एक भाई था, जो एक पायलट था और पूरी दुनिया में हवाई जहाज उड़ाता था। शायद वह किसी दिन नौटी के ऊपर से उड़ान भरे! बेशक, ज़्यादातर बच्चों ने हवाई जहाजों को ऊपर से उड़ कर जाते हुए देखा था, लेकिन उनमें से किसी ने भी समुद्री जहाज नहीं देखा था, और सिर्फ कुछ ने ही ट्रेन में सफर किया था। टिहरी के पहाड़ रेलवे से दूर थे और समुद्र से तो सैकड़ों मील दूर थे। लेकिन वे सब उस बड़े बांध के बारे में जानते थे जो गांव से सिर्फ चालीस मील दूर टिहरी में बन रहा था।

बीना, सोनू, और प्रकाश स्कूल और घर के रास्ते में कुछ दूर तक साथ में आते-जाते थे, लेकिन धीरे-धीरे बाकी बच्चे अलग-अलग दिशाओं में अपने अपने रास्ते पकड़ते थे। एक बार धारा पार कर लेने के बाद वह अपने अपने रास्ते चले जाते थे। उनके गांव जाने के रास्ते में कठिन चढ़ाई थी। प्रकाश के पास कुछ मूंगफली थी जो उसने बीना और सोनू के साथ मिल-बांटकर खायी, और एक छोटे से झरने पर उन्होंने अपनी प्यास बुझाई। जब वे घर से एक मील से भी कम दूरी पर थे, तब उन्हें एक डाकिया मिला, जो इलाके के गांवों में अपना चक्कर पूरा कर चुका था और अब नौटी लौट रहा था।

उसने उनसे कहा, 'रास्ते में वक्त बर्बाद न करना। अंधेरा होने से पहले घर पहुँचने की कोशिश करना।'

'इतनी जल्दी भी क्या है?' प्रकाश ने घड़ी की ओर देखते हुए पूछा। अभी पांच ही तो बजे हैं।'

'इस इलाके में एक तेंदुआ है। मैंने उसे आज सुबह ही देखा है, धरा से दूर नहीं था। किसी को नहीं पता कि वह यहां कैसे आ गया है। इसलिए कोई खतरा मत उठाओ। जल्दी से घर पहुँच जाओ।'

'अच्छा, सच में यहां एक तेंदुआ घूम रहा है,' सोनू ने कहा,

उन्होंने उसकी सलाह मानी और तेजी से चल दिये, और सोनू अपने पैरों के दर्द की बात ही भूल गया। सूरज डूबने से कुछ पहले ही वे घर पर थे। हवा में खाना पकने की महक आ रही थी और उन्हें भूख लग रही थी।

'बंदगोभी की सब्जी और रोटी,' प्रकाश ने मुंह बनाते हुए कहा। 'लेकिन आज तो मैं कुछ भी खा सकता था।' वह अपने छोटे से, स्लेट की छत वाले घर के बाहर रुक गया, और बीना और सोनू उससे कल मिलने की कह कर हाल के जुते हुए दो-तीन खेतों के आगे चलते गये जब तक कि वे अपने छोटे से पत्थर के घर तक नहीं पहुँच गये। 'भरवां टमाटर,' सोनू ने आगे वाले दरवाजे के ठीक बाहर पहुँचते ही सूंघते हुए कहा। 'और नींबू का अचार,' बीना ने कहा, जिसने एक महीने पहले नींबू काटने, धूप दिखाने और नमक लगाने में मां की मदद की थी।

उनकी मां रसोई में चूल्हा जला रही थीं। उन्होंने बच्चों के आते ही उन्हें गले से लगा लिया और फौरन खाना खाने के लिए बैठने को कहा। वह बहुत अच्छा खाना बनाती थीं और मामूली से मामूली खाने की चीजों को भी स्वादिष्ट बना देती थीं। वह हमेशा कहा करती थीं- 'भली घर की सब्जी-रोटी, बाहर दूध-मलाई खोटी,' और बीना और सोनू को उनकी इस बात पर राजी होना पड़ता था।

उनके गांव तक बिजली अभी नहीं पहुँची थी, और उन्होंने मिट्टी के तेल की ढिबरी की रोशनी में खाना खाया। खाना खाने के बाद सोनू घर पर करने के लिए स्कूल से मिला काम करने बैठ गया, जबकि बीना आसमान में सितारों को देखने के लिए घर से बाहर निकली। खेतों के उस पार कोई बांसुरी बजा रहा था। वह प्रकाश ही होगा, बीना ने सोचा। ऊंचे स्वर बजाते समय वह हमेशा स्वर से उतर जाता था। लेकिन बांसुरी का संगीत सुरीला और लुभावना था और वह अंधेरे में खुद भी धीरे-धीरे गुनगुनाने लगी।

V

मणि साहब को सेही परेशान कर रहे थे। वे रात में उनके बगीचे में घुस आते थे और आलू खोद-खोद कर खा जाते थे। अप्रैल महीने का सुहावना सा मौसम आ गया था, और उन्होंने सोने के कमरे की खिड़की खुली छोड़ रखी थी। और वह सेही को अपने बगीचे की सब्जियों का मजा लेते हुए सुन सकते थे जिन्हें उगाने के लिए उन्होंने कड़ी मेहनत की थी। जब सेही अपने नुकीले दांतों से बड़े-बड़े और रसीले आलू कुतर-कुतर कर खाती थीं तब उन्हें कच-कच! कतर-कतर! की आवाजें सुनाई देती थीं। मणि साहब को ऐसा लगता था जैसे वे उनके ही मांस को काट रही हों। और जब वे उन बढ़िया, पत्तेदार पौधों को जड़ से उखाड़ने में जुटी होतीं थीं, तो उनकी आवाज सुनकर वह चिढ़ और गुस्से से आग-बबूला हो जाते थे। यह तो सरासर नाइंसाफी है!

हां, मणि साहब को सेहियों से नफरत थी। वह यही दुआ करते थे कि उनपर कहर बरपे, और दुनिया से उनका सफाया हो जाये। लेकिन, जैसा कि उनके दोस्तों ने उन्हें बाद में समझाया कि दुनिया बनाने वाले

ने ही सेही को भी बनाया है, और किसी भी सूरत में आप इन जानवरों को पकड़ना तो दूर, आसानी से देख भी नहीं सकते थे, क्योंकि वे पूरी तरह से रातों को हरकत में आने वाले जानवर होते हैं। मणि साहब हर रात बिस्तर से उठते थे- एक हाथ में टॉर्च, दूसरे में एक मजबूत डंडा लेकर। लेकिन जैसे ही वह बगीचे में कदम रखते, कुतरने और खोदने की आवाजें बंद हो जाती थीं और उनका खून खौला देने वाला सन्नाटा उन्हें घेर लेता था। वह अंधेरे में अपने डंडे से खूब इधर-उधर ढूंढते-टटोलते थे, लेकिन न एक भी सेही दिखाई देती और न ही उनकी आवाज सुनाई देती थी। जैसे ही वह वापस बिस्तर में जाते, आवाजें फिर से शुरू हो जातीं, वही कच-कच! कतर-कतर . . .

मणि साहब थके हुए और परेशान से अपनी क्लास में पहुँचे, उनकी आंखों के नीचे काले घेरे नजर आ रहे थे और उनके चेहरे पर चिढ़ और गुस्से की लकीरें जैसे हमेशा के लिए खिंच गयी थीं। उनकी क्लास के बच्चों को उनकी परेशानी की वजह का पता लगाने में कुछ समय लगा, लेकिन जब उन्हें मालूम पड़ा तो उन्हें अपने मास्टर साहब की तकलीफ का अफसोस हुआ और वह उनकी आलू की फसल को सेही से बचाने के तरीकों पर चर्चा करने लगे। फिर प्रकाश ने खेत के चारों ओर पानी से भरी खाई बनाने की बात सुझायी। 'सेही को पानी जरा नहीं सुहाता,' उसने बड़े ज्ञानियों वाले अंदाज में कहा। 'तुम्हें कैसे पता?' उसके एक दोस्त ने पूछा।

'किसी एक पर पानी फेंको और देखो कि वह कैसे भागती है! वे अपने कांटों का गीला होना पसंद नहीं करतीं। कोई भी नहीं था जो प्रकाश की इस बात को खारिज कर सकता था और पूरी क्लास को खाई बनाने की बात इतनी जंची, खासकर इसलिए क्योंकि ऐसा करने का मतलब था कि पढ़ाई से पूरे दिन की छुट्टी मिल जाती। 'मणि साहब को खुश करने के लिए कुछ भी कर सकते हैं,' हेडमास्टर ने कहा। पांचवीं क्लास के बच्चों ने गांव भर से इकट्ठे किये गये फावड़ों और बेलचों से लैस होकर मणि साहब के आलू के खेत के चारों तरफ अपने-अपने हिस्से की खाई खोदना शुरू कर दिया, और स्कूल के बाकी लोग उन्हें देख-देख कर मन ही मन जलते रहे।

शाम तक खाई तैयार हो गयी थी, लेकिन वह अभी भी सूखी थी और उस रात सेही फिर आ गये और उन्होंने एक बार फिर जमकर दावत उड़ायी। 'इस तरह तो. . .,' मणि साहब ने उदास होकर कहा, '. . . आलू ही नहीं बचेंगे, तो बचाएंगे क्या!' लेकिन अगले ही दिन, प्रकाश और उसके साथ के लड़के-लड़कियां गांव के पास से होकर बहने वाली एक धारा को मोड़कर खेत तक पानी लाने में कामयाब रहे। धीरे-धीरे पानी खाई में भरते हुए देखकर सबको अच्छा लगा। सभी खुशी-खुशी अपने-अपने घर चले गये। रात होते-होते खाई भर गयी थी, आलू के खेत में पानी

भर गया था और मणि साहब ने खुद को अपने ही घर के अंदर पानी के भराव में फंसा पाया। लेकिन उस दिन जीत प्रकाश और उसके दोस्तों के हाथ लगी थी- उस रात सेही खेत से दूर रहे!

अब एक महीना बीत चुका था और जंगली वायलेट, डेजी, और बटरकप पहाड़ी ढलानों पर खिल उठे थे और स्कूल के रास्ते में बीना एक छोटा सा गुलदस्ता बनाने भर के फूल इकट्ठे कर लेती थी। फूलों का गुच्छा पुराने डेस्क के स्याहीदान की जगह आसानी से लग जाता था। मिस रमोला अपनी डेस्क पर यह सजावट देखकर बहुत खुश होती थीं। 'इन्हें यहां किसने लगाया?' उन्होंने चहक कर पूछा। बीना चुप रही और क्लास के बाकी बच्चे चुपके-चुपके मुस्कुराते रहे। उसके बाद, वे बारी-बारी से क्लास के लिए फूल लाने लगे।

घर से स्कूल और स्कूल से घर तक की लंबी दूरी पैदल तय करने के दौरान, बीना ने जाना कि अप्रैल का महीना नये पत्तों का महीना होता है। बलूत के पत्ते ऊपर से चटक हरे और नीचे से रुपहले थे, और जब वे हवा में लहराते थे तो वे चांदी से चमकते हरे रंग के बादलों जैसे लगते थे। रास्ता पुराने सूखे और कुरमुरे पत्तों से पटा हुआ था। सोनू को उन्हें लात मार कर इधर-उधर बिखेरने में बड़ा मजा आता था। सफेद तितलियों के बादल उड़ते हुए धारा को पार करते। सोनू एक तितली का पीछा कर रहा था, तभी वह किसी काली और डरावनी सी चीज से

ठोकर खाकर लड़खड़ाया। फिर वह घास पर चारों खाने चित्त हो गया। जब वह खड़ा हुआ, तो उसे नीचे पैरों के पास किसी छोटे जानवर के बचे-खुचे हिस्से को देखा।

'बीना! प्रकाश! जल्दी आओ!' वह चिल्लाया। वह एक भेड़ का हिस्सा था, जिसे कुछ दिन पहले एक बड़े जानवर ने मार डाला था। 'कोई तेंदुआ ही हो सकता है, जिसने ऐसा किया होगा,' प्रकाश ने कहा। 'चलो, यहां से निकल जाना चाहिए,' सोनू ने कहा, 'वह अभी भी आसपास हो सकता है!' 'नहीं, अब खाने को कुछ नहीं बचा है। तेंदुआ अब तक कहीं और शिकार कर रहा होगा। शायद वह आगे वाली घाटी में चला गया हो। फिर भी, मुझे डर लग रहा है, सोनू ने कहा, 'और तेंदुए भी हो सकते हैं!' बीना ने उसका हाथ पकड़ लिया। 'तेंदुए इंसानों पर हमला नहीं करते!' वह बोली।

'वे कर भी सकते हैं, अगर इंसान का स्वाद उन्हें मुंह लग जाये!' प्रकाश ने जोर दिया।

'खैर, इसने अभी तक लोगों पर हमला नहीं किया है,' बीना ने कहा, हालांकि उसे खुद भी इस बात पर पूरा भरोसा नहीं हो रहा था। 'क्या बांध के पास कुछ मजदूरों पर तेंदुए के हमले की अफवाह नहीं फैली थी?' वह सोच रही थी लेकिन वह नहीं चाहती थी कि सोनू डर

जाये, इसलिए उसने उस बात का जिक्र नहीं किया। उसने सिर्फ इतना कहा, वह शायद बांध के पास जो काम चल रहा है उसकी वजह से यहां आ गया हो। जो भी हो, वे जल्दी घर चले गये। और कुछ दिनों तक, जब वे धारा पर पहुँचते, तो जल्दी से उसे पार कर जाते, उस सुंदर जगह पर ज़्यादा देर नहीं ठहरते।

VI

कुछ दिनों बाद, स्कूल के बच्चों की एक टोली नये बन रहे बांध को देखने के लिए टिहरी जा रही थी। रमोला मिस ने अपनी क्लास के बच्चों को ले जाने का इंतजाम किया, और यह सोचकर कि कहीं वह पीछे न रह जाएं, मणि साहब ने भी अपनी क्लास को ले जाने पर जोर दिया। इसका मतलब था कि करीब पचास लड़के और लड़कियां जाने वाले थे। बस छोटी थी और उसमें सिर्फ तीस लोग जा सकते थे। एक जान-पहचान वाला ट्रक ड्राइवर कुछ बच्चों को अपने ट्रक में ले जाने को राजी हो गया, बशर्ते कि बच्चे आलू की बोरियों पर बैठाने को तैयार हो जाएं। और प्रकाश ने डीजल रोलर के मालिक को इस बात के लिए राजी कर लिया कि रोलर को टिहरी की ओर घुमाए, और उसे और उसके कुछ दोस्तों को ड्राइवर वाली सीट के इधर-उधर बैठा कर टिहरी की ओर ले जाये।

प्रकाश और उसके दोस्तों का छोटा सा दल सूरज उगने से पहले ही निकल पड़ा, क्योंकि उन्हें रास्ते में अटके खड़े रोड-रोलर तक पहुँचने के लिए कुछ दूर पैदल चलना था। रमोला मिस और उनकी क्लास, और मणि साहब और उनकी क्लास के कुछ बच्चों को लेकर बस सुबह नौ बजे रवाना हुई। ट्रक को पीछे-पीछे आना था। यह बीना का किसी बड़े शहर का पहला सफर था, और वह पहली बार बस की सवारी करने जा रही थी। तीखे मोड़ वाली घुमावदार सड़क के ढलान पर कई बच्चों की तबीयत खराब होने लगी थी। ऐसा लग रहा था कि बस ड्राइवर को बहुत जल्दी मची हो। वह बड़ी तेज रफ्तार से गाड़ी को भगाए लिए जा रहा था जिससे बीना को चक्कर आने लगे। उसने अपना सिर अपनी बाहों पर टिका लिया और ध्यान रखा कि खिड़की से बाहर न देखे। तीखे मोड़, चट्टानों के सिरे, चीड़ के जंगल और बर्फ से ढकी चोटियां,

सभी पीछे छूटते जा रहे थे, लेकिन उसकी तबीयत इतनी बिगड़ रही थी कि वह कुछ भी नहीं देखना चाहती थी। ठीक इसी तरह, सैकड़ों फीट गहरी घाटियां और खाई भी डरावनी लग रही थीं। बीना को लगने लगा कि इससे अच्छा तो वह आती ही नहीं, या फिर वह प्रकाश के साथ रोड-रोलर से आती!

मिस रमोला और मणि साहब को पुरानी बस के धचके खाने और चरमराने-घुरघुराने से फर्क नहीं पड़ रहा था। वे ऐसी यात्रा पहले भी कई बार कर चुके थे। वे बड़े बांधों के फायदे और नुकसान पर बहस में उलझे थे जिसमें दिन का ज़्यादातर हिस्सा बीत गया। इस बीच प्रकाश और उसके दोस्त रोलर के पास पहुँच गये थे। उसका ड्राइवर नहीं आया था, लेकिन वे उसे घुमाने में कामयाब रहे और उसे टिहरी की दिशा में ले गये। जल्द ही बस और ट्रक दोनों उनसे आगे निकल गये लेकिन वह अपनी एक ही चाल से आगे बढ़ते रहे। प्रकाश ने बीना को बस की खिड़की पर देखा और खुशी से हाथ हिलाया। उसने हल्के से हाथ हिला कर जवाब दिया। टिहरी के पास जब उतार-चढ़ाव खत्म हुए और सड़क समतल हो गयी, तब बीना को ठीक लगने लगा। जब वह चौड़ी नदी के ऊपर बने एक पुराने पुल को पार कर रहे थे, तब एक जोरदार धमाका हुआ जिससे सब चौंक गये और बस थरथरा उठी। शहर पर धूल का एक बादल छा गया। 'पहाड़ को उड़ाया जा रहा है,' मिस रमोला ने कहा। 'पहाड़ का नाश!' मणि साहब ने शोक मनाने के अंदाज में कहा।

जब वे बस स्टॉप पर चाय की चुस्कियां लेते हुए, आलू के ट्रक और रोड-रोलर का इंतजार कर रहे थे, मिस रमोला और मणि साहब के बीच बांध के बारे में बहस जारी रही। मिस रमोला इस बात पर अड़ी रहीं कि बांध से आसपास के इलाके समेत देश के बड़े हिस्से में सिंचाई के लिए बिजली और पानी पहुँच सकेंगे। मणि साहब ने दावा किया कि वह एक बड़ी मुसीबत बन सकता है, क्योंकि यह भूकंप वाले इलाके में है। अगर बांध टूट गया तो बहुत बड़ी मुसीबत खड़ी हो जाएगी! बीना को यह बातें उलझन में डालने वाली लग रही थीं। और उस इलाके के जानवरों का क्या होगा? वह सोचने लगी- क्या होगा उनका? जब आलू का ट्रक आया, तब तक बहस काफी जोर पकड़ चुकी थी। रोड-रोलर का कोई नामोनिशान नहीं था, इसलिए यह तय किया गया कि मणि

साहब को प्रकाश और उसके दोस्तों का इंतजार करना चाहिए, जबकि मिस रामोला के साथ वाले आगे बढ़ गये।

टिहरी से कोई आठ या नौ मील पहले, रोड-रोलर बंद हो गया था, और प्रकाश और उसके दोस्तों को मजबूर होकर पैदल ही चल देना पड़ा। हालांकि, अभी वे ज़्यादा दूर नहीं चले थे कि अनाज की बोरियां नौटी पहुँचाने वाले पांच-छह खच्चर आ गये। सबसे आगे वाले खच्चर पर एक लड़का सवार था, लेकिन बाकी पर कोई बोझा नहीं था।

'क्या तुम हमें टिहरी तक लेकर चल सकते हो?' प्रकाश ने आवाज लगाकर पूछा।

'चलो, आ जाओ।' लड़के ने कहा।

खच्चरों पर कोई काठी नहीं थी, उनकी पीठ पर रस्सी से सिर्फ खाली बोरे कसे थे। टिहरी बस स्टॉप तक का उनका ऊबड़-खाबड़ रास्तों पर सफर कठिन तो था, लेकिन मजेदार था। उनमें से किसी ने भी कभी खच्चरों की सवारी नहीं की थी; लेकिन इस सफर में उन्होंने कम से कम एक घंटा बचा लिया था। बस स्टॉप पहुँचने पर उन्होंने आसपास बाकी लोगों को ढूंढ़ा, लेकिन उन्हें अपने स्कूल वाला कोई नहीं मिला। और मणि साहब, जिन्हें उनका इंतजार करना चाहिए था, वह भी वहां से गायब थे।

VII

तानिया रमोला और उसके साथ वालों ने टिहरी के ऊपर वाली पहाड़ी तक खड़ी चढ़ाई वाली सड़क पकड़ी थी। आधे घंटे की चढ़ाई के बाद वह उस छोटे से पठार पर पहुँचे जहां से शहर, नदी और वह जगह दिखती थी जहां बांध बन रहा था। बांध के लिए नींव की खुदाई का काम अभी चल ही रहा था, लेकिन नदी को दूसरी ओर मोड़ने के लिए पहाड़ के अंदर से एक चौड़ी सुरंग खोदी जा चुकी थी। नीचे, पुराना शहर अभी भी घाटी में पसरा हुआ था और दूर से यह काफी लुभावना और खूबसूरत दिखता था।

'क्या बांध का पानी सारे शहर को निगल जाएगा?' बीना ने पूछा। 'हां, सारा का सारा।' मिस रमोला ने कहा। घंटाघर और पुराना महल, लंबा बाजार, और मंदिर, स्कूल, और जेल, और घाटी में कई मील तक फैले सैकड़ों घर। सभी लोगों को अपनी जगह छोड़ कर जाना होगा। हजारों की तादाद में! बेशक, उन्हें कहीं और बसाया जायेगा।

'लेकिन यह शहर तो यहां सैकड़ों बरस से हैं,' बीना ने कहा, 'ये लोग बांध के बिना काफी खुश थे, है न? मुझे लगता है कि वे सचमुच खुश थे। लेकिन बांध सिर्फ उनके लिए नहीं है, यह उन लाखों लोगों के लिए है जो नीचे, नदी के बहाव की ओर दूर तक फैले मैदानी इलाकों में रहते हैं।'

'और इस जगह का क्या होगा इससे कोई फर्क नहीं पड़ता?'

'यहां रहने वालों को कहीं और नये घर दिये जाएंगे,' मिस रमोला को लगा कि वह इस मुद्दे की पैरवी करने लगी हैं, और उन्होंने इसे छोड़कर कोई और बात करने का फेसला किया। 'सभी को भूख लग रही होगी। इस समय तक तो हमें खाना मिल जाना चाहिए था।' बीना चुप रही। उसे ऐसा नहीं लग रहा था कि यहां के लोग कहीं और जाना चाहेंगे। और वह सोचने लगी कि कितना अच्छा है कि उसके गांव के पास से सिर्फ एक छोटी सी धारा बहती है, न कि कोई बड़ी नदी। इस शहर और आसपास के सैकड़ों गांवों की तरह उजड़ कर किसी गर्म और धूल भरे मैदानी इलाके में बसना उसे बेहद तकलीफदेह लग रही थी। 'खैर, मैं खुश हूँ कि मैं टिहरी में नहीं रहती,' उसने कहा।

वह यह नहीं जानती थी, लेकिन सभी जानवर और ज़्यादातर परिंदे पहले ही उस इलाके को छोड़ चुके थे। इनमें तेंदुआ भी शामिल था।

वे रंग-रंगीले, भीड़-भाड़ वाले बाजार से गुजरे, जहां फल वाले भी थे और चांदी के सामान का कारोबार करने वाले भी, और फुटपाथ पर छतरियों से लेकर कांच की चूड़ियों तक सब कुछ बिक रहा था। गौरैयां अनाज की बोरियों पर दाना चुगने के लिए टूटी पड़ रही थीं, बंदर केले झपट कर भाग रहे थे, और आवारा गायें और कुत्ते कूड़ेदान में कुछ

खाने लायक तलाश रहे थे, लेकिन इस सब पर किसी का ध्यान नहीं था। रेडियो पर कानफोड़ू संगीत बज रहा था। बसों के भोंपू पौं-पौं कर रहे थे। सोनू ने इस शोर में अपनी हिस्सेदारी के लिए एक सीटी खरीदी, लेकिन मिस रमोला ने उसे सीटी बिल्कुल न बजाने के लिए कह दिया। बीना ने पांच रुपये अलग रखे हुए थे और फिर उसने उन रुपयों से अपनी मां के लिए एक सूती दुपट्टा खरीद लिया।

जब वे खाना खाने के लिए एक छोटे से रेस्तरां में घुसने वाले थे, तभी प्रकाश और उसके साथी भी आकर उनके साथ हो लिए; लेकिन मणि साहब का अब भी कोई पता नहीं था। 'वह अपने किसी रिश्तेदार से मिलने चले गये होंगे,' प्रकाश ने कहा, 'उनके रिश्तेदार हर जगह हैं।'

दाल-चावल जैसा मामूली सा खाना खाने के बाद, वे पूरे बाजार के एक सिरे से लेकर दूसरे सिरे तक गये, लेकिन मणि साहब फिर भी नहीं मिले। आखिर में, जब वे उन्हें ढूंढना बंद करने ही वाले थे, तभी उन्होंने देखा कि वह एक गली से निकल रहे थे, और उनके कंधे पर एक बड़ी सी बोरी लटकी हुई थी। 'सर, आप कहां थे?' प्रकाश से पूछा, 'हम आपको हर जगह ढूंढ रहे थे।' मणि साहब के चेहरे पर जीत के भाव थे। 'इस बोरी को उठाने में मेरी मदद करो,' उन्होंने हांफते हुए कहा। 'आपने और आलू खरीद लिये, सर!' प्रकाश ने कहा। 'आलू नहीं, बेटा, डहेलिया के बल्ब हैं!'

VIII

जब वे सब नौटी वापस लौटे तब तक अंधेरा हो चुका था। मणि साहब डहेलिया के बल्ब की बोरी को अपने से दूर रखने को तैयार नहीं थे, इसलिए उन्हें प्रकाश और दूसरे लड़कों के साथ ट्रक के पीछे बैठने के लिए मजबूर किया गया। वापसी के सफर में बीना की तबीयत पहले की तरह नहीं बिगड़ी। चढ़ाई पर चढ़ना यकीनन नीचे की ओर जाने से बेहतर था! लेकिन जब बस नौटी पहुँची तब तक इतनी देर हो चुकी थी कि दूर के गांवों के बच्चे पैदल चलकर अपने घरों तक नहीं जा सकते थे। लड़कों को अलग-अलग घरों में ठहराया गया, जबकि लड़कियों के सोने का इंतजाम स्कूल के बरामदे में किया गया।

रात गुनगुनी थी और हर ओर शांति छायी थी। बरामदे में जलने वाले इकलौते बल्ब के चारों ओर बड़े-बड़े पतंगे फड़फड़ा रहे थे। पतंगे गिनते-गिनते जल्दी ही सोनू की आंख लग गयी। लेकिन बीना कुछ देर जागती रही और रात को होने वाली आवाजें सुनती रही। एक चपका पक्षी यानी नाइट जार झाड़ियों के बीच कहीं डूग-डूग कर रहा था और जंगल में कहीं एक उल्लू धीरे-धीरे हूकता रहा। एक कांकड़, जिसे भौंकने वाला हिरन भी कहा जाता है, थोड़ी-थोड़ी देर पर पुकारता हुआ धारा की ओर से घाटी से लगी पहाड़ी की ओर बढ़ता चला गया। सियार हुआं-हुआं करते रहे। ऐसा लग रहा था कि उनकी तादाद पहले से क़हीं ज़्यादा बढ़ गयी थी।

कांकड़ की आवाज सुनने वाली बीना अकेली नहीं थी। एक चट्टान की कगार पर पूरे पांव पसार कर बैठे तेंदुए ने भी उसे सुना। तेंदुए ने पहले सिर उठाया और फिर धीरे से उठ खड़ा हुआ। हिरन उसका कुदरती शिकार था। लेकिन अब बहुत हिरन नहीं बचे थे, और यही वजह है कि तेंदुआ, अपने जंगल के बांध की जद में आने के बाद लुट सा रह गया था, और गांवों के आसपास कुत्तों और मवेशियों पर हमले करने लगा था। जैसे ही कांकड़ के पुकारने की आवाज नजदीक से आती सुनाई देने लगी, तेंदुआ अपने उस ठिकाने से उठा जहां से वह जंगल पर नजर रखता था और छाया-छाया चलता हुआ तेजी से धारा की ओर बढ़ गया।

IX

जून की शुरुआत में पहाड़ सूख गये थे और हर तरफ धूल ही धूल थी, और जंगल में जगह-जगह आग लग रही थी, जिससे झाड़ियां और पेड़ जलकर खाक हो रहे थे, परिंदे और छोटे जानवर मर रहे थे। राल होने की वजह से चीड़ के पेड़ ज़्यादा तेजी से आग पकड़ते हैं, और हवा जलते हुए पेड़ों से चिंगारियां लेकर सूखी घास और पत्तियों तक पहुँचा रही थी, जिससे एक जगह लगी आग के बुझने से पहले दूसरी जगह आग सुलग जाती थी। किस्मत से, बीना का गांव चीड़ वाले इलाके में नहीं था; और जंगल की आग वहां तक नहीं पहुँची। लेकिन नौटी की

सारी बस्ती आग से घिरी हुई थी जो तीन दिनों तक नहीं बुझी, और तब तक बच्चे स्कूल नहीं जा पाये।

और फिर, जून के आखिर में, मानसून की बरसात होने लगी, और तब कहीं जंगल की आग शांत हुई। मानसून तीन महीने तक रहता है, और अगले तीन महीनों तक हिमालय की निचली पहाड़ियां बारिश से सराबोर रहेंगी, और हर तरफ धुंध और बादल छाते रहेंगे।

पहली बारिश उस समय हुई जब बीना, प्रकाश और सोनू स्कूल से घर लौट रहे थे। धूल भरे रास्ते पर उन पहली कुछ बूंदों ने उनमें ऐसा जोश भरा कि वह मस्ती में शोर मचाने लगे। फिर बारिश तेज हो गयी और धरती से एक अनोखी सोंधी महक उठी। 'दुनिया की सबसे अच्छी खुशबू!' बीना ने चिल्ला कर कहा।

एकाएक हर चीज में जान आ गयी थी- घास, फसल, पेड़, परिंदे, यहां तक कि पेड़ों की पत्तियां भी चमक उठीं और नयी सी दिखने लगीं। पहली बारिश के बाद जब हफ्तावार छुट्टी का दिन आया तो बीना और सोनू ने राजमा, मक्का और खीरे के बीज बोने में अपनी मां की मदद की। कभी-कभी, जब बारिश बहुत तेज होती थी, तो उन्हें घर के अंदर भागना पड़ता था। वरना वे बारिश में काम करते रहते थे, और गीली मिट्टी उनके नंगे पैरों से चिपक जाती थी।

प्रकाश के पास अब एक कुत्ता था, एक काला कुत्ता, जिसका एक कान खड़ा और एक कान लटका था। वह इधर-उधर भागते हुए हर किसी के रास्ते में आ जाता था, और गायों, बकरियों, मुर्गियों और इंसानों पर भौंकता था, लेकिन किसी को डराता नहीं था। प्रकाश कहता था कि वह एक बहुत ही होशियार कुत्ता है, लेकिन ऐसा नहीं लगता था कि दूसरे भी उसी की तरह सोचते होंगे। प्रकाश यह भी कहता था कि वह गांव को तेंदुए से बचायेगा, लेकिन दूसरों ने कहा कि तेंदुआ सबसे पहले कुत्ते को ही उठा ले जायेगा, यानी वह सीधे गुलदार महाशय के जबड़ों की चपेट में आयेगा!

नौटी में, तानिया रमोला उस क्वार्टर में एक सूखी जगह ढूंढने की कोशिश कर रही थीं जो उन्हें रहने के लिए दिया गया था। वह एक

पुरानी इमारत थी और उसकी छत कई जगह से टपक रही थी। छत से टपकती बूंदों को इकट्ठा करने के लिए फर्श पर यहां-वहां बाल्टियां और डिब्बे रखे हुए थे।

मणि साहब ने अपने सारे आलू खोद डाले, और अपने दोस्तों और पड़ोसियों को भेंट कर दिये, जिनके यहां वह दोपहर और रात का खाना खा लिया करते थे। वह अपने सारे बगीचे में डहेलिया के बल्ब लगा रहे थे, और अपनी जिंदगी का पूरा मजा ले रहे थे। 'मेरे पास रंग-बिरंगे डहेलिया का पूरा खेत होगा!' उन्होंने ऐलान किया, 'बस, अगस्त के आखरि तक रुको!'

'सेही पर नजर रखना,' उनकी बहन ने उन्हें चेताया, 'वे डहेलिया के बल्ब भी खा जाती हैं!'

मणि साहब ने अपनी खाई का मुआयना करने के लिए घर के बाहर का दौरा किया, जो अब बाढ़ में नहीं घिरा था, और उन्होंने सब कुछ ठीक-ठाक हालत में पाया। प्रकाश ने अपना काम बखूबी किया था।

जब बच्चों ने नदी को पार किया, तो उन्होंने पाया कि पानी का स्तर करीब एक फुट बढ़ गया है। जहां थोड़ा-थोड़ा पानी चट्टानों पर से धीरे-धीरे गिर रहा था वहां अब तेजी से गिरने वाले झरने जैसे बन गये थे। किनारों पर फर्न उग आये थे। मेंढक टर्रा-टर्र की रटन लगाए थे। प्रकाश और उसके कुत्ते ने झटपट धारा पार कर ली। बीना और सोनू थोड़ा संभल कर उनके पीछे-पीछे चल रहे थे। अब धारा का बहाव काफी तेज हो चुका था और पानी उनके घुटनों के आसपास पहुँच चुका था। एक बार जब वे धारा को पार कर गये, वे तेजी से अपने रास्ते पर आगे बढ़ने लगे, इस फिक्र में कि कहीं अचानक बारिश होने पर वे रास्ते में ही न फंस जाएं। जब वे स्कूल पहुँचे, तब तक सब की टांगों पर दो या तीन जोंक चिपकी हुई थीं। उन्हें हटाने के लिए बच्चों को नमक का इस्तेमाल करना पड़ा। बरसात के मौसम का सबसे ज़्यादा दिक्कत वाला पहलू जोंक ही थीं। यहां तक कि तेंदुए को भी उनसे परेशानी थी। वह बढ़ी हुई घास में नहीं लेट सकता था, क्योंकि वहां उसके पंजों और चेहरे पर जोंक के चिपकने का खतरा था।

एक दिन, जब बीना, प्रकाश और सोनू नदी पार करने वाले थे, तो उन्होंने एक दबी-सी गड़गड़ाहट सुनी, जो हर पल तेज होती जा रही थी। जैसे ही सामने वाली पहाड़ी पर उनकी नजर पड़ी, तो उन्होंने कई पेड़ों को कांपते देखा, फिर वह बाहर की ओर झुके और गिरने लगे। मिट्टी और चट्टानें पहाड़ से बाहर को निकल कर नीचे खड्ड में गिर रही थीं।

'भूस्खलन!' सोनू चिल्लाया, 'पहाड़ दरक रहा है!'

'रास्ता भी साथ में चला गया!' बीना ने कहा, 'आगे मत जाओ।' जब और ज़्यादा चट्टानें, पेड़ और झाड़ियों के साथ पहाड़ी का काफी सारा मलबा दरक कर ढलान पर लुढ़कता हुआ नीचे गया, तो बहुत जोर की गड़गड़ाहट हुई और प्रकाश का कुत्ता, जो आगे चला गया था, दुम दबाकर दौड़ता हुआ वापस लौट आया।

जब तक चट्टानों का गिरना बंद नहीं हो गया और धूल बैठ नहीं गयी, वे जहां के तहां खड़े रहे। पक्षी बुरी तरह से शोर मचाते हुए उस जगह के ऊपर चक्कर काटने लगे। एक डरा हुआ कांकड़ कुलांचे मारता हुआ उनके आगे से निकल गया। 'अब हम स्कूल नहीं जा सकते,' प्रकाश ने कहा, 'दूसरा कोई रास्ता नहीं है।'

वे मुड़े और रास्ते में घिरती हुई धुंध में से घर की ओर बढ़ने लगे। कोली में प्रकाश के माता-पिता ने पहाड़ दरकने की गड़गड़ाहट सुन ली थी। वे बच्चों की तलाश में घर से निकल रहे थे, तभी उन्हें बच्चे कोहरे से बाहर निकलते हुए, खुशी से हाथ हिलाते दिखाई दिये।

X

वे अगले तीन दिन तक और स्कूल नहीं जा पाये, और बीना को यह डर सताने लगा कि कहीं वे अपने सालाना इम्तिहान में बैठने से न रह जाएं। हालांकि प्रकाश वास्तव में इम्तिहान न दे पाने की बात से परेशान नहीं था, लेकिन उसे यह बात अच्छी नहीं लग रही थी कि पहाड़ दरकने से रास्ता खत्म हो जाने के बाद वह कुछ कर नहीं पा रहा था। इसलिए वह तब तक पहाड़ पर इधर-उधर घूम कर रास्ते ढूंढता रहा जब तक कि उसको एक ऐसी पगडंडी नहीं मिल गयी जिस पर

चरवाहे अपनी बकरियों को ले जाते थे। वह रास्ता नौटी के पास एक दूसरे रास्ते से जुड़ जाता था। इस रास्ते से उन्हें एक मील ज्यादा जरूर चलना पड़ता था, लेकिन बीना को कोई दिक्कत नहीं थी। बारिश अब पूरे जोरों पर थी, और मौसम ठंडा हो गया था।

नये रास्ते के साथ बस एक दिक्कत यह थी कि यह रास्ता तेंदुए की मांद के पास से होकर जाता था। बांध के इलाके को छोड़ने के लिए मजबूर होने के बाद तेंदुए ने इस इलाके को अपना इलाका बना लिया था। एक दिन प्रकाश का कुत्ता बुरी तरह से भौंकते हुए उन्हें पीछे छोड़ आगे दौड़ गया। फिर वह कूकियाते हुए भागा-भागा वापस आया। 'यह अक्सर किसी न किसी चीज से ऐसे ही डर कर भागता है,' सोनू ने महसूस किया। लेकिन अगले ही मिनट उसे कुत्ते के डर की वजह समझ में आ गयी। वे एक मोड़ पर थे और मोड़ से आगे बढ़ते ही सोनू ने देखा कि एक तेंदुआ उनके रास्ते में खड़ा था। उनकी बोलती बंद हो गयी और वे इतनी बुरी तरह डर गये कि उन्होंने वहां से भागने के बारे में भी नहीं सोचा। वह एक ताकतवर और गठीले शरीर वाला जानवर था। उसके गले से हल्के-हल्के गुर्राने की आवाज आ रही थी। वह छलांग लगाने को तैयार दिख रहा था। वे बिल्कुल भी हिले-डुले बिना खड़े थे, जरा भी हिलने या या बोलने की हिम्मत उनमें नहीं थी। और तेंदुआ भी उतना ही भौचक्का रह गया होगा, तभी वह कुछ सेकंड के लिए उन्हें देखता रहा, और फिर तेजी से रास्ते को पार करके बलूत के जंगल में घुस गया।

सोनू कांप रहा था। बीना को तेजी से धड़कते अपने दिल की धक-धक सुनाई दे रही थी। हकलाहट के साथ प्रकाश के मुंह से निकला-'तुमने देखा कि उसने कैसे छलांग मारी? क्या वह शानदार नहीं था?'

इसके बाद सारा दिन उसे अपनी घड़ी देखना भी याद नहीं रहा। कुछ दिनों बाद, सोनू चलते-चलते एक जगह ठहर गया और अगली पहाड़ी पर अलग से नजर आती चट्टानों की ओर इशारा किया। तेंदुआ उनसे बहुत ऊपर खड़ा था, और आकाश के आगे उसकी बनावट साफ

नजर आ रही थी। बनावट से ताकतवर, अंदाज से शाही! उसके बगल में दो बच्चे थे- दो नन्हें तेंदुए।

'उन नन्हें तेंदुओं को तो देखो!' सोनू चिल्लाया।

'तो यह एक मादा तेंदुआ थी,' प्रकाश ने कहा।

'इसीलिए वह इतनी जल्दी-जल्दी शिकार कर रही थी,' बीना ने कहा, 'उसे अपने बच्चों को भी खिलाना था।'

वे कई मिनट तक बिना हिले-डुले तेंदुए और उसके बच्चों को एकटक देखते रहे। तेंदुए के परिवार ने उन पर ध्यान नहीं दिया।

'उसे पता है कि हम यहां हैं,' प्रकाश ने कहा, 'लेकिन उसे कोई फर्क नहीं पड़ता!'

'वह जानती है कि हम उन्हें नुकसान नहीं पहुँचाएंगे। हम भी तो उसके बच्चों जैसे बच्चे हैं!' सोनू ने कहा।

'हां,' बीना ने कहा। और हम सभी के लिए अब भी बहुत जगह है। बांध बनने के बाद भी तेंदुए और इंसानों के लिए जगह की कमी नहीं पड़ेगी।'

XI

स्कूल के इम्तिहान खत्म हो गये थे। बारिश भी लगभग खत्म हो चुकी थी। पहाड़ दरकने से फैला मलबा हटाया जा चुका था, और बीना, प्रकाश और सोनू एक बार फिर धारा पार कर रहे थे। हवा में सिहरन पैदा करने वाली ठंडक थी, क्योंकि अब सितंबर खत्म होने को था। प्रकाश ने काफी अच्छी तरह से बांसुरी बजाना सीख लिया था और वह स्कूल जाते समय और फिर घर लौटते हुए रास्ते में बांसुरी बजाता था। इसका नतीजा यह हुआ कि अब वह पहले की तरह अपनी घड़ी को बार-बार नहीं देखता था। एक सुबह उन्हें मणि साहब के घर के सामने कुछ लोगों की छोटी सी भीड़ दिखाई दी। क्या हो सकता है? बीना सोच में पड़ गयी। 'मुझे उम्मीद है कि वह फिर से न खो गये हों।' 'हो सकता है कि वह बीमार हों,' सोनू ने कहा। 'शायद सेही फिर से आने लगी हों,' प्रकाश ने कहा। लेकिन इनमें से कुछ भी नहीं था।

मणि साहब का पहला डहेलिया खिला था और आधा गांव उसे देखने के लिए उमड़ पड़ा था! वह एक बड़ा सा घनी पंखुड़ियों वाला लाल डहेलिया था, इतना भारी कि उसे बांस की खपच्चियों से सहारा देना पड़ा था। इतना शानदार फूल किसी ने पहले कभी नहीं देखा था! मणि साहब बहुत खुश थे। और आने वाले हफ्ते में उनका मूड और भी अच्छा हो गया, क्योंकि और डहेलिया-लाल, पीले, बैंगनी, जामुनी, सफेद बटन डहेलिया, पॉम-पॉम डहेलिया, चितकबरे डहेलिया, धारीदार डहेलिया ... मणि साहब के पास ये सब थे! एक डहेलिया तानिया रमोला की डेस्क पर भी जा पहुँचा, जिनके साथ अब मणि साहब की अच्छी पटने लगी थी, और दूसरा डहेलिया हेडमास्टर साहब के कमरे की रौनक बढ़ा रहा था।

एक हफ्ते बाद, घर लौटते समय बीना, प्रकाश और सोनू यह बात कर रहे थे कि बड़े होकर वे क्या करेंगे, क्योंकि अगली क्लास में जाने से पहले स्कूल की छुट्टियां होने ही वाली थीं। 'मुझे लगता है कि मैं टीचर बनूंगी,' बीना ने कहा, 'मैं बच्चों को जानवरों और पक्षियों, और पेड़ों और फूलों के बारे में पढ़ाऊंगी।'

'गणित पढ़ाने से तो अच्छा है!' प्रकाश ने कहा।

'मैं एक पायलट बनूंगा,' सोनू ने कहा, 'मैं मिस रमोला के भाई की तरह हवाई जहाज उड़ाना चाहता हूँ।'

'और तुम बताओ, प्रकाश?' बीना ने पूछा।

प्रकाश बस मुस्कुरा दिया, और बोला, 'शायद मैं बांसुरी वादक बनूंगा,' और उसने बांसुरी को अपने होठों से लगाया और एक सुरीली धुन छेड़ दी।

'बिल्कुल, दुनिया को बांसुरी बजाने वालों की भी जरूरत है,' बीना ने कहा, और उसके ठीक बगल में आ गयी।

नन्हें तेंदुओं की मां कांकड़ का पीछा कर रही थी। बांसुरी और बच्चों की आवाज सुनकर वह रुक गयी। उसके अपने बच्चे तेजी से

बड़े हो रहे थे, लेकिन लड़की और दोनों लड़के उसे पहले से ज़्यादा बड़े नहीं लग रहे थे।

उन्होंने अपना पसंदीदा गाना फिर से गाना शुरू कर दिया था। पांच मील चलना है और

बारिश-बर्फ पर न कर गौर

नाले के उस पार है जाना

परबत पर अपना ठिकाना

चार मील पर अपना ठौर!

नन्हें तेंदुओं की मां तब तक इंतजार करती रही जब तक बीना सोनू और प्रकाश वहां से गुजर नहीं गये, फिर काकड़ का पीछा करने निकल पड़ी।

❑❑❑

13

नानी का चश्मा

नानी को दूर बहने वाली नदी का शोर साफ सुनाई देता था, और वह अपने पांवों तले दबी चीड़ की सींकों की महक सूंघ सकती थीं, और अपने नाती मणि का पास आना महसूस कर सकती थीं उन्हें पता चल जाता था; लेकिन वह नदी या पेड़ों को देख नहीं सकती थीं; और अपने नाती को सिर्फ उसके बेतरतीब बालों से पहचान पाती थीं, और कभी-कभी, जब वह बहुत करीब होता था, तो उसकी जामुन जैसी आंखों और मुस्कुराने पर उसके चमकते दांतों से।

नानी एक पुराना चश्मा पहनती थीं; जिसे वह दस साल से भी ज़्यादा समय से पहन रही थीं, लेकिन उनकी आंखें लगातार कमजोर होती जा रही थीं, और चश्मा पुराना हो गया था और अब उसके शीशों पर खूब खरोंच और धब्बे पड़ चुके थे, और उसे लगाने के बाद भी नानी को बहुत कम दिखाई देता था। फिर भी, वह न से तो कुछ बेहतर ही था। उसके बिना, सब कुछ सिर्फ धुंधला और उल्टा-पुल्टा था।

हां, यह तो जरूर है कि नानी घर और खेतों में आने-जाने के रास्ते खूब जानती थीं, और जिस दिन मौसम साफ हो, उस दिन उन्हें पहाड़ भी दिखाई देते थे- विशाल हिमालय की बर्फीली चोटियां- आसमान को छूती हुई; लेकिन मणि और उसके पिता को लग रहा था कि अब समय आ गया है जब नानी को अपनी आंखों की जांच करवानी चाहिए और उनका नया चश्मा बनना चाहिए।

'देखो, तुम्हें पता है कि गांव में सब कुछ नहीं आ सकता,' नानी ने कहा।

'आपको मसूरी वाले आंखों के अस्पताल चलना पड़ेगा। वही सबसे पास वाला शहर है,' मणि ने कहा।

'लेकिन वहां जाने में तो दो दिन लगते है,' नानी ने जाने का विरोध किया। 'पहले मुझे नैन बाजार तक चल कर जाना होगा, कम से कम बारह मील, वहां तुम्हारे मामा के घर रात बितानी होगी, और फिर आगे के सफर के लिए बस पकड़नी होगी! तुम जानते हो कि मुझे बसों से कितनी नफरत है। और मुझे मसूरी गये हुए पूरे दस साल हो गये हैं। तभी मैंने ये चश्मा बनवाया था।'

मणि के पिता ने कहा, 'ठीक है, वह अभी भी वहीं है।'

'क्या अभी भी वहीं है?'

'मसूरी।'

'और आंखों का अस्पताल?'

'वह भी।'

'देखो, सच कहूँ तो मेरी आंखें बहुत ज़्यादा खराब नहीं हैं,' बहाना बनाने की कोशिश में नानी ने कहा। उनका गांव से दूर जाने का मन नहीं था; खास तौर से, वह मणि से अलग नहीं होना चाहती थीं। वह ग्यारह साल का था और खुद का ध्यान रखने लायक था, लेकिन नानी ने उसे तब से पाला था जब उसकी मां चल बसी थीं, और तब वह सिर्फ एक साल का था। आखिर वह उसकी नानी जो थीं, और उन्होंने इन तमाम सालों में पूरी ताकत और लगन के साथ बच्चे और उसके पिता, और गायों, मुर्गियों और घर की देखभाल की थी।

'मैं काफी ठीक-ठाक तरीके से काम चला सकती हूँ,' उन्होंने कहा, 'जब तक मुझे अपने ठीक सामने की चीजें साफ दिखाई देती हैं, तब तक कोई परेशानी नहीं है। मुझे पता है कि तुम्हारे हाथ में गेंद है, मणि! मेहरबानी करके उसे गाय पर मार कर लपकने की कोशिश मत करना।'

'यह गेंद नहीं है, नानी; यह एक सेब है।'

'ओह, ऐसा है?' नानी ने अपनी गलती को झटपट सुधारते हुए कहा। 'कोई बात नहीं, बस इसे गाय पर मार कर उछालना नहीं। और बहुत ज़्यादा सेब मत खा जाना!'

'अब सुन लो,' मणि के पिता ने सख़्ती से कहा, 'मुझे पता है कि तुम कहीं नहीं जाना चाहतीं। लेकिन हम आपको अपने आप अकेले जाने को तो कह नहीं रहे हैं। मैं आपको मसूरी ले कर चलता हूँ।'

'और मणि को यहां अकेला छोड़ देंगे? तुम ऐसा करने के बारे में सोच भी कैसे सकते हो?'

'फिर मैं तुम्हें मसूरी ले चलूंगा,' मणि ने जोश के साथ कहा। 'हम पिताजी को अकेले छोड़ सकते हैं, है न? मैं अपने स्कूल के दोस्तों के साथ पहले भी मसूरी जा चुका हूँ। मुझे पता है कि हम कहां ठहर सकते हैं। लेकिन–' वह एक पल को रुका और शक की निगाहें अपने पिता की ओर से अपनी नानी की ओर ले गया। 'नानी, आप नैन तक पूरे रास्ते पैदल नहीं चल पाएंगी, है न?'

'अजी, मैं चल सकती हूँ,' नानी ने कहा,। 'मुझे दिखाई देना भले ही बंद हो रहा हो, लेकिन मेरे पैरों में कोई गड़बड़ी नहीं है!'

यह बात काफी हद तक सही थी। सिर्फ एक दिन पहले ही तो नानी अखरोट के पेड़ पर मिली थीं, जमीन पर रखी एक बड़ी टोकरी में अखरोट तोड़ कर फेंक रही थीं, भले ही कई अखरोट टोकरी से बाहर गिर रहे थे।

'लेकिन आप सत्तर साल की हैं, नानी।'

'इसका जाने से क्या लेना-देना है? और इतना ही नहीं, नैन जाने के लिए ढलान पर जाना है।'

'और वापसी में चढ़ाई होगी।'

'चढ़ाई चढ़ना आसान है!' नानी ने कहा।

अब जब उन्हें पता चल चुका था कि मणि उनके साथ जा सकता है, तो वह सफर करने के लिए तैयार हो गयी थीं।

मानसून की बारिश शुरू हो चुकी थी, और पत्थर के छोटे से घर के सामने डहेलिया के बड़े-बड़े फूल दल बनाकर सिर उठाए खड़ी थे।

मणि ने उन्हें नैन में खिलते हुए देखा था और वहीं से कुछ बल्ब घर ले आया था। 'ये बड़े फूल हैं, नानी,' उसने कहा था, 'तुम्हें इन्हें ठीक तरह से देख पाओगी।'

उन्हें सचमुच डहेलिया के फूल पुराने पत्थर के घर की दीवारों के आगे लाल और पीले रंग के धब्बे जैसे नजर आते थे।

अब उन्हें देखते हुए नानी ने कहा, 'जब हम मसूरी जाएंगे, तो कुछ बीज और बल्ब लेंगे। और सफेद गाय के लिए एक नयी घंटी। और तुम्हारे पिता के लिए एक स्वेटर। और तुम्हारे लिए जूते। देखो, तुमने जो पहन रखे हैं उनमें कुछ भी तो नहीं बचा है।'

'अब बस एक मिनट मेरी सुनो,' मणि के पिता ने कहा, 'आप वहां अपनी आंखों की जांच कराने जा रही हैं, या खरीदारी के लिए? मेरे पास सौ रुपये ही बचे हैं। आप लोगों को इससे ही काम चलाना पडेगा।'

'हम काम चला लेंगे,' मणि ने कहा, 'हम बस स्टैंड में सो जाएंगे।'

'नहीं, हम ऐसा नहीं करेंगे,' नानी ने कहा, 'मेरे पास अपने पचास रुपये हैं। हम होटल में ही ठहरेंगे!'

अगली सुबह, जब नानी और मणि नैन के लिए घर से निकले तब हल्की बूंदाबांदी हो रही थी।

मणि ने अपने कंधे पर एक छोटा बिस्तरबंद रखा; नानी के पास कपड़े का एक बड़ा सा थैला और एक छाता था। रास्ता खेतों और पहा. ड़ी के सबसे ऊंचाई वाले रास्ते से होकर जाता था और फिर जहां-तहां, इधर-उधर, और ऊपर-नीचे घूमता हुआ आगे बढ़ता जाता था, जैसे पूरी तरह से अपनी मर्जी का मालिक हो और जैसे उसका सीधे किसी खास जगह जाने का इरादा न हो। उस इलाके में पहली बार सफर कर रहे मुसाफिर अक्सर इस रास्ते को बीच में छोड़कर इधर-उधर मुड़ जाते थे, क्योंकि जल्दबाजी और बेसब्री के मारे वे यह सोचने लगते थे कि जहां उन्हें जाना है वहां पहुँचने के लिए दूसरे रास्ते छोटे और बेहतर होंगे। लेकिन अक्सर बहुत जल्दी वे जान जाते थे कि वे भटक गये हैं। अच्छा

और सही रास्ता सिर्फ वही था, और उससे जाने में ही समझदारी थी। क्योंकि सदियों की गलतियों को सुधारने के बाद वह उन पहाड़ों को पार करने के लिए सही रास्ता बन पाया था।

'जब तुम थक जाओगी, तब हम आराम कर लेंगे,' मणि ने कहा।

'हमने अभी-अभी तो चलना शुरू किया है,' नानी ने कहा, 'जब तुम्हें भूख लगेगी तब हम ठहर जाएंगे!'

वे बिना ज़्यादा बात किये एक जैसी चाल से चलते रहे। तोतों का एक झुंड उनके ठीक ऊपर मंडरा रहा था- फीके से आकाश में हरे और लाल रंग की झलकियां! एक स्प्रूस यानी सरल के पेड़ में काफी ऊंचाई पर बैठे बसंते ने एक सुर में रटन लगा रखी थी। उसकी नीरस पुकार और बारिश की धीमी-धीमी टिप-टिप के अलावा और कोई आवाज नहीं आ रही थी।

मणि झाड़ी से किलमोड़े के फल चुनने के लिए रुक गया। नानी को किलमोड़े पसंद नहीं थे और वह अपनी चाल से आगे बढ़ती रहीं। मणि को फिर उनके पास पहुँचने के लिए दौड़ लगानी पड़ी। उसके होंठ किलमोड़े के रस से बैंगनी हो चुके थे।

इस बीच बारिश रुक गयी थी और सूरज निकल आया था। नीचे जमीन पर, हल्के हरे खेत जंगल के गहरे हरे रंग के आगे अलग दिखाई दे रहे थे, और पहाड़ियां सुनहरी धूप में नहायी हुई थीं।

मणि आगे-आगे दौड़ गया।

'क्या आपको ठीक से दिखाई दे रहा है, नानी?' उसने पुकारा।

'मैं रास्ता देख सकती हूँ और मैं तुम्हारी सफेद कमीज देख सकती हूँ। फिलहाल इतना ही काफी है।'

'ठीक है, ध्यान रखना, सड़क पर सामने से कुछ खच्चर आ रहे हैं।'

खच्चरों को रास्ता देने के लिए नानी एक ओर हट गयीं। खच्चर वाला एक रूमानी गीत गाकर उन्हें आगे बढ़ा रहा था, और खच्चर खुरों की टाप के साथ आगे चले गये। लेकिन आख़िरी खच्चर पीछे को मुड़ा और सीधे नानी की ओर बढ़ता हुआ दिखाई दिया। नानी ने उसे सही

समय पर देख लिया। वह जानती थीं कि खच्चर और टट्टू हमेशा किसी चीज के चारों तरफ घूमना पसंद करते हैं, बशर्ते उन्हें दिखाई देता रहे कि उनके आगे क्या है। इसलिए उन्होंने अपनी खुली छतरी को आगे कर दिया और खच्चर उन्हें छुए बिना छतरी के पीछे घूमते हुए उनके चक्कर लगा गया।

नानी और मणि ने चीड़ के साये में सड़क के किनारे हल्का-फुल्का खाना खाया, और थोड़ा आगे चलने के बाद एक झरने से पानी पिया।

दिन के तीसरे प्रहर वे नैन के बिल्कुल पास पहुँच गये थे।

'हम करीब-करीब पहुँच ही गये हैं,' मणि ने कहा, 'मामा के घर के पास वाला मंदिर दिखाई दे रहा है।'

'मुझे कुछ दिखाई नहीं दे रहा है,' नानी ने कहा।

'धुंध की वजह से। घनी धुंध घाटी से ऊपर उठ रही है।'

नदी के किनारे बसा वह छोटा सा पहाड़ी शहर अपने बाजार के लिए जाना जाता था। वे अभी शहर में घुसे ही थे कि तेज बारिश होने लगी। नानी की छतरी से बुरी तरह पानी चू रहा था। लेकिन जल्द ही वे मामा के घर पहुँच गये, और वहां मीठी और दूधवाली गर्म चाय की चुस्कियां लेते हुए उन्होंने खुद को सुखाया।

अगली सुबह मणि जल्दी उठा और संकरी गली में दौड़ते हुए नीचे नदी में नहाने गया। तेज लेकिन उथली पहाड़ी नदी पवित्र गंगा की एक सहायक नदी थी, और इसके जल को भी पवित्र माना जाता था। सूरज उगने के साथ ही, लोग स्नान करने या पूजा करने के लिए नदी पर बने घाट की सीढ़ियों की ओर उमड़ पड़ते थे।

जैसे ही मणि ने कपड़े पहने, उसने बस के हॉर्न की आवाज सुनी। मसूरी के लिए एक ही बस थी। यह सोचते हुए वह झटपट ढलान पर चढ़ा कि कहीं उनकी बस न छूट जाये। लेकिन नानी बस स्टॉप पर उसका इंतजार कर रही थीं। उन्होंने पहले ही दोनों के टिकट खरीद लिये थे।

गाड़ी नदी के साथ-साथ चल रही सड़क पर चली जा रही थी, और नदी सड़क से करीब सौ फीट नीचे शोर मचाती बह रही थी।

बस पुरानी और खटारा सी थी, और इतनी ज़्यादा खड़खड़ा रही थी कि सवारियों के लिए खुद का बोला हुआ सुनना भी मुश्किल था।

सवारियों में से एक ने नीचे एक जगह की ओर इशारा किया, जहां कुछ हफ्ते पहले एक दूसरी बस गिर गयी थी, जिस हादसे में कई लोग हताहत हुए थे।

शायद बस के ड्राइवर को हादसे का पता नहीं था। वह काफी तेजी से गाड़ी चलाता रहा, और जब भी मोड़ आता, बस में सवार लोगों का अपनी जगह टिके रहना मुश्किल हो जाता। इतने शोर-शराबे के बावजूद नानी की आंख लग गयी; उनका सिर मणि के कंधे पर टिका हुआ था।

चलते-चलते बस अचानक रुक गयी। जोरदार झटके से लोग आगे वाली सीटों से टकराये। नानी का चश्मा निकल कर गिरा और किसी की बंद छतरी की तह में मिला।

'क्या हुआ?' नानी ने पूछा। 'क्या हम पहुँच गये?'

मणि ने कहा, 'नहीं, आगे रास्ता बंद है।'

'पहाड़ गिरा है! भूस्खलन हुआ है!' किसी ने कहा, और सारी सवारियां खिड़कियों से सिर निकालकर बाहर देखने लगीं।

काफी बड़ा भूस्खलन था। रात को किसी समय भारी बारिश के दौरान, पहाड़ का एक हिस्सा अपनी जगह टिका नहीं रह पाया और पेड़ और झाड़ियों समेत धड़धड़ाते हुए सड़क पर आ गिरा जिससे रास्ता पूरी तरह बंद हो गया। मलबे का गिरना अभी थमा नहीं था। वह अब भी जारी था। मणि ने चट्टानों को पहाड़ी से लुढ़कते हुए नीचे नदी में गिरते देखा।

'बस स्टॉप तो नहीं लगता,' नानी ने कहा, जिन्हें कुछ भी नहीं दिखाई दे रहा था।

उनके बोलते समय भी मिट्टी-पत्थरों की झड़ी के साथ छोटी-छोटी चट्टानें बस की छत पर आन पड़ीं। सवारियां शोर मचाने लगीं। और चट्टानें नीचे गिरने पर ड्राइवर ने बस को पीछे करना शुरू किया।

'मैं तो मोटरगाड़ी वाली सड़क पर भरोसा ही नहीं करती,' नानी ने कहा।

भूस्खलन से काफी दूर होने तक ड्राइवर बस को पीछे ले जाता रहा। इसके बाद सभी बस से नीचे उतर गये। नानी और मणि सबसे बाद में उतरे।

उन्हें बताया गया कि सड़क को साफ करने में कई दिन लगेंगे, और ज़्यादातर सवारियों ने बस के साथ नैन लौटने का फेसला किया। लेकिन कुछ हिम्मती लोग पहाड़ के एक छोटे रास्ते से पैदल मसूरी जाने के लिए तैयार हो गये, जो भूस्खलन वाली जगह से पहले ही अलग कट जाता था।

'इस पगडंडी के रास्ते मसूरी सिर्फ दस मील दूर है,' उनमें से एक ने कहा, 'चढ़ाई कठिन है, लेकिन हम शाम तक पहुँच सकते हैं।'

मणि ने दादी की ओर देखा। 'क्या हम वापस चलें?'

'दस मील होता ही कितना है?' दादी ने कहा, 'इतना तो हम कल भी चले थे।'

सो वे एक संकरे रास्ते पर चढ़ने लगे, जो बकरियों वाले रास्ते से कुछ ही चौड़ा था, जिसके एक ओर खाई और दूसरी ओर खड़ी चढ़ाई थी।

लेकिन इस रास्ते पर सब थक और हांफ जाते थे और जगह-जगह दम लेने के लिए ठहर जाते थे, और जब वे पहाड़ के ऊपर पहुँचे तो नानी और मणि के सिवा वहां कोई नहीं था। कुछ लोग नीचे, काफी पीछे रह गये थे और बाकी नैन वापस लौट गये थे।

दादी और मणि पहाड़ की चोटी पर खड़े थे। वहां जो कुछ था उसमें किसी और की कोई हिस्सेदारी नहीं थी। उनका गांव उत्तर की ओर वाले पहाड़ों के पीछे छिपा हुआ था। काफी नीचे नदी बह रही थी। बहुत ऊपर एक सुनहरा बाज चक्कर काट रहा था।

दूर सामने वाले पहाड़ के पीछे वाले गहरे हरे पहाड़ पर मसूरी के घर सफेद चित्तियों जैसे नजर आ रहे थे।

'मामा के घर से खाना लायी हो क्या?' मणि ने पूछा।

'बिल्कुल,' नानी ने कहा, 'मुझे पता था कि तुम्हें जल्द ही भूख लगने लगेगी। पकौड़े और पाव हैं, और मामा के बगीचे के आड़ू भी हैं।'

'अच्छा!' मणि ने कहा, और अपनी थकान भूल गया। 'हम चलते-चलते खाते रहेंगे। रुकने की कोई जरूरत नहीं है।'

'खाते रहेंगे या चलते रहेंगे?'

'खाते रहेंगे। हम सिर्फ तब ही रुकेंगे, नानी, जब आप थक जाएंगी।'

'ओ रे, मैं तो बिना रुके चलती चली जाऊं, चलती चली जाऊं!' नानी ने हंसते हुए कहा। 'मैंने तो हमेशा ऐसा ही किया है। और एक दिन मैं ऐसे ही पहाड़ों पर चढ़ते-चढ़ते आगे आसमान में चली जाऊंगी। लेकिन तब जब बारिश नहीं हो रही होगी। यह छतरी बुरी तरह चूती है।'

वे फिर नीचे उतरे, फिर अगले पहाड़ पर चढ़े, फिर ऐसी पथरीली पहाड़ियों पर से गुजरे जहां तेज हवाएं चल रही थीं, और देवदार के ऐसे घने जंगल से होते हुए ऊपर चढ़े जहां धूप जमीन तक नहीं पहुँचती थी। और फिर, जैसे ही अंधेरा होने लगा, उन्हें सामने मसूरी की बत्तियां टिमटिमाती दिखाई दे गयीं।

जैसे-जैसे वे करीब आते गये, रोशनी बढ़ती गयी, और अब वे रोशनी से जगमगाते बाजार में थे, जहां दुकानदारों, घुमक्कड़ों, सैलानियों और मौज-मस्ती करने वालों का रेला था। जिन लोगों के पास खर्च करने के लिए पैसे थे, उनके लिए मसूरी एक मस्त जगह लगती थी। भीड़ से परेशान नानी ने एक हाथ मणि के कंधे पर जमा कर रखा था ताकि वह उनसे बिछड़ न जाये।

उन्होंने आस-पास सबसे सस्ते होटल के बारे में पता किया। लेकिन वहां कोई सस्ते होटल नहीं थे। इसलिए उन्होंने मंदिर के बगल वाली धर्मशाला में रात बितायी, जहां दूसरे तीर्थयात्री भी ठहरे हुए थे।

अगली सुबह, आंखों के अस्पताल में, वे सब्र के साथ अपनी बारी का इंतजार कर रहे मरीजों की लंबी कतार में शामिल हो गये। गोल-मटोल से नेत्ररोग विशेषज्ञ सूट और टाई में थे, जिन्होंने खुद चश्मा पहन रखा था। वह मरीजों के साथ सख्ती से लेकिन सलीके से पेश आ रहे थे। एक घंटे के इंतजार के बाद नानी की बारी आयी।

डॉक्टर ने नानी के चश्मे पर एक नजर डालते ही चौंक कर उन्हें कूड़ेदान में डाल दिया। फिर उसने उन्हें बाहर निकाला और अपनी मेज पर रख दिया, और कहा, 'अब मुझे लगता है कि मैं इसे किसी अज. ायबघर में भेज दूंगा। आपको अपना चश्मा बरसों पहले बदलवा लेना चाहिए था। इन्होंने शायद फायदे से ज़्यादा नुकसान किया है।'

उसने तेज रौशनी में नानी की आंखों का मुआयना किया, और कहा, 'आपकी आंखें बहुत कमजोर हैं, लेकिन इनसे पूरी तरह दिखाई देना बंद नहीं होगा। हम आपके लिए आपकी आंखों के हिसाब से एक नया चश्मा बनवा देंगे।' फिर उसने नानी को एक बोर्ड के सामने बैठाया जिस पर अंग्रेजी और हिंदी के बड़े और छोटे अक्षर छपे हुए थे- और नानी से पूछा कि क्या वह उन्हें पढ़ सकती हैं।

'मुझे तो बोर्ड भी नहीं दिखाई दे रहा है,' दादी ने कहा।

'तो क्या आप मुझे देख सकती हैं?' डॉक्टर ने पूछा।

'थोड़ा-थोड़ा,' नानी ने कहा।

'मैं चाहता हूँ कि आप मुझे पूरा-पूरा देखें,' डॉक्टर ने कहा। और उसने नानी की नाक पर एक तार का फ्रेम टिकाया और एक-एक करके कई लेंस लगा कर देखें।

अचानक नानी को और अच्छी तरह दिखाई देने लगा। उन्हें बोर्ड और उस पर छपे सबसे बड़े अक्षर दिखाई देने लगे।

'क्या अब आप मुझे देख सकती हैं?' डॉक्टर ने पूछा।

'काफी हद तक,' नानी ने कहा, और फिर उनकी मदद करने के इरादे से बोलीं- 'आपमें देखने के लिए काफी कुछ है।'

'शुक्रिया,' डॉक्टर ने कहा, 'और अब घूम कर मुझे यह बताएं कि आपको अपना नाती दिखाई दे रहा है?'

नानी पीछे घूमीं और कई सालों में पहली बार मणि को साफ-साफ देखा।

'मणि!' उन्होंने खुशी से ताली बजाते हुए पुकारा, 'तुम कितने अच्छे दिखते हो! कितने अच्छे बच्चे को मैंने पाला-पोसा है! लेकिन तुम्हें थोड़े

से बाल कटवाने की जरूरत है। और नहाने की भी। और तुम्हारी कमीज पर बटन भी लगने हैं। और एक जोड़ी नये जूते। चलो, बाजार चलते हैं!'

'पहले अपना नया चश्मा तो बनवाओ,' मणि ने हंसते हुए कहा, 'तब हम खरीदारी करने जाएंगे!'

एक दिन बाद वे फिर एक बस में सवार थे, हालांकि किसी को नहीं मालूम था कि वह कितनी दूर जा सकेगी। देर-सबेर उन्हें पैदल ही चलना होगा।

नानी के पास खिड़की वाली सीट थी और मणि उनके बगल में बैठा था। उसके पास नये जूते थे और नानी के पास एक नया छाता था, और उन्होंने मणि के पिता के लिए एक मोटा ऊनी तिब्बती स्वेटर भी खरीदा था। और बीज और बल्ब और गाय की एक घंटी भी।

जैसे ही बस आगे बढ़ी, नानी ने खिड़की से बाहर देखा। सड़क के हरेक मोड़ पर नये-नये नजारे उनका इंतजार कर रहे थे, और अब वह कई चीजें देख सकती थीं जो उन्होंने लंबे समय से नहीं देखी थीं- दूर के गांव, खेतों में काम करते लोग, सड़क पर आते-जाते दूधवाले, बस के बगल में दौड़ते दो कुत्ते, पेड़ों पर चढ़े बंदर, और सबसे अलग- आकाश में इंद्रधनुष।

भले ही वह बहुत अच्छी तरह से नहीं देख सकती थीं, लेकिन अब जितना दिखाई देने लगा था उससे वह बहुत खुश थीं।

'कितनी बड़ी गाय है!' उन्होंने पहाड़ी पर चर रहे एक जानवर की ओर इशारा करते हुए कहा।

'यह गाय नहीं है, नानी,' मणि ने कहा, 'यह भैंस है।'

नानी का हौसला बुलंद था। 'जो भी हो, मैंने उसे देख लिया,' उन्होंने जोर देकर कहा।

अब जब बस में ज़्यादातर लोग थके और ऊबे हुए लग रहे थे, नानी खिड़की से बाहर देखती रहीं, नये-नये नजारों का मजा लेती रहीं।

कुछ देर मणि भी देखता रहा और खुशी और जोश में वह जो कुछ कहती जा रही थीं, वह सब सुनता रहा। फिर वह ऊंघने लगा। उसका सिर नानी के कंधे पर टिक गया, और आराम से वहीं टिका रहा। पहाड़ की घुमावदार सड़क पर बस लहराती और झटके खाती रही, लेकिन मणि गहरी नींद सोता रहा।

❒❒❒

14

ओवरकोट

मौसम साफ था लेकिन ठंड बहुत ज़्यादा थी, और जैसे ही चांद उठकर हिमालय की चोटियों पर आया, मैंने देखा कि शहर की सड़कों पर अब भी कहीं-कहीं कुछ बर्फ मौजूद थी। किसी किताब और गर्म पानी की बोतल बगल में दबाकर मैं अपने बिस्तर में बड़े मजे में लेटा होता, लेकिन मैंने कपाड़िया परिवार से उनकी पार्टी में शामिल होने के लिए हामी भर दी थी और मुझे लगा कि अब वहां न जाना उनका मान न रखने वाली बात होगी। मैंने दो स्वेटर के ऊपर ओवरकोट पहन लिया और एक पुराना फुटबॉल स्कार्फ बांध कर सड़क पर निकल पड़ा, जिस पर चांदनी बिखरी हुई थी।

कपाड़िया का घर एक मील से कुछ ही ज़्यादा होगा, और करीब आधी दूरी मैं पैदल तय कर चुका था जब मैंने सड़क के बीचों-बीच एक लड़की को खड़े देखा।

सोलह या सत्रह साल की रही होगी। वह पुराने जमाने की लग रही थी- लंबे खुले बाल, कमर को छूते, और सलमा-सितारे जड़ा उसका गुलाबी और हल्का जामुनी पहनावा, जिसे देखकर मुझे अपनी दादी के जमाने के खानदानी फोटो एल्बम में लगी तस्वीरें याद आ गयीं। जब मैं करीब गया, तो मैंने देखा कि उसकी आंखें बहुत सुंदर और मुस्कान मन को जीत लेने वाली थी।

'गुड ईवनिंग,' मैंने कहा, 'बाहर निकलने के लिए आज की रात कुछ ज़्यादा ठंडी है।'

'क्या आप पार्टी में जा रहे हैं?' उसने पूछा।

'सही पहचाना। और मैं तुम्हारे लुभावने पहनावे को देख कर कह सकता हूँ कि तुम भी पार्टी में ही जा रही हो। मेरे साथ चलो, हम बस पहुँच ही गये।'

वह मेरे बगल में साथ-साथ चलने लगी और जल्द ही देवदार के पेड़ों के बीच से कपाड़िया के घर की जगमगाती रोशनी दिखने लगीं। लड़की ने मुझे बताया कि उसका नाम जूली है। मैंने उसे इससे पहले नहीं देखा था, लेकिन तब तक मुझे इस हिल स्टेशन में रहते कुछ ही महीने हुए थे।

पार्टी में काफी लोग थे लेकिन ऐसा लग रहा था कि जूली को कोई नहीं जानता था। सभी को लगा कि वह मेरी दोस्त है। मैंने भी इनकार

नहीं किया। जाहिर है कि वह एक ऐसी शख्स थी जो अकेलापन महसूस कर रही थी और लोगों से जुड़ना चाहती थी। और इसमें भी कोई शक नहीं कि वह पार्टी का पूरा मजा ले रही थी। मैंने उसे ज़्यादा खाते-पीते तो नहीं देखा, लेकिन वह लोगों के एक समूह से दूसरे में इधर-उधर आती-जाती, खुद बातें करती, दूसरों की सुनती, हंसती-मुस्कुराती दिखाई दी। और जब संगीत बजना शुरू हो गया, तो वह बिना थमे नाचती जा रही थी, कभी अकेले, तो कभी किसी के साथ, खुद पूरी तरह संगीत में डूबी। उसे कोई फर्क नहीं पड़ रहा था कि उसके साथ कौन है।

तकरीबन आधी रात का वक्त होगा जब मैं जाने के लिए उठा। मैं अच्छी खासी पी चुका था, और खुद को नींद के हवाले करने को तैयार था। जब मैं अपने मेजबानों को अलविदा कहने के साथ सभी को क्रिसमस की शुभकामनाएं दे रहा था, जूली ने अपनी बांह मेरी बांह में डाल कर कहा कि वह भी घर जायेगी।

जब हम बाहर पहुँचे, तो मैंने पूछा, 'जूली, तुम कहां रहती हो?'

'वुल्फ्सबर्न में,' उसने कहा। 'ठीक पहाड़ी के ऊपर।'

'हवा ठंडी है,' मैंने कहा, 'और हालांकि तुम्हारा लिबास खूबसूरत है, लेकिन यह गर्म नहीं लगता। बेहतर होगा कि तुम मेरा ओवरकोट डाल लो, यह लो। मेरे पास सर्दी से बचने का काफी इंतजाम है।'

उसने मना नहीं किया और मैंने अपना ओवरकोट उसके कंधों पर डाल दिया। फिर हम घर की ओर चल पड़े। लेकिन मुझे पूरे रास्ते उसके साथ नहीं चलना पड़ा। जिस जगह हम मिले थे, उसके पास ही उसने कहा, 'यहां से एक छोटा सा रास्ता जाता है। मैं इससे जल्द ही पहुँच जाऊंगी।'

'तुम्हें रास्ता ठीक से पता है न?' मैंने पूछा। श्यह बहुत संकरा रास्ता है।'

'हां जी, मैं इस रास्ते के चप्पे-चप्पे को जानती हूँ। हमेशा इसी से आती-जाती हूँ। और फिर आज तो चांदनी रात है।'

'ठीक है, कोट डाले रहो,' मैंने कहा। 'मैं इसे कल भी ले सकता हूँ।'

वह एक पल के लिए झिझकी, फिर मुस्कुराई, और मेरी ओर देखते हुए सिर हिला दिया। इसके बाद वह ऊपर चढ़ते-चढ़ते नजरों से ओझल हो गयी, और मैंने अकेले घर का रास्ता पकड़ा।

अगले दिन मैं वुल्फ्सबर्न चला गया। मैंने एक छोटे से नाले को पार किया, जिसके नाम पर शायद उस घर का नाम पड़ा था, और लोहे के एक खुले गेट में घुस गया। लेकिन वहां घर के नाम पर ज़्यादा कुछ नहीं बचा था। बिना छत का खंडहर, कुछ पत्थरों का ढेर, एक टूटी हुई चिमनी, और जहां कभी बरामदा रहा होगा, वहां, अंग्रेजी शैली के डोरिक खंभे।

क्या जूली ने मेरे साथ मजाक किया था? या मैं गलत घर में घुस गया था?

वहां से, मैं पहाड़ी के दूसरी ओर मिशन हाउस चला गया जहां टेलर परिवार रहता था, और घर की बुजुर्ग मिसेज टेलर से पूछा कि क्या वह जूली नाम की लड़की को जानती हैं।

'नहीं, मुझे नहीं याद आता,' उन्होंने कहा, 'वो रहती कहां है?'

'वुल्फ्सबर्न में, मुझे यही बताया था। लेकिन वह घर तो सिर्फ एक खंडहर है।'

'चालीस से ज़्यादा साल से वुल्फ्सबर्न में कोई नहीं रहा है। वहां मैकिनॉन रहते थे। यहां आकर बसने वाले पुराने परिवारों में से एक। लेकिन जब उनकी लड़की मर गयी...' वह रुकीं और मुझे अजीब सी नजरों से देखा। 'मुझे लगता है कि उसका नाम जूली ही था .... वैसे भी, जब वह मर गयी, तो उन्होंने घर बेच दिया और कहीं और चले गये। फिर कभी उसमें कोई नहीं रहा, और वह खराब होता गया। लेकिन यह वह जूली नहीं हो सकती जिसे आप ढूंढ रहे हैं। वह तपेदिक से मरी थी- उन दिनों इसके लिए आप ज़्यादा कुछ नहीं कर सकते थे। उसकी कब्र सड़क के ठीक नीचे कब्रिस्तान में है।'

मैंने मिसेज टेलर को शुक्रिया अदा किया और धीरे-धीरे कब्रिस्तान की ओर चल दिया। सच तो यह है कि मैं उसके बारे में और कुछ

नहीं जानना चाहता था, लेकिन मेरी मर्जी के बिना कोई ताकत मुझे उस ओर लिये जा रही थी।

देवदारों के साये में वहां एक छोटा सा कब्रिस्तान था, जहां से आप हिमालय की हमेशा बर्फ से ढकी रहने वाली चोटियों को साफ नीले आसमान के आगे खड़े देख सकते थे। वहां अंग्रेजी साम्राज्य को खड़ा करने वाले भूले-बिसरे फौजियों कारोबारियों, दूसरे हिम्मती लोगों, उनकी पत्नियों और बच्चों की हड्डियां दफन हैं। मुझे जूली की कब्र ढूंढने में देर नहीं लगी। उसकी कब्र के सिरहाने लगे मामूली से पत्थर पर उसका नाम साफ-साफ खुदा हुआ था-

जूली मैकिनॉन 1923-39

एक पल साथ जीया

दूजा मौत के नाम

अब खुदाई पनाह में

करती है आराम।

कितने ही मानसून आये और कब्रों के पत्थरों को भिगोते हुए निकल गये, लेकिन ऐसा लगता था उन्होंने इस छोटी सी लहद यानी कब्र के सिरहाने के पत्थर को छुआ तक नहीं था।

मैं लौटने के लिए मुड़ रहा था कि तभी मुझे पत्थर के पीछे रखी किसी चीज की एक झलक मिली जो जानी-पहचानी लगी। मैं उधर गया जिधर वह थी।

वहां घास पर रखा था, सलीके से तह किया हुआ, मेरा ओवरकोट।

15

कुंड से ग्लेशियर तक

लड़कपन वाला कुंड

बारिश होने वाली थी। बारिश वाले बादल निचली पहाड़ियों में बरसते हुए आगे बढ़ते दिखाई दे रहे थे, और हवा में बारिश की महक घुली हुई थी। लेकिन घर की ओर मुड़ने के बजाय, मैं जंगल में पेड़ों के नीचे उगी झाड़ियों और खरपतवार के बीच से जा रही पगडंडी पर अपना रास्ता बनाता आगे बढ़ता गया। मुझे पहाड़ी की तलहटी में बहते पानी की आवाज सुनी दे रही थी, और मैंने तय कर लिया था कि किसी भी तरह इस छिपी हुई धारा को खोजना है।

मुझे एक चट्टान पर घिसटते हुए एक छोटे से खड्ड में उतरना पड़ा और वहां मुझे कंकड़ियों की तली के ऊपर से बहती हुई जलधारा मिल गयी। मैंने अपने जूते उतार दिये और धारा जिधर से आ रही थी, उस ओर चलने लगा। एक बड़े से चमकदार काले पंख और घुमावदार लाल चोंच वाले पक्षी ने मेरे उधर से गुजरने पर शोर मचाया; और एक शाह बुलबुल- जिसे पहचानने में चूक होना नामुमकिन था, ने अपनी लंबी पूंछ के फैले हुए पंखों को फड़फड़ा कर उड़ान भरते हुए धारा पार की। पहाडी से, और घास, और जंगली फूलों के बीच से पानी रिस रहा था। और धारा के दोनों ओर खड़ी चढ़ाई वाली पहाड़ियों से खड्ड में छाया थी। चट्टानें चिकनी और नाजुक सी दिख रही थीं- उनमें से कुछ स्लेटी और कुछ पीली थीं। चट्टानों से नीचे एक छोटा सा झरना गिर रहा था, और उस जगह कच्चे सेब जैसे हरे रंग का पानी का एक गहरा और गोल कुंड बन गया था।

कुण्ड देखते ही मैं वापस मुड़ा और घर की ओर भागा। मैं अनिल और कमल को उसके बारे में बताना चाहता था। बारिश शुरू हो गयी थी, लेकिन मैं उससे बचने के लिए कहीं नहीं रुका, मैं सारे रास्ते दौड़ते हुए घर पहुँचा- साल के जंगल के रास्ते, सूखी नदी को पार करके, शहर के बाहरी इलाके से होते हुए। हालांकि हम जो भी रोमांचक काम करते थे वह आमतौर पर अनिल की मर्जी के बिना नहीं होते थे, लेकिन पहाड़ में एक कुंड मेरी अपनी खोज थी, और मुझे इस पर गर्व था। कमल ने कहा, 'हम इसे रस्टी का कुंड कहेंगे।' 'और ध्यान रहे, यह एक गुप्त ताल है। किसी और को इसका पता नहीं चलना चाहिए।'

मुझे लगता है कि किसी दूसरी बात से कहीं ज़्यादा, इसी कुंड की वजह से हम एक दूसरे के ज़्यादा करीब आये।

कमल सबसे अच्छा तैराक था। वह चट्टानों से कूद कर गोता लग. ाता और एक लंबी सुनहरी मछली की तरह पानी के नीचे तैरता जाता। अनिल के पैरों और हाथों में बहुत ताकत थी, और वह बहुत दमदार तरीके से पानी में हाथ-पैर पटकता था, लेकिन उसमें कोई खास हुनर नजर नहीं आता था। मैं भी चट्टानों से छलांग लगाकर गोता लगा सकता था, लेकिन मैं आमतौर पर अपने पेट के बल पानी में गिरता था।

धारा में पतली-पतली चांदी जैसी चमकीली मछलियां थीं। पहले तो हमने उन्हें कांटे-डोरी से पकड़ने की कोशिश की, लेकिन जल्द ही उन्होंने कांटे को मुंह में लिये बिना चारा खा लेने की कला सीख ली। इसके बाद हमने एक चादर ली, जो अनिल ने उन कपड़ों में से निकाल ली थी जो उसकी मां ने धोने के लिए दिये थे, और उसे हमने धारा के एक छोर पर तान दिया; लेकिन मछली उसके आसपास भी नहीं फटकती थीं। आखिरकार, अनिल ने हमें बताये बिना विस्फोटक की एक छड़ खरीद ली थी।

कमल और मैं दोपहर वाली झपकी ले रहे थे कि अचानक पानी में एक बिजली सी चमक के साथ कान सुन्न कर देने वाले धमाके से चौंक कर उठ गये। आधी पहाड़ी का मलबा कुंड में आ गिरा था, और उसके साथ अनिल भी। हमने उसे बाहर निकाला, साथ ही बड़ी तादाद में धमाके से सुन्न हो चुकी मछलियों की एक पूरी खेप भी मिली, जो

इतनी छोटी थीं कि उन्हें खाया नहीं जाता। लेकिन अनिल नहीं चाहता था कि उसका किया-धरा बेकार जाये, सो उसने मछलियों को आग पर भून-भून कर खुद ही खाया।

धमाके से जो कुछ हुआ, उससे अनिल को एक और बात सूझी, वह यह कि कुंड से निकल कर बहने वाली धारा पर बांध बनाकर अपने कुंड को बड़ा किया जा सकता है। हम सब के मिलजुल कर मेहनत करने से वह इस काम को अंजाम दे पाया। लेकिन इसके लिए उसने ऐसे हफ्ते को चुना था जब पहाड़ों पर खूब बारिश हो रही थी। और हमने बड़ी मुश्किल से बांध को पूरा किया ही था, कि ऊपर की धारा के साथ बह कर आये मिट्टी-मलबे ने हमारे बनाये बांध को तोड़ दिया, जिससे हमारे कुंड के आगे की घाटी में पानी भर गया। हमारे कपड़े धारा के बहाव में बह गये थे, और हमें शहर की सबसे अंधेरी गलियों में से होकर छुपते-छुपाते घर पहुँचने के लिए रात होने तक इंतजार करना पड़ा। अनिल को एक गली के नुक्कड़ पर किसी ने देख लिया, लेकिन उसने नागा साधु होने का नाटक किया और वहीं खड़ा होकर भीख मांगने लगा, और आखरिकार पीछे वाले दरवाजे से चुपचाप अपने घर में घुस गया और कोई उसे पहचान भी नहीं पाया।

मुझे कमल को अपने कुछ कपड़े पहनने के लिए देने पड़े, और मेरे कपड़े थोड़े छोटे होने की वजह से वह कुछ अजीब और सिकुड़ा सा लग रहा था।

कुंड में हम और जो कुछ करते थे उसमें कुश्ती और भैंस की सवारी भी शामिल थी।

धारा के किनारे-किनारे रेत की एक पतली पट्टी थी जिस पर हम कुश्ती लड़ा करते थे।

अनिल अक्सर कुश्ती के अखाड़ों में जाता था और उसे इसमें एक तरह से महारत हासिल थी। कमल और मैं आमतौर पर मिल कर उससे लड़ते थे, और पांच या दस मिनट की बिना किसी नियम वाली ताबड़तोड़ हाथापाई और जद्दोजहद के बाद, हम आमतौर पर अनिल को रेत में चित्त करने में कामयाब हो जाते थे। फिर कमल उसका

सिर दबोच के बैठ जाता, और मैं उसकी टांगों पर, और फिर तब तक उसे नहीं छोड़ते थे, जब तक कि वह हार नहीं मान लेता था। उससे अकेले-अकेले भिड़ने में कोई मजा नहीं था, क्योंकि वह हम दोनों से कहीं ज़्यादा दांव-पेंच जानता था।

हम इक्का-दुक्का भैंसों की ही सवारी करते थे, जो कभी-कभी पानी पीने और धारा के ज़्यादा कीचड़ भरे हिस्सों में लोटने के लिए आया करती थीं। भैंस बड़ी मस्त लेकिन सुस्त किस्म की जीव होती हैं, जो आराम करने के लिए हमेशा सख़्त-सूखी जमीन से दूर कीचड़ वाली किसी नरम-सी जगह की तलाश में रहती हैं। हम उनकी पीठ पर चढ़ जाते थे और लाते मार-मार कर चिल्लाते थे ताकि वह आगे बढ़े, लेकिन उनकी सवारी का मजा लेने के लिए हम उन्हें वहां से कहीं और ले जाने में कभी कामयाब नहीं हुए। अगर वे हमारी हरकतों से परेशान हो जातीं, तो बस हमें अपने साथ गंदले पानी और कीचड़ में ले जाकर किसी करवट बैठ जाती थीं।

हम कीचड़ में कितने भी सन जाएं इस बात से कोई फर्क नहीं पड़ता था, क्योंकि हमें उससे छुटकारा पाने के लिए बस कुंड में गोता लगाना होता था। संकरे रास्ते और फिसलने वाली चट्टानों की वजह से भैंसे कुंड तक नहीं पहुँच पाती थीं।

अगर अनिल और मेरे लिए रात को घर से निकलना मुमकिन होता तो हम चांदनी में तैरने के लिए कुंड में आ जाते। हम अक्सर कमल को वहां पहले से मौजूद पाते थे। उसे अंधेरे या चारों तरफ फैले जंगल से डर नहीं लगता था, जिसमें तेंदुए और जंगली बिल्लियां रहती थीं। जब हम रात में नहाते थे तो शोर नहीं मचाते थे, क्योंकि हर तरफ फैला जंगल का सन्नाटा जैसे हमें ज़्यादा उछल-कूद और शोर-शराबा करने से रोकता था; लेकिन कभी-कभी कमल गाने लगता था- उनकी आवाज साफ और खनकदार थी- और हम लाल और लंबी पंखुड़ियों वाले पॉइंसेटिया तोड़-तोड़कर पानी में डालते रहते जो तैरते हुए धारा के साथ बह जाते थे।

आनेवाले महीनों में कुंड हमारे मिलने की अहम जगह बनने वाला था। ऐसा नहीं था कि हम शहर में नहीं मिल सकते थे। लेकिन कुंड दूसरों

की नजरों से दूर ऐसी जगह थी जिसे सिर्फ हम जानते थे, और इससे हमें स्कूल के बाद वहां मिलने में ऐसा लगता था जैसा किसी साजिश या रोमांचक काम में शामिल लोग महसूस करते हैं। उस कुंड में हमने मिलजुल कर तय किया कि क्या-क्या करना है- उसी कुंड में हमने सबसे पहले ग्लेशियर के बारे में बात की थी; लेकिन कितने ही हफ्ते बीत जाने और इस बीच और भी काफी कुछ करने के बाद कहीं हमारा ग्लेशियर वाला सपना सच हो सका।

बरामदे में भूत

अनिल की मां को बहुत सारी लोककथाएं याद थीं, और वह कभी -कभी परेशान करने वाले भूत-प्रेतों की कहानियां सुनाकर हमारे मन में दहशत पैदा कर देती थीं।

एक शाम, जब अनिल के पिता शहर से बाहर थे, और कमल और मुझे बाजार में अनिल के ऊपरी मंजिल के फ्लैट में रात बिताने के लिए

बुलाया गया था। वहां उसकी मां ने हमें अलग-अलग किस्म के उन भूतों के बारे में बताना शुरू किया जिन्हें वह जानती थीं। मुलिया नाम की एक नौकरानी अभी-अभी नहाकर बरामदे में आयी थी और उसने बाल खुले छोड़ रखे थे।

'ओ बिटिया, तुझे अपने बालों को इस तरह खुला नहीं छोड़ना चाहिए,' अनिल की मां ने कहा। 'कुछ नहीं तो एक जूड़ा ही बना कर रख।'

'लेकिन मैंने अभी तेल नहीं लगाया है,' मुलिया ने कहा।

'कोई बात नहीं, लेकिन सूरज डूबने के समय अपने बालों को खुला नहीं छोड़ना चाहिए। कुछ आत्माएं होती हैं जिन्हें जिन्न कहते हैं, जो तुम्हारे जैसे लंबे बालों और सुंदर काली आंखों वालों को बहुत पसंद करते हैं। तुम्हें अपने साथ ले जाने के लिए वे ललचा सकते हैं!'

'कितनी डरावनी बात है!' मुलिया चौंक कर बोली, फिर झट से अपने बालों का एक जूड़ा बना लिया और बच कर रहने के लिए घर के अंदर चली गयी। कमल, अनिल और मैं एक खाट पर बैठ गये, और अनिल की मां सामने पड़ी दूसरी खाट पर बैठी थीं। वह बत्तीस साल से ज़्यादा बड़ी नहीं होंगी, और लोग अक्सर उन्हें अनिल की बड़ी बहन समझ लिया करते थे। वह मथुरा के पास के एक गांव की थीं। वह देश का एक ऐसा इलाका था जो अपने देवताओं और भूत-प्रेतों और राक्षसों के लिए मशहूर है।

'क्या जिन्न दिखाई देते हैं, आंटी जी?' मैंने पूछा।

'कभी-कभी,' उन्होंने कहा। 'मथुरा में एक उर्दू पढ़ाने वाले मास्टर जी थे, जिनसे पढ़ने वाले बच्चे तकरीबन तुम लोगों की ही उम्र के थे। लड़कों में से एक पढ़ाई में बहुत अच्छा था। एक दिन, जब वह क्लास के एक कोने में अपनी मेज पर बैठा था, तो मास्टर जी ने उसे अलमारी में से एक किताब निकाल कर लाने के लिए कहा, जो कमरे के दूसरे सिरे पर थी। वह लड़का, जिसे सुबह से ही आलस आ रहा था, अपनी कुर्सी से नहीं उठा। उसने सिर्फ अपना हाथ बढ़ाया, अलमारी से किताब उठायी और मास्टर जी को पकड़ा दी। हर कोई हैरान था,

क्योंकि किताब तक पहुँचने के लिए लड़के का हाथ करीब चार गज लंबा हो चुका था! उन्हें समझ में आया कि वह एक जिन्न था; यही कारण था कि वह खेलों और ऐसे कामों में इतना अच्छा था जिनके लिए बहुत फुर्ती की जरूरत होती है।'

'काश, मैं भी जिन्न होता,' अनिल ने कहा, 'खासकर वॉलीबॉल के मैच खेलने के लिए।'

अनिल की मां ने तब हमें मुंजिया के बारे में बताया, जो एक शरारती भूत होता है और सुनसान जगह पर खड़े पीपल के पेड़ों में रहता है। जब कोई मुंजिया किसी बात पर गुस्सा हो जाता है, तो वह अपने पेड़ से निकल कर उधर से गुजरने वाले तांगे, बैलगाड़ी और साइकिल वालों को आगे जाने में अड़चन पैदा करता है। यहां तक कि एक मुंजिया ने बस के लिए भी परेशानी खड़ी कर दी थी।

'अगर आप रात के समय किसी पीपल के पेड़ के नीचे से गुजर रहे हैं,' अनिल की मां ने चेताया, 'तो ध्यान रखें कि अपने मुंह के आगे हाथ लगाए या अपनी उंगलियाओं से थपथपाए बिना जम्हाई न लें। अगर ऐसा करना याद नहीं रखते हैं, तो मुंजिया आपके गले से नीचे उतर जाएगा और आपका हाजमा पूरी तरह से खराब कर देगा!'

बातचीत का मुद्दा बदलने की कोशिश में कमल ने कहा कि उसके एक दोस्त को एक सुबह अपने बिस्तर में एक सांप मिला था।

'क्या उसने उसे मार डाला?' अनिल की मां ने बेचौन हो कर पूछा।

'नहीं, वह कहीं भाग गया,' कमल ने कहा।

'अच्छा,' उसने कहा। 'सुबह-सुबह सांप दिखाई देना शुभ होता है। अगर उसे छेड़ोगे नहीं, तो वह काटेगा नहीं!'

ग्यारह बजे तक, हम अपना रात का खाना खाने के बाद भूतों की कुछ और कहानियां सुन चुके थे- जिनमें अनिल की दादी की भी एक कहानी शामिल थी, जिनकी आत्मा परिवार से मिलने के लिए आयी थी- कमल और मैं बरामदे में मौजूद बाकी सब का साथ छोड़कर सोने के लिए उस कमरे में जाने को बिल्कुल भी तैयार नहीं थे, जो हमारे लिए रखा गया था। अनिल की मां के यह कहने से भी कोई फर्क नहीं पड़ा

कि ज़्यादा परेशान करने वाले भूत-प्रेतों को दूर रखने के लिए हमें कुछ जाप और पाठ करने चाहिए। उनमें से एक जिसे हमने बार-बार बोलने की कोशिश भी की, वह कुछ इस तरह था-

भूत-प्रेत, दानव, पिशाच- पास न आना,
शिव के क्रोध से होगा भस्म जो न माना।

संहारकर्ता शिव यानी महेश तीन प्रमुख हिंदू देवताओं- ब्रह्मा, विष्णु, महेश में से एक हैं।

लेकिन इस पद को हमने जितना ज़्यादा दोहराया, हमारी बेचौनी उतनी ही बढ़ती गयी, और जब मैं सोने के लिए बिस्तर में गया (ध्यान से देखने के बाद कि कहीं कोई सांप तो नहीं है), तो मैं शांति से लेटा नहीं रह पाया, लगातार करवटें बदलता रहा, दीवारों को देखता रहा कि कहीं कोई चलती-फिरती परछाई तो नहीं उभर आयी। कमल ने धीरे-धीरे गाना गाकर हमारा हौसला बढ़ाने की कोशिश की, लेकिन इससे माहौल और डरावना हो गया। कुछ देर बाद हमनें किसी को दरवाजा खटखटाते हुए सुना, और साथ में अनिल और नौकरानी की आवाजें भी आयीं। जब उठकर उनके लिए दरवाजा खोला, तो देखा कि उनका रंग उड़ा हुआ था और वह परेशान लग रहे थे। वे भी अनिल की मां की कहानियों को सुनने के बाद डर की चपेट में आने से नहीं बच पाते थे।

'तुम ठीक तो हो?' अनिल ने पूछा।

'क्या तुम उस कमरे में नहीं सोना चाहते जिसमें हम सो रहे हैं? शायद वहां इतना खतरा नहीं होगा। मुलिया हमारी खाट और बिस्तर वहां पहुँचाने में मदद करेगी!'

'हम यहां बिल्कुल ठीक हैं,' कमल और मैंने उसकी बात टालते हुए कहा, और यह मानने से इनकार किया कि हम भी घबराए हुए थे; लेकिन वह हमें फ्लैट के दूसरे कमरे में ले जाया गया। ऐसा लग रहा था जैसे भूतों की कोई टोली हमारे खलिाफ साजिश रच रही हो। इस बीच जो कुछ हुआ उस सब के दौरान अनिल की मां वहां मौजूद नहीं थीं, लेकिन अचानक हमने उस कमरे की ओर से उनके चिल्लाने की आवाज आती सुनी जहां से हम अभी-अभी बाहर आये थे।

‘रस्टी और कमल गायब हो गये हैं!’ उन्होंने घबराकर चीखते हुए कहा, ‘उनके बिस्तर भी गायब हो गये हैं!’

और फिर, जब वह कमरे से निकलकर बरामदे में आयीं और हमें पैजामे पहने इधर-उधर भागते-दौड़ते देखा, तो उनकी एक और चीख निकल गयी और वहां पड़ी एक खाट पर गिर कर वह बेहोश हो गयीं।

इसके बाद, हम कभी अनिल की मां से रात के वक्त भूत-प्रेत की कहानियां सुनने को तैयार नहीं हुए।

पहाड़ों की ओर

अगस्त के आखिर में, जब बारिश का मौसम लभभग बीत चुका था, हम यह तय करने के लिए कुंड के किनारे पहुँचे कि नवरात्रि के साथ होने वाली लंबी छुट्टियों में क्या करना है। हम नहा चुके थे, और ताजगी से भरे, बारिश से धुले साल के पेड़ों की छाया में पसरे हुए थे, जब कमल ने दूर के पहाड़ों की ओर इशारा करते हुए कहा: ‘क्यों न हम पिंडारी ग्लेशियर चलें?’

‘ग्लेशियर!’ अनिल ने कहा। ‘लेकिन वहां तो सिर्फ बर्फ ही बर्फ होती है!’

‘बिलकुल होती है,’ कमल ने कहा। ‘लेकिन पहाड़ों के बीच एक रास्ता है जो ग्लेशियर के मुहाने तक जाता है। यह रास्ता सिर्फ चौवन मील का है!’

‘क्या तुम्हारा मतलब है कि हमें चौवन मील पैदल चल कर जाना होगा?’

‘बिल्कुल, और कोई रास्ता नहीं है,’ कमल ने कहा, ‘अगर कोई खच्चर पर बैठ कर जाना चाहे तो बात अलग है। लेकिन तुम्हारी टांगें बहुत लंबी हैं, वे जमीन पर घिसटते रहेंगे।’

‘नहीं, हमें पैदल ही चलना होगा। ग्लेशियर तक पहुँचने और वापस आने में हमें करीब दस दिन लगेंगे, लेकिन अगर हम जरूरत भर की खाने-पीने की चीजें ले कर जाएं तो कोई दिक्कत नहीं होगी। रात को ठहरने के लिए डाक-बंगले हैं।’

'सबसे अच्छी बातें कमल को ही सूझती हैं,' मैंने कहा, 'लेकिन मुझे लगता है कि अनिल और मुझे वहां जाने के लिए अपने घरवालों से पूछना होगा। और कुछ रकम लेनी होगी।'

'मेरी मां मुझे नहीं जाने देंगी,' अनिल ने कहा। 'वह कहती हैं कि पहाड़ों पर बहुत भूत रहते हैं। और वह यह भी सोचती हैं कि मैं कुछ शरारत करने लग जाऊंगा। सुनसान पहाड़ पर कोई शरारत कैसे कर सकता है?'

'मुझे यकीन है कि इसमें कोई खतरा नहीं होगा, तमाम लोग ग्लेशियर तक जाते रहते हैं। 'क्या तुम्हें दूसरी चोटियों से ऊंची दाहिनी ओर वह चोटी दिखाई दे रही है?' कमल ने काफी दूर दिखाई दे रहे बर्फ के पहाड़ों की ओर इशारा किया, जो धुंधले नीले आसमान के आगे बड़ी मुश्किल से दिखाई दे रहे थे। 'पिंडारी ग्लेशियर उसके ठीक नीचे है। मुझे लगता है कि वह 12,000 फीट की ऊंचाई पर है, लेकिन हमें किसी खास चीज का इंतजाम करने की जरूरत नहीं होगी। आखिर के दो या तीन मील के रास्ते में ही बर्फ मिलेगी। क्या तुम्हें पता है कि वहीं से सरयू नदी निकलती है?'

'तुम्हारा मतलब है कि हमारी वाली नदी?' अनिल ने उस छोटी सी नदी के बारे में बात करते हुए पूछा, जो शहर के बाहरी इलाके से चक्कर लगाते हुए निकलती थी, और आगे जाकर गंगा में मिल जाती थी।

'हां। लेकिन वह जहां से शुरू होती है वहां पानी की एक बहुत पतली सी धारा से ज़्यादा कुछ नहीं है।'

'हमें कितने पैसे की जरूरत होगी?' मैंने पूछा, क्योंकि मैंने तय किया हुआ था कि मैं सिर्फ काम की बात पर ही ध्यान दूंगा।

'देखो, मैंने बीस रुपये बचाए हुए हैं,' कमल ने कहा।

'लेकिन क्या तुम्हें अपनी किताबों के लिए इनकी जरूरत नहीं पड़ेगी?' मैंने पूछा।

'नहीं, यह अलग से हैं। अगर हम में से हर कोई बीस-बीस रुपये लाता है, तो हमारे पास जरूरत भर की रकन हो जानी चाहिए। एक बार

जब हम पहाड़ों पर पहुँच जाते हैं तो ऐसा कुछ भी नहीं होता जिस पर पैसा खर्च किया जाये। रास्ते में सिर्फ एक या दो गांव पड़ते हैं, और खाने-पीने की चीजे मुश्किल से मिलती हैं, इसलिए हमें अपने साथ काफी सारी खाने-पीने की चीजें ले जानी होंगी। यह सब मैंने सैलानियों को जानकारी देने के लिए बने टूरिस्ट ऑफिस से पता लगाया है।'

'कमल हमारी जानकारी के बिना ग्लेशियर तक जाने की योजना बना रहा था,' अनिल ने शिकायत की।

'वह हमेशा पहले से योजना बनाता है,' मैंने कहा, 'लेकिन कमल ने अच्छी बात सोची है, और यह सफर हमारे लिए बहुत मजेदार होना चाहिए।'

'ठीक है,' अनिल ने कहा। 'लेकिन जब मैं अपनी मां से पूछूंगा तो रस्टी को मेरे साथ रहना होगा। उन्हें लगता है कि रस्टी बहुत समझदार है, और अगर वह कहता है कि इसमें कोई खतरा नहीं है तो वह मुझे जाने दे सकती हैं।' और यह कहने के साथ वह कुंड में कूद गया और इस मुद्दे पर चर्चा खत्म हो गयी। और फिर हम भी जल्द ही उसके साथ शामिल हो गये।

हालांकि मेरी मां मुझे जाने के लिए हामी भरने में झिझक रही थीं, लेकिन मेरे पिताजी ने कहा कि यह तो बहुत ही बढ़िया बात है, और उन्हें सिर्फ इस बात का अफसोस था कि वह खुद हमारे साथ नहीं जा सकते थे (जो हमारे लिए राहत की बात थी, क्योंकि हम अपने माता-पिता को साथ नहीं ले जाना चाहते थे); और हालांकि अनिल के पिता हिचकिचा रहे थे - या यों कहें, कि क्योंकि वह हिचकिचा रहे थे -इसलिए उसकी मां ने कहा कि, हां, अनिल को जरूर जाना चाहिए, पहाड़ की हवा उसकी सेहत के लिए अच्छी होगी। और इस बात पर हम इसलिए हैरान थे, क्योंकि अनिल की सेहत तो पहले से ही बहुत बढ़िया थी। बाजार के लोगों ने जब सुना कि अनिल यही कोई दो हफ्ते के लिए दूर जा सकता है, तो वह यह सोच कर बहुत खुश हुए कि इस बहाने कुछ दिन शांति रहेगी और उसके पिता पर उसे भेजने के लिए दबाव भी डाला।

एक ऐसे दिन जब बादल छाये हुए थे और बारिश होना तय लग रहा था, हम झटपट उस बस में घुस गये, जो हमें कपकोट ले जाने

वाली थी (जो न तो कप यानी प्याले के लिए मशहूर है और न ही कोट के लिए, 'बस, नाम का कपकोट,' अनिल ने मजाक उड़ाते हुए कहा)। वहीं से हमें पैदल चलना शुरू करना था। हम में से हरेक के पास एक-एक पिट्ठू थैला था, और हम एक काफी बड़ा सा बिस्तरबंद भी साथ लाये थे, जिसमें कंबलों के अलावा, चावल और आटा भी रखा था, जो अनिल की मां ने समझदारी से काम लेते हुए हमारे साथ रख दिया था। जब हमने चलना शुरू किया तब हमें कुछ पता नहीं था कि हम बिस्तरबंद कैसे ले कर जाएंगे; लेकिन एक ज्योतिषी ने अनिल की मां से कहा था कि वह दिन यात्रा के लिए शुभ है, इसलिए हमने छोटी-छोटी बातों की खास परवाह नहीं की।

जल्दी ही हम पहाड़ों पर थे, एक घुमावदार रास्ते पर, जो हमें ऊपर, और ऊपर ले गया, और तब हमें अपना शहर नीचे गहरी घाटी में फैला दिखाई देने लगा, और नदी मैदानों में दूर तक खिंची चली गयी चांदी की पट्टी जैसी।

कमल ने घने साल के जंगल की ओर इशारा किया और कहा, 'हमारा कुंड वहां होना चाहिए!' फिर हम एक ऐसे मोड़ पर मुड़े कि घाटी गायब हो गयी, और हमें सिर्फ ऊंचे पहाड़ दिखाई देते रहे।

जब तक हम कपकोट पहुँचे, तब हम सब को हल्का सिरदर्द हो रहा था; लेकिन जब हम बस से नीचे उतरे तो ठंडी हवा ने हमें तरोताजा कर दिया। सड़क के किनारे की दुकान पर हमने गिलासों में गर्मागर्म मीठी चाय पी, और दुकानदार ने हमें अपना एक कमरा रात बिताने के लिए हमें दे दिया। कपकोट में मौसम अच्छा था। पहाड़ियां देवदार के पेड़ों से भरी थीं, और निचली ढलानों पर ताजे हरे धान के खेत लहलहा रहे थे। रात को हवा आहें भरते हुए पेड़ों के बीच से आती और खिड़कियों की दरारों से होते हुए आखरिकार हमारे कंबल के अंदर तक पहुँचने का रास्ता खोज लेती थी। तभी दरवाजे के ठीक बाहर एक कुत्ते ने चांद की ओर मुंह उठाकर एक लंबी हूँक लगायी। सफर के लिए भले ही दिन अच्छा था, लेकिन ज्योतिषी ने हमें इस बात के लिए आगाह नहीं किया था कि सोने के लिए रात अच्छी नहीं होगी।

अगली सुबह हमने दुकान से करीब सौ गज की दूरी पर एक छोटी सी धारा में मुंह धोए, और दिन भर चलने के लिए अपनी पानी की

बोतलें भर लीं। हम जो भी कुछ कर रहे थे, एक चट्टान पर बैठा पास के गांव का एक लड़का गौर से देख रहा था।

'कहां जा रहे हो?' हमारे इरादों को जानने की अपनी इच्छा को दबाने में नाकाम होकर उसने हमसे पूछ ही लिया।

'ग्लेशियर तक,' कमल ने कहा।

'मुझे भी अपने साथ ले चलो,' लड़के ने कहा, 'मुझे वहां का रास्ता पता है।'

'तुम बहुत छोटे हो,' अनिल ने कहा। श्हमें किसी ऐसे शख्स की जरूरत है जो हमारे बिस्तर बंद को उठाकर ले जा सके।'

'मैं छोटा जरूर हूँ,' लड़के ने कहा, 'लेकिन मैं हूँ ताकतवर। मैं मैदान के लड़कों की तरह कमजोर नहीं हूँ।' हालांकि वह हम सब से छोटा था, लेकिन इसमें कोई शक नहीं कि वह ताकतवर जरूर लग रहा था, और उसका शरीर मांस-पेशियों से भरा, खूब गठीला और गाल गुलाबी थे। 'देखो!' उसने कहा- और फुटबाल के बराबर की एक चट्टान को उठाया और उसे नदी के उस पार ले जाकर रख दिया।

'मुझे लगता है कि यह हमारे साथ चल सकता है,' मैंने कहा।

और वह लड़का, जिसका नाम बिस्नू था, अपने घर वालों को यह बताने के लिए दौड़ा-दौड़ा गया कि उसे काम मिल गया है। हम रास्ता दिखाने और 'शेरपा' के तौर पर काम करने के लिए उसे एक रुपया रोज के हिसाब से देने को राजी हुए थे।

और फिर हम चल पड़े। पहले, छोटी सी सरयू नदी के ऊपर, फिर उबड़-खाबड़ खच्चरों वाले रास्ते पर चलते हुए और ऊंचाई पर चढ़ते चले गये, लगातार धारा के पानी की कल-कल रही कानों के आसपास। कमल नदी में नहाना चाहता था। मैंने कहा कि वह बहुत दूर है, और अनिल ने कहा कि अगर हम तैरने गये तो हम अंधेरा होने से पहले डाक-बंगले तक नहीं पहुँच पाएंगे। मन मसोस कर हमने नदी को पीछे छोड़ दिया, और गीले, सड़ते हुए पत्तों के नरम कालीन पर चलते हुए हम बलूत के एक जंगल को पीछे छोड़कर आगे बढ़ते गये। हमने दोपहर में बलूत के एक पेड़ के नीचे ही खाना भी खाया। चूंकि हम आग जलाने में वक्त बर्बाद नहीं करना चाहते थे- खासतौर से इस पहले

अहम दिन, इसलिए हमने डिब्बाबंद राजमा खाया और अपने साथ लाया हुआ ज़्यादातर पानी पी गये।

दोपहर को हम फिर नदी के पास आ पहुँचे। धारा अब तेज थी, पानी हरा था और उसमें फेना उठ रहा था, लेकिन बहुत नीचे, हमसे काफी दूर। हमने एक जगह बहाव के एक ओर भरे हुए पानी में दो लड़कों को तैरते हुए देखा, जिससे हमें अपने उस कुंड की याद आ गयी जिसके बारे में सिर्फ हम जानते थे। उन्होंने हमें देखकर हाथ हिलाये, और हमें अपने साथ शामिल होने के लिए बुलाया। हमने हाथ हिलाकर उन्हें जवाब तो दिया, लेकिन नदी तक उतरने और फिर ऊपर आने में हमें एक घंटा लगता; इसलिए हम अपने रास्ते पर आगे चलते गये।

पहले दिन हम पंद्रह मील चले–इसके बाद हमारी चाल धीमी पड़नी थी–और हम छह बजे डाक बंगले पर पहुँचे। बिस्नू आग के लिए लकड़ी इकट्ठी करने में जुट गया। अनिल ने बंगले के चौकीदार को ढलते सूरज की धुंधलाती धूप में सोता हुआ पाया और उसे जगाया। चौकीदार को कई हफ्तों से किसी मेहमान ने परेशान नहीं किया था, हमारे पहुँचने पर वह बड़बड़ाया, और हमारे लिए एक कमरा खोल दिया। वह अपने क्वार्टर से कुछ आलू भी ले आया, जिन्हें हमने भून कर रात के खाने में खाया।

सूरज ढलने के बाद ठंड हो गयी, और हम बिस्नू की सुलगायी आग के पास बैठे रहे। सीली हुई टहनियां चिटक-चिटक कर जलती रहीं। लेकिन बिस्नू ने हमारी टोली में अपना शामिल होना सही साबित कर दिया था। उसने बिस्तरबंद को अपने कंधों पर ऐसे उठाए रखा जैसे उसमें भारी-भारी कंबल न होकर हल्की-फुल्की रुई भरी हो। अब वह खाना बनाने में मदद कर रहा था। और हमें अपने आग में भुने आलू और कड़क चाय उसके साथ मिल-बाट कर करने में बड़ा आनंद आया।

कमरे में सिर्फ दो बिस्तर थे, और हमने उन्हें सरकाया और जोड़ कर एक बना लिया, ताकि हम सब कंबलों का ज़्यादा से ज़्यादा फायदा उठा सकें। फिर ठंड में ठिठुरते हुए हम चारों बिस्तर मे घुस गये। हम पहले से ही पांच हजार फीट से ज़्यादा ऊंचाई पर थे। बिस्नू

ने अपने अजीबोगरीब तरीके से अपने गले में एक स्कार्फ लपेटा हुआ था, हालांकि उसके अलावा उसने एक सूती बनियान और जांघिया में रात बितायी।

'हमें कोई कहानी सुनाओ, रस्टी,' अनिल ने कहा, 'उससे शायद नींद आ जाये।'

मैंने उन्हें उसकी मां की एक कहानी सुनाई, जिसमें एक लड़के और एक लड़की भैंस के जोड़े में बदल जाते हैं; और फिर बिस्नू ने हमें एक साधु के भूत के बारे में बताया, जो ग्लेशियर यानी हिमनद के काफी करीब, चांदनी में बर्फ के बीच बैठा दिखाई देता था। नींद आना तो दूर, इस कहानी ने और कई घंटों के लिए हमारी नींद उड़ा दी।

'तुम अभी तक सोए नहीं?' मैंने आधी रात को अनिल से पूछा।

'नहीं, तुम मुझे लात मारे जा रहे हो,' उसने कहा, जो कि झूठ था।

'कंबल कम पड़ रहे हैं,' कमल ने शिकायत की, 'ठंड इतनी ज़्यादा है कि सोया नहीं जा सकता।'

बिस्तर के दूसरी ओर से बिस्नू बुदबुदाया, 'मैं हमेशा ही बहुत देर में सोता हूँ।'

कोई यह मानने को तैयार नहीं था कि हमारे मन में चल रही बातें हमें जगाए हुए हैं।

थोड़ी देर के बाद हमने टीन की नालीदार चादर वाली छत पर किसी के कूदने की जोरदार आवाज सुनी, और फिर उस पर इधर-उधर चलने की आवाजें सुनाई दीं। अनिल, कमल और मैं बिस्तर पर बैठ गये, और हमारे होश उड़ गये। गहरी नींद की दौड़ में हमें पीछे छोड़ कर जीत की ओर बढ़ रहे बिस्नू ने बस करवट ली और बड़बड़ाया।

'अरे भालू है रे,' उसने कहा, 'क्या तुमने छत पर कद्दू नहीं देखे थे? भालू को कद्दू बहुत अच्छे लगते हैं।'

आधे घंटे तक हमें छत पर चढ़कर पहरेदार के पकते हुए कद्दुओं की दावत उड़ा रहे भालू के चलने-फिरने की आवाजें सुनाई देती रहीं।

आखरिकार सन्नाटा छा गया। कमल और मैं अपने कंबलों से निकल कर खिड़की के पास गये। और खिड़की के धुंधले कांच के उस पार बंगले के आगे वाले ढलान पर हिमालय में पाये जाने वाले काले भालू को देखा, जो अगले पंजों के बीच एक मोटा सा कद्दू दबाए लदर-फदर भागा चला जा रहा था।

नदी की ओर

जब हम जागे तो बारिश हो रही थी, और पहाड़ भारी कोहरे से ढके हुए थे। हमने वहां से आगे जाने से पहले कुछ देर और वहीं ठहरने का फैसला किया, और छत से गिरे एक कद्दू के साथ बरामदे में फुटबॉल खेलते रहे। दोपहर होते-होते बारिश थम गयी और बादलों के बीच से सूरज निकल आया। जैसे ही धुंध छंटी, हमें बर्फ से ढके पहाड़ों के बीच नंदा कोट और त्रिशूल की विशाल चोटियां आकाश छूती नजर आने लगीं।

'यहां सब कुछ अलग सा है,' कमल ने कहा। 'मुझे ऐसा लग रहा है जैसे मैं कोई दूसरा ही शख्स हो गया हूँ।'

'यह ऊंचाई की वजह से है,' मैंने कहा। श्जैसे-जैसे हम ऊपर चढ़ते जाते हैं, हमें सिर में हल्का-हल्का सा महसूस होने लगता है।'

'अनिल का सिर पहले से ही हल्का है,' कमल ने कहा। 'मुझे उम्मीद है कि ज़्यादा ऊंचाई से भी उसे बहुत फर्क नहीं पड़ेगा।'

अनिल ने कहा, 'अगर तुम दोनों ज़्यादा होशियार बनने की कोशिश करोगे,' तो मैं बिस्नू के साथ चला जाऊंगा, और तुम्हें खुद ही रास्ता खोजना होगा।'

बिस्नू हम में से हरेक को देख-देख कर यह दिखाने के लिए मुस्कुराया कि वह किसी की तरफदारी नहीं कर रहा था; और उबले अंडे के नाश्ते के बाद, हम अगले बंगले की ओर, अपने पैदल सफर पर निकल पड़े।

बारिश से जमीन पर फिसलन हो गयी थी, और हम जल्द ही टखने तक गहरे कीचड़ में थे। अगला डाक बंगला जिसमें हमें ठहरना था, एक

संकरी घाटी में, पिंडर नदी के किनारे पर था, जो पहाड़ों से बल खाते हुए गुजरती थी। हमें ठीक से पता नहीं था कि हमें कितनी दूर चलना है, लेकिन कोई भी जल्दी में नहीं लग रहा था। यूं ही मन में आया, तो मैंने ज़्यादा तेजी से दूसरों से आगे निकलने का फेसला कर लिया। मैं चाहता था कि जब वे नदी पर पहुँचें तो मैं उनका इंतजार करता मिलूं।

पहले अचानक ढलान आया, फिर चढ़ाई आयी और रास्ता एक बड़े पहाड़ का चक्कर काटते हुए आगे बढ़ा। वहां एक लकड़हारा मिला और मैंने उससे पूछा कि यह जगह नदी से कितनी दूर है। वह एक छोटे कद का गोल-मटोल आदमी था, जिसके हाथ टेढ़े से थे और जिंदगी का तजुर्बा उसके चेहरे पर झलक रहा था।

'सात मील,' वह बोला, 'अकेले हो?'

'नहीं, दूसरे लोग पीछे आ रहे हैं, लेकिन मैं उनका इंतजार नहीं कर सकता। अगर वह तुम्हें मिलें, तो उनसे कहना कि मैं नदी पर उनका इंतजार कर रहा हूँ।'

रास्ता अब बहुत ज़्यादा ढलान वाला था, और मुझे थोड़ा दौड़ते हुए उतरना पड़ा। यह एक चकराने वाला, घुमावदार रास्ता था। पहाड़ हरे-भरे फर्न से लदे थे और पेड़ों पर अनजाने परिंदे जोर-जोर अपने सुर बिखेर रहे थे। जल्द ही, मैं घाटी में पहुँच गया था, जहां रास्ता समतल हो गया था। सामने से एक लड़की चली आ रही थी। उसके हाथ में एक बड़ा हंसिया था, जिससे वह घास और चारा काटती थी। उसकी नाक में नथुनी और कानों में बालियां थी, और उसकी कलाइयां चूड़ियों से भरी थीं। जब उसके हाथ हिलते थे तो चूड़ियां बज उठती थीं- ऐसा लगता था जैसे उसके हाथ अपनी अलग भाषा बोलते हों।

'नदी यहां से कितनी दूर है?' मैंने पूछा।

लड़की शायद कभी नदी के पास नहीं गयी होगी, या उसने किसी और नदी के बारे में सोचा होगा, क्योंकि उसने बिना किसी हिचकिचाहट के जवाब दिया, 'बीस मील।'

मैं हंस पड़ा, और लंबे-लंबे डग भरते हुए रास्ते पर आगे बढ़ता गया। एक टुइयां तोते ने अचानक चीख मारी, और काफी नीची उड़ान

भरते हुए ठीक मेरे सिर के ऊपर से आगे को गया- लाल-बैंगनी और हरे रंग कौंध गये- और वह रास्ते के साथ ही हवा में गोते लगाता हुआ उड़ान भरता रहा, और मैं उसके पीछे दौड़ता रहा, जब तक कि फिर से चढ़ाई नहीं आ गयी, और वह पेड़ों में नहीं खो गया।

पहाड़ी की ओर से थोड़ा-थोड़ा पानी आ रहा था, और मैं पानी पीने के लिए रुक गया। पानी में चुभने वाली ठंडक थी, लेकिन उसे पी कर बड़ी ताजगी मिली। मैं करीब एक घंटे से अकेला चल चुका था। तभी मैंने अपने आगे एक लड़के को देखा, जो रास्ते पर कुछ बकरियों को हांकता जा रहा था।

जब मैं उसके पास पहुँच गया, तो मैंने उससे पूछा- 'नदी यहां से कितनी दूर है?'

लड़के ने कहा, 'अरे, दूर नहीं है, बस अगली पहाड़ी के बिल्कुल पास है।'

क्योंकि मुझे भूख लग रही थी, इसलिए मैंने अपनी जेब से एक सूखी रोटी निकाली और उसे दो हिस्सों में तोड़कर आधा लड़के को दिया। पहाड़ी के ढलान पर ऐसी जगह चुपचाप बैठ कर हमने रोटी खायी जहां घास उगी हुई थी। फिर हम साथ-साथ चलते हुए और बातें करने लगे; और न मुझे पैरों की टीस का ध्यान रहा और न ही इस बात का कि मैंने कितनी दूरी तय कर ली थी। लेकिन कुछ समय बाद लड़का दूसरे रास्ते चला गया, और मैं एक बार फिर बिल्कुल अकेला रह गया।

मुझे गांव के उस लड़के का जाना अखर रहा था। मैं रास्ते में बार -बार दूर तक देखता, लेकिन मुझे कोई नहीं दिख रहा था, अनिल और कमल और विष्णु का कहीं कोई नामोनिशान नहीं था, और न ही नदी दिख रही थी। मेरा हौसला जवाब देने लगा था। लेकिन मैं वापस नहीं लौट सकता था; मैं तय कर चुका था कि मुझे दूसरों से पहले नदी तक पहुँचना है। और इसलिए मैं आगे बढ़ता चला गया, कीचड़ भरे रास्ते के साथ-साथ, सीढ़ीनुमा खेतों और पत्थर के छोटे-छोटे मकानों को पीछे छोड़, जब तक कि मैं ऐसी जगह नहीं पहुँच गया जहां न खेत थे और न घर। सिर्फ जंगल था, और धूप थी और था सन्नाटा।

सन्नाटा खौफनाक था, दमघोंटू सा। वह किसी कमरे या वीरान गली की खामोशी से अलग था। और वहां मेरे पैरों के नीचे दबकर घास के मुड़ने और देवदार के पेड़ों के ऊपर चक्कर लगाती चील के सिवा किसी तरह की और कोई हलचल नहीं थी।

और फिर जब मैं एक तीखे मोड़ पर मुड़ा, तो एक आवाज ने सन्नाटे को चूर-चूर कर डाला।

वह थी नदी की कलकल-छलछल।

घाटी में बहुत नीचे, मैदानी इलाकों तक पहुँचने के लिए बेताब नदी खुद पर ही गिरी पड़ रही थी। मैंने दौड़ना शुरू किया, फिसल कर गिरा, ठोकर खाकर गिरा, लेकिन दौड़ना जारी रखा।

नदी का पानी नीला और सफेद, और बिल्कुल निराला था।

जब अनिल, कमल और बिस्नू पहुँचे, तो हम चारों ने हिम्मत करके उस छोटी सी नदी में नहाने का फेसला किया। दोपहर की धूप में अब भी गर्माहट थी, लेकिन पानी बेहद साफ था, और जैसे अपनी ओर बुला रहा हो- लेकिन वह बर्फ सा ठंडा निकला। उस जगह से सिर्फ बीस मील दूर पर ऊपर ग्लेशियर से एक पतली सी धारा की शक्ल में निकलने वाली नदी पहाड़ी ढलान पर इतनी तेजी से उतरती थी कि सूरज को पानी की ठंडक हरने का मौका ही नहीं देती थी। लेकिन हम तय कर चुके थे कि हमें नहाना है, दो दिन की पस्त कर देने वाली चढ़ाई की धूल और पसीने को धो डालना था। उथली नदी में हम डॉल्फिन की तरह पानी में छपाके मरते रहे, एक दूसरे पर पानी उछालते रहे, और हर बार ठंड से हाँफने के बाद भी बार-बार डुबकियां लगाते रहे।

बिस्नू, जो पहाड़ी धाराओं को हमसे ज़्यादा अच्छी तरह जानता था, एक ऊदबिलाव को पकड़ने की कोशिश में आगे बढ़ा, लेकिन वह फुर्ती में उसकी बराबरी नहीं कर सका। फिर हम सर्दी दूर भगाने के लिए हरी घास पर आपस में कुश्ती लड़ने लगे।

डाक बंगला नदी के ठीक ऊपर पहाड़ से बाहर को निकली हुई चट्टानों पर खड़ा था, और संकरी घाटी को तेजी से पार करने वाली नदी का शोर वहां हर समय सुना जा सकता था। परिंदों की चहचहाहट,

जिसे सुन-सुन कर हम बड़े हुए थे, पानी के शोर के आगे दब जाती थी, लेकिन परिंदों को देखा जा सकता था, कई रंगों वाले परिंदे, जंगल के गहरे हरे माहौल में अलग नजर आ जाते थे। लाल कलगी वाला नीलकंठ, लंबी लहराती पूंछ वाला दूधराज, सीटी बजाने वाली थ्रश, और कई ऐसे जिन्हें हम पहचानते नहीं थे।

पहाड़ के ऊपर, काफी चढ़ाई और ढलान पार करने के बाद, ऐसे सीढ़ीनुमा खेतों के आगे जहां जई और जौ उगाये जाते थे, एक ऐसी जगह थी जहां कुछ झोंपडियां थीं। चौकीदार ने हमें बताया कि ग्लेशियर के रास्ते में यह आख़िरी गांव था। वास्तव में, यह भारत के आख़िरी गांवों में से एक था, क्योंकि अगर हम ग्लेशियर के उस पार कठिन दर्रों को पार कर जाते हैं, तो हम खुद को तिब्बत में पाएंगे। हमने चौकीदार से कहा कि हमारे लिए ग्लेशियर तक पहुँच जाना ही काफी होगा।

तब अनिल ने उस डरावने हिम मानव यानी यति का जिक्र करने की गलती कर दी, जिसके बारे में हम अखबारों में पढ़ते रहे थे। नेपाल के लोगों को विश्वास है कि यति होता है, और हमारा चौकीदार एक नेपाली ही था।

'हां, मैंने यति को देखा है,' उसने हमें बताया। 'चपटे पैरों और झबरे बालों वाला विशाल प्राणी। सर्दियों में जब भारी बर्फबारी होती है तो वह रात में बंगले के पास से गुजरता है। मैंने अगली सुबह उसके पैरों के निशान देखे हैं।'

'क्या वह गर्मियों में इस तरफ आता है?' मैंने उतावलेपन के साथ पूछा। हम बिस्नू के सुलगाए एक दूसरे अलाव के आगे बैठे गाढ़े दूध से बनी चाय पी रहे थे, और काली, चिपचिपी सी मिठाई खाने की कोशिश कर रहे थे, जिसे पहरेदार ने अपने टीन के संदूक से निकाल कर दिया था।

'यति यहां गर्मियों में नहीं आता,' बूढ़े ने कहा, 'लेकिन मैंने कभी-कभी लिडिनी को देखा है। तुम लोगों को उससे बच कर रहना होगा।'

'लिडिनी क्या है?' कमल ने पूछा।

'आह!' चौकीदार ने ऐसे अंदाज में कहा जैसे बहुत राज की बात बता रहा हो, 'बेशक तुमने यति यानी हिम मानव के बारे में सुना है,

लेकिन बहुत कम लोगों ने हिम मानवी के बारे में सुना है! जबकि दोनों में से वही कहीं ज़्यादा खतरनाक होती है!'

'वह कैसी दिखती है?' अनिल ने पूछा, और हम सब ध्यान से सुनने के लिए आगे को झुक गये।

'वह कद में यति के बराबर की ही है – अकड़ कर खड़े होने पर करीब सात फीट की – और उसके बाल बहुत लंबे होते हैं। उसके दांत और नाखून बहुत लंबे हैं। उसके पैर अंदर की ओर मुड़े हैं, फिर भी वह बहुत तेज दौड़ सकती है, खासकर ढलान पर। अगर तुम्हें लिडिनी दिखाई देती है, और वह तुम्हारा पीछा करती है, तो हमेशा चढ़ाई की ओर भागना। अपने पैरों की बनावट की वजह से वह चढ़ने में जल्दी थक जाती है। लेकिन ढलान की ओर दौड़ते समय उसे कोई परेशानी नहीं होती, और हमें उससे बचने के लिए बहुत तेज दौड़ना पड़ता है!'

'ठीक है, हम सभी तेज दौड़ने वाले हैं,' अनिल ने घबराहट वाली हंसी के साथ कहा, 'लेकिन यह सिर्फ एक परियों की कहानी जैसी बात है, और मुझे इसके एक भी शब्द पर भरोसा नहीं है।'

'लेकिन तुम्हें परियों की कहानियों पर विश्वास कर लेना चाहिए,' मैंने लंदन में पीटर पैन के एक शो को याद करते हुए बताया, जब दर्शकों में से जो परियों में विश्वास करते थे, उन्हें टिंकर बेल की जान बचाने के लिए तालियां बजाने के लिए कहा जाता था। 'चाहे वे सच हों भी या नहीं,' मैंने कहा, और मन ही मन यह मानते हुए कि टिंकर बेल और लिडिनी के बीच जमीन-आसमान का फर्क है।

'जो भी हो, मैं तो नहीं मानता कि कोई यति या लिडिनी होते हैं!' अनिल ने अपनी बात कह डाली थी।

चौकीदार को बहुत बुरा लगा और उसने हमें सगपा और सगपानी के बारे में कुछ भी बताने से इनकार कर दिया; लेकिन बिस्नू को उनके बारे में पता था, और बाद में, जब हम बिस्तर पर लेटे थे, उसने हमें बताया कि वे यति यानी हिम मानव जैसे, लेकिन काफी छोटे होते हैं। सोना उनका पसंदीदा काम होता है, और अगर कोई उन्हें सोते से जगा देता है, तो वे गुस्से से भर जाते हैं, खूंखार हो जाते हैं, और बचकर

भागने का बिल्कुल भी मौका नहीं देते। सगपा और सगपानी कभी-कभी छोटे बच्चों को उठा ले जाते हैं, और अपनी गुफा में ले जाकर बड़ी लगन से उनकी देखभाल करते हैं, उन्हें फल, शहद, चावल और केंचुए खिलाते हैं।

'जब सगपा नहीं देख रहा हो,' उसने कहा, 'तब तुम केंचुओं को इधर-उधर फेंक भी सकते हो।'

ग्लेशियर

उस सुबह, जब हम ग्लेशियर से पहले वाले आखरिरी सात मील के सफर को पूरा करने के लिए निकले तब धूप खिली हुई थी। हमें लग रहा था कि वह एक कठिन चढ़ाई होगी, लेकिन आखिरी डाक बंगला समुद्र तल से 10,000 फीट से ज़्यादा ऊंचाई पर था, इसलिए आख़िरी की चढ़ाई काफी धीरे-धीरे होनी थी।

और अचानक, हमें एहसास भी नहीं हुआ कि कब पेड़ गायब हो गये। जैसे ही डाक बंगला नजरों से ओझल हुआ, छोटी-छोटी घास और बर्फीली ऊंचाइयों पर उगने वाले नन्हें नीले और गुलाबी फूलों ने पेड़ों और झाड़ियों की जगह ले ली। बर्फ की चोटियां अब करीब थीं, और हमें हर तरफ से घेरे हुए थीं। हमारे रास्ते में झरने आये और हमने उन्हें गरजते हुए खड़ी चट्टानों से सैकड़ों फीट नीचे गिरते और छोटी सी नदी में समाते देखा। कुछ देर तक एक बड़ा सुनहरा बाज हमारे ऊपर मंडराता रहा।

'मैं फिर से कुछ अजीब सा महसूस कर रहा हूँ,' कमल ने कहा।

'इस समय बहुत ऊंचाई पर हैं,' मैंने कहा, 'यही मनाओ कि हम में से किसी को सिर दर्द न हो।'

'मुझे तो पहले से ही हो रहा है,' अनिल ने शिकायत की, 'चलो चाय पीते हैं।'

हम अपने खाना पकाने के बर्तन बंगले पर छोड़ आये थे, क्योंकि हम रात को वहीं लौटने की उम्मीद कर रहे थे, इसलिए अपने साथ

सिर्फ कुछ बिस्कुट, चॉकलेट और एक थर्मस चाय लाये थे। हमने चाय खत्म कर डाली, और बिस्नू ढलान पर उगी घास के बीच से जंगली स्ट्रॉबेरी इकट्ठा करने लगे। वे छोटी-छोटी स्ट्रॉबेरी थीं, बेशक बहुत मीठी थीं, लेकिन हमारी भूख मिटाने के लिए किसी काम की नहीं थीं। वहां इंसान या इंसानी बसावट का कोई नामोनिशान नहीं था।

उस ऊंचाई पर पाये जाने वाले एकमात्र जानवर थे घुरल– पैर रखने की जगह मिलने पर कहीं भी चढ़ जाने वाले बकरियों जैसे पहाड़ी जीव और कभी-कभार कोई हिम तेंदुआ, या भालू।

हमें एक छोटी सी गुफा मिली और फिर हमने उसका ठीक से मुआयना किया, और फिर, एक मोड़ पर मुड़े ही थे कि ग्लेशियर पर आ पहुँचे, जो कि हमने सोचा भी नहीं था।

पहाड़ तो जैसे पीछे छूट गये थे, वहां हमारे सामने हाल में गिरी भुरभुरी बर्फ और पत्थर सी जमी पुरानी बर्फ से ढका दो चोटियों के बीच फैला बड़ा सा सफेद इलाका था, जो सिर्फ देवताओं के रहने की जगह हो सकती थी। कई मिनट तक तो हमारे मुंह से एक शब्द भी नहीं निकला। कमल ने मेरा हाथ थाम लिया और वहां होने के एहसास के लिए उसे पकड़े रखा; शायद उसे यकीन नहीं था कि जो कुछ नजर आ रहा था वह सब सच था। अनिल का मुंह खुला रह गया। बिस्नू की आंखें खुशी से चमक रही थीं।

हम बेहद सतर्क होकर बर्फ पर आगे बढ़े, और फिसलन भरी जगह पर एक दूसरे को सहारा देते रहे; लेकिन हम ज़्यादा दूर नहीं जा सके, क्योंकि हमारे पास ज़्यादा ऊंचाई पर चढ़ने के लिए जरूरी साजो-सामान नहीं था। यह सोच कर ही अच्छा लग रहा था कि हमारे शहर के दूसरे लड़के इतनी ऊंचाई पर कभी नहीं चढ़े थे, जितनी ऊंचाई तक हम चढ़ आये थे।

कुछ काली चट्टानें बर्फ से बाहर निकली हुई थीं, और हम उन पर बैठ गये, ताकि हमारी आंखें वहां के नजारे का पूरा मजा ले सकें। सूरज की किरणें बर्फ से टकराकर हम पर पड़ रही थीं, और उस बर्फीली जगह महसूस होने वाली गर्माहट पर हमें ताज्जुब हो रहा था।

अनिल को न जाने क्या सूझी कि वह अचानक बोला- 'चलो धूप सेंकते हैं!'

'हां, चलो, बिल्कुल!' मैंने कहा।

कुछ ही मिनटों में हमने अपने कपड़े उतार दिये और उसी हाल में चट्टानों पर बैठकर खुद को कुदरत के हवाले कर दिया। चमड़ी को सहलाती हुई धूप को महसूस करना मुझे बहुत मजा दे रहा था। आधे घंटे के अंदर मेरी चमड़ी पोस्ट-बॉक्स जैसी लाल हो गयी, और ऐसा ही हाल बिस्नू का था, और हम दोनों ने तय किया कि इससे पहले कि सूरज हमारी चमड़ी को झुलसा कर उतार दे, हम दोनों अपने कपड़े पहन लेते हैं। कमल और अनिल पर सूरज की किरणों का ज़्यादा असर नहीं हुआ, और उन्होंने हमें हो रही परेशानी की खिल्ली उड़ायी। बिस्नू और मैंने मुट्ठियों में बर्फ ली और उनकी पीठ पर रगड़ कर बदला लिया। इसके बाद हमने जल्दी से कपड़े पहन लिए, और अनिल तमाशा दिखाने वाले बंदर की तरह उछल-कूद करता रहा।

इस बीच, जैसे नजर बचाकर बादलों ने कुछ चोटियों को ढक दिया था, और सफेद धुंध पहाड़ की ढलानों पर लुढ़कते-फुड़कते नीचे आने लगी थी। अब वापस डाक-बंगले की ओर लौटने का समय हो गया था; लेकिन अंधेरा होने से पहले हमारा वहां पहुँच पाना मुश्किल लग रहा था।

हम ज़्यादा दूर नहीं चले थे कि पहाड़ों की चोटियों पर बिजली कौंधने लगी और उसके बाद रह-रह कर बादल गरजने लगे।

'चलो, भागो!' अनिल ने जोर से आवाज लगायी, 'हम गुफा में घुस कर बच सकते हैं!'

फिर बादल खुद पर काबू नहीं रख सके, और एकाएक बारिश होने लगी। बर्फीली हवा की ठंडक वाली बौछार हमारे चेहरों पर डंक सी मार रही थी। आंखें बंद हुई जा रही थीं। मुश्किल से दिखाई दे रहा था। लेकिन हम फिसलन भरे रास्ते पर जितनी तेजी से दौड़ सकते थे, दौड़े, और ठोकरें खायीं, पानी से सराबोर और थकान से चूर होकर हम उस छोटी सी गुफा तक पहुँच गये।

शुक्र है गुफा सूखी थी, और उसमें बहुत अंधेरा भी नहीं था। हम उसके मुंहाने पर ही ठहर गये, और बरसते हुए बादलों को पास से गुजरते हुए देखते रहे, सीटी सी बजाती हवा को लंबी घाटी से गुजरते सुनते रहे।

'इसे थमने में कुछ समय लगेगा,' कमल ने कहा।

'नहीं, बादल जल्द ही निकल जायेंगे,' बिस्नू ने कहा, 'ये तूफान कुछ देर के, लेकिन भयंकर होते हैं।'

अनिल ने अपनी जेब से छोटा सा चाकू निकाला, और समय बिताने के लिए हम गुफा के पत्थरों पर अपने नाम उकेरने लगे।

'जब हम बड़े हो जाएंगे, तो फिर यहां आएंगे,' कमल ने कहा, 'और शायद तब भी हमारे नाम लिखे हुए मिलें।'

जब बारिश रुकी तब तक अंधेरा हो चुका था। पूर्णिमा की चांदनी ने अपना रास्ता खोजने में हमारी मदद की, हम धीरे-धीरे और संभल-संभल कर आगे बढ़े। बारिश ने जमीन को ढीला कर दिया था, और बीच-बीच में पत्थर ढलान पर लुढ़कते दिख रहे थे। मुझे डर था कि कहीं पहाड़ दरकना न शुरू हो जाये।

'कहीं इस समय हमें लिडिनी न मिल जाये,' अनिल ने गंभीर हो कर कहा।

'मैंने तो सोचा था कि तुम उस पर विश्वास ही नहीं करते,' मैंने कहा।

'हां, मैं नहीं करता,' अनिल ने जवाब दिया, 'लेकिन अगर मैं गलत हुआ तो क्या होगा?'

हमें सिर्फ एक घुरल दिखाई दिया, जो कि एक चट्टान पर सबसे ऊंची जगह खड़ा था, और उजले आसमान के आगे वह छाया जैसा नजर आ रहा था।

और फिर रास्ता ही गुम हो गया।

अगर चांद की रोशनी तेज न होती, तो हम सीधे न जाने कितनी गहरी खाई में चले जाते। बारिश की वजह से पहाड़ दरक गया था, और

जहां एक संकरी पगडंडी थी, वहां अब सिर्फ फिसलन भरी चट्टानों का मलबा रह गया था।

'हमें वापस चलना होगा,' बिस्नू ने कहा, 'अंधेरे में इस जगह से आगे जाने की कोशिश करना बहुत खतरनाक होगा।'

'चलो हम गुफा में सोते हैं,' मैंने सुझाया।

'हमारे पास सोने के लिए बिस्तर नहीं है,' अनिल ने कहा, 'हमारे पास एक भी कंबल नहीं है और खाने को भी कुछ नहीं है!'

'हमें सुबह तक किसी तरह यह सब बर्दाश्त करना होगा,' कमल ने कहा, 'यहां अपनी गर्दन तुड़वाने से तो यही अच्छा होगा।'

हम उस गुफा में लौट आये जिसमें और कोई खूबी न सही, लेकिन जो कम से कम सूखी तो थी। बिस्नू के पास माचिस थी, और उसने उन सूखी टहनियों को समेट कर आग जला ली, जो उस गुफा में पहले ठहरने वाले लोग छोड़ गये होंगे। जितनी पाव रोटी बची थी हम सब ने उसी में से मिल बांट कर खाया।

उस रात हममें से किसी को नींद नहीं आयी। हम आराम के लिए एक-दूसरे से सटकर लेटे थे, लेकिन जमीन सख्त और ऊंची-नीची थी। और गुफा के बाहर से कोई भी आवाज आती तो हम यह सोचने लगते थे कि कहीं कोई तेंदुआ या भालू या फिर कोई हिममानव तो नहीं आ गया।

आसमान में हल्की सी रोशनी नजर आते ही हम उठ गये। बर्फ की चोटियां उजली गुलाबी रंगत के साथ चमक रही थीं, लेकिन हम बहुत भूखे, थके और परेशान थे, और उगते हुए सूरज की खूबसूरती का मजा लेने की बात बिल्कुल नहीं सूझ रही थी। हमने वही रास्ता पकड़ा जिस पर पहाड़ दरका था, और एक बार फिर मलबे के पार जाने का रास्ता तलाश करने की कोशिश की। कमल ने कंकड़-बजरी के मलबे पर कुछ कदम बढ़ाने की हिम्मत की, लेकिन जमीन दरक गयी, और हमें लपक कर उसे बाहों और कंधों से पकड़ना पड़ा, वरना वह सौ फीट गहरी खाई में गिर जाता।

‘अब हम क्या करेंगे?’ मैंने पूछा।

‘दूसरा रास्ता खोजेंगे,’ बिस्नू ने कहा।

‘लेकिन क्या तुम किसी और रास्ते के बारे में जानते हो?’

और हम सब बिस्नू की ओर देखने लगे, इस उम्मीद में कि वह हमारी मुश्किल का कोई हल ढूंढेगा।

‘मैंने एक रास्ते के बारे में सुना है,’ बिस्नू ने कहा, ‘लेकिन मैंने कभी उसे इस्तेमाल नहीं किया है। मुझे लगता है कि वहां खतरा कुछ ज़्यादा हो सकता है। उस रास्ते को बरसों से इस्तेमाल नहीं किया गया है- जब से तिब्बत से व्यापारियों ने आना बंद कर दिया है, तब से।’

‘कोई बात नहीं, हम कोशिश करके देखते हैं,’ अनिल ने कहा।

‘हमें पहले ग्लेशियर को पार करना होगा,’ बिस्नू ने कहा, ‘यही सबसे बड़ी दिक्कत है।’

हमने एक दूसरे को देखा, लेकिन कोई कुछ नहीं बोला। ग्लेशियर को पार करना मुश्किल नहीं लग रहा था, लेकिन हमें मालूम था कि हम नौसिखियों के लिए यह आसान नहीं होगा। इसमें करीब दो फर्लांग तक सख्त और फिसलन वाली बर्फ शामिल थी।

अनिल ने पहले ही फेसला सुना दिया।

‘चलो,’ उसने कहा, ‘इतना वक्त नहीं है कि उसे बर्बाद किया जाये।’

हम जल्द ही ग्लेशियर पर थे। और हम काफी समय तक उसी पर बने रहे। हर दो कदम आगे बढ़ने पर हम एक कदम पीछे हो जाते थे। हम बहुत धीरे-धीरे और मुश्किल से आगे बढ़ रहे थे। कभी-कभी बर्फ में खड़ी चढ़ाई पर कुछ गज आगे बढ़ने के बाद, हम में से एक न एक पीछे खिसक जाता और दूसरे को उसकी मदद करने के लिए नीचे लौटना पड़ता। ऐसी ही एक ज़्यादा मुश्किल वाली जगह मुझसे पानी की बोतल गिर गयी, और उसे पकड़ने के चक्कर में मेरा पैर फिसल गया, और मैं चारों खाने चित होकर बर्फीली ढलान पर घिसटता हुआ करीब बीस फीट नीचे आ गया।

मेरी कलाई में मोच आ गयी थी और मेरे घुटने में चोट लग गयी थी, और आगे के सफर में दूसरों के लिए मैं एक बोझ जैसा साबित होने वाला था।

कमल ने अपना रुमाल मेरे हाथ पर लपेट कर बांध दिया और अनिल ने पानी की बोतल लेकर चलने की जिम्मेदारी संभाली, जिसमें हमने बर्फ भर दी थी। जब भी मैं फिसलने लगता था, तो अपने ठीक हाथ से अपने आगे चल रहे बिस्नू की टांगों को पकड़ लेता था। इसके बावजूद भी मैं दूसरों से पीछे चल रहा था।

दोपहर होने को थी, और हम भूख से बेहाल हो रहे थे। तभी हमारे कदम घास पर पड़े। अब एक बार फिर हमारे सामने एक और खड़ी चढ़ाई थी। घांस-फूस और जड़ों को पकड़-पकड़ कर आगे बढ़ते हुए हम उस रास्ते पर पहुँचे, जिसके बारे में बिस्नू ने बात की थी। वह बकरियों के जाने की पगडंडी से कुछ ही बेहतर था, लेकिन रास्ता पहाड़ का चक्कर लगाते हुए हमें ऐसी जगह ले आया जहां से डाक बंगला दिखाई देता था।

'मैं एक पूरा मुर्गा खा सकता हूँ,' कमल ने कहा।

'मैं दो खा सकता हूँ,' मैंने कहा।

'मैं हिम मानव को खा जाऊं,' बिस्नू ने कहा।

'और मैं चौकीदार को खा सकता हूँ,' अनिल ने कहा।

खुशकिस्मती से चौकीदार को हमारी भूख का अंदाजा था; और जब हम दोपहर में गिरते-पड़ते डाक बंगले में घुसे, तो हमने पाया कि हमारे लिए खाना तैयार रखा था। यह सच है कि खाने में मुर्गा नहीं था, लेकिन, हम भूख से इतने बेहाल थे कि मामूली सी प्याज भी जायकेदार लग रही थी!

हमें सही-सलामत वापस लाने के लिए हम बिस्नू के शुक्रगुजार थे। अपनी होशियारी और खुद पर भरोसे के दम पर वह लड़का जिसके खून में हिमालय बसा था, हमें पहाड़ों और ग्लेशियर पर घुमा लाया था।

कपकोट वापस जाने में हमने जल्दबाजी नहीं की; सरयू नदी में मछली पकड़ी गयीं; ऊपर जाते वक्त गांव के जो लड़के मिले थे हम

उनके साथ नहाए; स्ट्रॉबेरी और फर्न और जंगली फूल इकट्ठे किये; और आखरि में बिस्नू को अलविदा कहा।

अनिल चाहता था कि हम बिस्नू को अपने साथ ले जाएं, लेकिन उसके माता-पिता ने यह कहकर उसे हमारे साथ जाने से मना कर दिया कि वह शहर में रहने के लिए बहुत छोटा है; लेकिन हमारा मानना था कि शहर के लड़के भी बिस्नू से बहुत कुछ सीख सकते थे।

'कोई बात नहीं, बिस्नू,' कमल ने कहा, 'हम अगले साल एक और ऐसे ही सफर पर जाएंगे, और तुम्हें अपने साथ ले चलेंगे। हम जब तय कर लेंगे तो तुम्हें चिट्ठी लिखकर बता देंगे।'

इस वादे से बिस्नू खुश हो गया, और हमें बस स्टॉप तक छोड़ने गया, और आखिर तक हमारे बिस्तर को अपने कंधे पर उठाये रहा। फिर हमें जाते हुए ठीक से देखने के लिए वह एक सनोबर के पेड़ के तने पर कुछ ऊंचाई तक चढ़ गया, और हमने देखा कि वह पेड़ पर से हमें देखकर हाथ हिला रहा था। और जब हमारी बस कपकोट के मोड़ से घूमी तो पहाड़ियां पीछे छूट गयीं थीं, और आगे दूर-दूर तक मैदानी इलाका फैला था।

❒❒❒

16 

साया और सीटी

चांद करीब-करीब पूरा गोल ही था। चांदनी की उजास सड़क पर बिखरी हुई थी। लेकिन पेड़ों के साये मेरा पीछा कर रहे थे, बलूत की टेढ़ी-मेढ़ी शाखाएं जैसे मेरी ओर हाथ बढ़ा रही थीं - कुछ डराने वाले अंदाज में, और कुछ इस तरह जैसे उन्हें किसी के साथ की चाहत हो।

एक बार मैंने सपना देखा कि पेड़ चल पा रहे हैं। इस तरह चांदनी रातों को वे कुछ देर के लिए खुद को एक जगह से उखाड़ लेते हैं, और एक-दूसरे से मिलने जाते हैं, बीते दिनों की बात करते हैं- खासतौर से पुराने पेड़, क्योंकि उन्होंने तमाम पुराने लोगों को देखा है और जो कुछ घट रहा था उसके गवाह रहे हैं। और फिर, भोर होने से पहले, वे उस जगह पर लौट आते हैं, जहां खड़े रहना उनके लिए सजा जैसा था। अकेलेपन से जूझते रात के पहरेदार। और यह उनके चहलकदमी करने के लिए एक अच्छी रात थी। वे ऐसा करने के लिए उतावले भी दिखाई दे रहे थे: पत्तों में एक बेचौनी भरी सरसराहट थी, शाखाओं में चरमराहट - ये वह आवाजें थीं जो रात के सन्नाटे में उनके अंदर से निकलती थीं।

अंधेरे में कभी-कभी टहलने के लिए निकले दूसरे लोग मेरे पास से गुजरते थे। अभी कोई ज़्यादा देर नहीं हुई थी, सिर्फ आठ बज रहे थे, और कुछ लोग अपने घर जा रहे थे। दूसरे लोग रोशनी की चकाचौंध, दुकानों और रेस्तरां के जायके के लिए शहर की ओर चले जा रहे थे। अंधेरी सड़क पर मैं उन्हें पहचान नहीं सकता था। न ही किसी ने मुझे पहचाना। मुझे अपने बचपन का एक पुराना गीत याद आ गया। मैंने हौले

से धुन को गुनगुनाना शुरू कर दिया, और जल्द ही मुझे उसके बोल भी याद आ गये:

गिनती के हम तीन

न दोस्त-यार न मेला।

बस मेरे बोलों की गूंज,

मेरा साया, और मैं अकेला।

मैंने अपने साये पर नजर डाली, जो चुपचाप मेरे साथ-साथ चल रहा था। हम अपनी परछाई के वजूद को अक्सर नजरअंदाज कर देते हैं, है न? जो सारी जिंदगी, बिना शिकायत हमारा साथ देती है, हमारी निभाई हर जिम्मेदारी और हम से होने वाली हर चूक की मूक गवाह होती है, लेकिन कुछ भी करने से लाचार! चांदनी में नहायी इस रौशन रात को मैं तुम्हारी तरफ ध्यान देने से खुद को रोक नहीं सका, ऐ मेरी छाया, मुझे अफसोस है कि तुम्हें इतना कुछ देखना पड़ा जिससे मैं शर्मिंदा हूँ; लेकिन मुझे इस बात की खुशी भी है कि जब मुझे छोटी-छोटी कामयाबी मिली तब भी तुम मेरे साथ थीं।

और दूर किसी चीज से टकरा कर आने वाली मेरी आवाज का क्या? यह देखने के लिए कि मेरी आवाज लौट कर मेरे पास आती है, मैंने जोर से अपना नाम पुकारने के बारे में सोचा; लेकिन मैंने ऐसा करने से परहेज किया, क्योंकि मैं पहाड़ों की खामोशी या पेड़ों की आपसी गुफ्तगू में किसी तरह की रुकावट नहीं पैदा करना चाहता था।

सड़क पहाड़ पर लिपटती नीचे से ऊपर तक जाती थी और ऊपर जाकर समतल हो जाती थी, जहां वह देवदार के ऊंचे पेड़ों के बीच उलझ कर रह गयी चांदनी की एक पट्टी जैसी लगती थी। एक उड़ने वाली गिलहरी एक पेड़ को छोड़कर सड़क के पार दूसरे पेड़ पर जा पहुँची। एक परिंदे ने पुकार लगायी। फिर खामोशी जा गयी।

अब मैं पुराने कब्रिस्तान पर आ पहुँचा था। बहुत सारी पुरानी कब्रें थीं- कुछ बड़ी और बनावट में खास - और कुछ हाल की कब्रें भी थीं, क्योंकि कब्रिस्तान अभी भी इस्तेमाल में था। उनमें से एक पर मुझे

बिखरे हुए फूल दिखाई दे रहे थे - कुछ जाते मौसम के डहेलिया और सुर्ख लाल साल्विया। कुछ आगे, कब्रिस्तान के दूसरे छोर के पहले, मानसून की मूसलाधार बारिश से चारदीवारी का एक हिस्सा ढह गया था। कुछ कब्रों के पत्थर दीवार के साथ नीचे आ गये थे। एक कब्र खुल गयी थी। कभी आपकी और मेरी तरह जीने और अपनों को प्यार करने वाले एक शख्स उसमें दफन था। उसकी यादगार के नाम पर अब अगर कुछ बचा था तो वह था एक सड़ा-गला ताबूत और यहां वहां बिखरी कुछ हड्डियां।

कब्र के सिरहाने के पत्थर का एक हिस्सा अपनी जगह से खिसक कर सड़क के किनारे तक आ गया था, लेकिन उस पर लिखा मिट चुका था। मैं कोई बीमार सोच वाला इंसान नहीं हूँ, लेकिन न जाने कौन सी ताकत काम कर रही थी, कि मैंने झुक कर हड्डी का एक चिकना, गोल सा हिस्सा उठा लिया, जो शायद खोपड़ी का हिस्सा था। फिर मेरी मुट्ठी बंध गयी, और हड्डी भुरभुरा कर चूर-चूर हो गयी। मैंने उसे घास पर गिर जाने दिया। इस तरह मिट्टी में मिल गयी मिट्टी। और फिर कहीं से, ज्यादा दूर से नहीं, किसी के सीटी बजाने की आवाज आयी।

पहले तो मुझे लगा कि वह देर शाम को चहलकदमी करने वाला कोई और घुमक्कड़ होगा, जो अपने में खोया वैसे ही सीटी बजा रहा है जैसे मैं अपना पुराना गीत गुनगुना रहा था। लेकिन सीटी बजाने वाला काफी तेजी से मेरे करीब आ पहुँचा। उसकी सीटी की आवाज दमदार और जोशीली थी। लड़का साइकिल चलाता तेजी से निकल गया। सड़क पर पड़ती परछाइयों के बीच से उसकी साइकिल गुजरी तो मुझे उसकी एक झलक भर मिल पायी।

लेकिन वह कुछ ही मिनट में वापस आ गया। इस बार वह मुझसे कुछ फीट दूर ही रुक गया, और मुझे देख कर एक हल्की सी सवालिया मुस्कान बिखेरी। चौदह या पंद्रह साल का सांवला सा दुबला-पतला लड़का। उसने स्कूल की वर्दी वाला ब्लेजर पहना हुआ था, और गले में पीले रंग का स्कार्फ। उसकी आंखों में जैसे चांदनी का सैलाब था।

'तुम्हारी साइकिल में घंटी नहीं लगी है,' मैंने कहा।

उसने कुछ नहीं कहा, बस थोड़ा सा सिर एक तरफ झुकाया और मुझे देखकर मुस्कुरा दिया। मैंने यह सोच कर अपना हाथ उसकी ओर

बढ़ाया कि वह उसे थाम लेगा। लेकिन अचानक, उसी पल, वह पलटा और उमंग से भरी एक अनजान धुन में सिटी बजाता वहां से चला गया। सीटी बजाने का शौकीन स्कूली बच्चा। हालांकि उसे इस वक्त घर से बाहर नहीं होना चाहिए था, लेकिन वह अपने आप में मस्त रहने वाला बच्चा लग रहा था।

सीटी की आवाज फीकी पड़ती गयी, और फिर बिल्कुल गायब हो गयी। जंगल में एक ऐसा गहरा सन्नाटा छा गया, जिसके आगे कोई आवाज न टिक पाये। मेरा साया और मैं घर की ओर चल पड़े।

अगली सुबह एक अलग तरह की सीटी से मेरी नींद खुली - मेरी खिड़की के बाहर एक बुलबुल कुछ सुना रही थी।

यह एक बेहद खुशनुमा दिन था, धूप गुनगुनी और अंग-अंग में मदहोशी भर देने वाली थी, और मेरा जी चाहता था कि बाहर हवाखोरी करने चला जाऊं। लेकिन काम करना था, छापेखाने के प्रूफ पढ़ने थे, खत लिखने थे। और फिर कई दिन बाद कहीं जाकर मैं पहाड़ी की चोटी पर, देवदार के पेड़ों की छांव में, उस सुनसान जगह पर, उस आरामगाह तक जा सका। मुझे यह बात बेहद अजीब लग रही थी कि जिन लोगों को चमचमाती बर्फ से ढकी चोटियों के सबसे खूबसूरत नजारे नसीब थे, वे सभी जमीन में कई फीट नीचे दफन थे।

मरम्मत का कुछ काम चल रहा था। कब्रिस्तान की चारदीवारी को ठीक किया जा रहा था, लेकिन ठेकेदार ने मुझे बताया कि टूटी हुई कब्र को ठीक करने के लिए रकम नहीं हैं। चौकीदार की मदद से मैंने बिखरी हुई हड्डियों को टूटी हुई कब्र के दरके हुए ईंट-गारे के नीचे बनी खोखली सी जगह में समेट दिया, और उसे कुछ पैसे दिये ताकि वह खुली कब्र की मरम्मत कर सके। कब्र के पत्थर पर लिखा नाम मिट चुका था, लेकिन मुझे करीब 50 साल पहले की तारीख-20 नवंबर 1950 नजर आ गयी, जो कि कब्र के पत्थरों के लिहाज से बहुत पुरानी बात नहीं थी।

चर्च के पादरियों के सामान वाले कमरे में मुझे वह रजिस्टर मिल गया जिसमें कब्रिस्तान में दफनाये गये लोगों का ब्यौरा दर्ज किया जाता था।

उसके पीले पड़ते पन्नों को उल्टते-पलटते हुए सन् 1950 में पहुँच गया, जब मैं खुद एक स्कूल जाने वाला बच्चा था। मुझे वहां वह नाम मिल गया– माइकल दत्ता, उम्र पंद्रह साल–और मौत की वजह– सड़क दुर्घटना।

खैर, यह सिर्फ मेरा अंदाजा था, और इस अंदाजे को पक्का करने के लिए मुझे किसी ऐसे बुजुर्ग शख्स की जरूरत थी जिसे उस लड़के या उसके साथ हुआ हादसा याद हो।

पाइन टॉप पर रहती थीं बुजुर्ग मिस मार्ले। वुडस्टॉक स्कूल की एक रिटायर्ड टीचर। उनकी याददाश्त जबरदस्त थी, और वे आधी सदी से भी ज़्यादा वक्त से इसी जगह रह रही थीं।

सफेद बाल और चिकने गालों वाली मिस मार्ले की चमकदार नीली आंखों में कुछ और जानने की ललक साफ दिखाई देती थी। उन्होंने पुराने जमाने के नाक पर टिकने वाले बिना कमानी के चश्मे के पीछे से मुझे दुलार से देखा।

‘माइकल बड़ा प्यारा बच्चा था- जोश से भरा। जो कहो वह करने को हमेशा तैयार रहता था। सिर्फ इस बात का जिक्र कर देना कि मुझे एक अखबार या एस्पिरिन की गोली की जरूरत है, और वह अपनी साइकिल पर सवार होकर लेने चला जाता था। पहाड़ की इन खड़ी चढ़ाई और ढलान वाली सड़कों पर फर्राटे से साइकिल चलाता था। लेकिन पहाड़ की सड़कें जिन पर कहीं भी अचानक ही मोड़ आ जाते हैं, सरपट साइकिल दौड़ाने के लिए नहीं होतीं। उन दिनों यहां की सड़कों को मोटर गाड़ियों के लिए चौड़ा किया जा रहा था, और मलबे से भरा हुआ एक ट्रक ऊपर की ओर आ रहा था, कि तभी एक अंधे मोड़ पर माइकल सिर के बल बुरी तरह उससे जा टकराया।

उसे अस्पताल ले जाया गया, और डॉक्टरों ने अपनी तरफ से पूरी कोशिश की, लेकिन फिर उसे होश नहीं आया। हो न हो तुमने उसी की कब्र देखी होगी। इसलिए तुम यहां आये हो। उसके माता-पिता? जल्द ही वे भी यहां से चले गये। शायद विदेश चले गये, ... एक प्यारा सा लड़का, माइकल, बस जरा लापरवाह सा। मुझे लगता है कि तुम भी उसे पसंद करते।’

फिर कुछ समय वह साइकिल सवार लड़का मुझे नजर नहीं आया, हालांकि मैंने एक बार नहीं, कई बार उसे अपने आसपास महसूस किया। और जाड़े की एक ठिठुरन भरी शाम, जब मैं उस सुनसान कब्रिस्तान के पास से गुजरा, तो मुझे लगा जैसे मैंने उसे कहीं दूर सीटी बजाते सुना है। लेकिन वह मेरे सामने नहीं आया। कौन जाने वह सिर्फ कहीं दूर से टकरा कर लौटी सीटी की आवाज हो, जिसका अपना कोई वजूद न सही, लेकिन मेरे साये से जुड़ने की कोशिश कर रही हो।

कई महीने बाद वह मुस्कुराता हुआ चेहरा फिर दिखाई दिया। मैं मानसून की बारिश में भीगता हुआ घर जा रहा था कि तभी एक जगह धुंध छंटी और मैंने उसे अपने सामने पाया। मैं पुराने कम्युनिटी सेंटर में एक डिनर पार्टी में गया था, और उस काफी संकरे खड़ी चढ़ाई वाले रास्ते से घर लौट रहा था जिसे आइब्रो के नाम से जाना जाता था। सरे शाम से तूफान ने दहला रखा था। पहाड़ पर घना कोहरा छाया हुआ था। इतना घना कि मेरी टॉर्च की रोशनी उसे चीर नहीं पा रही थी। आसमान में हर तरफ रह-रह कर बिजली चमक रही थी और उसकी कड़क ऐसी सुनाई देती थी जैसे पहाड़ों पर कलाबाजी खाती हुई इधर से उधर आ-जा रही हो। बारिश तेज हो गयी। मैं बहुत ध्यान से, पहाड़ी से सट कर धीरे-धीरे आगे बढ़ रहा था। एक बार फिर बिजली कड़की और तब मैंने देखा कि वह धुंध से बाहर निकल कर मेरे रास्ते में खड़ा हो गया था- वही दुबला-पतला सांवला सा लड़का जिससे कब्रिस्तान के पास सामना हुआ था। वह मुस्कुराया नहीं। इसके बजाय उसने अपना हाथ उठाया और मेरी तरफ देखते हुए हिलाया। मैं हिचकिचाया, और बिना हिले वही खड़ा रहा। धुंध थोड़ी सी छंटी, तो मैंने देखा कि आगे का रास्ता गायब था। मेरे सामने सिर्फ कुछ फुट पर खाई थी, सौ फीट से भी ज़्यादा गहरी।

बचने के लिए वहां उगी कंटीली झाड़ी को पकड़ कर जैसे ही मैं पीछे हटा, वह लड़का गायब हो गया। मैं लड़खड़ाता-संभलता वापस कम्युनिटी सेंटर आ गया और लाइब्रेरी में एक कुर्सी पर रात बितायी।

वह फिर मुझे कभी नहीं दिखाई दिया।

लेकिन कुछ हफ्ते बाद, जब मैं बुरी तरह सर्दी-जुकाम का शिकार होकर बिस्तर पर पड़ा था, मैंने उसे अपने कमरे की खिड़की के नीचे सीटी बजाते हुए सुना। क्या वह मुझे अपने साथ चलने के लिए बुला रहा था? मैं सोच में पड़ गया। या वह मुझे यह तसल्ली देने की कोशिश कर रहा था कि सब कुछ ठीक है? मैंने बिस्तर से उठकर बाहर देखा, लेकिन मुझे कोई नहीं दिखाई दिया। उसके बाद समय-समय पर कई बार मैंने उसकी सिटी सुनी, लेकिन, जैसे-जैसे मेरी तबीयत ठीक होती गयी, उसकी आवाज फीकी पड़ती गयी, और फिर पूरी तरह सुनाई देनी बंद हो गयी।

मैं पूरी तरह ठीक हो गया, और फिर पहले की तरह पहाड़ की चोटी तक पैदल सैर को जाने लगा। हालांकि मैं अक्सर सुनसान सड़क पर इधर से उधर आता जाता और अंधेरा होने तक कब्रिस्तान के आसपास मंडराता रहता, लेकिन सीटी बजाने वाले को न फिर कभी देखा और न सुना। मुझे अकेलापन महसूस होता था। एक दोस्त की कमी अखरती थी, भले ही वह साइकिल पर सवार बच्चे का भूत ही क्यों न हो। लेकिन वहां साथ के नाम पर सिर्फ पेड़ थे।

और इसीलिए अब मैं हर शाम अंधेरा होने पर घर चला जाता हूँ, अपना वही पुराना गीत गाते हुए:

गिनती के हम तीन

न दोस्त-यार न मेला।

बस मेरे बोलों की गूंज,

मेरा साया, और मैं अकेला।

❑❑❑

17

हम चार परिंदे

हमारे स्कूल हॉस्टल के जिस कमरे में हम सोते थे वह काफी लंबा था। उसमें तीस बिस्तर थे, कमरे के दोनों ओर पन्द्रह-पन्द्रह। तकिये उछाल-उछाल कर खेल-खेल में लड़ने के लिए अच्छी जगह थी। कक्षा छह के बच्चे कक्षा सात वालों से मुकाबले को तैयार रहते थे। हमारे स्कूल में इन्हीं दो कक्षाओं में बड़े बच्चे थे। इसके बाद भी वहां काफी जगह थी जिसमें छोटे-छोटे लड़के छलांगें लगाते, गुत्थम-गुत्थी करते, तकिये उछालते, और तकियों से पंख निकल कर इधर-उधर उड़ते, जब तक कि कोई 'फिशी!' या 'ऑली!' न पुकारे, और हाथ में बेंत लिये हेड मास्टर मिस्टर फिशर, या सीनियर मास्टर मिस्टर ओलिवर लड़कों के हुड़दंग को बंद कराने नहीं आ जाते। एक हद तक तकिये वाली लड़ाई के मुकाबले करने की बच्चों को छूट थी; बशर्ते किसी को चोट न लगे। लेकिन बच्चों के माता-पिता कभी-कभी तब शिकायत करते थे जब पढ़ाई खत्म होने के बाद कोई लड़का ऐसा तकिया लेकर घर पहुँचता था जिसमें भरी रूई या पंख खेल-खेल की लड़ाई में निकल चुके होते थे।

शिमला के उस प्रिपेयरेटरी स्कूल में वह हमारा आख़िरी साल था, और हम चार जिगरी दोस्त साथ रहते थे- बिमल, जिसका घर बम्बई में था; लाहौर से आया रियाज; ब्रायन, जो वेल्लोर का रहने वाला था; और आपका ये किस्सागो, जो अपने पिता के साथ जहां कहीं वह तैनात होते, वहीं रहता था। वह तब वायुसेना में थे।

हम अपने आप को 'चार परिंदे' कहते थे - और ये परिंदे वाला अपनापन यह दर्शाता था कि जांबाजी का कोई काम हो, किसी से

मुकाबला करना हो, समझ बूझ कर कुछ तय करना हो, या ऐसा ही कोई दूसरा काम हो, तो हम चारों एकजुट हो जाते थे। बिमल ने मोर के पंख को अपनी पहचान के तौर पर अपनाया था; वह थोड़ा दिखावट पसंद जो था। रियाज ने बाज का पंख चुना- हालांकि हमें बाज का एक भी पंख नहीं मिला। ब्रायन और मुझे पहले तो कौवे के पंख अपनाने के लिए कहा गया, लेकिन हमने इस बात का जोरदार विरोध किया और गुट से अलग होने की धमकी दी। आखिर में, मैं तोते के पंख को लेकर मान गया, जो फिशर साहब के पालतू तोते का था। और ब्रायन को एक कठफोड़वे का पंख मिल गया, जो उसके और सिर्फ उसी के लिए था, क्योंकि वह हमेशा किसी न किसी चीज से टकराता रहता था।

बिमल पतले-पतले पैर और हाथों से ज़्यादा कुछ नहीं था, इतना हल्का और नाजुक कि कभी-कभी ऐसा लगता था कि वह हवा में चल रहा है। डिज़्नी की फिल्म वाले हिरन के नाजुक बच्चे के नाम पर हम उसे 'बाम्बी' कहा करते थे। दूसरी ओर, रियाज एक दमदार लड़का था, खेलकूद में आगे-आगे रहता था, पर पढ़ाई में ज़्यादा अच्छा नहीं था; लेकिन खुशमिजाज था और हमेशा मुस्कुराता रहता था। ब्रायन दक्षिण का एक ज़्यादा सांवली रंगत और अच्छे नाक-नक्शे वाला लड़का था; वह थोड़ा बिगड़ा हुआ था- क्रिकेट मैच में आउट करार दिये जाने से नफरत करता था और क्रीज छोड़ने से इंकार कर देता था! लेकिन वह अपनेपन और वफादारी से भरा यारों का यार था। मैं 'लिक्खाड़' था -

और मुश्किलों से बच निकलने की कहानियां गढ़ने में माहिर था, लेकिन हिसाब-किताब में फिसड्डी। गणित में मुझे कभी सौ में से बाइस से ज़्यादा नहीं मिले।

इतवार की दोपहर को, जब न कोई क्लास लगती थी और न ही खेलकूद होते थे, तब हमें स्कूल के नीचे पहाड़ी पर घूमने की छूट दी जाती थी। हम चार पखेरू मौसम में गर्माहट आने पर हाल ही में उगी छोटी-छोटी घास पर लेट जाते, और बीच-बीच में घर से आने वाली खाने की चीजों को मिल बांट कर खाते, कॉमिक्स या कभी-कभी कोई किताब मिलकर पढ़ते, और सर्दियों की लंबी छुट्टियां बिताने के नये-नये तरीकों की चर्चा करते थे। मेरे पिता को डाक-टिकटों से लेकर सीपियों और तितलियों तक सब कुछ इकट्ठा करने का शौक था, उन्होंने मुझे एक तितली पकड़ने वाला जाल दिया था, और मुझसे बहुत मुश्किल से मिलने वाली एक किस्म की तितली को पकड़ने की कोशिश करने को कहा था, जो उनके मुताबिक, सिर्फ छोटा शिमला के आसपास पायी जाती है। उन्होंने बताया था कि वह एक बड़ी सी बैंगनी तितली होगी जिसके पंख किनारों पर पीले और काले होंगे। मुझे लगता है कि उसका नाम उन्होंने 'पर्पल एंपरर' बताया था। चूंकि मैं तितलियों को पहचानने में बहुत अच्छा नहीं था, इसलिए मैं स्कूल के मैदान में उड़ने वाले तितली जैसे हरेक जीव का पीछा करता था, लेकिन आमतौर पर हर कहीं मंडराने वाली 'रेड एडमिरल,' 'क्लाउडेड येलो,' या 'केबिज व्हाइट' से आगे नहीं बढ़ पाया। वह 'पर्पल एम्परर' - वह नायाब किस्म की तितली, जो दुनिया भर के तितलियां इकट्ठा करने वालों की चाहत थी, कभी मेरे हाथ नहीं लगी। मुझे लगने लगा कि अब किसी दूसरे काम में अपनी किस्मत आजमानी होगी।

एक दिन, स्कूल से कुछ पहले चट्टानों और कंटीली झाड़ियों के बीच से जाते हुए मैं स्प्रूस यानी प्रसरल के एक छोटे पेड़ की छाया में पड़ी एक छोटी सी गठरी पर गिरते-गिरते बचा। ध्यान से देखने पर मैंने पाया कि वह कोई गठरी नहीं, एक फटे-चीथड़े से कंबल में लिपटा हुआ नन्हां बच्चा था।

'अरे, परिंदों!' मैंने पुकारा, 'यहां आओ और देखो। यहां कोई अपना बच्चा छोड़ गया है!'

बाकी परिंदे मेरे पास आ गये, और हम सब नीचे पड़े उस नन्हें बच्चे को देखने लगे जो गहरी नींद में सो रहा था।

'पहाड़ी पर इस तरह एक बच्चे को कौन छोड़ कर जा सकता है?' बिमल ने किसी एक से न पूछकर, यूं ही सवाल किया।

'कोई ऐसा जो इससे छुटकारा पाना चाहता होगा,' ब्रायन ने कहा।

रियाज ने कहा, 'इस उम्मीद के साथ कि कोई भले लोग इधर से गुजरेंगे और इसे उठा लेंगे।'

'लोगों के बजाय कोई तेंदुआ भी आ सकता था,' मैंने कहा, 'इसे यहां नहीं छोड़ सकते।'

'ठीक है, अब हमें ही इसे अपनाना होगा,' बिमल ने कहा।

ब्रायन ने कहा, 'हम बच्चे को गोद नहीं ले सकते'

'ऐसा क्यों?'

'इसके लिए शादीशुदा होना जरूरी होता है।'

'हम और शादीशुदा?'

'हम नहीं, बुद्धू। बच्चे गोद लेने वाले बड़े लोग।'

'ठीक है, लेकिन बड़ों के इस तरफ आने के इंतजार में हम इसे यहां छोड़ कर तो नहीं जा सकते,' मैंने कहा।

'हम तो यह तक नहीं जानते कि यह लड़का है या लड़की,' रियाज ने कहा।

'इससे कोई फर्क नहीं पड़ता। बच्चा तो बच्चा ही होता है। चलो इसे स्कूल ले चलते हैं।'

'और इसे हॉस्टल में रखेंगे?'

'बिल्कुल नहीं। वहां इसे दूध कौन पिलाएगा? बच्चों को दूध चाहिए होता है। हम इसे मिसेज फिशर को सौंप देंगे। उनका कोई बच्चा नहीं है।'

'शायद वह बच्चे चाहती ही न हो। देखो, यह रोने ही वाला है। चलो, जल्दी करो!'

रियाज ने पूरी तरह जागने के बाद रोना शुरू कर चुके बच्चे को उठाया, और बिमल को दे दिया। बिमल ने उसे ब्रायन को दिया। जिसने बच्चा मुझे थमा दिया। चारों पखेरू रो-रोकर आसमान सिर पर उठाते बच्चे को लिए चढ़ाई चढ़ कर स्कूल तक पहुँचे।

'अरे इसने तो कंबल में पखाना कर दिया है,' मैंने शिकायत की, 'और उसमें से कुछ मेरी कमीज पर भी लग गया है।'

'कोई बात नहीं,' बिमल ने कहा, 'भले काम के लिए ऐसा हुआ है। यह मत भूलो कि तुम एक स्काउट हो। तुमसे मुश्किल में पड़े लोगों की मदद करने की उम्मीद की जाती है।'

हेडमास्टर साहब और उनकी पत्नी अपने ड्राइंग रूम में बैठकर केक के साथ शाम की चाय का मजा ले रहे थे। थके-मांदे पांव घसीटते हम चारों अंदर घुसे और तभी बिमल ने ऐलान किया, 'हम मिसेज फिशर के लिए कुछ लाये हैं।'

मिसेज फिशर ने मेरी बांहों में कपड़ों में लिपटा गोदी का बच्चा देखा तो हैरान होकर चीख पड़ीं- 'तुम यह क्या ले आये हो, बॉण्ड?'

'बच्चा, मैडम। मुझे लगता है कि यह एक लड़की है। क्या आप इसे अपनाना चाहती हैं?'

मिसेज फिशर ने हड़बड़ा कर अपने हाथ खड़े कर दिये और अपने पति से बोलीं- 'हमें क्या करना है, फ्रैंक? ये लड़के तो बिल्कुल अजीब हैं। न जाने किसका बच्चा उठा लाये हैं!'

'हमें पुलिस को खबर करनी होगी,' फिशर साहब ने टेलीफोन की ओर हाथ बढ़ाते हुए कहा, 'हम खोए हुए बच्चों को स्कूल में नहीं रख सकते।'

तभी बाहर कुछ शोर-शराबा सा हुआ, और एक फटी-फटी सी आंखों वाली औरत, जिसके कपड़े बिखरे जा रहे थे, गांव के कुछ आदमियों के साथ सामने के दरवाजे से अंदर दाखिल हुई। वह रोती हुई हमारी ओर दौड़ी, 'मेरा बच्चा, मेरा बच्चा! तुम मेरा बच्चा चुरा लाये हो!'

'हमे ये पहाड़ी पर मिला,' मैंने हकलाते हुए कहा।

'सही बात है,' ब्रायन ने कहा। 'हमें मिला, हम उठा लाये!'

'चुप, एडम्स,' मिस्टर फिशर ने हुक्म देने वाले अंदाज में अपना हाथ उठाकर कहा, फिर गांव वालों से दोस्ताना अंदाज में बोले- 'इन लड़कों ने बच्चे को पहाड़ी पर अकेला पाया और यहां ले आये, इससे पहले कि...।'

'इससे पहले कि लकड़बग्घे उसे उठा ले जाते,' मैंने अपनी तरफ से जोड़ा।

'बिल्कुल सही, बॉण्ड। और तुमने अपने बच्चे को अकेला छोड़ा ही क्यों था?' उन्होंने बच्चे की मां से पूछा।

'मैंने उसे पांच मिनट के लिए नीचे रखा था ताकि मैं अलूचे के पेड़ पर चढ़ कर अलूचे तोड़ सकूं। जब मैं नीचे आयी तो बच्चा वहां नहीं था! लेकिन मुझे इसके रोने की आवाज सुनाई दे रही थी। तब मैंने लोगों को बुलाया और हम उसे ढूंढ़ते हुए यहां आ गये।'

'ठीक है, यह रहा तुम्हारा बच्चा,' मैंने बच्चे को उसकी बांहों में देते हुए कहा। बच्चा उसके हवाले करके मैंने राहत की सांस ली। 'आगे से इसे संभाल कर रखना।'

'बच्चा चोर!' वह मुझ पर चिल्लाई।

फिशर साहब गांव वालों को समझाने-बुझाने में कामयाब रहे। 'ये अच्छे बच्चे हैं, स्काउट हैं,' उन्होंने गांव वालों से कहा। 'लोगों की मदद करना इनका काम है।'

'स्काउट का नियम नंबर तीन, सर,' मैंने कहा, 'सब के काम आना और सबकी मदद करना।'

तभी हेड मास्टर साहब ने गांव वालों पर पलटवार करते हुए जोरदार झाड़ लगायी। 'वैसे, ये अलूचे के पेड़ स्कूल के हैं। आड़ू और खुबानी के भी। अब मुझे समझ में आया है कि हमारे फल इतनी जल्दी क्यों गायब हो जाते हैं!'

गांव वालों को उनकी बात लग गयी और वह अपने रास्ते चले गए। फिशर साहब ने अपनी बेंत उठाने के लिए हाथ बढ़ाया। वह जिस तरह

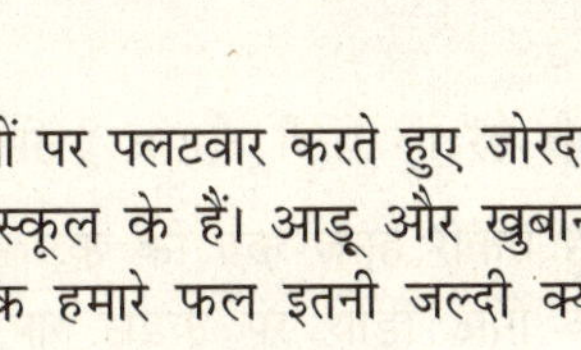

से उसे हाथ में लेकर बड़े प्यार से सहला रहे थे, उसी से मैं समझ गया था कि बेंत से हमारे पिछवाड़े लाल करने के लिए उनके हाथों में खुजली मच रही थी।

'नहीं, फ्रैंक,' मिसेज फिशर ने हमारी तरफ से उन्हें रोकते हुए कहा। 'इन्होंने उस बच्चे की भलाई के लिए वाकई में बड़ा प्यारा काम किया। और बॉण्ड को देखिए– उसके तो सारे कपड़े बच्चे के पखाने से सन गये हैं।'

'ओहो! ऐसा! चलो जाओ यहां से तुम सब, और जाकर नहाओ। और तुम क्यों दांत दिखा रहे हो, बॉण्ड?' फिशर साहब ने पूछा।

'स्काउट का नियम नंबर आठ, सर। एक स्काउट मुस्कुराता है, और हर मुश्किल में सीटी बजाता है।'

तो यह थी चार परिंदों के पहले 'अभियान' की दास्तान।

❑❑❑

18

मिस बैबकॉक के पांव का अंगूठा

अगर दो लोगों को लंबे समय तक एक साथ रहना पड़े, तो वे या तो जिगरी दोस्त बन जाते हैं या जानी दुश्मन।

टाटा और मेरे साथ भी तब ऐसा ही कुछ हुआ, जब हम दोनों गलसुए की वजह से बीमार पड़े थे, और स्कूल के अस्पताल में हमें पूरे पन्द्रह दिन साथ रहना पड़ा। वास्तव में वह कोई अस्पताल नहीं था– छोटा शिमला में हमारे प्रेपैरेट्री स्कूल की ओर आने वाली सड़क पर एक छोटी सी कॉटेज में सिर्फ पांच बिस्तर वाला वॉर्ड था। उसकी देखरेख मिस बैबकॉक नाम की एक रिटायर्ड नर्स, एक बुजुर्ग मैट्रन करती थीं, जो करीब-करीब पूरी तरह बहरी थीं।

मिस बैबकॉक एक काबिल नर्स थीं, लेकिन वह नुक्ताचीनी करने वाली, कभी चौन से न बैठने वाली इंसान थीं, जो हमेशा वॉर्ड से डिस्पेंसरी, और वहां से अपने कमरे में आती-जाती रहती थीं, और इसीलिए लड़के उन्हें मिस शटलकॉक कहा करते थे। चूंकि वह हमारी बात सुन नहीं सकती थीं, इसलिए उन्हें इस बात से कोई फर्क नहीं पड़ता था। लेकिन उन्हें सुनाई न देने की वजह से उनके और उनके मरीजों, दोनों के लिए अक्सर कुछ न कुछ परेशानी खड़ी हो जाया करती थी। अगर वॉर्ड में देर रात को किसी की तबीयत बिगड़ती, तो उसे जोर से चिल्लाना पड़ता या घंटी बजानी पड़ती थी - और वह दोनों को ही नहीं सुन पाती थीं। तब किसी को खुद जाकर उन्हें उठाकर अपने साथ लाना पड़ता था।

फिर मिस बैबकॉक ने तबीयत बिगड़ने पर उन्हें जगाने का एक अनोखा तरीका अपनाया। उन्होंने मरीजों के पलंग के पाये को छूकर

जाता हुई एक लंबी डोरी बांध दी थी; फिर डोरी के दूसरे सिरे को अपने कमरे में ले गयी थीं, जहां रात को झपकी लेने से पहले, वह उसे अपने पैर के अंगूठे से बांध लेती थीं।

मरीज डोरी को जोर से खींचता, और ऊंघती हुई मिस बैबकॉक उठ खड़ी होती थीं!

अब, इससे बढ़िया क्या हो सकता था! डोरी टाटा के पलंग के पाये से बंधी थी, और चौन से रह पाना उसके लिए नामुमकिन सा था। वह थोड़ी-थोड़ी देर पर पानी मांगता रहता था, कभी दर्द तो कभी किसी और तकलीफ का रोना रोता रहता था। और कभी-कभी तो सिर्फ शरारत सूझने पर वह उस डोरी को कई बार जल्दी-जल्दी खींचता, जब तक कि मिस बैबकॉक कोई गोली या पानी का गिलास लेकर नहीं आ जाती थीं।

'इस तरह तो तुम सुबह तक मेरे पैर का अंगूठा उखाड़ दोगे,' उन्होंने शिकायत की, 'तुम्हें इतनी जोर से खींचने की जरूरत नहीं है।'

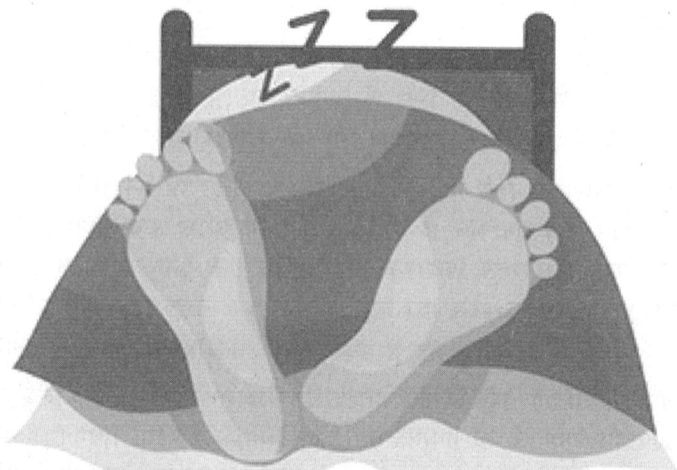

और इससे भी बुरा यह था कि जब टाटा सो जाता था, तब बेहद ऊंची आवाज में खर्राटे लेता था, और उसे कोई जगा भी नहीं सकता था! एक लय में बंधे उसके खर्राटों की वजह से अक्सर मुझे रात

जागते हुए बिस्तर पर पड़े-पड़े बितानी पड़ती थी। ऐसा लगता था जैसे बैंड-बाजे के सुर मिलाये जा रहे हों। या फिर कोई बहुत बड़ा मेंढक अपनी मेंढकी को बुला रहा हो।

किस्मत से, कुछ रातों के बाद, हमारा एक दोस्त और साथी 'पखेरू,' बिमल भी गलसुए का शिकार होकर वॉर्ड में भर्ती हो गया। बस एक रात टाटा के खर्राटे झेलने के बाद बिमल ने इसका कुछ न कुछ हद निकालने की ठान ली।

'जब तक वह गहरी नींद नहीं सो जाता, बस तब तक ठहरो, और फिर हम उसका पलंग बाहर ले जाकर उसे बरामदे में छोड़ देंगे,' बिमल ने कहा। हमने जो सोचा, उससे कहीं ज़्यादा किया। टाटा के खर्राटे ऐसे होते थे जैसे फूंक से बजने वाले साजों वाला लंदन फिलहारमोनिक ऑर्केस्ट्रा। जैसे ही उसने रोजाना की तरह उस रात अपनी रियाज का सिलसिला शुरू किया, हमने उसके पलंग को, जितना होशियारी से हो सकता था, धीरे से ऊपर उठाया और उसे बगीचे में ले जाकर सबसे पास वाले चीड़ के पेड़ के नीचे रख दिया।

बिमल ने हमारी कार्रवाई को सही ठहराते हुए कहा, 'इसका बाहर रहना सेहत के लिए ज़्यादा अच्छा है।' 'इतनी सारी ताजी हवा मिलेगी तो वह ठीक हो जाएगा।'

टाटा को सितारों की संगत में छोड़कर, हम वॉर्ड में लौट आये, और सारी रात बढ़िया नींद का मजा लिया। मिस बैबकॉक ने भी ऐसा ही किया।

हालांकि कोई भी देर तक नहीं सो पाया, क्योंकि मिस बैबकॉक के सारे वॉर्ड में इधर से उधर दौड़ते हुए बार-बार 'टाटा कहां है?' पुकारने से हमारी नींद खुल गयी। बाहर भी टाटा का कोई नामोनिशान नहीं था। उसके बजाय, एक बड़ा सा काले मुंह वाला लंगूर बिस्तर के पैताने बैठा था, और हमें अपने दांत दिखा-दिखा कर घुड़की दे रहा था।

'टाटा गायब हो गया,' मिस बैबकॉक हांफते हुए बोलीं।

'हो न हो, उसे सोते में चलने की बीमारी भी होगी,' बिमल ने कहा।

‘हो सकता है उसे तेंदुआ ले गया हो,’ मैंने कहा।

तभी बगीचे के छोर पर झाड़ियों में हलचल हुई, और ‘बचाओ, बचाओ!’ पुकारता टाटा झाड़ियों से निकला। हट्टे-कट्टे लंबी पूंछ वाले कई लंगूर उसके पीछे पड़े थे। ऐसा लग रहा था कि सुबह तड़के ही उसकी आंख खुली होगी और उसने अपने पलंग को इन चुलबुले लंगूरों से घिरा पाया होगा। लंगूर भले ही उसे किसी तरह से नुकसान नहीं पहुँचाना चाहते होंगे, लेकिन टाटा घबरा गया था। और अपनी जान बचाने और मुसीबत से छुटकारा पाने की हड़बड़ाहट में वह अंदर वॉर्ड में जाने के बजाय जंगल की ओर भाग गया। हमने टाटा और उसके बिस्तर को वापस वॉर्ड में पहुँचा दिया, और मिस बैबकॉक ने उसका बुखार नापा और उसे दवा की एक खुराक दी। अजीब बात यह थी कि इस अफरातफरी में किसी ने नहीं पूछा कि टाटा और उनका पलंग रात में बाहर कैसे पहुँच गये थे। और यह भी कम अजीब नहीं था कि उसने अगली रात को खर्राटे नहीं लिये, यानी चीड़ की महक वाली हवा सचमुच काम कर गयी थी। कहने की जरूरत नहीं है, हमें जल्द ही गलसुए की सूजन से छुटकारा मिल गया, और मिस बैबकॉक के पैर के अंगूठे को भी अच्छी तरह से आराम मिला।

19

लो आ गये ऑलिवर साहब

हमारे स्काउट मास्टर होने के साथ-साथ, मिस्टर ऑलिवर हमें गणित भी पढ़ाते थे- एक ऐसा विषय जिसमें मुझे पास होने लायक नंबर भी बड़ी मुश्किल से मिलते थे। कभी-कभी मैं बमुश्किल पास हो जाता था; लेकिन आमतौर पर मुझे सौ में से बीस या तीस जैसे नंबर मिलते थे। 'फिर रह गये, बॉण्ड,' मिस्टर ऑलिवर कहते। 'जब तुम बड़े हो जाओगे तो क्या करोगे?'

'स्काउट मास्टर बन जाऊंगा, सर।'

'स्काउट मास्टर को तनख्वाह नहीं मिलती। यह एक बिना पगार वाला काम है। तुम तो रसोइया बन जाना। यह काम तुम्हें रास आयेगा।' वह हमारे उस स्काउट कैंप को नहीं भूले थे, जिसमें मैं कैंप का रसोइया था।

जब मिस्टर ऑलिवर अच्छे मूड में होते, तो वह मुझे ग्रेस मार्क के तौर पर एक या दो नंबर देकर पास कर देते थे। वह पत्थर दिल इंसान नहीं थे, लेकिन वह शायद ही कभी मुस्कुराते थे। वह कुछ ज़्यादा ही सांवले, दुबले-पतले, झुक कर खड़े होने वाले और गंजे थे। दूर से वह एक सवालिया निशान जैसे नजर आते थे।

वह लगभग चालीस साल के थे, फिर भी कुंवारे थे। यह कहा जाता था कि उन्हें मोहब्बत में नाकामी मिली- जिस लड़की से वह शादी करने जा रहे थे, उसने आख़िरी वक्त पर उन्हें धोखा दिया, और जब मिस्टर ऑलिवर शादी की रस्म के लिए गिरजाघर में उसका इंतजार कर रहे थे, वह एक नाविक के साथ भाग गयी। ऐसे में उनका हमेशा दुखी नजर आना कोई हैरानी की बात नहीं थी।

मिस्टर ऑलिवर का एक ऐसा साथी था जो कभी उनका साथ नहीं छोड़ता था- डैकशुंड नस्ल का 'सॉसेज' जैसी बनावट वाला एक तेज छोटा कुत्ता, जो इंसान की जात को, और खासकर छोटे लड़कों को, गया-बीता समझता था, बल्कि उनके साथ दुश्मनी मानता था। हम उसे

हिटलर कहते थे। (यह बात है 1945 की, जब इस नाम के तानाशाह की मनमानी भी अपने चरम पर पहुँच चुकी थी) उसकी तरफ दोस्ती का हाथ बढ़ाया जाये तो वह अनदेखी करता था, और अगर उसे थपथपाना या सहलाना चाहे, तो वह उंगलियों, पिंडलियों या टखनों पर काटने की पूरी कोशिश करता था। हालांकि वह मिस्टर ऑलिवर के लिए पूरी तरह से वफादार था, और कक्षा को छोड़कर हर जगह उनके पीछे-पीछे जाता था; हमारे हेड मास्टर साहब ने इसकी इजाजत नहीं दी थी। आपको अंग्रेजी की वह पुरानी नर्सरी राइम याद है न:

मैरी हैड ए लिटिल लैम्ब,

इट्स फ्लीस वॉज व्हाइट ऐज स्नो,

एंड एवरीव्हेयर दैट मैरी वेंट

द लैम्ब वॉज श्योर टू गो।

वैसे हमने इसी की तर्ज पर अपने ढंग की एक अलग तुकबंदी कर रखी थी, और मुझे यह मानने से इनकार नहीं है कि उसे गढ़ने में मेरा हाथ था। वह कुछ इस तरह थी-

छोटा सा कुत्ता ऑली का

साथ रहे उनके हरदम

काटे हर मिलने वाले को

करे नाक में दम।

वह स्कूल के मैदान में उनके पीछे-पीछे घूमता था। वह जब चीड़ के पेड़ों के बीच से होकर टेनिस कोर्ट तक जाते, तब भी वह उनके पीछे होता। वह उनके पीछे-पीछे शहर तक जाता और फिर उनके साथ

घर वापस आता। मिस्टर ऑलिवर का कोई और दोस्त नहीं था, न ही कोई दूसरा साथी। कुत्ता मिस्टर ऑलिवर के पलंग के पैताने की तरफ सोता था। नाश्ते के लिए वह मेज पर नहीं बैठता था, लेकिन नाश्ते के लिए उसे मक्खन-टोस्ट और रात के खाने के लिए सूप और कुरमुरे क्रैकर दिये जाते थे। मिस्टर ऑलिवर को अपना दोपहर का खाना डाइनिंग हॉल में बच्चों और वहां काम करने वालों के साथ खाना पड़ता था, लेकिन उन्होंने एक वेटर के साथ ऐसा इंतजाम कर रखा था जिसके तहत एक प्लेट में दाल-चावल और चपाती मिस्टर ऑलिवर के क्वार्टर पर उनके प्यारे के लिए पहुँचा दी जाती थी। और फिर अनहोनी हो गयी।

मिस्टर ऑलिवर और हिटलर शाम को सैर कर के चीड़ के पेड़ों के बीच से स्कूल लौट रहे थे। दिन ढल रहा था, और तेजी से उजाला धुंधलके में बदल रहा था। तभी पेड़ों के साये में से एक दुबला-पतला और भूखा तेंदुआ निकला। उसने बेचारे कुत्ते पर झपट्टा मारा, उसे सड़क के दूसरी ओर उछाल दिया, फिर उसे अपने ताकतवर जबड़ों के बीच दबोचा, और अपने शिकार के साथ जंगल के अंधेरे में गुम हो गया।

मिस्टर ऑलिवर को उसने छुआ भी नहीं लेकिन कम से कम पूरे एक मिनट के लिए वह जहां के तहां बर्फ की तरह जम से गये। फिर उन्होंने मदद के लिए आवाजे लगायीं। घटना को देख रहे कुछ राहगीरों ने भी शोर मचाना शुरू किया। मिस्टर ऑलिवर लपक कर जंगल में घुस गये, लेकिन वहां कुत्ते या तेंदुए का कोई नामोनिशान नहीं था।

देखने से ही पता चलता था कि मिस्टर ऑलिवर अंदर से टूट चुके थे। भाव विहीन चेहरा लिए वह अपनी जिम्मेदारियां तो निभाते चले जा रहे थे, लेकिन हम सभी को समझ में आता था कि वह अपने साथी के चले जाने के गम में डूब गये थे, क्योंकि कक्षा में उन्हें न ही इस बात का होश था और न ही उन्हें इस बात से फर्क पड़ता था कि ब्लैकबोर्ड पर उनके समझाने से हम सवलों को समझ भी पा रहे हैं या नहीं। अपने किसी करीबी को खोने के बाद कुछ जुड़ने या घटने के कोई मायने नहीं रह जाते।

मिस्टर ऑलिवर अब शाम को सैर के लिए जाते नहीं दिखाई देते थे। वह अपने कमरे में ही रहते, और खुद के साथ ही ताश खेलते रहते

थे। अपने खाने के साथ भी वह खेल सा खेलते थे, अक्सर उसे एक तरफ सरका देते थे। चपातियां अपने ठिकाने तक नहीं पहुँच पाती थीं।

'ऑली को किसी दूसरे पालतू जानवर की जरूरत है,' बिमल ने कहा। वह बड़ों के तौर-तरीके बखूबी समझता था।

'या फिर एक अदद पत्नी,' टाटा ने कहा, क्योंकि उसके सोचने का ढंग यही था।

'उनकी शादी की उम्र बीत गयी है। चालीस पार कर चुके होंगे।'

'सबसे अच्छा यह होगा कि कोई जानवर पाल लें,' मैंने कहा। 'तोता कैसा रहेगा?'

'तोते को घुमाने के लिए नहीं ले जा सकते।' 'ऑली चाहते हैं कि कोई उनके साथ चले।'

'बिल्ली भी हो सकती है।'

'हिटलर को बिल्लियों से नफरत थी। बिल्ली पालने से हिटलर की यादों की तौहीन होगी।'

'फिर तो एक दूसरे डैकशुंड से ही बात बनेगी। लेकिन यहां आसपास कहीं डैकशुंड नहीं हैं।'

'कोई भी कुत्ता चलेगा। हम चिंपू से कहते हैं कि हमारे लिए एक पिल्ला लाये।'

चिंपू चुटर-पुटर खाने की चीजों की दुकान चलाता था। वह छोटा शिमला बाजार में रहता था, और कभी-कभी हम उससे लट्टू या कंचे, कोई कॉमिक या ऐसी दूसरी छोटी-मोटी चीजें मंगवा लिया करते थे, जो हमें स्कूल में नहीं मिलती थीं। हम में से पांच बॉय स्काउट्स ने एक-एक रुपये मिलाये, जो हमने चिंपू को दिये और उससे एक पिल्ला ला कर देने के लिए कहा। 'अच्छी नस्ल का पिल्ला लाना,' हमने उससे कहा, 'मिलीजुली नस्ल का नहीं।'

अगली शाम चिंपू एक ऐसा पिल्ला ले कर आया जो कम से कम पांच अलग-अलग नस्लों का मिला-जुला रूप लगता था, और इसमें

कोई शक नहीं कि वह सभी की सभी अच्छी नस्ल थीं। एक कान लटका था, दूसरा सीधा खड़ा था। उसके डाल्मेटियन जैसे धब्बे थे, लेकिन उसके पैर स्पैनियल जैसे और पूंछ पॉमेरेनियन की थी। वह बनावट से ढीला-ढाला, खेलने और मस्ती करने में अव्वल था, और उसकी पूंछ बहुत हिलती थी, हिटलर के मुकाबले बहुत ज़्यादा।

'यह तो बड़ा प्यारा है,' टाटा ने कहा। 'पिल्ला नहीं, पिलिया होगी।'

बिमल ने कहा, 'शायद वह मादा बच्चे को न रखना चाहें।'

'चलो कोशिश करके देखते हैं,' मैंने कहा।

हमारे खेलने के समय के रात के खाने के लिए घंटी बजने से पहले, हमने मिस्टर ऑलिवर के सामने वाले दरवाजे के बाहर वाली सीढ़ियों पर पिल्ले को छोड़ दिया। फिर हमने दस्तक दी, और रास्ते में पड़ने वाली गुड़हल की झाड़ी में छुप गये।

मिस्टर ऑलिवर ने दरवाजा खोला। उन्होंने पिल्ले पर नजर डाली, लेकिन उनके सूने चेहरे पर कोई भाव नहीं उभरे। पिल्ले ने मिस्टर ऑलिवर के जूतों पर पंजे मारना शुरू कर दिया, जिसके चलते उनका एक फीता ढीला हो गया।

'चलो भागो यहां से!' मिस्टर ऑलिवर बुदबुदाये। 'दफा हो जाओ!' और उन्होंने सख़्ती के साथ, लेकिन होशियारी से पिल्ले को बाहर करके दरवाजा बंद कर लिया।

हमने फिर से वही सब किया, लेकिन नतीजा भी पहले जैसा ही रहा। अब हमारे पास एक चुलबुला पिल्ला था, और चिम्पू अपने घर जा चुका था। अब हमें उसको हॉस्टल में ही छिपा कर रखना था।

पहले तो हमने उसे बिमल के लॉकर में छिपा दिया, लेकिन वह चिल्लाने लगा और बाहर निकलने की कोशिश करने लगा। टाटा उसे गुसलखाने में ले गया, लेकिन वह वहां भी नहीं रहा। उसने होस्टल के हमारे कमरे में ही इधर-उधर दौड़ना, मोजे, जूते, चप्पल, और जो कुछ भी उसकी पकड़ में आया, उसके साथ खेलना शुरू कर दिया।

'भागो, मिसेज फिशर आ रही हैं!' हम लड़कों में से एक फुसफुसाया।

हेडमास्टर साहब की पत्नी, मिसेज फिशर, रोजाना की तरह रात के दौरे पर थीं, यह देखने के लिए कि हम सभी बिस्तरों में हैं और कोई शरारत तो नहीं कर रहे हैं। मैंने पिल्ले को पकड़ लिया और अपने कंबल में छुपा लिया। वह वहां शांत रहा, और बड़े मजे से मेरे पैर की उंगलियों पर अपने दांत आजमाता रहा। जब मिसेज फिशर चली गयीं, तो मैंने पिल्ले को फिर से बाहर छोड़ दिया, और उसे फिर से रात भर के लिए हमारे सोने के कमरे में धमाचौकड़ी मचाने की आजादी मिल गयी।

पौ फटने पर, ठीक से उजाला होने से पहले, बिमल और मैं पजामे पहने-पहने ही, पिल्ले को अपने साथ लेकर हॉस्टल से बाहर निकल गये। हमने मिस्टर ऑलिवर के दरवाजे पर जोरदार दस्तक दी, और तब तक खटखटाते रहे जब तक कि हमें कदमों की आहट नहीं सुनायी दे गयी। जैसे ही दरवाजा धीरे से खुला, हमने पिल्ले को अंदर धकेल दिया और अपनी जान बचाने के लिए वहां से भाग निकले।

मिस्टर ऑलिवर हमेशा की तरह कक्षा में आये, लेकिन उनके साथ पिल्ला नहीं था। तीन या चार दिन बाद भी पिल्ले का कोई नामोनिशान नहीं था! क्या उन्होंने वह किसी और को दे दिया था, या फिर यूं ही उसे अपने आप कहीं चला जाने दिया था?

स्कूल की घंटी के पास, जिस ऊंची जगह से हमें हर तरफ आसानी से दिखाई दे जाता था, वहां से बिमल ने पुकार लगायी- ऑली सर आ रहे हैं!'

मिस्टर ऑलिवर शाम की सैर के लिए निकल रहे थे। उन्होंने अखरोट की लकड़ी की एक मजबूत छड़ी हाथ में ले रखी थी - जाहिर है, तेंदुओं से बचाव के लिए। उन्होंने न बाएं देखा न दाएं, और अगर उन्होंने यह देख भी लिया होगा कि हमने उन्हें देख लिया था, तो भी मिस्टर ऑलिवर ने हमें एहसास नहीं होने दिया। लेकिन तभी हमें उनके पीछे-पीछे दौड़ता हुआ पिल्ला दिखाई दे गया! कई उम्दा नस्लों का प्राणी मिस्टर ऑलिवर के साथ चल रहा था। उसे अच्छी तरह से ब्रश किया गया था और वह एक चटक लाल कॉलर पहने हुए था। मिस्टर

ऑलिवर की तरह ही, उसने भी हमारी ओर कोई ध्यान नहीं दिया। वह अपने नये मालिक के साथ-साथ चला जा रहा था।

मिस्टर ऑलिवर और वह छोटा सा पिल्ला जल्द ही एक-दूसरे से जुदा न होने वाले साथियों जैसे जुड़ गये थे, जिससे मैं और मेरे दोस्त अपने किये से बहुत खुश थे। मिस्टर ऑलिवर ने बिल्कुल भी भनक नहीं लगने दी कि वह जानते थे कि पिल्ला कहां से आया था, लेकिन जब सालाना इम्तिहान खत्म हो गये, और मैं और बिमल को पक्का यकीन था कि हम गणित के पेपर में फेल हो गये होंगे, तब हमें यह जानकर बड़ी हैरानी हुई कि आखिरकार हम पास हो गये थे – 'ग्रेस मार्क्स' के साथ!

'भले मानुष अपने ऑली साहब!' बिमल ने कहा, 'मतलब उन्हें पहले से सब कुछ मालूम था।' भले ही टाटा को ग्रेस मार्क्स की जरूरत नहीं पड़ती- वह गणित का जादूगर जो ठहरा - लेकिन बिमल और मैंने फेसला किया कि हमारे ऊपर मेहेरबान होने के लिए हम मिस्टर ऑलिवर का शुक्रिया अदा करेंगे।

'मुझे बेवजह धन्यवाद देने की जरूरत नहीं है,' मिस्टर ऑलिवर ने बेरुखी के साथ कहा, लेकिन उस वक्त उनके होंठों के कोर हल्के से खिंच गये थे। हँसने-मुस्कुराने के इससे ज़्यादा करीब वह कभी नहीं पहुँचे थे। 'मैंने तुम दोनों को जूनियर स्कूल में बहुत समय देखा है। अब समय आ गया है कि तुम सीनियर स्कूल में जाओ- और वहां ईश्वर तुम्हारी मदद करे!'

□□□

20

वे तीन भालू

हिमालय के ज़्यादातर गांव घाटियों में बसे हैं जहां छोटी-छोटी धाराएं होती हैं, कुछ खेत होते हैं, और सर्दियों में पहाड़ी दर्रों से आती हाड़ कंपा देने वाली बर्फीली हवाओं से बचाव रहता है। घर आमतौर पर बड़े-बड़े पत्थरों से बने होते हैं और ढलान वाली स्लेट की छतें होती हैं ताकि मानसून की भारी बारिश का पानी आसानी से बह जाये। बारिश के मौसम के बाद खुली धूप वाले महीनों के दौरान, छतों पर चढ़ी बेलों में लगे कद्दुओं को धूप में पकने के लिए वहीं छोड़ दिया जाता है।

अक्टूबर की एक रात, जब मैं इन्हीं पहाड़ियों के एक गांव में एक दोस्त के घर पर सोया हुआ था, तो छत पर किसी के पैर पटकते हुए चलने की धप-धप से मेरी नींद खुल गयी। मैंने अपने दोस्त को जगाया और उससे पूछा कि यह क्या हो रहा है।

'कुछ नहीं, भालू होगा,' उसने कहा।

'क्या वह अंदर आने की कोशिश कर रहा है?'

'नहीं। वह कद्दू खाने आया है।'

थोड़ी देर बाद, जब हमने खिड़की से बाहर झांका, तो देखा कि एक काला भालू कद्दू खाते-खाते बीच-बीच में उसके कुछ हिस्से बिखेरते हुए एक खेत से होकर चला जा रहा था।

आमने-सामने

सर्दियों के मौसम में, जब ऊंची चोटियां बर्फ से ढक जाती हैं, तब हिमालय के भालू खाने की तलाश में कम ऊंचाई वाली जगह पर आ जाते हैं।

कभी-कभी वे खेतों में लगी फसल चट कर जाते हैं, और, क्योंकि वे ज़्यादा दूर का साफ नहीं देख पाते और चलने-फिरने वाली किसी भी चीज पर शक करते हैं, इसलिए वे खतरनाक हो सकते हैं। लेकिन, ज़्यादातर जंगली जानवरों की तरह, जितना हो सके, वे इंसानों से दूर ही रहते हैं।

गांव वाले हमेशा मुझे यही सलाह देते हैं कि अगर भालू पीछे पड़ जाये तो ढलान की ओर भागना चाहिए। उनका कहना है कि भालू को नीचे के मुकाबले ऊपर की ओर दौड़ना आसान लगता है। अभी तक कोई भालू मेरे पीछे नहीं पड़ा है, और ऐसा समय न देखना पड़े इसी में भलाई है। लेकिन मैंने भारत में कुछ पहाड़ी भालुओं को देखा है, और उन्हें देखने में हमेशा मजा आता है।

हिमालय के भालू कद्दू, मक्का, आलूबुखारा और खुबानी बहुत पसंद करते हैं। एक बार, जब मैं एक बलूत के पेड़ पर चढ़ कर पास में रहने वाले पाइन मार्टिन का जोड़ा दिखाई देने का इंतजार कर रहा था, मैंने एक भालू के कराहने की आवाज सुनी, और तभी, एक छोटा भालू पेड़ के नीचे उस खुली जगह में आ गया जहां सिर्फ घास-पात उगे थे।

वह एक बच्चे से थोड़ा बड़ा था, और मुझे उससे कोई परेशानी नहीं हुई। मैं बिल्कुल शांत बैठा, यह देखने का इंतजार कर रहा था कि अब आगे वह क्या करेगा।

वह अपनी नाक जमीन से लगा कर अपना रास्ता सूंघता तब तक आगे बढ़ता रहा जब तक कि वह चींटियों की एक बड़ी सी बांबी तक नहीं पहुँच गया। वहां वह अपने नथुनों से हवा को तेजी से अंदर-बाहर करते हुए फुफकारने लगा, जिससे बांबी के इधर-उधर हर दिशा में धूल उड़ने लगी। लेकिन बांबी सूनी थी, और इसलिए, खीजते हुए भालू पास के एक अलूचे के पेड़ पर चढ़ गया। जल्द ही वह ऊंची शाखाओं के बीच पहुँच गया। तभी उसने मुझे देख लिया।

भालू फौरन बड़ी फुर्ती से कई फुट ऊपर वाली एक शाखा पर चढ़ कर पेट के बल लेट गया। चूंकि शाखा ज़्यादा मोटी नहीं थी, इसलिए दोनों तरफ भालू का शरीर दिखाई दे रहा था। उसने अपना सिर एक दूसरी शाखा की आड़ में छुपा रखा था। ऐसे में वह मुझे नहीं देख सकता था, और ऐसा लग रहा था कि उसे इस बात की तसल्ली थी कि वह सबकी नजरों से बचा हुआ है, हालांकि उसका खीज कर बलबलाना अभी बंद नहीं हुआ था।

दूसरे भालुओं की तरह, यह भी शांत बैठने वाला नहीं था। तो, धीरे-धीरे, थोड़ा-थोड़ा करके, उसका मुंह और नाक का अगला काला हिस्सा शाखा के किनारे पर दिखाई दिये। लेकिन, जैसे ही उसने मुझे देखा, उसने अपना सिर पीछे खींच लिया और अपना मुंह शाखा की आड़ में छुपा लिया।

उसने ऐसा कई बार किया। जब तक वह मुझे देखता रहा, तब तक मैंने इंतजार किया, फिर अपनी जगह से थोड़ा नीचे उतर आया। जब भालू ने देखा और उसे मैं वहां नहीं दिखाई दिया, तो उसे इतनी तसल्ली हुई कि उसने बड़े आराम से ठीक सामने वाली शाखा तक पहुँच कर एक अलूचा तोड़ लिया। मैं खुद को ठहाका मारकर हंसने से रोक नहीं पाया।

इससे भालू का बच्चा चौंक गया और हड़बड़ा कर शाखाओं के बीच से होते हुए अपनी जगह से करीब पंद्रह फीट नीचे पेड़ के तले जमा सूखे पत्तों के ढेर पर एक जोरदार आवाज के साथ गिरा। उसे कोई चोट नहीं आयी, लेकिन वह रास्ते भर घुरघुराता-चिल्लाता उस खुली जगह से दूर भाग गया।

भालू से दूरी 'भली'

एक बार, मेरे दोस्त प्रेम ने मुझे बताया था कि एक भालू उसके मक्की के खेत में आया-जाया करता था। हम रात को मवेशी रखने के एक पुराने छप्पर के नीचे, जहां से चांदनी में नहाया खेत साफ दिखाई देता था, वहीं डटे रहे।

आधी रात के कुछ देर बाद, एक मादा भालू खेत के किनारे पर आ पहुँची। लगता है उसे समझ में आ गया था कि हम वहां मौजूद थे। इसमें कोई शक नहीं कि वह भूखी थी। इसलिए, अपने पिछले पैरों पर खड़े होकर इधर-उधर देखने के बाद कि खेत में कोई है तो नहीं, वह होशियारी के साथ जंगल से बाहर निकली।

तभी उसका ध्यान भटक कर दो पेड़ों के बीच बंधी डोर पर लगी तिब्बती प्रार्थना वाली झंडियों पर गया। वह ऐसे घुरघुरायी जैसे उसे अच्छा न लगा हो, लेकिन झंडियों का फड़फड़ाना एक ऐसी पहेली थी जिसे वह सुलझाना चाहती थी। इसलिए वह वहीं ठहर कर उन्हें देखती रही।

जल्दी ही वह मादा भालू झंडियों से कुछ ही फुट की दूरी तक आगे बढ़ आयी, और हर तरफ से उनका मुआयना करती रही। फिर, यह समझने पर कि उसे उनसे कोई खतरा नहीं है, वह झंडियों के बिल्कुल पास पहुँची और उन्हें नीचे खींच लिया। फिर पूरी तसल्ली के साथ घुरघुराते हुए वह मक्की के खेत में चली गयी।

प्रेम तय कर चुका था कि वह अब अपनी फसल को और नुकसान नहीं होने दे सकता, इसलिए उसने चिल्लाना शुरू कर दिया। उसके बच्चे जाग गये और जल्दी ही घर से निकल कर दौड़ते पड़े और केरोसिन के खाली टीन बजाते हुए आ गये।

रात का खाना न मिलने से उस मादा भालू को गुस्सा आ गया। वह काफी तेजी से ढलान पर नीचे की ओर भागी, और मुझे खुशी है कि मैं उसके रास्ते में नहीं था।

ऊपर की ओर जाये या नीचे को जाये, भलाई इसी में है कि गुस्साये भालू से दूर ही रहा जाये।

□□□

21

पहाड़ पर धूल-धक्कड़?

I

सर्दी आई और चली गयी, और सिर्फ हल्की सी बूंदाबांदी हुई। गर्मियों भर पहाड़ भूरे बने रहे, और खेत खाली पड़े रहे। जो पुराना हल बिस्नू के दुबले-पतले बैल सख्त जमीन पर घसीट रहे थे, उसका निशान तक जमीन पर नहीं पड़ रहा था। फिर भी, बिस्नू ने बुवाई के लिए बीज तैयार करके रखे। बस एक अच्छे मानसून की देरी है, इतना मक्का और चावल हो जाएगा कि आने वाली सर्दियों तक के लिए घर-परिवार की जरूरत पूरी हो जाये।

चिलचिलाती गर्मी ने अपनी राह पकड़ी, और दक्षिण-पश्चिमी क्षितिज पर कुछ बादलों ने जमावड़ा लगा लिया।

'मानसून आने वाला है,' बिस्नू ने ऐलान किया।

उसकी बहन पूजा पतली सी धारा पर कपड़े धो रही थी। उसने कहा कि अगर बारिश जल्दी नहीं आयी तो धारा सूख जाएगी।

'देखो न, इस साल एक पतली सी धार भर रह गयी है। याद है जब इसी धारा के किनारे कितने सारे अलग-अलग किस्म के फूल उगा करते थे? इस साल एक भी नहीं खिला।

सर्दी भी सूखी गयी। बर्फ ही नहीं पड़ी,' बिस्नू ने कहा।

मुझे याद नहीं आता कि इससे पहले भी कभी सर्दी के मौसम में बर्फ न पड़ी हो,' उसकी मां ने कहा। 'जिस साल तुम्हारे पिता नहीं रहे थे, उस साल इतनी बर्फ थी कि गांव वाले घंटों तक उनकी चिता नहीं जला सके। और अब जिधर देखो आग लग रही है।' उसने बगल वाले

पहाड़ की ओर इशारा किया, जिसका आधा हिस्सा जंगल की आग के धुएं की वजह से दिखाई ही नहीं दे रहा था। रात में वे अपने छोटे से घर के बाहर बैठे आग को फैलते हुए देख रहे थे। पहाड़ के दूसरे छोर तक एक लाल रेखा खिंच गयी थी। आग की लपटों में हिमालय के हजारों पेड़ जलकर राख हो गये। बलूत, देवदार, मेपल, चीड़; जिन पेड़ों को बड़े होने में सैकड़ों साल लगे थे। और तंबू में रात बिताने आये कुछ घुमक्कड़ों की लापरवाही से सूखी घास ने पल भर में आग पकड़ ली जो तेज हवा की मदद से पहाड़ के ऊपर तक जा पहुँची थी।

उसे बुझाने वाला कोई न था। अपने आप बुझने में कई दिन लगेंगे।

'कल मानसून आ गया तो आग बुझ जाएगी,' बिस्नू ने कहा, जिसे हमेशा भले की आस रहती थी। वह सिर्फ बारह साल का था, लेकिन वह घर का मर्द था; इस बात का ध्यान रखना उसका काम था कि परिवार और बैलों के लिए, बड़े से काले कुत्ते और मुर्गियों के लिए खाने को है या नहीं।

अगले दिन बादल छाये रहे, लेकिन बरसात के नाम पर सिर्फ हल्की सी फुहार ही पड़ी। 'यह तो बस शुरुआत है,' बिस्नू ने सीढ़ियों पर मटमैले पानी की बाल्टी रखते हुए कहा।

'आमतौर पर मानसून की शुरुआत तो मूसलाधार बारिश के साथ होती है,' उसकी मां ने कहा। लेकिन उस साल भारी बारिश नहीं होनी थी। क्षितिज पर बादल इकट्ठे तो होते लेकिन वे सफेद और रुई के फाहे जैसे थे और जल्द ही गायब भी हो जाते थे।

असल में मानसून के बादल होते तो रंगत में गहरे और पानी से भरे होते। कुछ ऐसा दिखाई देता था और कुछ ऐसे संकेतों की कमी थी जिनके होने और न होने से पता चलता था कि गर्मी का मौसम लंबा और सूखा होगा। परिंदे शांत पड़ गये थे, या फिर गायब ही हो गये थे। हिमालय का बसंता, जो आमतौर पर स्प्रूस के पेड़ों के ऊपर बैठकर तेज आवाज के साथ आते हुए मानसून का स्वागत करता है, वह न दिखाई दे रहा था और न ही उसकी पुकार सुनाई दे रही थी। और झींगुर, जो बारिश की भनक लगते ही बलूत के पेड़ों में कान फाड़ देने वाला शोर शुरू कर देते थे, अब तक पूरी तरह से गायब थे।

पूजा का खुबानी का पेड़ आमतौर पर उन्हें हर गर्मियों में टोकरी भर फल देता था। इस साल उस पर मुश्किल से मुट्ठी भर खुबानी लगीं, जिनमें न रस था और न स्वाद।। पेड़ को देखकर लग रहा था कि वह मर जाएगा, उसके पत्ते निराशा से सिकुड़े जा रहे थे। किस्मत से, अनाज वाली कोठरी में अखरोट रखे थे, और पिछले साल की फसल का गेहूँ और चावल भी भरा हुआ था, इसलिए, उन्हें बिना खाये नहीं रहना पड़ेगा; लेकिन ऐसा लग रहा था कि ताजे फल और सब्जियां नहीं मिल पाएंगी। और अगली सर्दी में खाने को बचा कर रखने के लिए भी कुछ नहीं होगा।

लगभग तीस मील दूर टिहरी से जरूरत की चीजें खरीदने के लिए पैसे चाहिए होंगे। और गांव में पैसा कमाने का कोई जरिया नहीं था।

मैं मसूरी जाऊंगा और काम ढूंढूंगा,' बिस्नू ने ऐलान किया।

‘लेकिन मसूरी पहुँचने के लिए बस से दो दिन का सफर करना पड़ता है,’ उसकी मां ने कहा। ‘वहां तुम्हारी मदद करने वाला भी कोई नहीं है। और हो सकता है कि तुम्हें कोई काम ही न मिले।’

‘मसूरी में गर्मी के दिनों में काफी काम होता है। मैदानी इलाकों से अमीर लोग छुट्टियां मनाने ऊपर आते हैं। होटलों और दुकानों के अलावा वहां ऐसी तमाम जगह हैं जहां वे अपना पैसा खर्च कर सकते हैं।’

‘लेकिन वे तुम्हारे ऊपर कोई पैसा खर्च नहीं करेंगे।’

‘वहां पैसा पैदा करना पड़ेगा। और नहीं हुआ तो मैं घर आ जाऊंगा। मैं नाग टिब्बा वाले पहाड़ी रास्ते से पैदल वापस लौट सकता हूँ। सिर्फ ढाई दिन लगेंगे और मैं बस का किराया बचा लूंगा!’

‘मत जाओ, भाई,’ पूजा ने मिन्नत की, ‘तुम्हें कोई खाना बनाकर खिलाने वाला नहीं होगा तो तुम बीमार हो जाओगे।’

लेकिन बिस्नू मन बना चुका था, सो उसने कंधे पर लटकाने वाले कपड़े के झोले में कुछ सामान रखा, और इस बीच उसकी मां ने अपने कमरे की दीवार में बने एक आले में से कई रुपये के सिक्के निकाले। पूजा ने खास तौर पर नाश्ते के लिए पराठे और प्याज डालकर एक अंडे की भुरजी तैयार की। इस खास मौके के लिए मुर्गी ने सिर्फ एक अंडा दिया था। बिस्नू ने कुछ पराठे अपने थैले में रख लिए। फिर, अपनी मां और बहन को हाथ हिलाकर अलविदा कहते हुए, वह गांव से बाहर जाने वाले रास्ते पर निकल पड़ा। एक मील चलने के बाद वह उस सड़क पर पहुँचा जहां वह पुरवा था जिस पर बस ठहरती थी। वहां कई गांव वाले आराम से बैठ कर बस का इंतजार कर रहे थे। बस को अपने तय समय से एक घंटा देर हो चुकी थी, लेकिन वे इस देरी के आदी थे। बस सही सलामत वहां तक पहुँच जाये और उन्हें अपने ठिकाने पर पहुँचा दे, इतना उनकी तसल्ली के लिए काफी था। वे सब्र करने वाले लोग थे। और हालांकि बिस्नू के लिए सब्र रखना मुश्किल होता था, लेकिन उसने भी देर से आने वाली बसों और देर से आने वाले मानसून का इंतजार करना सीख लिया था।

II

नाजुक जान इंसानों से भरी छोटी सी बस घाटी के किनारे-किनारे और पहाड़ों के ऊपर से होकर आगे बढ़ती गयी। ड्राइवर का अंदाजा जरा भी चूक जाये, तो वे सभी नीचे घाटी की गहराई में चट्टानों पर गिरकर चकनाचूर हो सकते थे।

'हम कितने छोटे हैं,' बिस्नू ने ऊंची चोटियों और बिना ओर-छोर के आकाश को देखते हुए सोचा। हम में से हर कोई बारिश की एक बूंद से ज्यादा कुछ नहीं है। और मेरा मन है कि हमारे हिस्से में भी बारिश की कुछ बूंदें हों!

उत्तर की ओर अभी भी आग धधक रही थी, लेकिन सड़क दक्षिण की ओर चली गयी, जहां वैसे भी जंगल नहीं थे, बस नंगी मटमैली पहाड़ियां थीं। नीचे नदी के पास धान के छोटे-छोटे खेत थे, लेकिन बदकिस्मती से नदियां नीचे की ओर बहती थीं न कि ऊपर की ओर, और कोई सस्ता तरीका नहीं था जिससे उनका पानी खड़ी ढलानों पर बारिश के भरोसे रहने वाले खेतों तक लाया जा सके।

बिस्नू ने बस की खिड़की से नीचे बह रही नदी को देखा। दोनों किनारों पर बड़ी-बड़ी चटटान नजर आ रही थीं, क्योंकि पिछले कुछ महीनों में पानी काफी नीचे उतर चुका था। 'यहां पेड़ क्यों नहीं हैं?' उसने जोर से सवाल किया, और साथ वाली सीट पर बैठे उस बुजुर्ग का ध्यान अपनी ओर खींच लिया, जिनकी सूखी खांसी की खौं-खौं बंद होने का नाम ही नहीं ले रही थी। भले ही उस दिन ज़्यादा सर्दी नहीं थी, लेकिन उन्होंने ऊनी टोपी पहन रखी थी और एक पुराना मफलर गले में लपेटा हुआ था।

'कभी यहां पेड़ हुआ करते थे,' उन्होंने कहा, 'लेकिन फर्नीचर और घर बनाने के लिए देवदार के पेड़ ठेकेदार ले गये। और चीड़ से राल निकाल-निकाल कर उन्हें मौत के घाट उतार दिया गया। और मवेशियों को खिलाने के लिए पत्ते तोड़-तोड़ कर बलूत को नंगा कर दिया। अगर तुम गौर से देखोगे तो तुम्हें अभी भी कुछ पेड़ों के ढांचे

दिखाई दे जाएंगे, और बाकी बची झाड़ियां, सो बकरियों ने चर कर उनका सफाया कर डाला!'

'यह सब कब हुआ?' बिस्नू ने पूछा।

'कुछ साल पहले। और यह अभी भी दूसरे इलाकों में हो रहा है, हालांकि अब पेड़ों को काटने की मनाही है। जो जंगल बचे हैं, वे दूरदराज के इलाकों में हैं जहां सड़कें नहीं हैं।' उन्हें खांसी का एक और दौरा पड़ा, लेकिन उन्हें एक अच्छा सुनने वाला मिल गया था और वह अपनी बात जारी रखने के लिए बेचौन थे। 'सड़क आपको और मुझे आगे बढ़ने में मदद करती है, लेकिन कुछ के लिए यह गड़बड़ी करना भी आसान बना देती है। शहरों से धनवान लोग यहां आते हैं और वे जो कुछ चाहते हैं, खरीद लेते हैं- जमीन, पेड़, लोग!'

'आप मसूरी क्यों जा रहे हैं, काकू?' बिस्नू ने सलीके से पूछा। वह हमेशा बुजुर्ग लोगों को काकू या काकी कह कर पुकारता था।

'मुझे खांसी हो गयी है जो दूर नहीं होती। शायद मसूरी के अस्पताल में कुछ हो सके। डॉक्टर गांवों में आना पसंद नहीं करते, क्योंकि गांवों में कमाई नहीं होती। इसलिए हमें डॉक्टरों के पास शहर जाना पड़ता है। मेरा एक भाई था जिसका मसूरी में इलाज नहीं हो सका। उन्होंने उसे दिल्ली जाने को कहा। वह अपनी भैंसें बेचकर दिल्ली गया, लेकिन वहां उन्होंने उससे कह दिया कि अब बहुत देर हो चुकी है और कुछ नहीं किया जा सकता। वापस लौटते समय रास्ते में ही उसकी मौत हो गयी। मैं दिल्ली नहीं जाऊंगा। मैं अजनबियों के बीच मरना नहीं चाहता।'

'आप ठीक हो जाएंगे, काकू,' बिस्नू ने कहा।

'तुम ऐसा चाहते हो। तुम्हें मेरी दुआएं लगें, और तुम यह बताओ कि तुम बड़े शहर क्यों जा रहे हो?'

'काम की तलाश में। घर में पैसों की जरूरत है।'

'हमेशा ऐसा ही होता है। तुम्हारे जैसे बहुत लोग हैं जिन्हें काम की तलाश में बाहर जाना पड़ता है। लेकिन रास्ते में भटक न जाना। अपने दोस्तों को इतनी छूट न देना कि वह तुम्हें फिल्म स्टार बनने के लिए

मुंबई जाने को राजी कर लें! मुंबई की सड़कों पर भूखे रहने से अच्छा है अपने गांव में भूखा रहना। मेरा एक भतीजा था जो मुंबई गया था। तस्करों ने उसे अफीम बेचने के काम में लगा दिया और अब वह जेल में है। बड़े शहरों से दूर रहो, बेटा। पैसा कमाओ और घर जाओ।'

'ऐसा ही करूंगा, काकू। मेरी मां और बहन गर्मी का मौसम खत्म होने से पहले मेरी वापसी की उम्मीद करेंगे।'

बुजुर्ग ने जोर से सिर हिलाकर हामी भरी और फिर से खांसने लगे। फिर उन्हें नींद आ गयी। बस के अंदर तंबाकू के धुएं और पेट्रोल की गंध भरी थी और इसी का नतीजा था कि बिस्नू के सिर में दर्द होने लगा। उसने अपना सिर खुली खिड़की के पास रखा, ताकि ज़्यादा से ज़्यादा ताजी हवा ले सके, लेकिन उसके मुंह और आंखों में धूल जाती रही।

धूल भरे कई घंटों बाद बस मसूरी में घुसी, जिसका हॉर्न किसी भी चीज के आगे आने पर बज उठता था। खोये- खोये से नजर आ रहे मुसाफिर नीचे उतरे और अपने-अपने रास्ते चले गये। बुजुर्ग ने भारी कदमों से अस्पताल का रुख किया।

बिस्नू को सीधे नौकरी की तलाश में जुटना पड़ा। उसे रात बिताने के लिए जगह की जरूरत थी और वह सबसे सस्ते होटल का किराया भी नहीं दे सकता था। इसलिए वह एक दुकान से दूसरी दुकान पर, और सब रेस्तरां और छोटी-छोटी खाने-पीने की जगहों पर गया, और बिस्तर, खाने और कम से कम दिहाड़ी पर कुछ काम तलाशने लगा। मिठाई की एक दुकान पर काम करने वाले एक लड़के ने उसे बताया कि शहर के तीन सिनेमाघरों में से एक 'पिक्चर पैलेस' में एक जगह खाली है। पहाड़ी सैरगाह की बड़ी सड़क पर लोगों की भीड़ थी, क्योंकि सैलानियों की भीड़ वाले दिन अभी शुरू ही हुए थे। उनमें से ज़्यादातर सैलानी थे जो दिल्ली और दूसरे बड़े शहरों से आये हुए थे।

जब बिस्नू पिक्चर पैलेस में हाजिर हुआ तब सड़क पर लगी बत्तियां जल चुकी थीं, और दुकानें जगमगा रही थीं,

III

जो आदमी सिनेमाघर की चाय की दुकान चला रहा था, उसने अपना यहां काम में हाथ बंटाने वाले लड़के को उसके मामूली से लाप. रवाही के लिए काम से हटा दिया था। जब भी वह किसी नये लड़के को काम पर रखता था (जो कि अक्सर होता था), वह शुरुआत में ही उसे यह बता कर आगाह कर देता: तुम जितने भी कप और प्लेट तोड़ोगे, मैं उन सबका हिसाब रखूंगा, और उनकी कीमत महीने के आखरि में तुम्हारी तनख्वाह से काट ली जाएगी।

क्योंकि बिस्नू की तनख्वाह पचास रुपये माहवार तय हुयी थी, इसलिए अगर वह तनख्वाह लेनी है, तो उसे बहुत होशियारी से काम करना होगा।

चाय की दुकान पर काम करने वाले तीन में से एक लड़के चितरू ने कहा, 'मुझसे छह प्याले और पांच तश्तरी टूटी थीं, और मेरी तनख्वाह बनी थी कुल तीन रुपये! होशियार से काम करना!'

बिस्नू का काम था चाय और समोसे तैयार करने में मदद करना, फिल्म के इंटरवल के दौरान जनता को नाश्ते में यह चीजें परोसना और बाद में झूठे बर्तन धोना। तनख्वाह के अलावा, वह जितनी चाय पीना चाहे पी सकता था। लेकिन चीनी बहुत कम डाली जाती थी।

बिस्नू ने उसी समय काम शुरू कर दिया और वह अपने काम में उतना ही पक्का था जितने कि दोनों दूसरे चाय वाले लड़के, चितरू और बाली। चितरू एक सीधा सा आलसी लड़का था जो हमेशा अपने काम का बोझ किसी और के कंधों पर डालने की कोशिश करता था। लेकिन वह कंजूस नहीं था, और उसने पहले सप्ताह के दौरान बिस्नू को पांच रुपये उधार दिये थे। बाली, चाय वाला लड़का होने के साथ, पोस्टर वाले लड़के का अहम काम भी करता था। सुबह के समय सिनेमाघर बंद रहता था। तब बाली या तो मसूरी भर में बड़े पोस्टर बोर्ड को ठेलते हुए घूमने में जुटा रहता था, या ठीक-ठाक दीवारों पर पोस्टर चिपकाया करता था।

‘पोस्टर बड़े काम के होते हैं,’ उसने दावे के साथ कहा, ‘वे पुरानी दीवारों को गिरने से रोकते हैं।’

मसूरी में चितरू के रिश्तेदार थे और वह उनके घर पर सोता था। लेकिन बिस्नू और बाली दोनों को ही अपना इंतजाम खुद करना था, और उन्हें सिनेमाघर में सोना पड़ा। आखरी शो के बाद हॉल में ताला लगा दिया जाता था, इसलिए वे महंगी सीटों पर नहीं बैठ सकते थे जबकि वह वहीं बैठना चाहते थे। उन्हें टिकट खिड़की के पास, गलियारे में एक गंदे से गद्दे पर सोना पड़ता था, जहां हिमालय से आने वाली बर्फीली हवाएं उन पर कहर ढाती थीं।

बाली ने अपने पोस्टर बोर्ड को इस तरह दीवार से टिकाकर रख लिया था कि उसकी आड़ में उनके लिए एक छोटी सी आरामदेह जगह बन जाती जहां वे हवा से बच कर सो जाते थे। क्योंकि उन दोनों के पास सिर्फ एक-एक कंबल ही था, इसलिए वह अपने कंबल एक साथ खुद पर लपेट आपस में गुड़मुड़िया कर गर्माहट की गठरी सी बना लेते थे।

शो के दौरान, जब बिस्नू चाय लेकर जाता था, तो अक्सर कोई न कोई उसके साथ बेहूदे और बुरे ढंग से जरूर पेश आता था। एक बार जब उससे चाय छलक कर कॉलेज में पढ़ने वाले एक लड़के के जूते पर गिर गयी, तो उसकी पिंडली पर एक जोरदार लात पड़ी। उसने चाय की दुकान के मालिक से शिकायत की, लेकिन उसके मालिक ने कहा, ‘ग्राहक हमेशा सही होता है। तुम्हें समय रहते रास्ते से हट जाना चाहिए था!’

जैसे-जैसे वह इस जिन्दगी मे रमने लगा, बार-बार आने वाले कुछ ग्राहकों में बिस्नू की दिलचस्पी बढ़ने लगी।

मिसाल के तौर पर, छन्नी का काम करने वाली मूंछों और बड़ी कद-काठी वाले महाशय, जो तश्तरी में उड़ेल कर चाय पीते थे। जैसे ही वह तश्तरी को होठों से लगाते, उसके होंठ किसी पंप की तरह काम करते, और थोड़ी सी हलचल के बाद, कुछ ही सेकंड में सारी चाय तश्तरी से गायब हो जाती थी। बिस्नू को अक्सर ऐसा लगता था कि उन महाशय के ऊपरी होंठ वाले जंगल में ऐसा कुछ छिपा है, जो अचानक निकल कर उसे धर दबोचेगा!

लड़कों को कुछ ग्राहकों की खूबियां एक दूसरे को बताने में बहुत मजा आता था।

बिस्नू ने ऐसी चटक-मटक, लिपी-पुती औरतें पहले कभी नहीं देखी थीं। उसकी बहन पूजा समेत उसके गांव की लड़कियां अक्सर सुंदर और हट्टी-कट्टी होती थीं; लेकिन वह मैदान के शहरों की इन ज़्यादा धनवान महिलाओं की तरह इत्र या श्रृंगार की चीजों का इस्तेमाल नहीं करती थीं। महंगे कपड़े और गहने पहनने वाली इन महिलाओं ने कभी बिस्नू पर कभी कोई खास ध्यान नहीं दिया। जबकि दूसरी महिलाएं उसके कप और प्लेट उठाने आने पर उस पर ध्यान देने के साथ उससे प्यार से बोलतीं और उसे एक छोटी सी रकम बख्शीश में भी दे जाया करती थीं। उसने पाया कि बख्शीश की रकम से हर माह उसे कुछ रुपयों की कमाई हो सकती है; और जब उसे अपनी पहले महीने की तनख्वाह मिली, तो वह उसका कुछ हिस्सा घर भेज सका।

चितरू उसके साथ डाकघर गया और मनीआर्डर फॉर्म भरने में उसकी मदद की। बिस्नू गांव के स्कूल में तो पढ़ा था, लेकिन फॉर्म भरना और कागजी कामकाज पर उसकी पकड़ नहीं थी। जबकि चितरू को शहर में रहते हुए काफी समय हो चुका था, और वह इन सब के बारे में सब कुछ जानता था, भले ही उसे पढ़न-लिखना मुश्किल से आता था।

सिनेमाघर की ओर वापस चलते हुए, चितरू ने कहा, 'हम चूना पत्थर की खदानों में ज्यादा पैसा कमा सकते हैं।'

'ठीक है, इसे भी आजमाते हैं,' बिस्नू ने कहा।

'अभी नहीं,' चितरू ने कहा, 'सीजन के बाद, मानसून के बाद।' वह पहाड़ी सैरगाह में भीड़भाड़ वाले मौसम का पूरा मजा लेता था।

लेकिन अभी ऐसा कोई मानसून नहीं आ गया था जिसका जिक्र किया जाये, बस पहाड़ पर कभी-कभार बूंदा-बांदी हो जाती थी जिससे मैदानी इलाकों से उड़कर आने वाली धूल भी हवा से नहीं हट पाती थी। बिस्नू सोचने लगा कि घर पर उसकी मां और बहन किस हाल में होंगे।

घर की याद की एक लहर उसे भिगो गयी। अपनी सारी चमक-दमक के बावजूद, हिल स्टेशन उपहार में मिले उस सुंदर डिब्बे जैसा था जिसके अंदर कुछ भी न हो।

एक दिन सिनेमा में बिस्नू ने उस बुजुर्ग आदमी को देखा जो उसके साथ बस में सफर कर रहा था। वह लंबे समय से बिछड़े हुए दोस्त की तरह उनसे मिला। पहले तो बुजुर्ग ने उसे नहीं पहचाना, लेकिन जब बिस्नू ने उनसे पूछा कि क्या उन्हें अपनी बीमारी से छुटकारा मिल गया है, तो बुजुर्ग को याद आया और उन्होंने कहा, 'तो बेटा तुम अभी भी मसूरी में हो। अच्छी बात है। मुझे लगा कि तुम ज़्यादा पैसा कमाने के लिए दिल्ली चले गये होगे।' उन्होंने बताया कि उनकी तबीयत थोड़ी बेहतर थी, और अस्पताल में उनका इलाज चल रहा था। बिस्नू उनके लिए एक कप चाय लाया और उसका पैसा लेने से इनकार कर दिया; और इसे अपने हिस्से की मुफ्त चाय में गिना लिया। जब शो खत्म हुआ तो बुजुर्ग अपने रास्ते चले गये और बिस्नू फिर कभी उनसे नहीं मिला।

सितंबर में शहर खाली होने लगा। अब नल सूखने लगे थे या फिर उन से सिर्फ मटमैले पानी की पतली सी धार निकल रही थी। पहाड़ पर लगातार कई दिनों तक घना कोहरा छाया रहा, लेकिन बारिश नहीं हुई। जब कोहरा साफ हुआ, तो पतझड़ की बयार देवदार के पेड़ों के बीच से फुसफुसाते हुए आयी।

महीने के आखिर में पिक्चर पैलेस के मैनेजर ने सभी को एक हफ्ते का नोटिस दिया, एक हफ्ते की पगार दी, और एलान कर दिया कि सिनेमा सर्दियों के लिए बंद हो रहा है।

IV

बाली ने कहा, 'मैं काम की तलाश में दिल्ली जा रहा हूँ। अब अगली गर्मियों में वापस आऊंगा। बिस्नू, तुम्हारा क्या इरादा है? तुम मेरे साथ क्यों नहीं चलते? दिल्ली में काम ढूंढना आसान है।'

'मैं चितरू के साथ यहीं रहूँगा,' बिस्नू ने कहा, 'हम खदानों में काम कर सकते हैं।'

'मुझे बड़े शहर में रहना अच्छा है,' बाली ने कहा। 'मुझे दुकानें और लोग और खूब सारा हो-हल्ला पसंद है। मैं अपने गांव कभी वापस नहीं जाऊंगा। न वहां पैसा है, न कोई मजा।'

बाली ने अपनी चीजों को एक गठरी में बांधा, और बस स्टैंड के लिए निकल पड़ा। बिस्नू ने अपने लिए एक जोड़ी सस्ते जूते खरीदे, क्योंकि उसके पुराने जूते कई जगह से फट चुके थे। उसके पास जो पैसा बचा था, उसे उसने एक बार फिर मनीऑर्डर से घर भेज दिया। फिर वह और चितरू मसूरी से आठ मील दूर चूना पत्थर की खदानों की ओर निकल पड़े।

जब उन्होंने हवा में चूने के पत्थर की धूल के गुबार देखे, तो वे समझ गये कि वे खदानों के पास पहुँच गये हैं। धूल की वजह से पीछे वाले पहाड़ नजरों से ओझल हो गये थे। जब उन्हें पहाड़ दिखाई दिया, तो उन्होंने पाया कि उसकी चोटी को डायनामाइट से उड़ाया जा चुका था ताकि ऊपरी सतह के नीचे वाली चट्टानों के नीचे गहराई में चूना पत्थर की मोटी परत तक पहुँचा जा सके।

निचली ढलानों पर कुछ पेड़ों के ढांचे खड़े थे। बाकी सब कुछ करीब-करीब साफ हो चुका था- घास, फूल-पौधे, झाड़ियां, परिंदे, तितलियां, टिड्डे, बीरबहूटी। चट्टानों में रहने वाली एक छिपकली ने घुसपैठियों को देखने के लिए एक दरार से अपना सिर बाहर निकाला। फिर लाखों साल से मौत को चकमा देने में कामयाब जीव की तरह, वह झटपट रेंग कर वापस जमीन के अंदर अपने छुपने की जगह जा घुसी। 'जब मैं छोटा था तब यहां आया करता था,' चितरू ने चहकते हुए कहा।

'तब क्या यहां खदानें थीं?'

'अरे, नहीं। मैं और मेरे दोस्त स्ट्रॉबेरी चुनने के लिए आते थे। इस पहाड़ पर हर तरफ उगा करती थीं- जंगली स्ट्रॉबेरी, जिन का स्वाद बहुत अच्छा होता था।'

'अब वे कहां हैं?' तोड़फोड़ के बाद बची पहाड़ी को देखते हुए बिस्नू ने पूछा।

'सब खत्म हो गया,' चितरू ने कहा। 'हो सकता है कि आगे वाले पहाड़ पर कुछ मिल जाएं।

जब वे खदानों की ओर बढ़ रहे थे तभी एक विस्फोट ने पहाड़ी को हिला दिया। सड़क पर गिरने वाले पत्थरों की बौछार से बचने के लिए चितरू ने बिस्नू को एक निकली हुई चट्टान की आड़ में खींच लिया। बहुत सारी धूल ने उन्हें ढक लिया। तभी बिस्नू को खांसी उठी। जब हवा थोड़ी साफ हुई, तो उन्होंने देखा कि उनके आगे चूना पत्थर का ढेर लगा हुआ है।

चितरू उम्र और कद-काठी दोनों में बिस्नू से बड़ा था; उसे उसी समय मजदूर के तौर पर भर्ती कर लिया गया। लेकिन मजदूरों के मुखिया ने बिस्नू की ओर एक नजर डाली और कहा, 'तुम बहुत छोटे हो। तुम पत्थरों को तोड़ने या इन भारी चट्टानों को उठाकर ट्रकों में लादने काम नहीं कर पाओगे, लड़के। चलो यहां से भागो! कुछ और काम ढूंढ लो।'

उससे मजदूरों की कैंटीन में नौकरी पर रखने की बात की गयी, लेकिन वह चाय बनाने और बर्तन धोने के काम से पक चुका था। वह उल्टे पांव मसूरी लौटने ही वाला था कि एक भारी हाथ उसके कंधे पर आकर ठहरा। उसने सिर उठाकर पीछे देखा तो वहां सिर पर पगड़ी पहने सफेद दाढ़ी वाले एक सिख को छोड़ने वाले अंदाज में अपनी ओर देखते हुए पाया।

'मुझे अपने ट्रक के लिए क्लीनर चाहिए, उन्होंने कहा। काम आसान है, लेकिन ज़्यादा देर तक काम करना होगा!'

बिस्नू ने कुछ रूखे और कुछ जोशीले अंदाज मे की गयी उनकी बात का तुरंत जवाब दिया।

'आप कितना देंगे?' उसने पूछा।

'पंद्रह रुपये रोज, और तुम्हें डिपो में खाना और सोने को बिस्तर मिलेगा।'

'बस मुझसे खाना न बनवाया जाये,' बिस्नू ने कहा।

ट्रक ड्राइवर हंस पड़ा। 'एक बार बस तुम डिपो के खाने का स्वाद चख लो, तो तुम खुद ही खाना बनाना पसंद करोगे। क्या तुम मेरे ट्रक पर आ रहे हो? और सोच लो।'

'अब मैं आपके साथ ही काम करूंगा,' बिस्नू ने कहा; और चितरू को अलविदा कहते हुए, वह सरदार जी के पीछे-पीछे चलकर ट्रक तक पहुँच गया।

V

गाड़ी का हॉर्न बजा और पहाड़ों पर पसरे सन्नाटे को चीरता हुए ट्रक सड़क के एक मोड़ पर आ पहुँचा। बकरियों का झुंड बायीं और दायीं ओर दो हिस्से में बंट गया।

चरवाहा खीज कर न जाने क्या-क्या बड़बड़ाने लगा क्योंकि धूल के एक बादल ने उन्हें घेर लिया था। और फिर ट्रक उन्हें पीछे छोड़ खदानों की ओर जाने वाले ऊबड़-खाबड़ कच्चे रास्ते पर खड़खड़ाता हुआ आगे बढ़ता गया।

एक हाथ ट्रक के स्टीयरिंग व्हील पर रख पर बैठे प्रीतम सिंह दूसरा हाथ अपनी सफेद मूछों पर फेर रहे थे। यह उनका अपना ट्रक था। उन्होंने कभी किसी और को इसे चलाने की इजाजत नहीं दी थी। हर दिन वह खदानों के दो चक्कर लगाते थे, और उसमें चूना पत्थर भरकर ट्रक को वापस पहाड़ी की तलहटी में बने डिपो तक ले जाते थे। उन्हें चक्कर के हिसाब से भुगतान किया जाता था इसलिए वह रोजाना यह दो चक्कर लगाने के लिए बेचौन रहते थे। उनके बगल में उनका नया क्लीनर बिस्नू बैठा था। एक महीने से भी कम समय में बिस्नू ट्रकों की देखभाल करने, उनमें जाने और यहां तक कि उनमें सोने में तजुर्बेकार हो चुका था। पचास साल के सिख प्रीतम सिंह के साथ उसकी अच्छी पटने लगी थी। उन्हें खूब मजे में गुजर बसर कर रहे अपने दो बेटों पर फक्र था, जिनमें से एक पंजाब में किसान था और दूसरा दूर लंदन में शराब का कारोबार करता था। वह दोनों में से किसी के साथ भी रहने के लिए जा सकते थे, लेकिन आजादी से अपनी जिंदगी बिताने की बात उन्हें अपना पुराना खस्ताहाल ट्रक लेकर सड़क पर ले आती थी।

प्रीतम ने हॉर्न को जोर से दबाया। अब सड़क पर न तो कोई जानवर था और न ही इंसान, लेकिन प्रीतम को अपने हॉर्न की आवाज सुनना

अच्छा लगता था और उसे बजाने में मजा आता था। वह बड़ी शान से अपनी गाड़ी के हॉर्न को उत्तर भारत में सबसे ऊंची आवाज वाला हॉर्न बताते थे। हालांकि उसकी आवाज सुनने वालों के दिलों में दहशत पैदा कर देती थी, क्योंकि उसकी आवाज हाथी की चिघाड़ से तेज थी, लेकिन वह प्रीतम के कानों को संगीत जैसी लगती थी।

प्रीतम ने बिस्नू के साथ हमेशा बराबरी का सलूक किया और कई बार साथ सफर करते हुए उनके बीच एक दोस्ताना सा पनप गया था।

'शरीर के अंजर-पंजर ढीले कर देने वाली सड़क पर एक साल और चला लूं,' प्रीतम ने कहा, 'और फिर मैं अपना ट्रक बेच दूंगा, और फिर घर पर आराम करूंगा।'

'लेकिन इतना पुराना खटारा ट्रक कौन खरीदेगा?' बिस्नू ने पूछा। 'आप से पहले यह रिटायर हो जाएगा!'

'अब बेइज़्जती मत करो, लड़के। यह सिर्फ बीस साल का है, और उसमें भी अभी कुछ साल बाकी हैं!' और जैसे इसी बात को साबित करने के लिए उन्होंने फिर से हॉर्न बजाया। उसकी तेज आवाज पहाड़ की घाटी में कई बार गूंजी। जंगली मुर्गे का एक जोड़ा अचानक झाड़ियों से निकला और ज़्यादा शांत जगह की ओर भाग खड़ा हुआ।

प्रीतम को खाने की याद आयी। 'कई दिनों से कुछ अच्छा खाना नहीं खाया है।'

बिस्नू ने कहा, 'हफ्तों से अच्छा खाना नहीं खाया है,' हालांकि सच यह है कि अब वह सिनेमाघर वाली चाय की दुकान वाले दिनों के मुकाबले ज़्यादा तंदुरुस्त दिखने लगा था।

'आज रात मैं तुम्हें एक अच्छे होटल में खाना खिलाऊंगा। तंदूरी चिकन और चावल का पुलाव।'

उन्होंने फिर अपना हॉर्न बजाया, मानो अपने वादे पर मुहर लगायी हो। फिर उन्होंने गाड़ी धीमी कर दी, क्योंकि वहां सड़क संकरी और तीखे ढलान वाली थी, और उसके आगे खच्चरों का एक काफिला चल रहा था। हॉर्न बजते ही एक खच्चर आगे दौड़ा, दूसरा पीछे की

ओर भागा। एक ऊपर को चढ़ने लगा, दूसरा नीचे दौड़ गया। जल्द ही ट्रक के हर तरफ खच्चर ही खच्चर थे। प्रीतम खच्चरों पर बौखला रहा था और खच्चर वाला प्रीतम पर; लेकिन जल्दी ही प्रीतम ने उन्हें बहुत पीछे छोड़ दिया।

इस तरफ के इलाके में सभी पहाड़ियां पथरीली और सूखी थीं। ज़्यादातर जंगल काफी पहले ही गायब हो चुके थे।

क्या तुम्हारे इलाके की पहाड़ियां भी इनकी जैसी नंगी हैं?' प्रीतम ने पूछा। 'नहीं, हमारे यहां अभी भी कुछ पेड़ बचे हैं,' बिस्नू ने कहा। वहां अभी तक किसी ने पहाड़ियों को विस्फोट करके उड़ाना शुरू नहीं किया है। हमारे घर के सामने एक अखरोट का पेड़ है जिससे हमें हर साल दो टोकरी अखरोट मिलता है। और एक खुबानी का पेड़ है। लेकिन इस साल अच्छे से फला नहीं। बारिश ही नहीं हुई। और धारा बहुत दूर है।

'जल्दी ही बारिश होगी,' प्रीतम ने कहा। 'मुझे लगता है बारिश आने वाली है। उत्तर से आती हवा बता रही है। देखना, सर्दी जल्दी पड़ेगी। बारिश होगी तब धूल हटेगी।'

हर तरफ धूल ही धूल थी। ट्रक धूल से भरा हुआ था। झाड़ियों की पत्तियां और जो थोड़े से पेड़ थे उन पर भी धूल जमी थी। बिस्नू अपने मुंह और आंखों में धूल महसूस कर सकता था। और जैसे-जैसे वे खदानों के नजदीक पहुँचे, धूल बढ़ती गयी। लेकिन यह एक अलग तरह की धूल थी जो ज़्यादा सफेद थी; जिससे आंखों में चुभन और नथुने में जलन हो रही थी।

सुबह से ही वहां पहाड़ उड़ाने के लिए धमाके किये जा रहे थे।

'चलो यहां ठहर जाते हैं,' प्रीतम ने ट्रक को एक जगह रोकते हुए कहा। वे खामोश बैठे, कांच के उस पार सड़क पर थोड़ा आगे की चट्टानों पर धमाकों से की गई तोड़फोड़ के घावों को घूरते रहे। फिर एक तेज धमाके के साथ एक तरफ का पहाड़ बिखरने लगा। मिट्टी और चट्टानें दरक कर नीचे जाने लगे।

झाड़ियों और छोटे-छोटे पेड़ों को हवा में उछलते देख हैरानी से बिस्नू का मुंह खुला का खुला रह गया। चट्टानों को फटकर उछलते हुए

देखने से उसे कभी इतना डर नहीं लगता था, जैसे पेड़ों को जमीन से ऊखड़ कर एक तरफ गिरते और बर्बाद होते देखने पर लग रहा था। उसे घर पर लगे पेड़ों की याद आ गयी- अखरोट, शाहबलूत, चीड़। वह सोचने लगा कि क्या एक दिन उनका भी यही हश्र होगा, और क्या दूसरे पहाड़ भी इस इलाके के पहाड़ों की तरह रेगिस्तान जैसे बंजर बन जाएंगे। जहां न कोई पेड़, न कोई घास, न पानी, सिर्फ खान-खदानों की दमघोंटू धूल होगी।

VI

प्रीतम ने फिर अपनी गाड़ी के हॉर्न को जोर से दबाया, ताकि वहां के लोगों को पता चले कि वह उसी तरफ आ रहा है। उसने एक छोटे से शेड के बाहर ट्रक को खड़ा कर दिया जहां ठेकेदार और फोरमैन चाय की चुस्कियां ले रहे थे। कुछ ही दूरी पर, उस समय वहां काम कर रहे कुछ मजदूर, जिनमें चितरू भी था, चट्टानों पर हथौड़ों से वार करके उनके ले जाने लायक छोटे टुकड़े कर रहे थे। पत्थरों का एक ढेर लदे जाने के लिए तैयार रखा था; जबकि जिस चट्टान को अभ: ी-अभी विस्फोट से तोड़ा गया था, उसके टुकड़े पहाड़ी पर हर तरफ बिखरे पड़े थे।

'आओ, एक कप चाय पी लो,' ठेकेदार ने आवाज लगायी।

प्रीतम ने कहा, 'मैं सारे दिन यहां नहीं ठहर सकता। अभी एक और चक्कर लगाना है और दिन भी छोटे होने लगे हैं। मैं नहीं चाहता कि रात में गाड़ी चलानी पड़े।'

लेकिन वह एक बेंच पर बैठ गया और स्टॉल से दो कप चाय मंगवायी। फोरमैन टहलते हुए मजदूरों के दल के पास गया और उनसे ट्रक में पत्थर भरना शुरू करने को कहा। बिस्नू ने ट्रक के पिछले हिस्से में लगे पटरे को नीचे गिरा दिया। फिर, अपने बदन में गर्माहट पैदा करने के लिए, वह चितरू और पत्थर लादने वाले लोगों का हाथ बंटाने लगा।

'मदद करने के लिए भुगतान की उम्मीद न करना,' ठेकेदार शर्मा ने कहा, जिसके लिए खर्च किया गया हर रुपया उसके मुनाफे से गया रुपया था।

'चिंता मत करो,' बिस्नू ने कहा। 'मैं ठेकेदारों के लिए काम नहीं करता, दोस्तों के लिए काम करता हूँ।'

'सही बात है,' प्रीतम ने कहा। 'बिस्नू से जो कहना, जरा सोच समझकर कहना। वह किसी का नौकर नहीं है!'

शर्मा को तब तक चौन नहीं पड़ा, जब तक कि ट्रक में एक भी पत्थर के लिए जगह नहीं बची। तभी बिस्नू ने चाय का प्याला पिया और तीन आदमी खुले ट्रक में भरे पत्थरों पर चढ़ गये।

'सब ठीक है, चलो चलते हैं!' प्रीतम ने कहा। 'मैं आज जल्दी काम खत्म करना चाहता हूँ। बिस्नू और मैं आज बढ़िया खाना खाने जा रहे हैं!'

बिस्नू उछल कर प्रीतम के बगल में बैठ गया, और दरवाजा बंद कर लिया। वह तब तक ठीक से बंद नहीं होता था, जब तक कि उसे काफी जोर से न बंद किया जाये। लेकिन धीरे से छूने भर से खुल जाता था।

'यह ट्रक चिपकाने वाले प्लास्टर से जोड़ा गया है,' प्रीतम ने मजाक में कहा।

वह एक अलग ही जोश में था। उसने इंजन चालू किया, और जैसे ही वह फोरमैन और ठेकेदार के पास से गुजरा, उसने अपना हॉर्न बजाया।

'वे धमाके सुन-सुन कर आधे बहरे हो चुके हैं,' प्रीतम ने कहा। 'मैं उन्हें परी तरह से बहरा बना दूंगा!'

जब ट्रक घुमावदार सड़क के तीखे मोड़ों पर घूम रहा था तो मजदूर गीत गा रहे थे। बिस्नू के बगल वाले दरवाजे के कब्जे खड़खड़ा रहे थे। तेज चाल से उसका सिर घूमने लगा था। 'ज़्यादा तेज नहीं,' उसने कहा।

'अच्छा,' प्रीतम ने कहा। 'मेरे गाड़ी चलाने से डर लग रहा है!'
'बस, आज ही लगा है,' बिस्नू ने बेचौनी से कहा।

'तुम बूढ़े हो रहे हो,' प्रीतम ने कहा। 'और तुम घबराने कब से लगे?'

'जो महसूस हुआ, वही कहा। और कुछ नहीं।'

'यह तुम्हारी दिक्कत है।'

'ऐसा ही लगता है,' बिस्नू ने कहा।

प्रीतम को ऐसा लग रहा था जैसे वह जवान है, वह जोश में था। उसने ट्रक और तेज चलाया। जैसे ही वे एक मोड़ पर घूमे, बिस्नू ने अपनी खिड़की से बाहर देखा।

उसे इतना ही दिखाई दिया कि ऊपर आसमान था और नीचे घाटी। वे बिल्कुल किनारे पर थे; लेकिन संकरी पहाड़ी सड़क पर ऐसा अक्सर होता है।

कुछ और टेढ़े-मेढ़े मोड़ों के बाद, सड़क तेज ढलान के साथ नीचे घाटी की ओर जाने लगी। तभी कहीं से एक आवारा खच्चर दौड़ कर बीच सड़क पर आ गया। प्रीतम ने खच्चर से बचने के लिए स्टीयरिंग व्हील को दाईं ओर घुमाया, लेकिन उस जगह सड़क बाईं ओर जा रही थी। ट्रक सड़क से उतर गया।

36 जैसे ही ट्रक घाटी की ओर झुका, पहाड़ के बाहर को निकले एक बड़े से हिस्से पर कुछ पल लटक सा गया, तभी मजदूर ट्रक के पीछे से कूद पड़े। ट्रक आगे बढ़ा, और जैसे ही वह एक बड़ी चट्टान से टकराया, दरवाजा खुल गया। बिस्नू बाहर आकर गिरा।

ट्रक चट्टानों पर उछलता हुआ आगे की ओर बढ़ा, फिर एक चट्टान से टकराकर एक तरफ पलटा और फिर दो बार लुढ़कता हुआ एक पुराने बलूत के पेड़ के तने से टकरा कर वहीं ठहर गया। अगर पेड़ न होता तो ट्रक ढलान पर लुढ़कता-फुढ़कता हुआ कई सौ फीट नीचे घाटी में जाकर गिरता।

दो हक्के-बक्के मजदूर बुरी तरह से कांपते हुए पहाड़ी के ढलान पर बैठ गये। तीसरा आदमी किसी तरह हिम्मत करके उठा और मदद के लिए वापस खदान की ओर दौड़ पड़ा।

बिस्नू बिच्छू घास पर गिरा था। उसके सारे बदन पर तेज जलन मच रही थी, लेकिन उसे कोई चोट नहीं आयी थी। पौधों की वजह से वह सीधे जमीन से नहीं टकराया था। सबसे पहले उसे यही सूझा कि

जल्दी से सड़क पर पहुँचे। फिर उसे एहसास हुआ कि प्रीतम अभी भी ट्रक को अंदर था।

बिस्नू खड़ी ढलान पर फिसलते हुए नीचे पहुँच गया। वह पुकारता जा रहा था- 'प्रीतम काकू, तुम ठीक तो हो न?'

लेकिन उसके सवाल का कोई जवाब नहीं दे रहा था।

VII

जब बिस्नू ने प्रीतम की एक बांह और आधा शरीर ट्रक के खुले दरवाजे से बाहर लटका देखा, तो वह अनहोनी हो जाने से डर गया। वह एक अजीब सी हालत में था, आधा अंदर और आधा बाहर। बिस्नू पीछे मुड़कर पहाड़ी पर चढ़ने ही वाला था कि तभी उसने देखा कि प्रीतम की खून से लथपथ और सूजी हुई आंख थोड़ी सी खुल गयी है। और सीधे बिस्नू पर टिकी है।

'आप ठीक तो हैं?' बिस्नू ने सकपकाते और डरते हुए पूछा।

'तुम्हें क्या लगता है?' प्रीतम ने कहा। उसने फिर आंख बंद कर ली। जब ठेकेदार और उसके आदमी वहां पहुँचे, तो प्रीतम सिंह को ट्रक के मलबे से बाहर निकालने में उन्हें करीब एक घंटा लग गया, और उनके बाद पास के बड़े शहर में उसे अस्पताल पहुँचाने में एक घंटा और लगा। उसकी हड्डियां टूट गयी थीं, पसलियां चटक गयी थीं और कंधे की हड्डी अपनी जगह से उखड़ गयी थी। लेकिन डॉक्टरों ने कहा कि वह ठीक हो जाएंगे, जबकि ट्रक के लिए यह बात नहीं कही जा सकती थी।

कुछ दिनों के बाद जब बिस्नू उससे मिलने आया, तब प्रीतम ने कराहते हुए कहा, 'ट्रक चकनाचूर हो गया। अब मुझे घर जाकर अपने बेटे के साथ रहना होगा।'

'और तुम क्या करोगे, बेटा? मैं तुम्हें अपने दोस्त के ट्रक पर नौकरी दिला सकता हूँ।'

'नहीं,' बिस्नू ने कहा, 'मैं जल्द ही घर जाऊंगा।'

'और तुम घर पर क्या करोगे?'

'अपनी जमीन पर काम करूंगा। विस्फोट करके जमीन उड़ाने से तो अच्छा है कि उसमें कुछ उगाया जाये।'

वे कुछ देर चुप रहे।

'उगने वाली चीजों के बारे में कुछ तो कहना बनता है,' प्रीतम ने कहा, लेकिन उस पेड़ के लिए क्या कहूँ जो अगर नहीं होता तो ट्रक पहाड़ की तलहटी में पहुँच कर खत्म हो गया होता, और मैं पट्टियां बंधवाकर तुमसे बात नहीं कर रहा होता। वह पेड़ ही था जिसने मुझे बचाया। यह कभी मत भूलना, बेटा।'

'मुझे याद रहेगा, और मैं यह भी नहीं भूलूंगा कि आपने मुझे रात का खाना खिलाने का वादा किया है।'

खदान में बिस्नू की आखरी रात के दौरान बर्फबारी हुई। वह मजदूरों के लिए बने एक बड़े शेड में चितरू के साथ फर्श पर सोया था। रात को शेड के अंदर जाने की जगह पर हवा के साथ आते बर्फ के तिनके

उड़-उड़ कर जमा होते रहे; सुनसान पहाड़ी दर्रे से होकर आती हवाएं सीटी सी बजाती रहीं। सुबह बिस्नू की आंखें खुलीं तो उसके चारों ओर चकाचौंध कर देने वाली सफेदी छायी थी। शेड की दीवारों के बाहर काफी ऊपर तक बर्फ का ढेर लगा हुआ था, और उन्हें बाहर निकलने में कुछ दिक्कत का सामना करना पड़ा। चाय की दुकान पर बिस्नू को चितरू मिल गया, और उन्होंने साथ बैठकर एक-एक गिलास गर्म, मीठी चाय पी और एक-एक बासी पावरोटी खायी। उसने चित्तरू को अलविदा कहा और घर तक का लंबा रास्ता तय करने के लिए निकल पड़ा। भारी बर्फबारी के कारण सड़क पर आवाजाही बंद हो गयी थी, और अब उसे पूरा रास्ता पैदल तय करना था।

वह दिन भर पहाड़ों पर आगे बढ़ता रहा, और बीच में पड़ने वाले छोटे-छोटे गांवों में नाश्ता-पानी करने के लिए रुका। जब दिन ढला और रात हुई, तब भी वह घर से दस मील दूर था।

लेकिन सफर में उसे दूसरे लोगों का साथ मिल गया था, और वह रात उसने उनके साथ एक छोटे से सराय में बितायी। उन्होंने अलाव जलाया और उसके चारों ओर पास-पास बैठ गये। और हरेक शख्स ने अपने घर-परिवार और खेती की चर्चा की और सभी ने यही माना कि जाड़े की फसलों को बचाने के लिए बर्फ और बारिश ठीक समय पर आती थी। किसी ने गीत गाया और किसी ने भूतों की कहानी सुनायी। वहां उसे घर जैसा ही महसूस हो रहा था, और बिस्नू उनके किस्से सुनते-सुनते सो गया। सुबह सब अलग हो गये और अपने-अपने रास्ते चले गये। जब बिस्नू अपने गांव पहुँचा तो आधा दिन होने को था। खेत बर्फ से ढके हुए थे और पहाड़ी धारा उफान पर थी। जैसे ही वह सीढ़ीनुमा श खेतों पर चढ़कर अपने घर पहुँचा, उसने भौंकने की आवाज सुनी, और उसकी मां का बड़ा सा काला भोटिया कुत्ता बर्फ पर दौड़ते हुए उसके पास आ गया। कुत्ता उस पर उछल पड़ा और उसके हाथों को चाटने लगा और फिर दूसरों को बताने के लिए वापस घर चला गया।

पूजा ने आंगन से उसे देख लिया और 'बिस्नू आ गया, मेरा भाई आ गया!' चिल्लाते हुए घर के भीतर दौड़ी।

उसकी मां 'बिस्नू, बिस्नू!' पुकारते हुए दौड़ती हुई घर से बाहर निकल आयीं।

बिस्नू खेतों के बीच से टहलता हुआ आ रहा था, और उसने कोई जल्दबाजी नहीं की, और न दौड़ लगाती; वह अपनी वापसी के पलों का पूरा मजा लेना चाहता था। उसकी मां और बहन खुशी से खिले चेहरे लिये, घर के आगे उसका इंतजार कर रही थीं।

अब जल्दी करने की कोई जरूरत नहीं थी। वह लंबे समय तक उनके साथ रहेगा, और सिनेमाघर के मैनेजर को गर्मी के मौसम के लिए किसी और को ढूंढना होगा... यह उसका घर था, और यहां उसके खेत थे! यहां तक कि बर्फ भी उसी की थी। जब बर्फ पिघलेगी, तब वह खेतों को साफ करेगा, और उनमें खाद डालेगा, और उन्हें फसल के लिए अच्छी तरह तैयार करेगा।

वह खुद को बहुत बड़ा और बहुत ताकतवर महसूस कर रहा था, क्योंकि वह उस जमीन पर चल रहा था जिससे उसे बहुत लगाव था।

❑❑❑

22

आदमखोर और चांद

I

सारे गांव में सबसे पहले वही सो कर उठा। यहां तक कि बड़ा सा पहाड़ का भोटिया कुत्ता शेरू भी अंधेरे कमरे के एक कोने में, बीती रात जले अलाव के ठंडे पड़ चुके अंगारों के ढेर के पास गुड़मुड़िया कर सोया हुआ था। बिस्नू ने अपना सिर कंबल से बाहर निकला। उसके बाल उलझे और बिखरे थे। उसने आंखें मल कर नींद को भगाया और उखड़ू बैठ गया। फिर, पूरी तरह जागने के बाद, वह जोर से टिक-टिक कर रही वक्त की मार खायी पुरानी घड़ी की ओर बढ़ा जि. सका घर की दूसरी सबसे अहम जगह पर कब्जा था। सबसे ज़्यादा अहमियत वाली जगह पर ज्ञान के देवता गणेश विराजमान थे, जिनका सिर हाथी का और शरीर एक गोल-मटोल लड़के का था। अपने चेहरे को घड़ी के करीब लाने के बाद भी बिस्नू को सिर्फ यही दिखाई दे सका कि सुईयां कहां हैं। पांच बजे थे। उसके पास आधा घंटा था जिसमें उसे तैयार हो कर घर से निकल जाना था।

वह बनियान और जांघिया पहिने उठकर चुपचाप दरवाजे की तरफ बढ़ा। बिना चप्पल-जूते पहने दबे पांव चलने पर भी शेरू जाग गया। वह बड़ा सा काला कुत्ता धीरे से उठा और लड़के के पीछे-पीछे चल पड़ा। दरवाजा खुला और बंद हो गया, और फिर बहुत सवेरे ही लड़का

और कुत्ता घर के बाहर आ चुके थे। जून का महीना था और हिमालय की घाटियों में भी रातें ज़्यादा ठंडी नहीं थीं, लेकिन घास पर ताजी ओस पड़ी थी। बिस्नू ने अपने पैरों के नीचे ओस को महसूस किया। उसने एक गहरी सांस ली और धारा की ओर चलने लगा।

जलधारा की आवाज छोटी सी घाटी के सन्नाटे पर हावी हो रही थी। दिन की शुरुआत के उस समय में यही अकेली आवाज थी; लेकिन बिस्नू को शायद ही इस बात का एहसास था। वह एक ऐसी आवाज थी जो हमेशा से उसकी जिंदगी का हिस्सा रही थी, और जिस पर वह ध्यान नहीं देता था। जब वह पहाड़ी को पीछे छोड़, शहर के रास्ते पर आगे बढ़ गया तब कहीं वास्तव में इस बात पर उसका ध्यान गया। और जब धारा इतने पीछे छूट गयी कि उसकी आवाज सुनाई देनी बंद हो गयी, तब वह सचमुच उस आवाज की कमी को महसूस करने लगा।

उसने अपने अंदर वाले कपड़े उतारे, और कुछ पल अपने शरीर पर उभर आये छोटे छोटे रोंए वाले दानो को गौर से देखता रहा, और फिर उथली धारा के पानी में उतर गया!

जैसे ही वह पानी के अंदर थोड़ा और आगे गया, पहाड़ का ठंडा पानी उसकी कमर और नाभि तक पहुँच गया। अचानक इतनी ठंडक के एहसास के साथ उसे बहुत मजा आया और ठडक के मारे वह पूरा मुंह खोलकर सांस लेने लगा। वह धारा के बहाव के साथ धीरे-धीरे आगे बढ़ निकला, फिर तैरकर दूसरे किनारे पर धारा से जुड़े पानी के तालाब जैसे भराव में जा पहुँचा जहां पानी गहरा और ठहरा था। वहां उसने डुबकी भारी। इतने सवेरे शेरू को ठंडे पानी में जाना बिल्कुल भी अच्छा नहीं लगता था। अगर सूरज चढ़ गया होता, तो वह बिस्नू के पास जाने से नहीं हिचकिचाता। लेकिन फिलहाल वह एक चिकनी चट्टान पर बैठकर भोर के फैलते उजाले में, साफ पानी में छपाके मार रहे दुबले-पतले सांवले लड़के को ताकते हुए ही खुश था।

लेकिन बिस्नू ज़्यादा देर पानी में नहीं रहा। समय ही नहीं था। जब वह घर लौटा, तो उसने अपनी मां को चाय और चपाती बनाते हुए पाया। उसकी बहन पूजा अभी सो ही रही थी। वह बिस्नू से थोड़ी बड़ी थी- बड़ी-बड़ी काली आंखों, सजीले दांत और ताकतवर हाथ-पैर वाली

एक सुंदर लड़की। दिन भर वह घर और खेतों में अपनी मां का हाथ बटाती थी। वह बिस्नू के साथ स्कूल नहीं जाती थी। लेकिन जब वह शाम को घर आता, तो वह स्कूल में सीखी हुई कुछ चीजें उसे सिखाने की कोशिश करता था। उनके पिता मर चुके थे। बारह साल की उम्र में बिस्नू खुद को परिवार का मुखिया मानता था।

उसने घी चुपड़ कर दो चपाती खायीं। फिर एक गिलास गर्म, मीठी चाय पी। उसकी मां ने शेरू को दो मोटी चपाती दीं जिन्हें वह कुछ ही पलों में खा गया। फिर उसकी मां ने कुछ बड़े-बड़े हरे पत्तों में दो चपाती और लौकी की सब्जी लपेटी और बिस्नू को दे दी। यह उसका दिन का खाना था। उसकी मां और पूजा बाद में खाना खाते थे।

जब बिस्नू ने कपड़े पहन लिए, तब वह गणेश जी की तस्वीर के सामने हाथ जोड़कर खड़ा हो गया। गणेश ही वह देवता हैं जो किसी भी नये काम को सफल बनाने की कृपा करते हैं। नयी किताब लिखना शुरू करते हुए लेखक, नयी बही में हिसाब-किताब दर्ज करता साहूकार, या सफर पर निकलने वाला मुसाफिर सभी गणेश की कृपा पाने के लिए उनकी वन्दना करते हैं। और क्योंकि बिस्नू हर दिन एक सफर पर निकलता था इसलिए वह कभी भगवान गजानन का आशीर्वाद लिये बिना घर से नहीं निकलता था।

कोई पूछ सकता है कि गणेश को हाथी जैसा सिर कैसे मिला? जन्म के समय, वह किसी दूसरे सुंदर बच्चे जैसे ही थे। उनकी मां पार्वती को उन पर इतना गर्व था कि वह उन्हें ले जाकर हरेक को दिखाती थीं।

बदकिस्मती से, उन्होंने दूसरों से जलने वाले शनि ग्रह को भी अपना बच्चा दिखाने की गलती कर दी, और उसने बेचारे गणेश का सिर भस्म कर दिया। पार्वती अपने बेटे के लिए एक नया सिर लेने को सृष्टिकर्ता ब्रह्मा के पास गयीं। उनके पास पार्वती को देने के लिए कोई सिर नहीं था, लेकिन उन्होंने सलाह दी कि वह किसी ऐसे इंसान या जानवर को ढूंढें जो कोई पाप या गलत काम कर रहा हो। पार्वती तब तक इधर-उधर भटकती रहीं जब तक कि उन्हें एक हाथी अपना सिर गलत दिशा में, यानी उत्तर की ओर करके सोता हुआ नहीं मिल गया।

उन्होंने फौरन हाथी का सिर काट कर उसे गणेश के कंधों के बीच लगा दिया, और वह वहीं जम गया।

बिस्नू इस कहानी को जानता था। यह उसने अपनी मां से सुनी थी। एक सफेद कमीज, काली हाफ-पैंट और काफी पुराने और घिसे हुए सफेद किरमिच के जूते पहन, चढ़ाई चढ़कर, पहाड़ पर अपने स्कूल जाने के लिए अपनी पांच मील लंबी पैदल यात्रा के लिए तैयार था।

वह जाने ही वाला था, कि तभी उसकी बहन जाग गयी। उसने अपने चेहरे से बालों को पीछे हटाया और बिस्नू को देखकर मुस्कुरा दी। 'मुझे उम्मीद है कि तुम भूले नहीं होगे,' उसने कहा।

'क्या नहीं भूले?' बिस्नू ने ऐसा नाटक करते हुए कहा जैसे उसे कुछ पता ही नहीं। 'कया कुछ ऐसा है जिसे मुझे याद रखना चाहिए?'

'मुझे चिढ़ाओ मत। तुमने मुझसे एक जोड़ी कड़े दिलाने का वादा किया था, याद है? मुझे उम्मीद है कि तुम मिठाई पर पैसा खर्च नहीं करोगे, जैसा तुमने पिछली बार किया था।'

'ओह, हां, तुम्हारे कड़े,' बिस्नू ने कहा, 'लड़कियों को बेकार की चमक-दमक वाली चीजों पर पैसे बर्बाद करने के सिवा कुछ नहीं सूझता। अब, नाराज होकर मत बैठ जाना! ला दूंगा तुम्हारे लिए। लाल और सुनहरे रंग वाले ही तुम चाहती हो न?'

'हां, भाई,' पूजा ने धीरे से कहा। वह खुश थी कि बिस्नू ने रंग तो याद रखे।

'और आज रात के खाने के लिए हम कुछ खास बनाएंगे। 'हैं न, मां?'

'हां। लेकिन जल्दी करो और कपड़े पहन कर तैयार हो जाओ। आज जुताई का कुछ काम करना है। अगर देवताओं की कृपा रही तो यहां जल्द ही बारिश होगी।'

'मानसून इस साल देर से आयेगा, बिस्नू ने कहा। हमारे टीचर नौ. टियाल जी ने हमें ऐसा बताया है। उन्होंने कहा कि इसका देवताओं से कोई लेना-देना नहीं है।'

इससे पहले की बिस्नू अपनी मां से इस बात पर बहस छेड़ देता पूजा ने कहा, 'चलो, अब जाओ भी! तुम्हें देर हो रही है,' वह बड़ी लगन से पुरानी घड़ी में चाबी भर रही थी। कमरे में काफी उजाला था। अब सूरज किसी भी पल निकल निकल सकता था।

बिस्नू ने अपने स्कूल बैग को कंधे पर टांगा, अपनी मां को चूमा, अपनी बहन के गालों पर चुटकी काटी और घर से निकल गया। वह पहाड़ी के ऊपर को जाते खड़ी चढ़ाई वाले रास्ते पर चढ़ने लगा। शेरू आगे-आगे दौड़ता जा रहा था; क्योंकि वह भी हमेशा बिस्नू के साथ स्कूल जाता था।

पांच मील दूर था स्कूल। रविवार को छोड़कर, बाकी सभी दिन बिस्नू पांच मील पैदल चलकर स्कूल जाता था; और शाम को वह फिर पैदल चल कर घर आता था। उसके अपने छोटे से मंजरी गांव में कोई स्कूल नहीं था, क्योंकि गांव में सिर्फ पांच परिवार थे। सबसे पास का स्कूल गढ़वाल जिले से होकर जाने वाले बस के रास्ते में पड़ने वाली एक छोटी सी बस्ती केम्प्टी में था। दो-तीन मील की दूरी से भी कई लड़के पैदल चलकर स्कूल जाते थे; उनके गांव मंजरी जितने दूर-दराज इलाके में नहीं थे। लेकिन बिस्नू का गांव पहाड़ के ठीक नीचे, केम्प्टी से दो हजार फीट से ज़्यादा की सीधी ढलान पर पड़ता था। गांव और कस्बे के बीच कोई ठीक-ठाक सड़क भी नहीं थी।

केम्प्टी में स्कूल, एक छोटा मिशनरी अस्पताल, एक डाकघर और कई दुकानें थीं। मंजरी गांव में इनमें से कोई भी सुविधा नहीं थी। अगर कोई बीमार पड़ जाता था, तो वह तब तक घर पर रहता था जब तक कि वह अपने आप ठीक नहीं हो जाये; और अगर कोई बहुत बीमार होता, तो या तो उसे पैदल चल कर जाना होता था, या फिर उसे पांच मील लंबे रास्ते पर उठा कर ले जाया जाता था। यदि कोई कुछ खरी. दना चाहे, तो वह उसके बिना काम चला लेता; लेकिन अगर आपको उस की बहुत ज़्यादा जरूरत हो तो आप पांच मील चलकर केम्प्टी जा सकते थे।

मंजरी को पांच मील वाले गांव के नाम से जाना जाता था।

अगर गांव की कोई चिट्ठी होती तो हफ्ते में दो बार डाकिया आता था। अक्सर स्कूल से आने-जाने के रास्ते में बिस्नू को डाकिया मिल जाता था।

मंजरी गांव में और भी लड़के थे, लेकिन बिस्नू अकेला था जो स्कूल जाता था। अगर वह घर पर रहकर खेतों में काम करता तो उसकी मां को परेशानी नहीं होती। दूसरे सभी लड़के ऐसा ही किया करते थे; आलसी चितरू को छोड़कर, जो धारा में मछली पकड़ना पसंद करता था या फिर दूसरे लोगों के पेड़ों से फल तोड़ लिया करता था। लेकिन बिस्नू स्कूल जाता था। इसलिए जाता था क्योंकि वह स्कूल जाना चाहता था। उसे स्कूल जाने के लिए किसी ने मजबूर नहीं किया था; और न ही कोई उसे जाने से रोक सकता था। उसने स्कूल की पढ़ाई अच्छी तरह से करने में दिल लगाया। वह इस बड़ी दुनिया के दूसरे लोगों की तरह पढ़ना और लिखना चाहता था, और उसे लगता था कि दुनिया वहीं से शुरू होती है जहां पहाड़ खत्म होते हैं। वह अपनी छोटी सी घाटी में दुनिया से कटा हुआ महसूस करता था। वह पहाड़ की चोटी पर रहना पसंद करता, न कि उसके नीचे। इसलिए उसे केम्प्टी तक जाना पसंद था, क्योंकि वहां जाने के लिए उसे पहाड़ के ऊपर तक चढ़ना पड़ता था; और उसकी चोटी से वह उत्तर की ओर नीचे अपनी घाटी और दक्षिण की ओर दूर-दूर तक फैले मैदानी इलाके को देख सकता था।

मैदानी इलाकों में रहने वाले अपना मन बहलाने के लिए पहाड़ों का रुख करते हैं, लेकिन पहाड़ी अपनी रोजी-रोटी के लिए मैदान की ओर देखता है। अपने गांव और अपने खेतों को नीचे छोड़कर बिस्नू लगातार पथरीली पहाड़ी पर चढ़ता गया, जिसकी हरियाली अब पूरी तरह सूख चुकी थी। जब सूरज निकला, तब तक वह बांज और बुरांस के जंगल की सुहानी छाया में पहुँच चुका था। शेरू गिलहरियों का पीछा करते हुए और लंगूरों पर भौंकते हुए आगे बढ़ता गया।

बांज के जंगल में लंगूरों का एक झुंड रहता था। वे बांज की पत्तियां, उनके शंकु और दूसरी हरी चीजों से पेट भरते थे, और आमतौर पर पेड़ों में रहते थे, सिर्फ खेलने या धूप सेंकने के लिए जमीन पर उतरते थे। वे काले चेहरे और चमकदार मटमैले बाल और कूद-फांद में काम

आने वाली लंबी पूंछ वाले और नाजुक सी बनावट वाले सुंदर जानवर थे। वे बड़ी फुर्ती से एक पेड़ से दूसरे पेड़ पर कूदते रहते थे। उनके बच्चे घास पर लड़कों की तरह आपस में गुत्थम-गुत्थी किया करते थे।

इज्जतदार बिरादरी के लंगूरों में मैदानी इलाकों के लाल बंदरों जैसी बदतमीजी और बेईमानी वाली आदतें नहीं थीं, और वे कुत्तों या इंसानों से दूरी बनाकर ही रहते थे। लेकिन बिस्नू के आने-जाने के वे आदी हो गये थे और उससे डरते नहीं थे। कुछ बड़ी उम्र वाले उसे चुपचाप सवालिया निगाहों से देखा करते थे। वे बस्ती की तरफ नहीं जाते थे, क्योंकि केम्प्टी के लड़के उन पर पत्थर फेंकते थे। और वैसे भी, बांज के जंगल में उन्हें वह सब कुछ खाने को मिल जाता था जिसकी उन्हें जरूरत थी। पेड़ों के बीच से निकलकर बिस्नू ने एक छोटी सी पहाड़ी धारा को पार किया। वह वहां पहाड़ी धारा का साफ पानी पीने के लिए रुका। वह धारा पहाड़ पर से बहकर आती थी और बिस्नू के गांव के कुछ नीचे नदी से मिल जाती थी। दूसरी दिशा से एक दूसरा रास्ता आता था, और दोनों रास्ते जहां आकर मिलते थे, उसी जगह सरू उसका इंतजार कर रहा था। सरू बिस्नू के गांव से करीब तीन मील दूर और कस्बे के नजदीक एक छोटे से गांव में रहता था। उसने अपने कंधों पर दूध के दो बड़े डिब्बे लटका रखे थे। हर सुबह वह इसी तरह दूध लेकर कस्बे तक जाता था। एक डिब्बे का दूध स्कूल में और दूसरे का छोटे से मिशन अस्पताल की महिला डॉक्टर मिसेज टेलर को देता था। वह बिस्नू से थोड़ा बड़ा था लेकिन उतना लंबा-चौड़ा नहीं था।

वे एक-दूसरे को देख कर खुश हो गये और सरू बिस्नू के साथ चलने लगा। वे अक्सर इसी जगह मिलते थे, और वहां से दो मील दूर केम्प्टी तक एक-दूसरे का साथ देते थे।

सरू ने कहा, 'कल रात हमारे गांव में एक तेंदुआ आ गया था।'

बिस्नू के लिए यह जानकारी दिलचस्प तो थी, लेकिन चौंकाने वाली नहीं थी। पहाड़ों पर तेंदुओं की कोई कमी नहीं थी। आमतौर पर वे कोई दिक्कत नहीं देते थे, सर्दियों के महीनों को छोड़कर, क्योंकि तब उन्हें उनका कुदरती शिकार मुश्किल से मिलता था। तब, कभी-कभी, एकाध तेंदुआ किसी लापरवाह कुत्ते या किसी भटकी हुई बकरी का शिकार करने के लिए गांव के बाहरी इलाके में आ जाया करता था।

'क्या तुम्हारा कोई जानवर गया?' बिस्नू से पूछा।

'नहीं। उसने गायों के बाड़े में घुसने की कोशिश तो की थी, लेकिन कुत्तों ने शोर मचा दिया। फिर हमने उसे खदेड़ दिया।'

'वही वाला होगा जो पिछली सर्दियों के आसपास आया था। हमारे गांव के दो कुत्ते और एक बछड़ा उठा ले गया था।'

'वही तो नहीं जिसे शिकारियों ने घायल कर दिया था? ऐसा न हो कि वह पालतू जानवर उठाने का आदी हो गया हो।'

'वही रहा होगा। उसके पैर में गोली लगी है। ये शिकारी ही हैं जो सारी परेशानी खड़ी करते हैं। उन्हें लगता है कि तेंदुए को गोली मारना आसान है। अच्छा होता अगर वे पूरी तरह से चूक जाते, लेकिन वे अक्सर उसे घायल कर देते हैं।'

'और फिर तेंदुए अपनी वह तेजी खो देते हैं कि कांकड़ को पकड़ सकें, और हमारे जानवरों पर शुरू हो जाते हैं।'

'हमारी किस्मत अच्छी थी कि यह आदमखोर नहीं बना। 'क्या तुम्हें छह साल पहले वाला आदमखोर याद है?'

'तब मैं बहुत छोटा था। मेरे पिता ने मुझे यह सब बताया। सिर्फ घाटी में ही दस लोग मारे गये थे' उसका क्या हुआ?'

'मैं नहीं जानता। कुछ लोगों का कहना है कि जब उसने पास वाले गांव के मुखिया को खाया, तो उसपर जहर असर कर गया!'

बिस्नू हँस पड़ा। 'उस पुराने बदमाश को कोई नहीं पसंद करता था। जरूर किसी पिछले जन्म में वह खुद आदमखोर रहा होगा!' उन्होंने एक-दूसरे के हाथ पकड़े और पथरीले रास्ते पर चढ़ने लगे। तभी शेरू भौंकना शुरू कर बाकी सब के आगे दौड़ गया। सामने से कोई आ रहा था। वह निकला डाकिया मेला राम।

II

'हमारे लिए कोई चिट्ठी-पत्री?' बिस्नू और सरू ने एक साथ पूछा। उनके नाम से कभी कोई चिट्ठी नहीं आती थी, लेकिन इसका मतलब

यह तो नहीं कि वह पूछ भी नहीं सकते। इस तरह पूछना यह पता लगाने का एक तरीका था कि किस-किस के नाम चिट्ठियां आयीं।

'अगर तुम मेरा थैला ले कर चलो, तो सारी अपनी समझो,' मेला राम ने कहा।

'आज नहीं,' सरू ने कहा, 'आज हमारे पास समय नहीं है। क्या कॉर्पोरल घनश्याम की उनके परिवार के लिए कोई चिट्ठी है?'

'हां, उनके घरवालों के लिए एक पोस्टकार्ड है। वह अभी लद्दाख सीमा पर तैनात हैं, और वहां उन्हें बहुत ठंड लगती है।'

बंद चिट्ठियों की बात अलग थी, लेकिन पोस्टकार्ड को सार्वजनिक संपत्ति माना जाता था और उन्हें हर कोई पढ़ लेता था। भेजने वाले भी यह बात जानते थे, और इसीलिए कॉर्पोरल घनश्याम सिंह बड़ी होशियारी से यह लिखने से नहीं चूके कि उन्हें उम्मीद है कि बहुत जल्द ही उनकी तरक्की होने वाली है। वह चाहते थे कि उनके गांव के सब लोग यह जान लें।

मेला राम पैरों में दर्द की शिकायत करते हुए अपने रास्ते पर चलता रहा और लड़कों ने अपनी पगडंडी पकड़ी। जब वे केम्प्टी पहुँचे तब आठ बज चुके थे। एक-एक कर के डॉक्टर टेलर्स को दिखाने के लिए आने वाले मरीज अस्पताल के फाटक से अंदर आने लगे थे। डॉक्टर गुलाब की बेल को सहारा देने की कोशिश कर रही थीं जो रात में तेज हवा से गिर गयी थी। वह अपने मरीजों को देखना शुरू करने से पहले, सुबह-सुबह अपने पौधों की देखभाल करना पसंद करती थीं। वह मानती थी कि इससे उन्हें अपने काम में मदद मिलती है। बीमार लोगों और पौधों की तकलीफ काफी एक जैसी होती हैं।

डॉक्टर टेलर्स पचास साल की थीं, और उनके बाल पक चुके थे, लेकिन उनकी ताकत और चेहरे की ताजगी बरकरार थी। वह बीस साल से भारत में थीं और इनमें से दस साल पहाड़ी इलाकों में काम करते हुए बीते थे।

उन्होंने बिस्नू को सड़क पर आते हुए देखा। वह इस लड़के और लंबी दूरी तय करके उसके स्कूल जाने के बारे में जानती थी और

उसके जोश और लगन को पसंद करती थी। वह चाहती थीं कि उसके जैसे और बच्चे हों।

बिस्नू ने झिझकते हुए उनको नमस्कार किया। शेरू भौंका और अपने अगले पांव गेट पर टिका कर खड़ा हो गया।

'हां, तुम्हारे लिए एक हड्डी है, डॉक्टर टेलर्स ने कहा। वह इस बड़े से काले कुत्ते के लिए अक्सर हड्डियां अलग रख देती थीं, क्योंकि वह जानती थीं कि बिस्नू के घरवाले कुत्ते को आये दिन मांस खाने को नहीं दे सकते थे, हालांकि दूध और रोटी से भी उसका अच्छी तरह काम चल रहा था। उन्होंने हड्डी को फाटक के ऊपर से उछाल दिया और शेरू ने उसे गिरने से पहले ही लपक लिया। तभी स्कूल की घंटी बजने लगी और बिस्नू स्कूल की ओर दौड़ पड़ा।

शेरू उसके पीछे-पीछे कुलांचे मारता पहुँचा।

जब बिस्नू स्कूल के फाटक के अंदर गया, तो शेरू भी अंदर लगी घास पर बैठ गया। वह खाने की छुट्टी तक वहीं रहेगा। जितनी देर स्कूल लगा रहता था, उतनी देर अपना मन बहलाने के उसके अपने कई तरीके थे और बाजार के कुत्तों में भी उसके कई दोस्त थे। लेकिन फिलहाल वह किसी का साथ नहीं चाहता था। साथ निभाने के लिए उसके पास हड्डी जो थी।

बिस्नू के टीचर नौटियाल जी का मूड खराब था। वह बड़े मन से गुलाब उगाते थे, और उसी सुबह, उठते ही अपने सोने के कमरे की खिड़की से बाहर देखने पर, वह अपने बगीचे में बकरियों के झुंड को देखकर बेहद परेशान हो गये थे। उन्होंने लाठी लेकर सड़क पर उन्हें दूर तक खदेड़ा, लेकिन नुकसान पहले ही हो चुका था। उनके इनामी गुलाबों का सफाया हो गया था।

नौटियाल जी इतना परेशान हो गये कि उन्होंने सुबह नाश्ता ही नहीं किया। फिर दाढ़ी बनाते समय अपना गाल काट लिया। इस तरह उनका मूड बद से बदतर हो गया। दिन में कई बार उन्होंने हर उस लड़के की उंगलियों पर अपना फुटा जड़ दिया जिस-जिस पर उन्हें चिढ़ आ गयी। बिस्नू उनके सबसे अच्छे शिष्यों में से एक था। लेकिन उसी दिन बिस्नू ने नयी तरह के कुछ गणित के सवाल पूछ लिये जिससे नौटियाल जी

उस पर भी खीज गये क्योंकि उन्हें समझाने का नौटियाल जी का मन नहीं था।

तो इस तरह का दिन था वह नौटियाल जी के लिए। स्कूल में पढ़ाने वाले ज़्यादातर टीचर कभी न कभी ऐसे ही दिनों का सामना करते हैं।

'बेचारे नौटियाल जी,' बिस्नू ने सोचा। 'मुझे समझ में नहीं आ रहा है कि वह इतने परेशान क्यों हैं। जरूर इसकी वजह तनख्वाह होगी। उन्हें ज़्यादा पैसा नहीं मिलता है। लेकिन वह एक अच्छे टीचर हैं। उम्मीद है कि वह दूसरी नौकरी नहीं करेंगे।

लेकिन दोपहर का खाना खाने के बाद नौटियाल जी के मूड में सुधार हुआ (जैसा कि खाने के बाद हमेशा होता था) और बाकी का दिन सुकून से बीता। घर पर करने के लिए बहुत सारे काम के बंडल के साथ, बिस्नू चार बजे स्कूल की चारदीवारी से से बाहर आया और फौरन ही शेरू उसके साथ हो लिया। वह अपनी क्लास के कई साथियों के साथ सड़क पर आ गया। लेकिन वह बाजार में ज़्यादा देर नहीं ठहरा। पांच मील पैदल चलकर जाना था, और उसे बहुत देर से घर पहुँचना पसंद नहीं था। अमूमन अंधेरा होने की शुरुआत से पहले ही वह अपने घर पहुँच जाता था।

सरू बहुत पहले घर जा चुका था और बिस्नू को वापसी का सफर अकेले तय करना था। यह उसके लिए अंग्रेजी की वह कविता रटने का अच्छा मौका था जो उसे याद करने के लिए दी गयी थी। बिस्नू उस छोटी सी धारा तक पहुँच गया था, तब उसे उन कड़ों की याद आयी जो उसने अपनी बहन के लिए खरीदने का वादा किया था।

'ओह, मैं उन्हें फिर से भूल गया,' उसने जोर से कहा। 'अब जाकर मुझे ध्यान आया। जरूर उसने रात के खाने के लिए कुछ खास बनाया होगा!'

शेरू ने, जिससे ये बात कही जा रही थी, कोई ध्यान नहीं दिया, बल्कि बांज के जंगल के अंदर दौड़ गया।

बिस्नू ने इधर-उधर बंदरों को देखा लेकिन वे कहीं नजर नहीं आये। 'अजीब बात है,' उसने सोचा, 'मुझे ताज्जुब है,. . . वे एकाएक गायब कैसे हो गये!'

अचानक एक तेज चीख सुनाई दी तो वह चौंक पड़ा। फिर कुत्ते के रिरियाने की आवाज आयी तो वह फौरन समझ गया कि शेरू मुश्किल में है।

यह आवाजें नीचे खड्ड की उन झाड़ियों की तरफ से आ रही थीं जिनकी ओर कुछ ही देर पहले शेरू गया था।

बिस्नू अपना रास्ता छोड़ ढलान पर दौड़ते हुए नीचे झाड़ियों की ओर भागा। वहां न कोई कुत्ता था और न कोई आवाज। उसने सीटी बजायी और आवाज लगायी, लेकिन कोई जवाब नहीं आया। तभी उसने सूखी घास पर कुछ पड़ा देखा। उसने उसे उठा लिया। वह कुत्ते के गले के पट्टे का हिस्सा था, जो खून से सना हुआ था। यह पट्टा शेरू का था, और खून भी शेरू का।

बिस्नू ने और खोजबीन नहीं की। वह समझ गया था कि शेरू को तेंदुए ने पकड़ लिया है। कोई दूसरा जानवर बिना आहट इतनी फुर्ती से हमला नहीं कर सकता था और न ही उससे जूझे बिना एक बड़े कुत्ते को उठा ले जा सकता था। झपट्टा मारने और झकझोरे जाने के कुछ ही पल के अंदर शेरू मर गया होगा। अगर वह पेड़ों के बीच खून के निशानों को देखते हुए आगे बढ़ता तो बिस्नू उस खतरे को जानता था जो उसका इंतजार कर रहा था। तेंदुआ उस इंसान को नहीं छोड़ेगा जो उसके खाने में दखल देगा।

आंसुओं से लबालब आंखें लिए, बिस्नू गांव के रास्ते पर चल पड़ा। उसकी उंगलियां अभी भी खून से सने पट्टे के छोटे से हिस्से को जकड़े हुए थीं। आखिर कुत्ते का बचा जो कुछ भी था, यही था।

III

बिस्नू कोई भावनाओं में बह जाने वाला लड़का नहीं था, लेकिन वह अपने कुत्ते के गम में डूबा था, जो पहाड़ों और जंगलों के बीच से कितनी ही चढ़ाइयों में उसका साथी रहा था। उस रात उसे नींद नहीं आयी। वह करवटें बदलता रहा और बिना ज़्यादा आवाज किये सुबकता रहा। कुछ देर बाद उसने अपने सिर पर पूजा का हाथ महसूस किया। वह उसके माथे को सहला रही थी। उसने उसका हाथ अपने हाथ में

ले लिया और उसके खुरदुरे, गर्म, जाने-पहचाने हाथ को पकड़ने से उसे राहत और सुरक्षा का एहसास मिला।

अगली सुबह, जब वह नहाने के लिए धारा में उतरा, तो उसे अपने कुत्ते के वहां मौजूद न होने का एहसास हुआ। वह पानी में ज़्यादा देर नहीं ठहरा। जब उसपर नजर रखने वाला शेरू नहीं था तो फिर क्या मजा रह गया था।

जब बिस्नू की मां ने उसे खाना परोसा, तो उसने उससे कहा, 'होशियार रहना और शाम को घर जल्दी आ जाना। चाहे वह चुपचाप चालाकी से भेड़ या कुत्तों को ही क्यों न उठा ले जाता हो, लेकिन तेंदुए से उलझना ठीक नहीं। और फिर इस तेंदुए ने तो अंधेरा होने से पहले ही कुत्ते को पकड़कर कुछ ज़्यादा ही हिम्मत दिखायी थी।

फिर भी स्कूल न जाने का तो सवाल ही नहीं उठता था। अगर बिस्नू हर बार तेंदुए के आने पर घर से निकलना बंद कर देता, तो वह कभी स्कूल जा ही न पाता।

वह आमतौर पर जिस समय निकलता था उससे पहले ही चल पड़ा और सरू से काफी पहले ही उस जगह पहुँच गया जहां दोनों रास्ते मिलते थे। उसने अपने दोस्त का इंतजार नहीं किया क्योंकि उसे अपने कुत्ते को खोने के बारे में बात करने का मन नहीं कर रहा था। उस दिन डाकिये को भी नहीं आना था और इसलिए बिस्नू रास्ते में किसी से मिले बिना ही केम्प्टी पहुँच गया। वह इस कोशिश में था कि वह बिना किसी की नजर में आये अस्पताल का फाटक पार कर जाये, लेकिन डॉक्टर टेलर ने उसे देख लिया और उन्होंने सबसे पहले यही बात कही- 'शेरू कहां है? मेरे पास उसके लिए कुछ है।'

जब डॉक्टर टेलर ने लड़के का चेहरा देखा, तो उन्हें फौरन पता चल गया कि कुछ गड़बड़ है।

'क्या बात है, बिस्नू?' उन्होंने पूछा। उन्होंने जल्दी से सड़क पर इधर से उधर तक नजरें दौड़ाई। 'क्या शेरू?'

उसने भारी मन से सिर हिलाया।

'उसे तेंदुआ ले गया,' उसने कहा।

'गांव से?'

'नहीं, जब हम जंगल से होकर घर जा रहे थे तब। मैंने कुछ नहीं देखा, बस कुछ आवाजें सुनीं।'

डॉक्टर टेलर जानती थीं कि वह ऐसा कुछ भी नहीं कह सकती थीं जिससे उसे दिलासा दे सकें, और उन्होंने कुत्ते के लिए निकाली गयी हड्डी को छिपाने की कोशिश की, लेकिन बिस्नू ने उन्हें हड्डी को अपनी पीठ के पीछे छिपाते हुए देख लिया और उसकी आंखों में आंसू भर आये। वह मुड़ा और सड़क पर भागने लगा।

उसके स्कूल के साथियों को शेरू नहीं दिखा तो उन्होंने बिस्नू से उसके बारे में पूछा। उसे उनको सब कुछ बताना पड़ा। उन्हें बिस्नू से हमदर्दी तो थी लेकिन जो कुछ हुआ था उससे वे काफी रोमांचित भी थे, और घटना के बारे में एक-एक बात बताने के लिए बिस्नू को परेशान करते रहे। क्लास में बहुत शोर था, और नौटियाल जी को सबको चुप हो जाने के लिए कहना पड़ा। जब उन्हें पता चला कि क्या हुआ है, तो उन्होंने बिस्नू का सिर थपथपाया और उससे कहा कि उसे सारा दिन स्कूल में रहने की जरूरत नहीं है। लेकिन बिस्नू घर नहीं जाना चाहता था। स्कूल के बाद, उसका एक लड़के से झगड़ा हो गया, और इससे उसे शेरू के साथ हुए हादसे को भूलने में मदद मिली।

IV

जिस तेंदुए ने गांव को गम और दहशत के माहौल में डुबो दिया था, वह शायद वही न हो जिसने शेरू को उठाया था। यह जानने का कोई तरीका नहीं था और इससे कोई फर्क भी नहीं पड़ता था, क्योंकि रात को आकर मंजरी गांव के लोगों पर हमले करने वाला तेंदुआ दूसरे जंगली जानवरों से कहीं ज़्यादा खतरनाक था। वह आदमखोर जो था।

कलम सिंह का नौ साल का बेटा संजय पहला बच्चा था जिस पर तेंदुए ने हमला किया।

कलम सिंह का घर गांव के आखिरी छोर पर धारा के बिल्कुल नजदीक था। दूसरे घरों की तरह, वह काफी छोटा सा घर था, बस ऊपर

एक कमरा और नीचे जानवरों का तबेला। और उसमें घर के बाहर से ऊपर जाने के लिए सीढ़ियां थीं। वह वहां अपनी पत्नी, दो बेटों (संजय छोटा वाला था) और नन्हीं सी बेटी बसंती के साथ रहता था, जो अभी तीन साल की थी।

V

संजय दूसरे बच्चों के साथ अपने पिता की गायों को पहाड़ी पर चराने के बाद घर ले आया था। वह एक जंगली साग भी लाया था, जिससे उसकी मां ने शाम के खाने के लिए एक बढ़िया सब्जी बनायी। शाम ढलने पर अपने घर के इकलौते कमरे के फर्श पर बैठकर उन्होंने खाना खाया, और जल्द ही सोने के लिए लेट गये। संजय दरवाजे के पास अपनी पसंदीदा जगह गुड़मुड़िया कर लेट गया, जहां उसे थोड़ी ताजी हवा मिलती थी। क्योंकि रातें भी गुनगुनी सी थीं, इसलिए आमतौर पर दरवाजा थोड़ा खुला छोड़ दिया जाता था। संजय की मां ने अंगारों पर राख डाल दी और जल्द ही परिवार में सब सो गये।

बिना किसी आहट दरवाजे की ओर बढ़ते और धीरे से धक्का देकर उसे थोड़ा सा और खोलने पर भी किसी को तेंदुए का पता नहीं चला। लेकिन अचानक हड़बड़ा कर बेतहाशा जूझने की आवाजें आने लगीं। संजय की दबी हुई पुकार और तेंदुए के गुर्राने की आवाज आपस में घुलमिल गयी थीं। कलम सिंह जोर से चिल्लाकर उठ खड़े हुए। तेंदुआ संजय को घसीटते हुए दरवाजे से बाहर ले गया था और अब उसे खींचकर सीढ़ियों से नीचे ले जा रहा था कि तभी कलम सिंह ने एक बड़े पत्थर से उसे मारना शुरू कर दिया। परिवार के बाकी लोग दहशत के मारे चीखे जा रहे थे, जिससे पूरे गांव में सब जाग उठे। कलम सिंह की मदद के लिए कई लोग आ गये और तेंदुए को खदेड़ दिया गया। लेकिन संजय बेहोश ही पड़ा था।

कोई लालटेन लेकर आ गया और बच्चे की मां ने जैसे ही अपने छोटे से बेटे को खून से लथपथ देखा तो वह चीख पड़ी। ऐसा लग रहा था मानो उसके सिर के एक तरफ का हिस्सा तेंदुआ खा गया हो। लेकिन वह अभी भी जिंदा था, और जब कलम सिंह ने खून बहने से

रोकने के लिए बच्चे के सिर पर राख का लेप किया, तो उसने पाया कि हालांकि सिर के एक तरफ खोपड़ी की खाल उधड़ चुकी थी, लेकिन हड्डी कहीं से नहीं टूटी थी।

'इसका रात भर जिंदा रहना मुश्किल लगता है,' एक पड़ोसी ने कहा, 'हमें सुबह इसे नीचे नदी तक ले जाना होगा।'

मरने वालों का अंतिम संस्कार हमेशा उस छोटी नदी के किनारे किया जाता था जो मंजरी गांव के पास से होकर बहती थी।

अचानक, तेंदुआ, जो अभी भी गांव में घूम रहा था, गुस्से और हताशा से गरजा, और गांव वाले घबराकर अपने-अपने घरों में चले गये, और रात के लिए खुद को अंदर बंद कर लिया।

संजय की मां रात भर बच्चे के पास बैठी उसे देखती रही और देख-देख कर रोती रही। भोर होते-होते वह कराहने लगा और उसके जी उठने के आसार दिखायी देने लगे। होश में लौटने की यह निशानी देख कलम सिंह मन पक्का कर के उठा और अपनी लाठी के लिए इधर-उधर देखने लगा।

उसने अपने बड़े बेटे को माँ और बहन के साथ रहने के लिए कहा, क्योंकि वह संजय को अस्पताल में डॉक्टर टेलर के पास ले जाने वाला था।

'देखो, यह कराह रहा है, और इसे दर्द हो रहा है,' कलम सिंह ने कहा,' इसका मतलब है कि इसके पास जीने का मौका है, अगर इसे फौरन इलाज मिल जाये।'

अपने हाथ में एक मजबूत लाठी और अपनी पीठ पर संजय को लेकर, कलम सिंह दो मील की कठिन पहाड़ी पगडंडी पकड़ कर केम्प्टी के अस्पताल के लिए रवाना हुआ। उसका बेटा, जिसके सिर पर खून से सना कपड़ा लिपटा था, बीच-बीच में कराह रहा था लेकिन पूरी तरह होश में नहीं था। आखिर में जब कलम सिंह अस्पताल के नीचे के आखिरी खेतों से ऊपर चढ़ रहा था, तब उसने डॉक्टर के पास ले चलने के लिए कहा, और अटक-अटक कर अपने साथ जो कुछ हुआ था उसके बारे में एक-एक बात बताने लगा।

डॉक्टर टेलर ने पाया कि यह एक भयानक चोट थी। सिर के करीब एक तिहाई हिस्से की हड्डी पर से मांसपेशियां हट चुकी थीं, और खोपड़ी के चारों ओर खाल उधड़ी हुई थी। जब उसके पिता ने उसकी कहानी सुनायी, तब डॉक्टर ने उसके घाव को साफ किया, मलहम-पट्टी कर दी, और फिर संजय को सेप्सिस से बचाने के लिए पेनिसिलिन का एक इंजेक्शन लगा दिया। बाद में, कलम सिंह लड़के को फिर से उठा कर घर ले आया।

VI

इसके बाद तेंदुआ कुछ वक्त के लिए वहां से चला गया। लेकिन मंजरी के लोग उसके ठिकाने के बारे में पता नहीं लगा सके। वे अंधेरा होने के बाद अपने घरों में रहते और अपने दरवाजे बंद कर के रखते। बिस्नू को स्कूल जाना बंद करना पड़ा, क्योंकि उसका साथ देने वाला कोई नहीं था और अकेले जाना खतरनाक था। इस बात से वह परेशान हो गया क्योंकि उसके सालाना इम्तिहान में कुछ ही हफ्ते बचे थे, और वह इस बीच स्कूल में जो कुछ पढ़ाया गया था, उसे याद करने में जुटा था। जब वह खेतों में चावल और मक्का की बुवाई में मदद नहीं कर रहा होता, तो वह एक शाहबलूत के पेड़ की छाया में बैठकर, कई बार खूब अच्छी तरह से इस्तेमाल की जा चुकी स्कूल की किताबों से पढ़ाई कर रहा होता था। उसके पास रामायण और ऐलिस इन वंडरलैंड के हिंदी अनुवाद के अलावा पढ़ने को और कुछ नहीं था। ये किताबें बिल्कुल ठीक-ठाक हालत में थीं, और अचानक जब-तब निकाल कर पढ़ी जाने लगती थीं, लेकिन आमतौर पर उसकी मां के बड़े से टीन के पुराने संदूक में ताले में बंद करके रखी जाती थीं।

संजय को कई रातों तक बुरे सपने आते रहे और वह चीख मारी कर रोते हुए उठ बैठता था। लेकिन बचपन का नया खून था इसलिए वह जल्दी ठीक हो गया। हफ्ता बीतते-बीतते वह खुद चलकर अस्पताल जाने लायक हो गया, लेकिन उसके पिता हमेशा उसके साथ जाते थे। हिम्मत खुल जाने के बाद भी कोई तेंदुआ साथ में जा रहे दो लोगों पर हमला करने से हिचकिचाएगा। अपने दुबले-पतले, छोटे से चेहरे और बड़े से पट्टियों से लिपटे सिर के साथ संजय को देखकर तरस आता था,

लेकिन वह ठीक हो रहा था और घाव भी ऐसा लग रहा था जैसे वह भर रहा हो।

बिस्नू अक्सर उसे देखने जाता था, और दोनों लड़के धारा के पास काफी समय साथ बिताते थे। कभी-कभी चितरू भी उनके साथ आ जाता था, और वे घर के बने जाल से मछली पकड़ने की कोशिश करते थे। वे अक्सर एक या दो महसीर मछली पकड़ कर घर ले जाने में कामयाब हो जाते थे। कभी-कभी, बिस्नू और चितरू उथले पानी में या धारा के किनारे उगी घास में कुश्ती लड़ते थे। चितरू चौड़े सीने, मजबूत टांगों और जांघों वाला एक गोल-मटोल सा लड़का था, और जब कभी उसने अपने वजन का फायदा उठाया तो वह बिस्नू के ऊपर चढ़ बैठा। लेकिन बिस्नू सख्तजान और चुस्त था और उसकी कलाई और उंगलियां बहुत मजबूत थीं। जब वह चितरू को सबक सिखाने का मन बनाता, तो बड़ा होते हुए भी वह चिल्लाने लगता और लड़ाई छोड़ कर चला जाता। संजय ऐसे खेलों में शामिल नहीं हो सकता था।

बहुत हट्टा-कट्टा तो वह कभी भी नहीं रहा था और उसके घावों को ठीक से भरने के लिए अभी उसे भरपूर आराम की जरूरत थी।

तेंदुआ एक हफ्ते से ज़्यादा समय से नहीं देखा गया था और मंजरी के लोगों को यह लगने लगा था कि वह पहाड़ के उस पार कहीं दूर या घाटी में नीचे कहीं चला गया होगा।

'मुझे लगता है कि मैं फिर से स्कूल जाना शुरू कर सकता हूँ,' बिस्नू ने कहा, 'तेंदुआ चला गया है।'

'इतना भी यकीन मत करो,' पूजा ने कहा,' इन दिनों पूरा गोल चांद है और रातों को चांदनी रहती है, शायद इसीलिए वह होशियारी बरत रहा है।'

'कुछ दिन रुको,' उनकी मां ने कहा, 'इंतजार करना बेहतर है। शायद तुम परसों जा सकते हो जब संजय अपने पिता के साथ अस्पताल जाएगा। तब तुम अकेले नहीं होगे।'

और इस तरह, दो दिन बाद, बिस्नू संजय और कलम सिंह के साथ केम्प्टी गया। संजय का घाव काफी ठीक हो गया था। हड्डी के ऊपर

जगह-जगह मांस पनप आया था। डॉक्टर टेलर ने उससे कहा कि अब वह हर तीसरे दिन के बजाय पखवाड़े में सिर्फ एक बार उन्हें दिखाने आ सकता है।

बिस्नू अपने स्कूल गया और नौटियाल जी के साथ उसके दोस्तों ने भी उसका गर्मजोशी से स्वागत किया।

'तुम्हें कड़ी मेहनत करनी होगी,' उसके टीचर ने कहा, 'तुम्हें दूसरों के बराबर पहुँचना होगा। अगर तुम चाहो तो मैं तुम्हें स्कूल के बाद अलग से कुछ समय दे सकता हूँ।'

'शुक्रिया, सर। लेकिन इससे मुझे देर हो जाएगी,' बिस्नू ने कहा। 'अंधेरा होने से पहले मुझे घर पहुँच जाना चाहिए, वरना मेरी मां चिंता करेगी। मुझे लगता है कि तेंदुआ चला गया है लेकिन कुछ भी पक्का नहीं है।'

'ठीक है, तुम्हें जोखिम नहीं लेना चाहिए। 'जितना अच्छे से अच्छा कर सकते हो, जरूर करो, बिस्नू। कड़ी मेहनत करो तो जो कुछ पढ़ने से छूट गया है, उसे तुम जल्द ही पूरा कर लोगे।'

स्कूल के बाहर संजय और कलम सिंह उसका इंतजार कर रहे थे। सब साथ में मंजरी के रास्ते पर निकल पड़े और उन्हें रास्ते में डाकिया भी मिला। मेला राम ने कहा कि उसने सुना है कि तेंदुआ दूसरे जिले में चला गया है और डरने की कोई बात नहीं है। वह फिर से चिट्ठियां बांटने आने लगा था।

रास्ते में कुछ नहीं हुआ। लंगूर जंगल के अपने पसंदीदा हिस्से में लौट आये थे। जब मिट्टी के तेल की ढिबरी जलायी जा रही थी, तभी बिस्नू घर पहुँच गया। एक प्यारी सी मुस्कान के साथ पूजा उसे दरवाजे पर मिली।

'क्या तुम कड़े लाये?' उसने पूछा।

लेकिन बिस्नू फिर भूल गया था।

VII

बादलों की गड़गड़ाहट के साथ छींटे पड़े और तेज बौछार के साथ थोड़ी सी बारिश हुई, जिससे गांव वालों की समय पर मानसून

आने की उम्मीद जाग गयी। इससे क्रोकस जैसे थंडर लिली के गुलाबी फूल निकल आये, जो गर्मियों में बारिश की झड़ी लगने के तुरंत बाद पहाड़ियों पर उग आते हैं।

स्कूल से घर जा रहा बिस्नू बारिश में फंस गया। वह जानता था कि बारिश ज़्यादा देर तक नहीं चलेगी, इसलिए उसने एक छोटी सी गुफा में सिर छुपाने की जगह ढूंढ ली और समय बिताने के लिए, एक सींक की नोक से नम मिट्टी में संख्याएं गोद कर सवाल हल करने शुरू कर दिये।

जब बारिश थम गयी, तब वह गुफा से निकला और रास्ते पर चल पड़ा। वह जल्दी में नहीं था। बारिश की वजह से हर चीज से अच्छी लगने वाली ताजगी की महक आने लगी थी। गीली मिट्टी से जमीन पर गिरी हुई चीड़ की सींकों की गंध आ रही थी। बांज के पेड़ों की पत्तियां धुल कर साफ हो गयी थीं, और धीमी सी बयार में हिलते-डुलते हुए उनके नीचे की रुपहली रंगत झलक जाती थी। तरोताजा होकर जोश में आये परिंदों ने खूब जोर का शोर मचा रखा था। सबसे ज़्यादा शोर मचा रही थीं नीचे से चटक पीली रंगत वाली बुलबुल जो ब्लैकबेरी की झाड़ियों में फुदक-फुदक कर आपस में लड़े जा रही थीं। एक बसंता देवदार के एक पेड़ की बहुत ऊंची डाल पर बैठा तीखी आवाज और एक सुर में लगातार बोले जा रहा था। पहाड़ की तरफ से आया चटक हरे तोतों का एक झुंड हवा में गोता लगाने के साथ एक जंगली बेर के पेड़ पर उतर कर कच्चे फलों की दावत उड़ाने लगा। बारिश से लंगूरों की भी जान में जान आ गयी थी और वे एक पेड़ से दूसरे पेड़ पर उछल-कूद कर बिस्नू का स्वागत कर रहे थे।

वह बांज के जंगल से बाहर निकला ही था, कि उसने धीरे से मिमियाने की आवाज सुनी। तभी एक छोटा सा भूला-भटका बकरी का बच्चा उसकी ओर आया। बच्चा बाकी झुंड से बिछड़ा हुआ लग रहा था और उसके ठिकाने का कोई अता-पता नहीं था। लेकिन अभी तक उसे खो जाने का एहसास नहीं था। वह कूदता, फुदकता और छलांग मारता बिस्नू के पास आया और बिल्ली की तरह उसके पैरों पर अपना मुंह रगड़ने लगा।

'मुझे नहीं मालूम कि तुम किसके हो,' बिस्नू उस नन्हें जीव को थपथपाकर सोचने लगा,' बेहतर होगा कि तुम मेरे साथ घर चलो और जब तक कि कोई तुम्हें ढूंढता हुआ न आ जाये'।

उसे बच्चे को गोद में लेने की जरूरत नहीं पड़ी। वह लोगों के साथ रहने का आदी था और उसके बिल्कुल साथ-साथ चल रहा था। अब क्योंकि अंधेरा होने लगा था इसलिए बिस्नू थोड़ा और तेज चलने लगा।

वह बहुत ज़्यादा नहीं चला था कि उसे एक तेंदुए के रुक-रुक कर गुर्राने की आवाज सुनायी दी।

आवाज दाहिनी ओर वाली पहाड़ी से आ रही थी, और बिस्नू ने अंदाजा लगाया कि वह सौ से दो सौ गज की दूरी पर रहा होगा। वह चलते-चलते ठिठक गया और सोचने लगा कि अब क्या करना चाहिए। फिर उसने बकरी के बच्चे को गोद में उठा लिया और तेजी से खतरों से दूर यानी घर की ओर कदम बढ़ाने लगा।

तेंदुए के बोलने की आवाज फिर से आयी और इस बार वह काफी करीब से आती लग रही थी। अगर यह कोई आम तेंदुआ होता, तो यह जानने पर कि बकरी का बच्चा बिस्नू के साथ है, वह वहां से चला जाता। लेकिन अगर वह आदमखोर हुआ, तो वह लड़के पर हमला करने से नहीं हिचकिचाएगा, क्योंकि कोई भी आदमखोर इंसान से नहीं डरता। खोने के लिए समय नहीं था और दौड़ने में कोई खास फायदा नजर नहीं आ रहा था। बिस्नू ने आगे और पीछे दूर तक नजर दौड़ाई। जंगल उसके बहुत पीछे छूट चुका था और उसके आस-पास कुछ ही पेड़ थे। उसने एक स्प्रूस का पेड़ चुना।

हिमालय के स्प्रूस की शाखाएं बहुत नाजुक होती हैं और भारी वजन पड़ने पर आसानी से टूट जाती हैं। वे बिस्नू के दुबले-पतले शरीर का वजन सहने के लिए तो काफी मजबूत थीं। लेकिन यह मुश्किल था कि वह एक पूरी तरह बड़े तेंदुए का वजन सहन कर पायें। कम से कम बिस्नू को तो यही उम्मीद थी।

एक हाथ से बच्चे को पकड़ कर बिस्नू नीचे को झुकी एक शाखा को पकड़ कर उछला और पेड़ पर चढ़ गया। वह पेड़ पर चढ़ने में माहिर था। धीरे-धीरे लेकिन खुद पर पूरे भरोसे के साथ वह करीब

बारह फीट यानी पेड़ की आधी ऊंचाई तक चढ़ गया। गिरने का जोखिम उठाए बिना वह और ऊपर नहीं जा सकता था। वह बमुश्किल एक डाल के ऐंठे हुए जोड़ पर टिक कर संभल ही पाया था, कि लंबे डग भरता हुआ तेंदुआ खुले में आ गया। यह कोई होशियारी बरतते हुए लुका-छुपी वाले तरीके से अपने शिकार को धर दबोचने की कोशिश नहीं थी। वह आदमखोर था, इसमें कोई शक नहीं था। बिस्नू ने एक ठंडी कंपकंपी अपनी रीढ़ में दौड़ती महसूस की। उसे एक घबराहट सी घेरने लगी थी।

तेंदुआ सिर को थोड़ा सा आगे की ओर निकाले हुए उस खुली जगह में खड़ा हो गया। उसे इस तरह खड़े देखकर ऐसा लग रहा था जैसे वह कहीं दूर नहीं, नजरों से परे लेकिन पास ही में मौजूद किसी चीज पर आंखें गड़ाए है। लेकिन तेंदुए के साथ दूर का कम दिखने जैसी कोई बात नहीं थी। उसकी देखने और सुनने की ताकत बहुत तेज होती है।

बिस्नू पेड़ पर बिना हिले-डुले डटा रहा और उसने उन सभी देवताओं से मिन्नतें कर डालीं जिनके नाम उसे याद आते। लेकिन बकरी के बच्चे ने मिमियाना शुरू कर दिया। तेंदुए ने ऊपर देखा और जैसे सोच समझकर इतनी जोरदार दहाड़ मारी कि पेड़ पर मौजूद कोई भी जानवर खौफ खा जाये। तेंदुए की दहाड़ से सहम कर अपनी जगह पर पकड़ छूट जाने से कितने ही बंदर खूंखार जानवरों के चकत्तेदार सरदार के मुंह का निवाला बन चुके थे। आदमखोर तेंदुआ बिस्नू पर भी यही तरीका आजमा रहा था। हालांकि वह डर के मारे कांप रहा था, फिर भी बिस्नू ने स्प्रूस के पेड़ के तने को कस कर जकड़े रहा।

तेंदुए ने पेड़ पर छलांग लगाने की कोई कोशिश नहीं की। शायद, उसे इस बात का एहसास था कि वह उस तरह का पेड़ नहीं था जिस पर वह चढ़ सके। इसके बजाय, वह पेड़ से कुछ दूरी पर आधे गोले सा घेरा बनाते हुए एक ओर से दूसरी ओर आने-जाने लगा और इस दौरान वह बीच-बीच में बिस्नू की ओर भी देख लेता था। फिर वह झाड़ियों में गायब हो गया।

आदमखोर चालाक था। उसे यह उम्मीद थी कि लड़के का ध्यान हटेगा तो वह चूक जाएगा, और शायद उसे गया जान कर वह पेड़ से

नीचे उतर आये। क्योंकि कुछ ही पल बाद वह दबी सी गुर्राहट के साथ, वापस खुले में आ गया और फिर वहीं ठहर कर लड़के को कुछ हैरानी के साथ घूरने लगा। तेंदुआ अब हताश हो रहा था। उसने एक पुकार लगायी, और अपने आगे के हिस्से को ऊपर उठा कर पेड़ के तने पर अगले पंजे टिकाये, और किसी घरेलू बिल्ली की तरह छाल पर खरोंचे मारने लगा। तने पर खूखांर जानवर के पंजे के हर वार से पेड़ कांप उठता था।

बिस्नू मदद के लिए पुकार लगाने लगा। अभी चांद नहीं निकला था। नीचे मंजरी गांव में बिस्नू की मां और बहन दीया-बत्ती करके अपने दरवाजे पर खड़े बेचौनी के साथ रास्ते पर नजरें दौड़ा रहे थे। पूजा बीच-बीच में पीछे मुड़कर घर की छोटी सी घड़ी पर नजर डाल लेती थी।

तभी संजय के पिता नीचे खेत में दिखाई दिये। उनके हाथ में मिट्टी के तेल की लालटेन थी।

'दीदी,' क्या तुम्हारा बेटा अभी तक घर नहीं आया है?' उन्होंने पूछा।

'नहीं, नहीं आया है। हमें बहुत चिंता हो रही हैं। उसे एक घंटे पहले घर आ जाना चाहिए था। क्या आपको लगता है कि आज रात तेंदुआ इधर को आयेगा? आज चांदनी रात है।'

'बात तो सही है, लेकिन अभी एक घंटा और अंधेरा नहीं होने वाला है। मैं दूसरे कुछ लोगों को लेकर आता हूँ, और हम तुम्हारे लड़के के लिए पहाड़ पर ऊपर तक चढ़ाई करेंगे। हो सकता है बारिश से पहाड़ दरक गया हो। कहीं रास्ता ही न बह गया हो।'

'धन्यवाद, भैया। लेकिन हथियार लेकर जाना, कहीं वहां तेंदुआ हुआ तो।'

'मैं अपना भाला लेकर जाऊंगा,' कलम सिंह ने कहा, 'मैंने कसम खायी है कि जब भी वह शैतान मिलेगा, उसे भाला भोंक दूंगा। उस जानवर में किसी बुरी आत्मा का वास है और उसे खत्म कर दिया जाना चाहिए!'

'मैं आपके साथ चलती हूँ,' पूजा ने कहा।

'नहीं, तुम नहीं जा सकतीं,' उसकी मां ने कहा। बिस्नू के खतरे में होने से हम पहले ही परेशान हैं। तुम मेरे साथ घर पर रहो। यह काम मर्दों के हैं।'

'मैं उनके साथ सुरक्षित रहूँगी,' पूजा ने जोर दिया, 'मैं जा रही हूँ, मां!'

और वह मेड़ से कूदकर खेत में चली गयी और संजय के पिता के पीछे-पीछे चलते हुए गांव की गलियां पार करती गयी।

दस मिनट बाद कलम सिंह के घर के आंगन में कुल्हाड़ियों से लैस दो आदमी आकर उनके साथ शामिल हो गये और यह छोटा सा दल चुपचाप तेजी के साथ पहाड़ी पगडंडी पर आगे बढ़ता चला गया। पूजा लालटेन लेकर सब के बीच में चल रही थी। जैसे ही गांव के घरों की रोशनी पहाड़ की आड़ में चली गयी, लोग तेंदुए को डराने के लिए और खुद की हिम्मत बांधे रखने के लिए बीच-बीच में आवाजें लगाने लगे।

बिस्नू की मां ने बाहर वाला दरवाजा बंद कर दिया, और राहत और मदद की आस में गणेशजी की तस्वीर का रुख किया।

बिस्नू के पुकारने की आवाजें हवा के साथ पूजा और उसके साथ चल रहे लोगों के कानों तक पहुँच रही थीं, जबकि वे अभी भी उससे आधा मील दूर थे। खुद वह भी ज़्यादा जोर से आवाजें लगाने और उनकी आवाज सुनकर बिस्नू ने महसूस किया कि उसके कांपते शरीर में ताकत लौट आयी है। अपने लोगों के आने से उसकी हिम्मत इतनी बढ़ गयी कि वह तैश से खौंखियाते तेंदुए को बुरा-भला कहने लगा, और फिर गुस्से से बौखलाए जानवर पर टहनियां और छोटी शाखाएं तोड़-तोड़ कर फेंकीं। बकरी का बच्चा भी लड़के के चिल्लाने के साथ मिमियाने लगा, और परिंदे भी उनका साथ देने लगे। लंगूर भी अपनी कर्कश आवाज में चीखने और घुरघुराने लगे, और बिस्नू को खोजने निकले दल के लोग भी गला फाड़-फाड़ कर चिल्लाते रहे जबकि गुस्से से बौखलाया तेंदुआ दहाड़ें मारता रहा। जंगल में इतना शोर पहले कभी नहीं मचा था।

जैसे-जैसे बिस्नू की खोज में निकले लोग नजदीक पहुँचे, उन्हें तेंदुए की खूखार दहाड़ें साफ सुनाई देने लगीं, और इस डर से कि शायद उसने बिस्नू को पकड़ लिया है, वे जल्दी-जल्दी आगे बढ़ने लगे। पूजा तो दौड़ ही पड़ी।

'इतना आगे मत बढ़, लड़की,' कलम सिंह ने कहा, 'हमारे बीच रह।'

तेंदुए को भी अब लोगों के आने का पता चल चुका था, फिर भी वह पेड़ों के बीच उस खुली जगह में डटा रहा, सिर आगे को किये, अपने उसी पहले जैसे अंदाज में। ऐसा लग रहा था कि एक तेंदुए के लिहाज से लोग कुछ ज़्यादा ही थे। जब उस जंगली जानवर ने लालटेन की रोशनी को पेड़ों के बीच नाचते हुए देखा, तो उसने अपना रवैया बदल दिया। खीज और नफरत के साथ चीखते हुए गुर्राया, और पेड़ पर चढ़े लड़के की ओर एक और नजर डाले बिना झाड़ियों में ओझल हो गया। वह अभी तक अपना आखिरी दांव नहीं खेल पाया था।

VIII

नन्हीं बकरी को लेने के लिए कोई नहीं आया, इसलिए बिस्नू ने उसे अपने पास रख लिया। बकरी एक कुत्ते की जगह तो नहीं ले सकती, लेकिन बकरी का वह बच्चा कृष्ण की गैया की तरह हर जगह बिस्नू के पीछे-पीछे चला जाता था। बिस्नू भी उसके इस प्यार और अपनेपन से अनछुआ नहीं रहा। बिस्नू उसे नीचे धारा तक ले गया, जहां वह उथले पानी में इधर-उधर कूदता-फिरता था और किनारों पर उगी मीठी-मुलायम घास कुतर-कुतर कर खाता था।

जहां तक बिस्नू की जान लेने की अपनी कोशिश के बाद नाउम्मीद हुए तेंदुए का सवाल है, तो उसने दूसरे इंसान पर हमला करने से पहले बहुत ज़्यादा इंतजार नहीं किया।

वह चितरू था जो एक दोपहर तेंदुए और डाकिये के बारे में एक बिल्कुल नयी बात बताने के लिए बेचौन पगडंडी पर दौड़ता हुआ आया।

यह मानकर कि दिन के उजाले में पके काफल चुनने में कोई खतरा नहीं है, चितरू पगडंडी पकड़कर गांव से करीब आधा मील दूर निकल गया था, जहां जमीन पर पड़े मेला राम के डाक वाले थैले से उसका

पैर टकराया। खुद डाकिये का कोई नामोनिशान नहीं था। लेकिन खून की बूंदों का एक सिलसिला झाड़ियों की ओर ले जा रहा था।

एक बार फिर, कलम सिंह की अगुवाई में मर्दों का एक दल बिस्नू और चितरू को साथ लेकर डाकिये की तलाश में निकला। हालांकि उन्हें मेला राम के खून से सने कपड़े मिल गये, लेकिन वे उसका शव नहीं खोज सके। तेंदुए ने इस बार कोई गलती नहीं की थी।

कई हफ्तों बाद मंजरी को नया डाकिया मिल सका।

मेला राम के लापता होने के कुछ दिनों बाद एक बूढ़ी औरत अपने घर के खुले दरवाजे के पास सिर रखकर सो रही थी। उसे दरवाजा बंद करके अंदर सोने की सलाह दी गयी थी, लेकिन रातें गर्म थीं और वैसे भी बुढ़िया थोड़ा ऊंचा सुनती थी। आधी रात को, चांद निकलने से घंटे भर पहले तेंदुए ने उसका गला अपने जबड़ों में दबोच लिया। दम घुटने से निकली उसकी दबी सी आवाज से उसके बड़े बेटे की नींद खुल गयी और उसके शोर मचाने पर गांव के सब लोग जाग गये और भागते-दौड़ते आये।

तेंदुए ने बुढ़िया को घर से बाहर और सीढ़ियों से नीचे खींच लिया था, लेकिन जब गांव वाले अपनी कुल्हाड़ियों और भालों के साथ पहुँचे, तो उसे छोड़ दिया, और झाड़ियों में चला गया। बुढ़िया अभी भी जिंदा थी और लोगों ने बांस को बेलों से बांध कर एक कामचलाउ स्ट्रेचर बनाया और उसे लेकर पगडंडी पर चल पड़े। लेकिन वे अभी थोड़ी दूर भी नहीं पहुँचे थे कि उसे खांसी आने लगी, और उसके गले के भयानक घावों के कारण, उसके फेफड़ों ने काम करना बंद कर दिया और बुढ़िया की मौत हो गयी।

वह कृष्णपक्ष का अमावस्या वाला हफ्ता था जब महीने की सबसे काली रातें होती हैं।

बिस्नू ने सामने का दरवाजा बंद करके मिट्टी के तेल की लालटेन जलाते हुए कहा, 'सोचता हूँ कि आज रात वह तेंदुआ कहां होगा!'

तेंदुआ दूसरे गांव में शिकार की तलाश में था- सरू के गांव में।

एक महिला और उसकी बेटी शाम के समय तबेले में मवेशियों को सानी लगाकर निकले ही थे। लड़की घर के अंदर गयी थी और उसकी मां उसके पीछे-पीछे जा रही थी। जैसे ही वह कम ऊंचाई वाले दरवाजे से अंदर जाने के लिए झुकी, तेंदुए ने झाड़ियों में से छलांग लगा दी। किस्मत से, उसका एक पंजा दरवाजे की चौखट से टकराया जिससे हमले का जोर कमजोर पड़ गया वरना उस महिला की जान निकल गयी होती। जब उसने शोर मचाया, तो लोग चिल्लाते हुए आये और तेंदुआ भाग गया। महिला की पीठ पर उसके पंजों के गहरे खरोंचें थीं और वह बुरी तरह से घबरायी हुई थी।

अगले दिन गांव वालों का एक छोटा सा दल केम्प्टी में मजिस्ट्रेट के दफ्तर के सामने जमा हुआ और मांग की कि तेंदुए का कुछ किया जाये। लेकिन मजिस्ट्रेट दौरे पर थे और केम्प्टी में और कोई नहीं था जिसके पास बंदूक हो। नौटियाल जी ने गांव वालों से मुलाकात की और एक जाने-माने शिकारी को चिट्ठी लिखने का वादा किया लेकिन यह भी कहा कि शिकारी को आने में कम से कम पंद्रह दिन का समय लगेगा।

स्कूल न जा पाने की वजह से बिस्नू परेशान हो रहा था। ज़्यादातर लड़कों को तब ज़्यादा खुशी होती है जब स्कूल नहीं जाना पड़ता,

लेकिन जब आप पहाड़ों के एक दूरदराज के गांव में रह रहे हों, और पढ़ लिख कर दुनिया को देखना ही अकेला तरीका बचा हो, तब तो आप स्कूल जाने के लिए बेचैन रहते हैं, भले ही वह घर से पांच मील दूर क्यों न हो। बिस्नू के इम्तिहान को सिर्फ दो हफ्ते का समय था और वह उसी क्लास में नहीं रहना चाहता था, जबकि दूसरे बच्चों को अगली क्लास में भेजा जा रहा हो। इसके अलावा, वह जानता था कि वह कई सबक न पढ़ पाने के बावजूद पास हो सकता है। लेकिन उसे इम्तिहान तो देना ही पड़ेगा। वह उन्हें नहीं छोड़ सकता था।

जब वे शाम के खाने के बाद गिलास में गर्म चाय पी रहे थे तब पूजा ने कहा, 'मुंह क्यों लटका रखा है, भाई? एक बार बारिश शुरू हो जाते, तो शायद तेंदुआ यहां से दूर चला जायेगा।'

'इस साल बारिश में भी देर हो रही है,' बिस्नू ने कहा, 'इतनी गर्मी और खुश्की है। क्या हम दरवाजा नहीं खोल सकते?'

'ताकि तेंदुआ सीढ़ियों से नीचे घसीट ले जाये?' उसकी मां ने कहा, 'खिड़की खुली रखना भी खतरे से खाली नहीं है, दरवाजे की तो बात ही छोड़ो।'

और वह उस छोटी सी खिड़की के पास गयी जिसमें से बिल्ली भी मुश्किल से निकल पाती, और अच्छी तरह से उसकी चटकनी लगा दी।

लाचारी से एक गहरी आह भरते हुए बिस्नू ने जांघिया को छोड़कर अपने बाकी सारे कपड़े उतार फेंके और मिट्टी के फर्श पर पसर गया।

'हमें जल्दी ही उस दरिंदे से छुटकारा मिल जाएगा,' उसकी मां ने कहा, 'मेरा दिल कहता है। हमारी दुआएं बेकार नहीं जाएंगी, और तुम स्कूल जा सकोगे और इम्तिहान में पास होगे।'

अपने बच्चों को खुश करने के लिए, उन्होंने उन्हें एक हँसी-मजाक वाली कहानी सुनायी जो कभी उनकी दादी ने उन्हें सुनायी थी। यह एक बाघ, एक तेंदुए और एक भालू की कहानी थी, जिन तीनों को बरगद के पेड़ के खोखले तने में छिपे एक चोर ने खूब बेवकूफ बनाया था। बिस्नू नींद में था और बहुत ध्यान से नहीं सुन रहा था। कहानी खत्म होने से पहले ही वह सो गया।

जब वह उठा तो अंधेरा था और उसकी मां और बहन चारपाई पर सो रहे थे। वह सोचने लगा कि ऐसा क्या था जिससे उसकी नींद टूटी। उसे अपनी बहन के आराम से सांस लेने की आवाज और घड़ी की टिक-टिक सुनाई दे रही थी। बहुत दूर एक उल्लू ने हूक लगायी। 'कुछ अशुभ होने का इशारा,' उसकी मां ने कहा होता; लेकिन वह सो रही थीं और बिस्नू अंधविश्वासी नहीं था।

फिर उसने ऐसी आवाज सुनी जैसे कोई दरवाजे को खरोंच रहा हो। उसे लगा जैसे उसके सिर के बाल कड़े और खड़े हों। एक बिल्ली की तरह खरोंच कर रहा था, सिर्फ ज़्यादा जोर से। जब भी दरवाजे पर भारी से पंजे का बोझ पड़ता तो दरवाजा थोड़ा सा चरमरा जाता। बिस्नू भारी पंजे की दबी आवाज पहचान रहा था।

यह तो तेंदुआ है, बिना मुंह खोले वह मन ही मन बुदबुदाया, और पक्के फर्श पर बैठ गया।

उसने महसूस किया कि दरवाजा इतना मजबूत था कि तेंदुए के वजन को सह सके। और अगर वह शोर मचा दे तो वह गांव भर को जगा सकता था। लेकिन बहादुर से बहादुर आदमियों के लिए भी आधी रात का समय तेंदुए से निपटने का समय नहीं था।

कमरे के एक कोने में बांस की एक लंबी लाठी खड़ी थी जिसके एक सिरे पर नुकीला छुरा बंधा हुआ था, जिसे बिस्नू कभी-कभी मछली मारने के लिए इस्तेमाल करता था। घुटनों के बल रेंगते हुए कमरे के दूसरी ओर पहुँच कर उसने घर के बने भाले को पकड़ लिया। और फिर अलमारी पर चढ़कर वह रोशनदान तक पहुँच गया। वह अपने सिर और कंधों को खिड़की से बाहर निकाल सकता था।

'तुम वहां ऊपर क्या कर रहे हो?' पूजा ने कहा, जो कमरे में बिस्नू की हलचल की आवाज से जाग गयी थी।

'चुप रहो,' बिस्नू ने कहा, 'तुम मां को जगा दोगी।'

अब तक उनकी मां जाग चुकी थीं। 'वहां से नीचे उतरो, बिस्नू। मुझे बाहर से आती एक आवाज सुनाई दे रही है।'

'चिंता मत करो,' बिस्नू ने कहा, जो अब खुद दरवाजे के नीचे से अपना पंजा घुसाने की कोशिश में जूझ रहे उस जानवर को देख पा रहा था। मां और पूजा के जाग जाने के बाद अब खोने के लिए बिल्कुल समय नहीं था।

उसने भाले को रोशनदान से बाहर निकाल दिया था, और वह उससे तेंदुए के सिर पर वार तो नहीं कर सका, लेकिन उसने उसके नुकीले सिरे को उस जानवर के पुट्ठे पर पूरे जोर से दे मारा।

दर्द और गुस्से से गुर्राता हुआ आदमखोर सीढ़ियों से नीचे कूद गया और अंधेरे में गायब हो गया। यह देखने के लिए भी वह नहीं ठहरा कि उसे क्या चीज लगी थी। उसे पक्का भरोसा था कि कोई इंसान तो इस तरह से उस पर वार नहीं कर सकता, इसलिए वह डर गया और सीधे अपनी मांद की ओर भागा, और तब तक हूँकता-हुँकारता रहा जब तक कि उसका दर्द कम नहीं हो गया।

IX

तेंदुआ अपने आप में किसी पहेली से कम नहीं होता।

ऐसे मौके भी आते हैं जब वह खुद को तमाम जानवरों में सबसे चालाक जानवर साबित कर देता है, और फिर अगले ही दिन एक ऐसे जाल में खुद जाकर फंस जाएगा जिसके आसपास कोई गैरतदार सियार फटकेगा भी नहीं। एक दिन एक तेंदुआ खुद को निरा डरपोक साबित करते हुए कुत्तों के एक जोड़े से खरगोश की तरह बचकर भागेगा, और अगले ही दिन वह एक कैम्प फायर के आसपास बैठे आधा दर्जन लोगों के बीच कूद पड़ेगा और उन्हें बुरी तरह घायल करके छोड़ेगा।

ऐसा कम ही होता है कि कोई किसी तेंदुए को चौका दे, क्योंकि उसकी देखने और सुनने की शक्ति बहुत तेज होती हैं। वह आसपास की चीजों के बीच खुद को छुपा लेने के फन का भी उस्ताद होता है और उसकी चित्तीदार खाल इस काम में काफी मददगार होती है। इसे छिपने के लिए किसी घने जंगल की जरूरत नहीं होती। कुछ झाड़ियां और आसपास के पेड़ों से छनकर आती धूप और छांव इसे खुद को ऐसे गुम कर देने के लिए काफी है कि कोई भी इसे देख न पाये।

क्योंकि मंजरी वाले तेंदुए को बिस्नू ने बेवकूफ बनाया था, इसका मतलब यह नहीं कि वह एक बेवकूफ तेंदुआ था। इसका सीधा सा मतलब यह था कि वह थोड़ा लापरवाह था। और जानवर के साथ अपनी आधी रात की मुठभेड़ के बाद से बिस्नू और पूजा का खुद पर भरोसा इतना बढ़ गया था कि वे खुद थोड़ा लापरवाह हो गये थे।

पूजा घर के ऊपर आखिरी खेत की गुड़ाई कर रही थी और उसी खेत के दूसरे छोर पर बिस्नू अटारी पर सूखने के लिए डालने से पहले बांज की कई हाल की काटी शाखाओं के टुकड़े कर रहा था। दोपहर बीतने को थी और ढलते हुए सूरज की धूप छोटी सी धारा पर जगह -जगह ऐसे चमक मार रही थीं की आंखें चौंधिया जायें। यह दिन का एक ऐसा समय था जब कोई बेचौन और जान का जोखिम उठाने को तैयार आदमखोर ही लोगों के सामने आ सकता है।

अपने माथे से पसीना पोंछने के लिए एक पल रुककर, बिस्नू ने पहाड़ी की ओर देखा और उसकी नजर पहाड़ी की चोटी पर एक ऐसी चट्टान पर पड़ी जो उसे अंजान सी लग रही थी। जैसे ही वह कहीं और देखने वाला था, गोल चट्टान बढ़ने लगी और फिर उसका आकार बदल गया, और बिस्नू उसे देखते हुए कहीं खो सा गया था कि तभी उसे समझ में आया कि वह तेंदुए का सिर और आगे का हिस्सा था। जिस जगह से वह उसे देख रहा था, वहां से वह बहुत बड़ा लग रहा था और एक पल के लिए उसे लगा कि यह एक बाघ है। लेकिन बिस्नू ने सहज ही समझ लिया था कि वह आदमखोर है।

चौकन्ना जानवर धीरे से उठ खड़ा हुआ और एक बहुत बड़ी चट्टान के चारों ओर चक्कर काटने लगा। पल भर के लिए वह नजरों से ओझल हुआ तो बिस्नू ने सोचा कि वह वहां से चला गया। जब वह फिर से सामने आया तो लड़के के मन में फिर से हलचल मच गयी। बिना आहट किये बहुत धीरे-धीरे चलते हुए तेंदुआ चट्टान के एक सिरे से दूसरे सिरे पर उस जगह पहुँच गया जहां से ठीक सामने खेत के कोने पर पूजा काम कर रही थी।

तभी बिस्नू को समझ में आया कि तेंदुआ उसकी बहन को धर दबोचने की तैयारी कर रहा है, और वह हैरानी और खौफ से बुरी तरह

परेशान हो गया। तेंदुए का जो जादू उस पर छाया हुआ था, उसने खुद को उस जादू से आजाद कर लिया और जोर-जोर से चिल्लाते हुए आगे की ओर दौड़ पड़ा।

'भागो, पूजा, भागो!' उसने आवाज लगायी। 'वह तुम्हारे ऊपर पहाड़ी पर है!'

पूजा यह देखने के लिए मुड़ी कि बिस्नू किस बारे में आवाज लगा रहा है। उसने देखा कि वह अपने पीछे पहाड़ी की ओर इशारा कर रहा था, और समय रहते उसने भी देख लिया कि तेंदुआ उसकी ओर छलांग लगाने के लिए घात लगाये बैठा था।

बड़ी सूझबूझ के साथ उसने खेत की मेंड़ से छलांग लगा दी और सिंचाई के लिए खोदी गयी एक गूल में गिर गयी।

छलांग लगाकर हमला करने के बावजूद तेंदुआ अपने शिकार से चूक गया, चिकनी सतह वाली चट्टान से उसका पैर फिसल गया और वह पलटियां खाता हुआ पूजा से कुछ फीट की दूरी पर गूल में आकर गिरा। इससे पहले कि जानवर अपनी हैरानी से उबर पाता, बिस्नू अपनी कुल्हाड़ी घुमाते हुए तेजी से ढलान से नीचे उतरने के साथ चिल्लाता जा रहा था, 'मारो, मारो!'

दो आदमी खेत में दौड़ते हुए आये। वे भी कुल्हाड़ियों से लैस थे। बिस्नू के साथ मिलकर उन्होंने गुस्से से रह-रह कर गुर्राते हुए जानवर के आगे आधे गोले जैसा घेरा बना लिया। वह उनसे दूर हटने की कोशिश करता रहा और उनसे बचकर भागने के लिए उनकी ओर झपटा। पूजा पेट के बल घिसटते हुए गूल में ही आगे बढ़ रही थी। सभी आदमी अपनी कुल्हाड़ियां तेंदुए के सिर को निशाना बना कर चला रहे थे, लेकिन बिस्नू को इस बात की तसल्ली थी कि वह अच्छी तरह निशाना साध कर तेंदुए की आंखों के बीच अपनी कुल्हाड़ी से एक जोरदार वार कर पाया था। फिर जानवर ने उनमें से एक आदमी पर सीधे हमला बोल, उसे जमीन पर गिरा दिया और उसके गले को दबोचने की कोशिश की। तभी संजय के पिता अपना लंबा भाला लेकर आ पहुँचे। उन्होंने भाले के नुकीले सिरे को तेंदुए के गले में घुसा दिया।

तेंदुआ अपने शिकार को छोड़कर झाड़ियों में भाग गया, और उसकी गर्दन में फंसा भाला घास और झाड़ियों के बीच घिसटता चला गया और जमीन पर रह गये तेंदुए के खून के निशान।

सिर्फ घायल आदमी, जो जमीन पर लेटा हुआ था, उसे छोड़कर सभी ने बड़ी होशियारी से तेंदुए का पीछा किया, जबकि पूजा और दूसरी महिलाएं उसकी मदद के लिए दौड़ पड़ीं।

तेंदुआ धारा के बहाव की तरफ गया था और बिस्नू, संजय के पिता, और उनके साथियों को उसका पीछा करने में बिल्कुल भी मुश्किल नहीं हुई। जहां से तेंदुए ने धारा को पार किया था वहां पानी लाल था और चट्टानों पर खून के निशान थे। जब वे धारा के बहाव की ओर लगभग एक फर्लांग तक चले गये तो उन्होंने पाया कि तेंदुआ चारों पैर एक ओर करके पानी के किनारे पर पड़ा हुआ है। वह बुरी तरह से घायल था लेकिन वह गुस्साई हुई बिल्ली की तरह अपनी पूंछ लहराता रहा। फिर पूंछ का हिलना भी बंद हो गया।

'यह मर चुका है,' बिस्नू ने कहा, 'इस शरीर से यह अब कभी हमें परेशान नहीं करेगा।'

'अब हमें इसकी ओर से बेफिक्र हो जाना चाहिए,' संजय के पिता ने कहा और उन्होंने नीचे झुककर तेंदुए की पूंछ खींची।

उसने कुछ नहीं किया।

'यह मर चुका है,' कलम सिंह ने कहा, 'जिंदा होते हुए कोई भी तेंदुआ ऐसा अपमान नहीं सहता!'

उन्होंने मोटे बांस का एक लंबा सा टुकड़ा काटा और तेंदुए को उसके पैरों से उसमें बांध दिया। फिर, अपने दुश्मन को बांस पर उल्टा लटकाकर वे सब वापस गांव की ओर चल पड़े।

'आज रात मेरे घर पर दावत होगी,' कलम सिंह ने कहा। गांव के सभी लोगों को आना है। और कल हम लोग घाटी के सभी गांवों में जाकर उन्हें मरा हुआ तेंदुआ दिखाएंगे, ताकि वे फिर निडर होकर कहीं भी आ-जा सकें।

'हम इसकी खाल केम्प्टी में बेच सकते हैं,' उनके साथी ने कहा, 'इसके अच्छे दाम मिलेंगे।'

'लेकिन इसके नाखून हम बिस्नू को देंगे,' कलम सिंह ने उसके कंधों पर हाथ रखते हुए कहा, 'उसने आज मर्दों वाला काम किया है। वह नाखून का हकदार है।'

तेंदुए या बाघ के पंजे को फायदा पहुँचाने वाले ताबीज की तरह पहना जाता है।

'मैं सिर्फ तीन नाखून लूंगा, बिस्नू ने कहा। एक-एक मेरी मां और बहन के लिए, और एक खुद अपने लिए। बाकी आप संजय और चितरू और दूसरे छोटे बच्चों को दे सकते हैं।'

सूरज डूबने पर मंजरी गांव के बीचोंबीच एक बड़ी आग जलायी गयी और उसके इर्द गिर्द हंसते-गाते आसपास के लोग जमा हो गये। कलम सिंह ने अपने सबसे मोटे बकरे को काटा और किसी के लिए खाना कम नहीं पड़ा।

X

बिस्नू घर जा रहा था। उसने अभी-अभी अपना इम्तिहान का पहला पर्चा पूरा करके जमा कराया था। अंकगणित का पर्चा, जो उसे काफी आसान लगा था। कल बीजगणित का पर्चा होगा, और जब वह घर पहुँचेगा तो उसे वर्गमूल और घनमूल और भिन्नात्मक गुणांक के सवाल हल करने की तैयारी करनी होगी।

नौटियाल जी और क्लास में सब खुश थे कि वह इम्तिहान दे पा रहा था। तेंदुए के मारे जाने में उसके हिस्सा लेने की वजह से उसे एक हीरो के तौर पर देखा जा रहा था। जंगल की आग जैसी तेजी की तरह यह कहानी गांव-गांव में फैल गयी थी, और वही अब केम्प्टी कस्बे में फैल रही थी।

जब वह अस्पताल के पास से गुजरा तो वह मस्ती में सीटी बजाता चला जा रहा था।

डॉक्टर टेलर ने उसे देखकर अपने बरामदे की सीढ़ियों पर खड़े-खड़े हाथ हिलाया।

'संजय अब कसा है?' उन्होंने पूछा।

'अब ठीक है,' बिस्नू ने कहा।

'और तुम्हारी मां और बहन?'

'वे भी ठीक हैं,' बिस्नू ने कहा।

'क्या तुम नया कुत्ता पालने जा रहे हो?'

'मैं इस बारे में सोच तो रहा हूँ,' बिस्नू ने कहा। 'इस समय मेरे पास एक बकरी का बच्चा है, मैं उसे तैरना सिखा रहा हूँ!'

वह नीचे घाटी के रास्ते पर आगे बढ़ने लगा। काले बादल छा गये थे और बिजली की कड़क गूंज उठी थी। तूफान का आना तय था।

'ठहरो, मैं भी आ रहा हूँ!' रास्ते में बिस्नू के पीछे दौड़ते हुए सरू ने आवाज लगायी। उसके दूध के डोल आपस में टकरा रहे थे। जल्दी ही वह बिस्नू के बगल में उसके कदम से कदम मिलाकर चल रहा था।

'देखो, मुझे लगता है कि अब कुछ समय के लिए हमारे आसपास कोई और आदमखोर नहीं होगा,' उसने कहा,' केम्प्टी तक दूध न पहुँचा पाने की वजह से मैंने काफी पैसे का नुकसान उठाया है।'

'हम तब तक इस खतरे से बच सकते हैं जब तक कि कोई शिकारी किसी दूसरे तेंदुए को घायल न कर दे। आदमखोर की जांघ में गोली का पुराना घाव था। इसीलिए वह जंगल में शिकार नहीं कर पाता था।'

हिरनों की तेजी की वह बराबरी नहीं कर सकता था।

'क्या अब तक कोई नया डाकिया आया?'

'वह कल से काम पर आ रहा है। मेला राम का चचेरा भाई है।'

जब वे उस जगह पहुँचे जहां से उनके रास्ते अलग होते थे, तब तक हल्की बारिश शुरू हो चुकी थी।

'मुझे जल्दी-जल्दी चलना चाहिए,' सरू ने कहा। बारिश कभी भी जोर पकड़ सकती है।'

'मेरा भीगने का मन कर रहा है,' बिस्नू ने कहा,' मुझे यकीन है कि यह मानसून की बारिश है।'

बिस्नू अकेले ही जंगल में घुस गया और उसी समय ऐसी मूसलाधार बारिश होने लगी जिसके पार दिखाई देना बंद हो गया। तेज हवा में पेड़ झूमने लगे और लंगूर जोश में आकर जोर-जोर से आवाजें करने लगे।

जब बिस्नू सराबोर होकर जंगल से बाहर निकला तब भी बारिश हो रही थी। लेकिन जैसे ही मंजरी गांव नजर आया बारिश अचानक थम गयी। बादलों के बीच में पड़ी एक फांट से सूरज दिखाई दिया। पत्तियों और घास से एक ताजगी भरी मीठी महक आ रही थी।

अब बिस्नू अपनी मां और बहन को खेत में धान की रोपाई करते हुए देख सकता था। आदमी लोग खेतों की गाढ़े घोल जैसी पतली मिट्टी में बैलों को जोर से हांक रहे थे। जबकि बच्चे लकड़ी के पटरे पर खड़े होकर उसमें जुते बैलों की पूंछ पकड़े अजीब-अजीब आवाजें निकाल रहे थे जिससे बैल संकरी पट्टियों जैसे खेतों में सरपट दौड़ रहे थे।

बिस्नू को उनका साथ देने और खेतों में काम करने का मन कर रहा था। वह रास्ते से सीधे नीचे भागा, उसके पैर गीली धरती पर नरमी के साथ पड़ रहे थे। पूजा ने उसे आते देखा और उसके देखने पर हाथ हिला दिया। वह उससे मिलने के लिए खेत के छोर तक पहुँची।

'तुम्हारा आज का इम्तिहान कैसा हुआ?' उसने पूछा।

'अरे, वह तो आसान सा था।' बिस्नू ने हाथ बढ़ाकर उसका हाथ अपने हाथ में ले लिया और वे एक साथ खेत के पार चल दिये। पूजा ने अपनी उंगलियों से कुछ चिकना और सख्त सा टकराते हुए महसूस किया और इससे पहले कि वह देख पाती कि बिस्नू क्या कर रहा था, उसने पूजा की कलाई पर एक जोड़ी कड़े चढ़ा दिये।

'देखो मुझे याद रहा!' यह उसने इस अंदाज में कहा जैसे उसने कोई बड़ा काम पूरा कर दिया हो।

पूजा ने कड़ों को देखा और तपाक से बोली- 'लेकिन ये तो नीले हैं, भाई! और मुझे लाल और सुनहरे कड़े चाहिये थे!' और फिर, जब

उसने देखा कि उसे इस बात से ठेस लगी है, तो उसने जल्दी से बात पलटते हुए कहा- 'लेकिन ये भी बहुत प्यारे हैं, और फिर तुम्हें याद भी रहा! दरअसल ये लाल और सुनहरे कड़ों की तरह ही सुंदर हैं! काम निपटा कर जल्दी से घर आना। मैंने तुम्हारे लिए कुछ खास बनाया है।'

'मैं आ ही रहा हूँ,' बिस्नू ने घर की ओर मुड़ते हुए कहा, 'तुम क्या जानो, जब कोई पांच मील पैदल चलकर घर पहुँचता है तो उसे कितनी जोर की भूख लगी होती है!'

❑❑❑

23

जिंदगी बड़ी मीठी है, भाई!

टब्बी व्हिटमार्श नाइट, जिन्होंने हमें शिमला के बिशप कॉटन स्कूल में अंग्रेजी साहित्य पढ़ाया, हमेशा कहा करते थे कि एक अच्छा निबंध कार इस आसमान के नीचे पाये जाने वाली किसी भी चीज या मुद्दे पर कलम चलाने के काबिल होना चाहिए। चाहे वह चार्ल्स लैम्ब की तरह, जिनके पारिवारिक नाम का मतलब 'मेमना' है, के 'भुने मास' से लेकर 'नारंगी' (ए.ए. मिल्ने) या ई.वी. लुकास का 'दरवाजे पर लगी नाम की तख्ती' या फिर जे.बी. प्रीस्टले का लिखा 'कुछ भी न करने पर।'

बेशक, लैंब पक्के तौर पर निबंधकार थे, जो करीब-करीब पूरी तरह से इसी विधा में अपनी बात कह रहे थे। हास्य-व्यंग्य की पत्रि. का 'पंच' के लिए हास्य निबंध लिखने वाले सीधे-सादे मिलने एक सफल नाटककार और बच्चों के लेखक होने के साथ 'विनी द पूह' के रचनाकार भी थे। जे बी प्रीस्टली एक बहुत ही सफल उपन्यासकार और नाटककार होने के साथ रेडियो पर भी कार्यक्रम देते थे। उनकी सबसे ज़्यादा जानी-मानी रचना 'द गुड कम्पैनियन्स' (1929 में छपी लेकिन 1949 में स्कूल के लाइब्रेरी में पहली बार मेरे हाथ लगी) को मैंने हाल ही में लौटाया और उसे अच्छे हास्य और अच्छी भावनाओं जैसी खूबियों से भरा, हमेशा की तरह मजेदार पाया, जो खूबियां आज मुश्किल से देखने को मिलती हैं।

और ई. वी. लुकास की क्या कहें। भले ही अब भुला दिये गये हों, लेकिन अपने समय (बीसवीं सदी की शुरुआत) में एक कवि, निबंध कार, संकलनकर्ता, यानी कलम के धनी शख्स के तौर पर उन्हें खूब पहचान मिली थी! मेरी सबसे कीमती चीजों में से एक उनका एक छोटा

सा संकलन है जिसका शीर्षक है 'द ओपन रोड' और उपशीर्षक है 'ए लिटिल बुक फॉर वेफेयररर्स।' यह लावेंग्रो की जिन पंक्तियों से शुरू होता है उनके मायने कुछ इस तरह हैं:

'जिंदगी है प्यारी, भाई...

दिन और रात हैं, भाई, दोनों हैं प्यारे;

सभी हैं प्यारे; सूरज, चाँद, सितारे,

वैसे ही हवा में लहराते सरकंडे नदी किनारे।'

सच पूछो तो यह किताब काव्य और गद्य की एक ऐसी माला है, जिसे लोगों को खींच कर खुली हवा में लाने के मकसद से और एक बार बाहर निकल आने पर, उन्हें खुशी का एहसास कराने के मकसद से बनाया गया है। जब कभी मैं उदास हुआ, जब मैं थक सा गया या तनाव में रहा, तो मैंने अक्सर इसकी ओर रुख किया। हर हाल में आनंद देने वाला कोई पद या पंक्तियां मुझे न मिली हो ऐसा कभी नहीं हुआ। जॉन बरोज नाम के लेखक, जिनके बारे में मैं कुछ नहीं जानता, की 'द ऐप्पल' भी एक छोटी सी सुंदर रचना है:

'लड़का वास्तव में सेब खाने का सच्चा शौकीन है, और यह सवाल नहीं किया जाना चाहिए कि उसे यह फल कैसे मिल जाता है जिससे उसकी जेब भरी रहती है। सेब उसी के होते हैं, और अगर उसे किसी और तरह से न मिले तो वह सेब चुरा भी सकता है। उसका अपना रसीला मांस सेब के रसीले गूदे के लिए तरसता है। रस को रस खींचता है।

फल खाने से उसकी भूख का कोई रिश्ता नहीं है। चाहे वह बोटियों से पेट भर कर आया हो या उसने किसी भी तरह का मांस न खाया हो, सेब तो उसे हर हाल में चाहिये। सेब खाना उसे कभी बेतुका नहीं लगता- खाने से पहले या खाने के बाद। खेती-बाड़ी करने वाला लड़का दिन भर सेब चबाता रहता है।

'सेब सचमुच यौवन का फल है। जैसे-जैसे हम बूढ़े होते हैं हमारी सेब खाने की इच्छा कम होती जाती है। यह मनहूसियत की निशानी है। जब सड़क पर सेब खाते हुए दिखाई देने में शर्म आये; जब उन्हें जेब में रखा हो और हाथ बार-बार उन तक न जाये; जब तुम्हारे पड़ोस में सेब लगे हों, और तुम्हारे पास न हो, फिर भी रातों को उस बाग में न जाना; 'हाथ बढ़ाओ सेब तोड़कर खाओ' हो जब मुमकिन बात, फिर भी आग तापते हुए कटे सर्दियों की रात, तब मान लें आप यही, कि अब न दिल में रहा लड़कपन और न वैसी उम्र रही।'

यह छोटा-सा संकलन ऐसे ही नायाब नगीनों से भरा पड़ा है। काश, मैं तुम्हें अपनी कॉपी दे पाता, लेकिन मुझे पता है कि मुझे दूसरी कॉपी कभी नहीं मिलेगी; बहुत सब्र के साथ लंबे समय तक खोजने पर भी।

लेकिन सेब के बारे में, कुछ समय पहले मैंने प्रेम की छोटी बेटी डॉली के लिए कुछ लिखा था:

प्यारी डॉली, लड़की मुझको सबसे प्यारी,

बाग में पेड़ पर चढ़ती

तुम नजर आओ,

चुन-चुन कर डालों से तोड़ो सेब,

लाल-गुलाबी अलग छांट लो,

और मुझे दे जाओ!

□□□

24

खंडहर महल

राजपुर से मसूरी तक का वह पुराना रास्ता जिस पर कभी घोड़े-खच्चर चला करते थे, लगभग पांच हजार फीट की ऊंचाई पर फॉस्टरगंज से होकर गुजरता था। पुराने जमाने में पक्की सड़क बनने से पहले हिल स्टेशन तक जाने के लिए यही इकलौता रास्ता था। आप टट्टू पर चढ़ कर जा सकते थे, पैदल चल कर जा सकते थे, या आपको एक टोकरी में ले जाया जा सकता था (अगर आप बच्चे हों) या एक डूली में (अगर महिला या अपाहिज हो)। झूला, स्ट्रेचर और पालकी के बीच की, मिली-जुली चीज होती थी डूली- अगर आप इस तरह की चीज की कल्पना कर सके। दो लोग मिलकर इसका बोझ ढोते थे, जिनके पसीने छूट जाते थे। कभी-कभी वे अचानक आराम करने के लिए बैठ जाते थे, और बिना बताये आपको जमीन के हवाले कर देते थे। मेरे पास मेरी दादी की एक तस्वीर है जिसमें वह एक डूली में चढ़ी हुई हैं, और वह डरी-सहमी सी लग रही हैं। एक ऐसी घटना भी हुई थी जिसमें एक डूली, उसमें बैठने वाली और दोनों उठाने वाले, सभी फॉस्टरगंज से ठीक पहले एक चट्टान से फिसल कर नीचे खाई में गिरने से मर गये थे। उस बेचारी महिला और उसकी डूली को उठाकर चढ़ाई पर ले जाने वाले दो कुलियों के भूत कभी-कभी नजर आ जाते हैं।

जाहिर है, फॉस्टरगंज के अपने भूत हैं। और सच तो यह है कि उनकी ओर यूं ही ध्यान चला जाता है।

लिखना मेरा पेशा है, और मैंने हमेशा वास्तव में बड़े लोगों की कही इस बड़ी बात को मानने की कोशिश की है कि- 'पढ़ने में मन लगाएं ताकि शांत रह सकें और अपने काम पर ध्यान दें सकें।' लेकिन छोटे

शहरों में बसने वाले भारतवर्ष में हम लगातार दूसरे लोगों के कामकाज की ओर ठीक उसी तरह खिंचे चले जाते हैं जैसे वे हमारे मामलों की ओर खिंचे चले आते हैं। फॉस्टरगंज में ऐसा बहुत होता था। वहां कुछ ही लोग थे; काम को टालने का कोई बहाना नहीं था। लेकिन भुतहे घरों और परियों से भरे जंगलों की कहानियों में मेरी हमेशा दिलचस्पी रही है, और जब मैंने सुना कि राजपुर के बीच रास्ते में जो टूटा-फूटा महल पड़ता है, वहां अंधेरा होने के बाद जाने से बचना चाहिए, तो जैसे मेरे पैर कुदरती तौर पर शाम की सैर के लिए उसी तरफ बढ़ने लगे।

उसका नाम था फेयरी ग्लेन। उसे स्विस या फ्रेंच हवेली की तर्ज पर बनाया गया था, जिसमें कई बुर्ज और मीनार इमारत के अलग-अलग हिस्सों की शोभा बढ़ाते थे। कई छज्जे, मुंडेर, कंगूरे और खिड़कियों से भरी-पूरी एक फैलावदार दो-मंजिला इमारत, जिसकी बनावट में कई स्थापत्य शैलियों का घालमेल था, जिससे वह कभी महल तो कभी शादी का केक लगती थी। इसे इसके दिवंगत मालिक, नेपाल के पास एक छोटी सी रियासत रानीपुर के राजा के सनक की हद तक बढ़े शौक को पूरा करने के लिए बनाया गया था। इस सजीली इमारत को ठीक-ठाक हालत में बनाये रखना बड़ी भारी मुसीबत काम रहा होगा; और इसीलिए उनके आज के वारिसों ने इसे काफी हद तक नजरंदाज कर दिया था, क्योंकि कई जगह इसकी छत के हिस्से गायब थे, कुछ खिड़कियों में शीशे नहीं थे, दरवाजों में फांट आ गयी थीं, और जहां कभी बगीचा हुआ करता था वहां अब एक छोटा-मोटा जंगल सा उग आया था। ऐसा लगता था कि अब वहां कोई नहीं रहता, यहां तक कि कोई देखभाल करने वाला भी नहीं। मैं ढलवां लोहे के फाटक के पास से कई बार गुजरा था, लेकिन मुझे वहां किसी जीते-जागते शख्स का कोई नामोनिशान नहीं दिखाई दिया, एक बड़ी सी स्लेटी रंग की बिल्ली के सिवाय, जो एक टूटी हुई खिड़की के बाहर धूप सेंक रही थी।

फिर एक शाम राजपुर से फॉस्टरगंज की ओर जाते हुए मैं तूफान में फंस गया।

एक आंधी सी उठी थी, जो अपने साथ काले, घने बादलों को लेकर आयी थी। बारिश की मोटी-मोटी बूंदों के बाद पथरीले रास्ते पर ओले गिर कर उछलने लगे। बांज के पेड़ों के बीच से गुजरते हवा के

थपेड़ों से पत्तियां और छोटी शाखाएं लहरा रही थीं। मैं अभी फॉस्टरगंज बाजार से कुछ मील की दूरी पर था, और मुझे किसी पेड़ के साये में ठहरने का मन नहीं था, क्योंकि अंधेरे के आगोश में जा रहे आसमान को पल-पल में कौंधती बिजली रोशन करने लगी थी। तभी मैंने खुद को उस खाली पड़े महल के फाटक के बाहर पाया।

फाटक के बाहर एक पुराने ढंग की संतरी के खड़े होने की जगह थी। बरसों से कोई संतरी उसमें खड़ा नहीं हुआ था। बारिश से बचने के लिए वह एक अच्छी जगह थी। लेकिन मैं झिझक रहा था क्योंकि एक बड़ा सा परिंदा फाटक पर बैठा हुआ था, जो लगातार हो रही उस बारिश से बेखबर लग रहा था।

वह एक आम कौवे या पहाड़ी कौवे की तरह दिखता था, लेकिन इन दोनों से ही काफी बड़ा था - वास्तव में, एक कौवे से दोगुना बड़ा लेकिन हूबहू कौवे जैसा - और जैसे ही फिर से बिजली कौंधने से फाटक उजाले से नहाया, उसने एक पुकार लगायी और अपने बड़े से डैने फैला कर बांज के जंगल की ओर उड़ गया। मैंने ऐसा पक्षी पहले नहीं देखा था; उसे देख कर कुछ दाल में काला लग रहा था, जैसे वह किसी दूसरी दुनिया से आया हो। लेकिन वह चला गया तो मैं बिना किसी देरी के संतरी वाली जगह में घुस गया।

करीब दस मिनट तक मैं वहीं खड़ा-खड़ा सोचता रहा कि बारिश न जाने कब रुकेगी, और तभी मैंने किसी के सड़क पर दौड़ने की आवाज सुनी। जैसे ही वह पास आया, मैंने देखा कि वह एक लड़का था, शायद ग्यारह या बारह साल का; लेकिन अंधेरे में मैं उसके नाक-नक्श नहीं देख पाया। वह फाटक पर आया, कुंडा उठाया, और अंदर जाने ही वाला था कि उसने मुझे संतरी वाली जगह में देख लिया।

'कौन? आप कौन हैं?' उसने पूछा, पहले हिंदी और फिर अंग्रेजी में। वह कहीं से हैरान या परेशान नहीं लग रहा था।

'बस बारिश से बचने के लिए रुक गया था,' मैंने कहा। 'मैं बाजार में रहता हूँ।' उसने अपनी जेब से एक छोटी सी टॉर्च निकाली और मेरे चेहरे पर रोशनी डाली।

'हां, मैंने आपको वहां देखा है। सैलानी हैं?'

'लेखक। मैं कहीं जाता हूँ तो वहां रहता हूँ, यूं ही कहीं से होता हुआ गुजर नहीं जाता।'

'क्या आप अंदर आना चाहेंगे?'

मुझे हिचकिचाहट हुई। अभी भी बारिश हो रही थी और संतरी वाली जगह की छत बुरी तरह से टपक रही थी।

'क्या तुम यहां रहते हो?' मैंने पूछा।

'हां, मैं राजा का भांजा हूँ। मैं यहां अपनी मां के साथ रहता हूँ। अंदर आओ।' उसने मेरा हाथ पकड़ा और मुझे फाटक से ले गया। एक ग्यारह या बारह साल के बच्चे के लिहाज से उसका हाथ काफी मोटा और भारी था। आगे की सीढ़ियों और पुराने महल के दरवाजे की तरफ जाने के बजाय वह मुझे इमारत के पिछले हिस्से में ले गया, जहां एक खस्ताहाल खिड़की से फीकी सी रोशनी आ रही थी, और उसी के उजाले में मैंने देखा कि उसका चेहरा बिल्कुल तरोताजा और खुशनुमा था - एक ऐसा चेहरा जो अभी तक जिंदगी की जद्दोजहद से अनछुआ लग रहा था।

दरवाजा खटखटाने के बजाय उसने खिड़की को थपथपाया। 'सिर्फ अजनबी ही दरवाजे पर दस्तक देते हैं,' उसने कहा, 'जब मैं खिड़की थपथपाता हूँ, तो मेरी मां जान लेती है कि मैं ही आया हूँ।'

'तुम तो बड़े होशियार हो,' मैंने कहा।

उसने फिर से थपथपाया, और एक तरह का ढीला-ढाला, जमीन पर लिथड़ता हुआ गाउन पहने हुए कुछ ज़्यादा ही लंबी एक महिला ने दरवाजा खोला। उस जगह, उस पर वह गाउन अजीब सा लग रहा था। रोशनी उसके पीछे से आ रही थी, और जब तक हम कमरे में दाखिल नहीं हुए, तब तक मैं उसका चेहरा नहीं देख सका। जब वह मेरी तरफ घूमी, तो मैंने देखा कि उसके चेहरे के एक तरफ लाल रंग का एक लंबा सा कटे का निशान था। इसके बावजूद उसके रंग रूप में एक अबूझ खूबसूरती थी।

'जरा चाय तो बनाओ, मां,' लड़के ने कुछ बेरुखी से कहा, 'और कुछ खाने को भी देना। मुझे भूख लगी है। सर, क्या आप कुछ लेंगे?'

उसने मेरी ओर सवालिया निगाहों से देखते हुए कहा। मिट्टी के तेल की ढिबरी की रोशनी उसके चेहरे पर पड़ी। बड़ी-बड़ी आंखें, भारी से होठ, मुंह पर मुस्कुराहट; सिर्फ उसकी आवाज इतनी कम उम्र के बच्चे के लिहाज से कुछ ज़्यादा ही बड़ों जैसी लग रही थी। और वह बातें भी बड़ों जैसी करता था, और वह भी हैरान कर देने वाली नफासत के साथ।

'बैठ जाइये, सर।' वह मुझे एक कुर्सी तक ले गया। मुझे आराम से बैठाया। 'आप ज़्यादा तो नहीं भीगे हैं न?'

'नहीं, बारिश बहुत तेज होने से पहले ही मुझे बारिश से बचने की जगह मिल गयी थी। लेकिन तुम भीगे हुए हो, बेहतर होगा कि तुम कपड़े बदल लो।'

'मुझे कोई दिक्कत नहीं है।' और कुछ पल ठहरने के बाद बोला, 'माफ कीजिएगा, बिजली नहीं है। बरसों से बिलों का भुगतान नहीं किया गया है।'

'क्या यह जगह तुम लोगों की है?'

'नहीं, हम सिर्फ यहां देखरेख के लिए हैं। आप कह सकते हैं कि गरीब रिश्तेदार हैं। इस महल को लेकर कई साल से झगड़े चल रहे हैं। राजा और उनके भाई इसे लेकर लड़ते रहते हैं और इस बीच यह धीरे-धीरे ढहता जा रहा है। वकीलों की मौज है। मुझे लगता है कि मुझे इसी की पढ़ाई करनी चाहिए और वकील बनना चाहिए।'

'क्या तुम स्कूल जाते हो?'

'कभी-कभी।'

'तुम्हारी उम्र क्या है?'

'काफी है, मुझे ठीक से पता नहीं है। 'मां, मैं कितने साल का हूँ?' जब लंबी औरत चाय के प्याले और बिस्कुट से भरी तश्तरी लेकर लौटी तो उसने पूछा।

वह झिझकी, उसे हैरानी भरी नजरों से देखा। 'तुम्हें नहीं पता क्या? तुम्हारे प्रमाणपत्र पर लिखी है।'

'मुझसे प्रमाणपत्र खो गया है।'

'नहीं, मैंने उसे संभाल कर रखा है।' उसने उसकी ओर गौर से देखा, उसके कंधे पर हाथ रखा, फिर मेरी ओर देखकर बात को खत्म करते हुए कहा, 'यह बारह साल का है।'

हमने अपनी चाय खत्म की। अभी भी बारिश हो रही थी।

'सारी रात बारिश होगी,' लड़के ने कहा, 'आप यहीं ठहरते तो ठीक रहता।'

'इससे तुम लोगों को दिक्कत होगी।'

'नहीं, ऐसा नहीं है। कई कमरे हैं। अंधेरे की परवाह न हो तो। आइये, मैं आपको सब कुछ दिखाऊंगा। और इस बीच मेरी मां रात के खाने के लिए कुछ बना लेगी। बहुत सादा सा खाना, मुझे उम्मीद है कि आप बुरा नहीं मानेंगे।'

लड़का मुझे पुराने महल में हर ओर ले गया, अगर आप उसे अभी भी महल कहना चाहें तो। उसने एक शमादान में लगी बड़ी सी मोमबत्ती की रोशनी में मुझे आगे-आगे चलकर रास्ता दिखाया और मोमबत्ती की रोशनी में हमारे बड़े-बड़े साये दीवारों पर बनते-बिगड़ते रहे।

जब वह मुझे एक बैठक वाले कमरे में ले गया जहां बेहद सजावटी मेज-कुर्सी और दूसरी तमाम सारी यहां-वहां की चीजें भरी पड़ी थीं, तो मैंने पूछा, 'तुम्हारा नाम क्या है?'

'भीम,' उसने कहा, 'लेकिन सब मुझे लकी कहते हैं।'

'और क्या तुम लकी यानी खुशकिस्मत हो?'

उसने कंधे उचकाये, और बोला- 'पता नहीं...' फिर वह मुझे देखते हुए मुस्कुराया।

'शायद तुम्हारे आने से ही मेरी किस्मत खुल जाये।'

हम कमरे में आगे चले गये। बड़े-बड़े तैलचित्र दीवारों पर लटके हुए थे, और उन पर फफूंद लग रही थी। कुछ गुजरे जमाने के राजघ.

रानों के लोगों, राजाओं और रानियों के चित्र थे, जो सजावटी ताज-टोप, अजीब से कपड़े-पोषाक पहने हुए थे, गहनों से लदी महिलाएं - कपड़े कम और गहने ज़्यादा, और कभी-कभी उनके साथ बच्चे भी होते थे जो ऐसे लगते थे जैसे कपड़ों के बोझ तले दबे जा रहे हों। एक जवान की सिंहासन पर बैठे हुए तस्वीर थी जिसमें उसके होंठ एक कर्कश सी मुस्कान से ऐंठे जा रहे थे।

'मेरे नाना,' भीम ने कहा।

वह मुझे एक बड़े से सोने के कमरे में ले गया जहां चार-पाये के एक बड़े से पलंग ने काफी जगह घेर रखी थी जिसपर शायद कई शाही जोड़े सोये होंगे। लेकिन उसमें एक अजीब सा ठंडापन था और उस पर सोने का मन नहीं कर रहा था। फिर भीम ने एक अलमारी से एक बड़ी सी रजाई निकाली और मुझे भरोसा दिलाया कि गर्माहट के साथ वह काफी आरामदेह भी होगी, क्योंकि वह उसके नानाजी की थी।

'और तुम्हारे नानाजी की मौत कब हुई?' मैंने पूछा।

'अरे, पचास-साठ साल हो गए होंगे।'

'मुझे लगता है, इसी बिस्तर में।'

'नहीं, शिकार के दौरान गलती से उन्हें गोली मार दी गयी थी। इसे एक हादसा बताया गया। लेकिन उनके कई दुश्मन थे।'

'राजाओं के दुश्मन होते हैं... और यह शाही पलंग था!'

मुझे देखते हुए उसने शरारत भरी मुस्कान बिखेरी; जिसमें मासूमियत नाम की चीज नहीं थी। 'कई औरतें इसमें सोई थीं। उनकी कई रानियां थीं।'

'और रखैल।'

'रखैल कौन होती हैं?'

'ऐसी रानियां जिनके साथ गुपचुप ढंग से रहा जाता था, खुल्लम-खुल्ला नहीं।'

'हां, वो भी।'

तो ऐसा था दुनियादारी खूब समझने वाला बारह साल का वह लड़का। □□□

25

बस नाम का ब्रेन था

क्या फ्रैंक ब्रेन में कोई ऐसी खूबियां थीं जिनकी वजह से उसकी खामियों को नजरअंदाज किया जा सके? अगर थीं, तो उनका पता लग. ाना बहुत कठिन था। अगर अब तक ऐसा कोई आदमी हुआ है जो पूरी तरह से अपने आप में, और इंद्रियों के सुखों में डूबा हुआ था, तो वह फ्रैंक ब्रेन था। औरतों को पटाने का गुण था उसमें- उसने उन्हीं पर पैसा उड़ाया, उन्हें अपने चंगुल में फंसाया, और फिर उन्हें ठुकराया- लेकिन उसका कोई सच्चा दोस्त नहीं था, सिर्फ कुछ काहिल किस्म के लोग थे जो उसकी व्हिस्की पी-पी कर उसके डींग हांकने पर उसे सराहते थे। और इस तरह उसका डींग हांकना जारी रहा।

उसने अपनी कमाई को लेकर डींग हांकी; राजनीति से जुड़े लोगों से अपनी जान-पहचान को लेकर डींगें हांकी; वह उच्च वर्ग की उन महिलाओं के बारे में डींगें मारता था जिन्हें उसने अपने प्रेम-जाल में फंसाया था, और इन रिश्तों से पैदा हुए बच्चों के बारे में भी- जबकि कभी किसी ने नहीं देखा कि उसके भरोसे किसी की जिंदगी चल रही हो या फिर वह किसी को सहारा दे रहा हो।

फ्रैंक ब्रेन ने किसी और को तो नहीं बल्कि खुद को ही सहारा दिया।

और मैं उससे चिढ़ता रहा!

जबकि मुझे शुरू से ही उससे चिढ़ थी - तब से, जब उसने मुझे एक चॉकलेट दी थी और मुझे बाहर बगीचे में जाकर खेलने के लिए कहा था, क्योंकि उसे मेरी मां के साथ कुछ जरूरी बात करनी थी।

सात साल के बच्चे को इतनी आसानी से बेवकूफ नहीं बनाया जा सकता। मैंने बगीचे का चक्कर लगाया, थोड़ी सी चॉकलेट खायी, फिर बैठक की खिड़की पर चढ़ गया और कांच में से अंदर देखा। मेरी मां को फ्रैंक ब्रेन ने अपनी बांह के घेरे में लिया हुआ था, और उसके मोटे होंठ उनके कान से सटे हुए थे - बेशक कोई काम की बात चल रही थी।

मैंने उचक कर खिड़की के शीशे को जोर से थपथपाया और फिर झाड़ी में छिप गया। सामने का दरवाजा खुला और फ्रैंक ब्रेन जोर से बड़बड़ाते हुए बरामदे से बाहर निकल आया। दहलीज पर पड़े पावदान पर एक बिल्ली सो रही थी। उसने उसे लात मारी, फिर पीछे हटा और दरवाजा बंद कर लिया। मैंने कुछ मिनट इंतजार किया, फिर सामने के दरवाजे पर एक कंकड़ फेंका। ब्रेन फिर से बाहर आया, उसने वह सारे के सारे बेहूदे शब्द बोल डाले जो उसी की शब्दावली का एक बड़ा हिस्सा थे। किसी ऐसी जगह की तलाश में जहां उसे कोई परेशान न करे, बिल्ली लॉन के पार चली गयी।

फिलहाल फ्रैंक ब्रेन अपनी कार में सवार होकर कहीं चला गया है। वह दूसरे विश्व युद्ध की पैकर्ड कार थी, अपने मालिक की तरह बड़ी और दिखावटी, लेकिन जम कर पेट्रोल पीने वाली।

फ्रेंक ब्रेन का देहरा के उस घर में बार-बार आना-जाना लगा रहता था, जहां मैं और मेरी मां रह रहे थे, जबकि मेरे पिता रॉयल एयर फोर्स की ड्यूटी बजा रहे थे। उन्हें दिल्ली से कराची, कराची से कलकत्ता, कलकत्ता से सीलोन कहीं भी भेज दिया जाता था।

'माँ, मिस्टर ब्रेन हमसे मिलने क्यों आते रहते हैं?' मैंने एक दिन पूछा।

'क्यों, तुम उन्हें पसंद नहीं करते?'

'नहीं। वह मोटे और बदसूरत हैं और वह लगातार बदबूदार सिगार पिया करते हैं।'

'वह हमारी बहुत मदद करतें हैं। और वह तुम्हारे लिए तोहफे भी लाते रहते हैं।'

'मुझे नहीं चाहिये उनके तोहफे। पिताजी घर कब आएंगे?'

'जब जंग खत्म हो जाएगी- मुझे तो यही लगता है। अगले महीने शायद वह दिल्ली में होंगे। फ्रैंक ने हमें अपनी कार से दिल्ली ले जाने को कहा है। अच्छा रहेगा न?'

'क्या हम अपने आप नहीं जा सकते? दिल्ली के लिए ट्रेन है, है न?'

'वक्त आने पर देखेंगे।'

इस बीच फ्रेंक ब्रेन के दौरे और जल्दी-जल्दी लगने लगे। वह एक अमेरिकी कंपनी की कारें बेचा करता था जिसका दफ्तर दिल्ली में था, लेकिन उसकी एक शाखा देहरा में भी थी, और क्लेमेंट टाउन वाले घर में थीं उसकी एक पत्नी। ब्रेन ने हमें कभी अपने घर नहीं बुलाया, इसलिए हमने कभी उसकी पत्नी को नहीं देखा, लेकिन मेरी मां ने बताया कि वह अपना एक स्कूल चलाती हैं। और यह भी बताया कि मुझे जल्द ही पहाड़ के एक बोर्डिंग स्कूल में भेज दिया जाएगा।

दिल्ली का वह सफर यादगार रहा - वास्तव में मेरी सबसे पुरानी यादों में से एक है वह - और पिचहत्तर साल बाद भी मुझे दून के दूर-दूर तक फैले जंगलों के बीच से, शिवालिक की पहाड़ियों के बीच

संकरे दर्रे से होकर गंगा नहर के किनारे-किनारे कार का सफर अब भी अच्छी तरह याद है। अपनी पैकर्ड की स्टीयरिंग व्हील पर मिस्टर ब्रेन, हमेशा की तरह आत्मविश्वास से भरे हुए, उन बाघों की बातें कर रहे थे जिन्हें उन्होंने अपनी बंदूक की गोली का शिकार बनाया था और उन बड़े लोगों की भी जिनसे वह मिल चुके थे; मेरी मां उनके बगल में बैठी एक गोल टिन से अपनी पसंदीदा गोल्ड फ्लेक सिगरेट निकाल-. निकाल कर पीती रहीं। और मैं पीछे की सीट पर बैठा, रास्ते के नजारों को देखता रहा और उनकी एकतरफा बातचीत आधी सुनता और आधी अनसुनी करता रहा था।

जब हम भौंचक्के से खड़े चीतल के पास से गुजरे तो मैं चिल्लाया, 'देखो, चित्तीदार हिरन!' लेकिन फ्रैंक ब्रेन ने गाड़ी धीमी नहीं की; उनके पास सिर्फ बाघों के लिए वक्त था।

बहुत पीछे छूट गये उन दिनों में सड़कों पर ज़्यादा ट्रैफिक नहीं होता था; ज़्यादातर बैलगाड़ी और इक्के या तांगे होते थे जिन्हें टट्टू खींचते थे। गिने-चुने लोगों के पास ही मोटरकार थीं।

दोपहर के खाने के लिए हम सिंचाई विभाग के विश्राम गृह में रुके, और फिर मेरी मां और ब्रेन साहब ने रात भी वहीं बिताने का मन बना लिया। वह एक शांत जगह थी, बहुत ही आरामदेह, जहां सिर्फ चौकीदार और गांव के कुछ कुत्ते ही सेवा दे रहे थे। ब्रेन साहब आइसबॉक्स और व्हिस्की साथ लाये थे, और जैसे ही सूरज डूबा, सोडे की बोतलें पकापक खुलने लगीं और व्हिस्की बहने लगी ... मैं अकेले ही निकल पड़ा, नहर के किनारे बने रास्ते पर टहलते हुए आगे बढ़ता गया, पानी को बड़े मजे में हौले-हौले आगे को बहते हुए देखता रहा। किनारों पर ऊंची-ऊंची झाड़ियां उगी हुई थीं।

एक आम के पेड़ से तोते निकल कर उड़े। कुछ सीढ़ियों के पक्के घाट की सबसे नीचे वाली सीढ़ी पर एक धोबी कपड़े धो रहा था- उन्हें पत्थर की सिल्ली पर जोर-जोर से पटक-पटक कर, ऐसा लग रहा था जैसे उन्हें तार-तार कर देना चाहता हो।

जब मैं रेस्ट हाउस लौटा तो अंधेरा हो रहा था। व्हिस्की की बोतल आधी खाली थी।

'तुम कहां थे?' मेरी मां ने पूछा।

'बस यूं ही आसपास में ही घूमने चला गया था।'

'ठीक है, तुम जब खाना चाहोगे, तुम्हारा खाना परोस दूंगी। और फिर तुम जल्दी सो जाना। गर्मी बढ़ने से पहले हम निकल चलेंगे।'

मेरा बिस्तर एक बड़े हॉल के बीच में लगाया गया था, जिसमें कई कमरों के दरवाजे खुलते थे। मिस्टर ब्रेन और मेरी मां ने सोने का कमरा खुद अपने लिए रखा था। ब्रेन ने बहुत सोच समझकर मुझे एक कॉमिक पढ़ने को दी थी। उसका नाम था 'द डैंडी,' और मैंने उसे दस मिनट में खत्म कर डाला।

मेरी मां ने अंदर आकर सभी दरवाजों को बंद कर दिया और बत्तियां बुझा दीं।

'मुझे यहां अकेला-अकेला सा लग रहा है,' मैंने कहा।

'यहां कोई खतरा नहीं है। चौकीदार बरामदे में सोता है। अगर तुम्हें किसी चीज की जरूरत हो, तो मुझे बुला लेना।'

मैंने सोने की कोशिश की लेकिन मुझे बगल वाले कमरे में फ्रैंक ब्रेन और मेरी मां बातें करते हुए सुनाई दे रहे थे। ऐसा लग रहा था कि एक और बोतल खोली गयी थी।

मैंने आवाज लगायी, और फ्रैंक ब्रेन ने दरवाजा खोला, तो सोने के कमरे की रोशनी के आगे उसकी बड़ी सी कद-काठी काले-काले साये जैसी दिखाई दे रही थी।

'क्या बात है?' उसने पूछा।

'पानी,' मैंने कहा, 'मुझे प्यास लगी है।'

मेरी मां मेरे लिए एक गिलास पानी ले आयीं।

'अब सो जाओ,' वह बोलीं।

लेकिन सोने के लिए आप खुद को कैसे मजबूर कर सकते हैं?

अपनी मां के खिलखिला कर हँसने की आवाज, फ्रैंक ब्रेन का किसी शराबी नाविक की तरह गा रहा थ, चौकीदार बरामदे में खांस

रहा था, और खिड़की के बाहर चिल्लाते सियारों का हूकना मुझे सुनाई दे रहा था।

मैंने अपनी मां को आवाज लगायी।

फ्रैंक ब्रेन बाहर निकले। 'तुम सो क्यों नहीं जाते?'

'मुझे प्यास लगी है,' मैंने कहा, 'और पानी चाहिए।'

वे मेरे लिए और पानी लाये, एक पूरा जग भर कर।

'अब सो जाओ,' ब्रेन ने कहा, 'वरना मैं तुम्हारी पिटाई कर दूंगा।'

मेरा गुस्सा भड़क उठा, 'मेरी पिटाई करने की कोशिश करोगे तो मैं तुम्हें मार डालूंगा!'

फ्रैंक ब्रेन सन्न रह गये। मेरी मां ने कहा 'ऐसे मत बोलो!' ब्रेन ने अपने हाथ खड़े कर दिये और हिंदुस्तानी में बुरा-भला कहना शुरू कर दिया (उस वक्त अंग्रेजी काफी नहीं लग रही होगी), और पैर पटकते हुए कमरे से बाहर निकल गये।

और आखिरकार गुसलखाने में टर्र-टर्र की रटन लगाये एक मेंढक की आवाज को सुनत-सुनते मैं सो गया।

दिल्ली में मैं एक बार फिर अपने पिता के पास पहुँच गया, और फिर कुछ साल उनके साथ वायु सेना की आवासीय इकाइयों या किराये के कमरों में रहा। उन्हें अपने साथ किसी बच्चे को रखने की छूट नहीं थी, लेकिन हालात को समझते हुए इस बात के लिए उनसे कुछ नहीं कहा गया।

मेरी मां कभी-कभार आती-जाती रहीं और आखिरकार मेरे माता-. पिता कानूनी रूप से अलग हो गये। जब मेरे पिता को एक दूसरे ठिकाने पर भेजा गया, तो मुझे भी पहाड़ के एक बोर्डिंग स्कूल में भर्ती करा दिया गया।

इसके बाद कई साल बीत जाने के बाद फ्रैंक ब्रेन को फिर से देखा। मेरे पिता की मृत्यु हो चुकी थी, मेरी मां ने एक छोटे शहर में कारोबार करने वाले से शादी कर ली थी, और मैं दिल्ली में एक अखबार के

लिए काम कर रहा था। एक बार जब मैं अपनी मां से मिलने गया तो फ्रैंक ब्रेन का जिक्र चला। मेरी मां की एक पुरानी सहेली जो उनसे मिलने के लिए आती थीं, ब्रेन की बीवियों या रखैलों में से एक निकलीं। उसने मन में भरी कड़वाहट के साथ शिकायत की कि वह उसे एक बड़ी होती हुई बेटी के साथ इस बात का राग अलापते हुए मझधार में छोड़ गया था कि वह उसकी औलाद ही नहीं है। जैसा कि जानकारी में आया है, अब वह एक औरत के साथ रह रहा था जो उसे पुराने शहर के एक घटिया होटल में मिल गयी थी।

हमेशा दूसरों के उलझे मामलों में दिलचस्पी लेने वाली मेरी मां ने उससे मिल कर आने का फेसला किया। मेरे लिए वह बुरी यादों जैसा था जिनसे अब मैं बहुत दूर आ चुका था, और मुझे उसे फिर से देखने का बिल्कुल भी मन नहीं था, लेकिन उन्होंने उसे यह कहने के लिए फोन किया कि वह मिलने आ रही हैं, और वह मुझे भी अपने साथ घसीट कर ले जाने में कामयाब रहीं।

वह वेस्ट पटेल नगर के एक ऐसे हिस्से के एक बंगले में रह रहा था जो कोई खास जाना-माना नहीं था। वह मुख्य सड़क से कुछ हट कर था, लेकिन फाटक के आगे से लोगों और गाड़ियों का जोर-शोर के साथ आना-जाना लगातार बना रहता था।

जाहिर है, जब आखिरी बार मैंने देखा था, तब से ब्रेन की उम्र बीस साल और बढ़ चुकी थी। उसका पेट उसकी बेल्ट के ऊपर से निकला पड़ रहा था; ठोड़ी उसके कॉलर पर आ टिकी थी; और वह करीब-करीब पूरा ही गंजा हो चुका था।

लेकिन बाकी शेखियां और डींगें पहले की ही तरह कायम थीं और वैसे ही झूठे अपनेपन के साथ उसने मेरी मां को गले लगाया, उन्हें चूमा, मुझसे हाथ मिलाया, और मुझे अपने बड़े से सोने-बैठने के कमरे में ले गया, जहां उन दिनों उसके साथ रहने वाली एक बड़े डबल बेड के सिरहाने पर कई तकियों का सहारा लिए पांव फैलाए बैठी थी।

वह शहर के पुराने हिस्से के एक बदनाम इलाके की औरत थी। उसका नाम खुशबू था, और वह पक्के तौर पर अपने नाम पर खरी उतरती थी, क्योंकि कमरे में चमेली की महक, गुलाब के इत्र और कई दूसरे इत्रों की तेज महक भरी थी। वह औरत किसी दबाव में रहने वाली

तो कहीं से नहीं लगती थी। वह फ्रैंक ब्रेन को अपने अंगूठे के नीचे, या अपनी उभार दार छाती की आड़ में जरूर रखती होगी क्योंकि वहीं उसका ज़्यादातर समय कटता था। काफी बेशर्मी से हँस-हँसकर उसने बूढ़े होते अय्याश का मजाक उड़ाते हुए उसकी थुलथुली ठोड़ी पकड़ कर हिलायी और जवानी ढलने के उलहाने देते हुए खूब खिंचाई की।

'मुझे सुबह पांच बजे तक इंतजार करना पड़ता है,' उसने हंसते हुए कहा, 'तब कहीं इससे कुछ करवा पाती हूँ!'

मुझे इस तरह के लोगों के बीच काफी शर्मिंदगी महसूस हो रही थी, लेकिन फ्रैंक ब्रेन को कोई फर्क पड़ता नजर नहीं आ रहा था, और ऐसा लग रहा था कि मेरी मां इस सब का मजा ले रही थीं। वह अपनी नयी साथी के साथ काफी खुश लग रहा था, और बार-बार उससे लिपटा जा रहा था, उसके हाथ पल भर भी ठहरे बिना लगातार उसके बदन पर फिर रहे थे। उसने ऐलान किया कि वह उससे शादी करने जा रहा है, लेकिन उसके मुंह से यह बात हम पहले भी सुन चुके थे। फ्रैंक ब्रेन के प्रेम प्रसंग और दीवानेपन के दौर कभी भी बहुत लंबे समय तक नहीं चले थे; लेकिन इसमें कोई शक नहीं कि अपने पेशे की इस मलिका के हाथों में वह खाली जगह भरने के मसाले जैसा था। और वह हल्के-फुल्के ढंग से ऐसा एहसास भी कराती थी जैसे वह उसे काफी पसंद करती हो।

लेकिन उसका असल काम था जेब का सफाया।

इस बात को साल भर हुआ होगा, जब मैं उस रास्ते से गुजर रहा था, तो फ्रैंक ब्रेन के घर के फाटक के बाहर ठहर गया। सोच रहा था कि वह अभी यहीं रहता होगा या नहीं। मुझे उस शख़्स को फिर से देखने का कोई खास मन नहीं था, लेकिन यूं ही जानने की खातिर। क्योंकि अंदर से रोशनी नहीं आ रही थी और जगह खाली-खाली लग रही थी। सामने के दरवाजे पर ताला लटका था। ऐसा लग रहा था जैसे वह कहीं और चला गया हो।

मैं आगे बढ़ने ही वाला था कि अगले घर के दरवाजे पर एक आदमी दिखाई दिया। 'क्या आप किसी को ढूंढ रहे हैं?' उसने पूछा।

‘मिस्टर ब्रेन,’ मैंने कहा, ‘क्या वह यहां से चले गये हैं?’

‘वह पिछले महीने चल बसे। मैं मकान मालिक हूँ। क्या आप कोई रिश्तेदार हैं?’

मुझे अचानक इस जानकारी से झटका तो लगा, लेकिन मैं हैरान नहीं हुआ। फ्रैंक ब्रेन ने जिंदगी भर अय्याशी और मौज मस्ती की थी।

‘बस एक जानने वाला हूँ,’ मैंने कहा, ‘उनकी मौत कैसे हुई?’

‘दिल का दौरा पड़ा होगा। वह कई महीनों से अकेले रह रहे थे, बीमार पड़ने पर उनकी देखभाल करने वाला कोई नहीं था।’

‘वह औरत कहां गयी, जो उनके साथ रह रही थी?’

‘बहुत पहले छोड़ गयी थी। उनका सारा फर्नीचर और कालीन लेकर चली गयी। मुझे लगता है कि उन पर उसका पैसा बकाया रहा होगा।’

‘क्या उनके मरने पर किसी को खबर दी गयी?’

‘खबर देने वाला कोई नहीं था। जब हमें पता चला तो उन्हें मरे हुए दो या तीन दिन बीत चुके थे। दरवाजा तोड़कर घर में घुसना पड़ा। पुलिस को खबर दी। उन्होंने उनकी चीजों को खंगाला, लेकिन कोई पता या फोन नंबर नहीं मिला। इसलिए उन्हें मुर्दाघर ले जाया गया। कुछ दिन वहीं रखा गया। लावारिस लाश की तरह।’

‘मुझे लगता है, फिर उन्होंने ही उनका अंतिम संस्कार कर दिया होगा।’

‘नहीं। लाश को शहर के मेडिकल कॉलेज भिजवाया गया। मेडिकल छात्रों को काट कर अन्दर की पढ़ाई के लिए लाशों की जरूरत होती है। लाशों की हमेशा कमी रहती है। उन्हें जो भी मिलती हैं उन्हीं से काम चलाते हैं– आमतौर पर भिखारी और बेघर आवारा लोगों की।’

फ्रैंक ब्रेन एक आवारा! यह एक दिलचस्प बात थी। और आ. खिरकार डॉक्टरों की पढ़ाई के काम आ कर शायद उसने समाज को कुछ न कुछ दे ही दिया था। शायद उसके दिमाग की जांच-पड़ताल से कुछ ऐसा पता चलता कि इंसान की फितरत इतनी अजीब होने की वजह क्या है; लेकिन मुझे इस बात पर भी संदेह था कि कुछ पता भी चलेगा या नहीं।

जैसे ही मैं उस उजड़े हुए खाली घर से आगे बढ़ा, पहले कभी सुने हुए गीत के बोल मेरे दिमाग में दौड़ गये:

न साथ है किसी का न सहारा है कोई,

न हम हैं किसी के न हमारा है कोई।

और इसी से फ्रैंक ब्रेन के बारे में सब कुछ साफ हो जाता है।

□□□

26

पुराना सूटकेस

मेरे सूटकेस की आत्मकथा कई मायनों में मेरी अपनी आत्मकथा है।

मैंने इसे चौनल आईलैंड्स के जर्सी में, 1952 में खरीदा था, और पैंसठ साल से भी ज़्यादा समय से इसने मेरी कई निजी चीजों को सहेज कर रखा- मोजे, कच्छे-बनियान, कमीज, पतलून; किताबें, कॉपियां, कागज, कलम, पासपोर्ट; और हाल के बरसों में (जब, अपने मालिक की तरह, इसमें भी टूट-फूट के निशान दिखाई देने लगे हैं): पुरानी हाथ की लिखी कहानियां वगैरह, तस्वीरें, अखबारों की कटिंग, प्रकाशक के अनुबंध-पत्र और जिन्दगी भर कागज पर कलम चलाने के बाद जमा हुआ कचरा रखने की जगह बना।

पिछले कुछ बरसों से सूटकेस मेरे बिस्तर के नीचे पड़ा था, और उसे ऐसे भुला दिया गया था कि उसके अंदर घुसने में कामयाब रही चुहियों ने पुराने अखबारों के बीच घोंसला बना लिया; और एक रात चुहिया के बच्चों- एक नहीं कई- की चीं-चीं से मेरी नींद खुल गयी। मैं उस परिवार को उस जगह से बेदखल करने ही वाला था कि मुझे वह वक्त याद आ गया जब मुझे अपने रहने के ठिकानों से बाहर निकाला गया था, इसलिए मैंने उन्हें कुछ दिनों की मोहलत दे दी - एक तरह से अदालत से मिलने वाले स्टे ऑर्डर की तरह - फिर उन्हें घोंसले समेत एक खाली गमले में डाल दिया, इस उम्मीद के साथ कि वहां भी उनका भला ही होगा।

सूटकेस का हाल बुरा था, लेकिन मैं उसे फेंकने के लिए तैयार नहीं था। पुराने दोस्तों को दरकिनार नहीं किया जाता। किया जाता है क्या? कुछ दोस्त हमेशा के लिए होते हैं और कुछ अच्छे वक्त के दोस्त होते हैं,

और इन दोनों में फर्क समझने में वक्त लग सकता है। पुराना सूटकेस मेरे पास इतने लंबे समय से था कि उसे हमसाया और हमदर्द दोनों कहा जा सकता था, और इसलिए मैंने उसे खुद से अलग नहीं होने दिया।

वह एक बहुत ही सस्ता सा सूटकेस था- जर्सी के उस वूलवर्थ स्टोर में मुझे जो सबसे सस्ता सूटकेस मिला, जब मैं अठारह साल का था और अपनी किस्मत आजमाने लंदन जाने को तैयार था। मैंने एक साल जर्सी में बिताया था। वहां अपनी बुआ के परिवार के साथ रह रहा था और जन स्वास्थ्य विभाग में जूनियर क्लर्क के तौर में काम कर रहा था। देर शाम मैं अपने छोटे से पोर्टेबल टाइपराइटर (जो एक नेकदिल

सीनियर क्लर्क मिस्टर ब्रोमली से लिये कर्ज की मदद से खरीदा था) पर बैठ जाता और उस उपन्यास पर काम करता था जो मैं उन दिनों लिख रहा था- वह उपन्यास जिसे 'द रूम ऑन द रूफ' बनना था; लेकिन

मैं लंदन जाना चाहता था, जहां प्रकाशक, लेखक और किताबों की दुकानें और थिएटर थे, और मैं उस सपने को पूरा करने के लिए अपने तीन पाउंड के साप्ताहिक वेतन में से कुछ न कुछ बचत कर रहा था।

मैं करीब बारह पाउंड की बचत कर चुका था जब मेरे फूफा जी के साथ मेरे झगड़े की वजह से वहां से जाने का फैसला मेरे ऊपर थोप दिया गया था। वह एक भले आदमी थे, लेकिन कुछ हद तक उसके सोचने के तरीके में एक अड़ियलपन था।

उन दिनों मैं डायरी लिखा करता था, और मैंने उसे दुछत्ती वाले कमरे में, जिसमें मैं काम किया करता था, वहीं टाइपराइटर के पास अपने डेस्क पर छोड़ने की गलती कर दी। जब मैं काम से बाहर गया, तब वह इधर-उधर खोजबीन करते घूम रहे थे, और उन्होंने मेरी डाय. री के वह हिस्से पढ़ लिये जिनमें मैंने उनकी तंगदिली और बिल्कुल चरमपंथी राजनीतिक विचारों पर नाराजगी जतायी थी। उन्होंने डायरी के साथ मुझे घेर लिया। उन्होंने मुझे एहसान फरामोश और 'काली चमड़ी का दीवाना' (उन्हीं के शब्द हैं) कहा और यहां तक कि उनका घर छोड़ कर चले जाने का सुझाव तक दे डाला।

तो जाहिर है, मैंने उनका सुझाव मान लिया, जन स्वास्थ्य विभाग को एक हफ्ते का नोटिस दिया, और अपना सामान बांध लिया। जर्सी शहर मेरे लिए बेगाना हो गया था।

लेकिन मुझे एक सूटकेस चाहिए था - और वह भी सस्ता सा। मैं भारत से जो टिन का संदूक लाया था, वह इंग्लैंड में सफर करने लायक नहीं था, क्योंकि वहां आपको अपना सामान उठाने-ले जाने का काम खुद करना पड़ता है।

मुझे जो सूटकेस मिला वह बहुत हल्का था - एक किस्म के हार्डबोर्ड को मजबूती देने के लिए कुछ दूसरी चीजों से चिपका कर बनाया गया था - और मुझे उसके बहुत लंबे समय तक चलने की उम्मीद नहीं थी। लेकिन वह मेरी थोड़ी सी चीजों के लिए काफी था, और उसकी कीमत दो पाउंड और कुछ शिलिंग थी।

और इसलिए, अपने दाहिने हाथ में नया सूटकेस, और बायें हाथ में टाइपराइटर के साथ, मैं साउथम्प्टन जाने वाली फेरी पर चढ़ गया, और

आठ घंटे बाद खुद को लंदन जाने वाली ट्रेन में पाया - न नौकरी, न रहने का ठिकाना, और जिसके वक्त बेवक्त काम आने की उम्मीद थी, ऐसी इकलौती चीज थी मेरा आधा-अधूरा उपन्यास।

जर्सी की बर्फीली तूफानी हवाओं के बदले में मिला लंदन का कुहासा। उस बेरहम शहर में मार्च शायद सबसे उदासी भरा महीना होता है - बाहर कोहरा, और घर के अंदर लीक होने वाली गैस की गंध। लगातार हल्की फुहार। बोर्डिंग-हाउस के प्रवेश कक्षों के अंधेरे कोनों में एस्पिडिस्ट्रा के पौधे लगे हुए थे। सूरज तो पुरानी यादों जैसा हो गया था। भारत छोड़ने के लिए मैं खुद को कोसने लगा।

स्कूल के एक पुराने दोस्त ने करीब महीने भर तक मुझे अपने छोटे से कमरे में रखा। उसे खाना बनाने का शौक था, और कमरे में हमेशा तरी और मसालों की खुशबू भरी रहती थी। फिर मुझे एक नौकरी मिली और मिला अपना अलग कमरा। और मैं अपना टाइपराइटर और सूटकेस लेकर ग्लेनमोर रोड के एक बोर्डिंग हाउस में सीढ़ियों पर चढ़ कर एक छोटे से दुछत्ती वाले कमरे में रहने पहुँच गया।

वह छोटा सा कमरा मुझे जैसे खाने को दौड़ता था, लेकिन मैं दिन का ज़्यादातर वक्त सोहो के एक दूर के दफ्तर में काम करता था, टोस्ट पर राजमा या मीट के साथ दो सब्जी खाया करता था- जो कि एबीसी रेस्तरां में सबसे ज़्यादा परोसी जाने वाली चीज थीं। जब मेरे पास पैसे होते थे तो मैं सिनेमा देखने चला जाता था। उन दिनों हर कोई सिगरेट-. सिगार पिया करता था, और हॉल में छाये रहने वाले धुएं की वजह से स्क्रीन को देखना भी मुश्किल हो जाता था।

जब मैं ग्लेनमोर रोड छोड़कर हैवरस्टॉक रहने गया तो मेरे सूटकेस का वजन बढ़ गया- उन कुछ किताबों की वजह से जो पिछले दिनों मैंने एक-एक करके खरीदी थीं।

रात को मैं अपने उपन्यास पर काम किया करता था- सबसे पहले एक-एक पन्ना हाथ से लिखा, फिर उसमें सुधार करते हुए अपने छोटे से पोर्टेबल टाइपराइटर पर टाइप किया।

आंद्रे ड्वाश की फर्म में एक पार्टनर और मुझसे करीब पंद्रह साल बड़ी डायना ऐटहिल ने मुझसे दोस्ती की और मुझे कई बार रात के खाने के लिए अपने साथ ले गयीं। उन्होंने मुझे एक पुराना रेनकोट दिया – हम एक से कद के थे – और उनका एहसान मानते हुए मैंने उन्हें रस. ीली सब्जी बना कर उसका तरीका बताया। मुझे लगता है कि वह ठीक से बनी गाड़ी तरी वाली करी के बजाय स्टू जैसी पतली बन गयी थी, लेकिन जैसे-तैसे हम उसे भी खा-पी कर बराबर करने में कामयाब रहे।

फिर तीन दोस्त- सूटकेस, टाइपराइटर, और उभरता हुआ लेखक दक्षिण लंदन में टूटिंग चले गये।

टूटिंग क्यों गये?

दरअसल, मुझे वियतनाम की उस अनोखी लड़की से प्यार हो गया था। वह एक छात्रा थी और उसका नाम वु-फुओंग था, जिसका मतलब होता है 'हवा जैसी,' और वह सचमुच है हवा की तरह आयी और चली भी गयी।

उसका साथ बहुत अच्छा लगता था, और कई हफ्तों तक हमने कैंसिंग्टन गार्डन में कीऊ के कांच से ढके बगीचों में टहलते हुए और यहां तक कि ओपेरा में भी काफी समय बिताया। ओपेरा जाने का सुझाव मेरा ही था। इतने बड़े ओपेरा हाउस में सबसे सस्ती सीट सबसे पीछे थीं, और वहां हमे गाना-वाना ज़्यादा नहीं सुनायी देता था, यहां तक कि कारमेन के गाये झूमने को मजबूर कर देने टोरेडोर गीत भी नहीं, क्योंकि वह ग्रामोफोन रिकॉर्ड पर कहीं बेहतर लगते थे!

जून में एक दिन जब पानी बरस रहा था, तब हम सड़क पर भीड़ में शामिल हो गये, और महारानी एलिजाबेथ की शानदार सवारी को गुजरते हुए देखा। वू के पास एक सुंदर छाता था और मेरे पास डायना ऐटहिल का रेनकोट था, इसलिए हमें बारिश से कोई दिक्कत नहीं थी।

और फिर, अचानक वू ने मुझसे मिलना बंद कर दिया। उसने मुझे अपना नया पता दिये बिना अपना घर भी बदल दिया। मैंने उसका पता लगाने की कोशिश की, लेकिन कोई कामयाबी नहीं मिली। फिर मुझे

उसका एक नोट मिला जिसमें उसने कहा था कि वह हनोई में अपने घर लौट रही है। वियतनाम युद्ध अपने पूरे जोर पर था, और हनोई कम्युनिस्टों के कब्जे वाले इलाके का हिस्सा था। हो सकता है कि उस पर पश्चिम वालों से दूर रहने का दबाव हो। वैसे मैं कोई पश्चिमी वाला नहीं था, लेकिन उसके राजनीतिक आकाओं को यह कैसे समझ में आता? दिल टूट गया, मैंने टूटिंग छोड़ दियाख़ टूटिंग से मुझे नफरत हो गयी! ख़और फिर मैं बेलसाइज पार्क की ज़्यादा जानी-पहचानी गलियों की ओर लौट आया।

मैंने डायना को अपने दर्द के बारे में बताया - मैं भरोसे के साथ उससे दिल की बात साझा कर लिया करता था। वह मुझे महान वॉय. लिन वादक येहूदी मेनुहिन को सुनने के लिए सेंट पॉल कैथेड्रल ले गयी ताकि मेरा दिल हल्का हो जाये। वह एक दिल को छू लेने वाला एहसास था, और इसके लिए मैं लंदन का एहसान मानता हूँ कि मुझे बेहतरीन संगीत सुनने का मौका दिया।

एक दूसरे किस्म के संगीत ने मुझ पर कहर ढाया जब मैंने हाल ही में वेस्ट इंडीज से इंग्लैंड आये कुछ लोगों के साथ दोस्ती गांठी। उन्होंने मुझे ब्रिक्सटन (जेल के ठीक बगल में) के एक फ्लैट में एक कैलिप्सो पार्टी में बुलाया, और नाचने और मौज-मस्ती का सिलसिला भोर तक जारी रहा। बिना सोचे-समझे, मैंने उन्हें उनकी अगली पार्टी के लिए बेलसाइज पार्क में उस जगह बुलाया जहां मैं उन दिनों रह रहा था। यह जगह पहले वाली जगह से काफी बड़ी थी। पार्टी बेहद कामयाब रही। खूब रम बही। और उसके साथ ही नाचने का सिलसिला जुनून की हद तक पहुँच गया। पूरी इमारत अपनी नींव तक हिल गयी। और अगले दिन मेरे मकान मालिक ने मुझे वह जगह छोड़ने के लिए चौबीस घंटे का नोटिस दे दिया।

मैं अपना सूटकेस और टाइपराइटर सारे रास्ते ढो कर स्विस कॉटेज तक ले गया, जहां एक यहूदी मकान मालकिन (मेरी तीसरी यहूदी

मकान मालकिन) ने मुझ पर मेहरबानी करके मुझे रहने के लिए एक बड़ी सी खिड़की वाला अच्छा सा कमरा दे दिया, जहां कभी-कभी जब सूरज दिखायी देता था तब मुझे धूप सेंकने का मौका मिल जाता था। वह मुझे नाश्ता भी अच्छा दिया करती थी। लेकिन उसने मुझे कमरे में पार्टी न करने की हिदायत भी दे रखी थी। साथ ही किसी महिला के मिलने आने पर भी पाबंदी थी। दीवारों पर कोई कील वगैरह ठोकना या कुछ चिपकाना मना था। फटाक! अमेरिकी गायिका और अभिनेत्री अर्था किट टिक नहीं पायी और नीचे आ गयी।

मैं स्विस कॉटेज में काफी खुश था, लेकिन भारत से करीब चार साल दूर रहने के बाद मुझे लगने लगा था कि घर जाने का समय आ गया है।

'यहां तुम्हारे लिए कोई काम नहीं है,' मेरी मां मुझे आगाह कर चुकी थीं, 'और तुम लिख कर यहां बिल्कुल पैसा नहीं कमा पाओगे। बेहतर है इंग्लैंड में ही रहो।'

लेकिन इस बात से मुझे कोई फर्क नहीं पड़ा। घर वही जहां दिल लगे। और मेरा दिल तो अब भी देहरा की पहाड़ियों में लगता था।

काफी जद्दोजहद के बाद, डायना और आंद्रे डॉयशे ने मुझे मेरे उपन्यास के लिए पेशगी के तौर के पर पचास पाउंड का चेक दिया, जिसे छापने के लिए वह आखरिकार तैयार हो गये थे। उन दिनों पेशगी के तौर पर ऐसी ही रकम थी जाती थी। किताब छपने में तो अभी भी एक साल का समय था, लेकिन मुझे अब लंदन में बने रहने का मन नहीं था। सबसे सस्ते यात्री जहाज, एम. एस. बटोरी, जो कि एक पोलिश जहाज थाख्र से बॉम्बे का किराया चालीस पाउंड से कुछ कम था। मैंने एक टिकट खरीद लिया, जहां काम करता था वहां बताया कि एक हफ्ते बाद नौकरी छोड़कर जा रहा हूँ, डायना को उसकी तमाम मेहरबानियों के लिए शुक्रिया अदा किया, और एक दूसरा सूटकेस खरीदा।

इस नये सूटकेस की कीमत पुराने से ज़्यादा थी, और उसमें ऊपरी चमक-दमक तो खूब थी, लेकिन वह ज़्यादा चलने वाला नहीं था।

हार्डबोर्ड के सस्ते से सूटकेस ने पूरे लंदन में रहने की एक जगह से दूसरी जगह मेरा खूब साथ दिया था, और किसी अनचाहे आवारा कुत्ते की तरह मुझसे ऐसा जुड़ाव रखा, जैसे उसे पता हो कि कोई और उसे नहीं रखेगा।

एम. एस. बटोरी अपनी बदकिस्मती के लिए बदनाम था, और उसके रवाना होने से पहले ही उसके आधे कर्मचारियों ने ब्रिटेन में राजनीतिक शरण मांगी थी। लेकिन उसका बार अच्छा था जिसमें पोलिश वोदका पीने को मिलती थी, और पूरे सफर के दौरान सिर्फ एक ही मुसाफिर पानी में गिरा।

जिब्राल्टर में मैं किनारे पर उतरा और एक हिंदुस्तानी कारोबारी से इत्र की कई शीशियां खरीदीं। मैंने सोचा, ये दोस्तों और रिश्तेदारों को देने के लिए बढ़िया तोहफा होगा। पोर्ट सईद में मैं शहर में गया और अपनी जेब कटवायी; अच्छा हुआ जो मैंने ज़्यादातर रकम पुराने सूटकेस में रखी थी। मैं अदन में बंदरगाह पर गया, और कुछ नहीं किया; वहां न करने के लिए कुछ था और न ही देखने के लिए। बंबई में मैंने अपने दोनों सूटकेस के साथ जमीन पर कदम रखा ही था कि कुछ जवान कस्टम अधिकारी मिल गये और उन्होंने सूटकेस खोलने के लिए कहा। मैंने वैसा ही किया, और उन्होंने मेरी इत्र की सब शीशियां ले लीं। इन्हें लाना मना है, उन्होंने कहा।

तो इस तरह स्वागत हुआ घर वापसी पर!

'वे उनका क्या करेंगे?' मैंने एक साथी मुसाफिर से पूछा।

'आज शाम को ही अपनी-अपनी महबूबा को दे देंगे,' उसने ऐसे बताया जैसे उसे सब कुछ पता था।

कम से कम उन्होंने मेरे टाइपराइटर को तो छोड़ दिया। और सूटकेस, टाइपराइटर, और मैं बिना किसी हादसे का शिकार हुए देहरादून पहुँच गये। मेरे पास किसी के लिए कोई तोहफा नहीं था, फिर भी मेरा स्वागत किया गया।

और इसी के साथ शुरू हुआ अगले तीन साल तक बिना किसी की नौकरी किये ताबड़तोड़ लिखने का सिलसिला! देश की हर पत्रिका और समाचार पत्र के लिए कहानियां, लेख, और जो कुछ छापने के लिए वे भुगतान करते थे, उनके लिए वह सब लिखा। इससे इतना जोर पड़ा कि छोटा सा टाइपराइटर टें बोल गया। उसका 'बी' अक्षर टूट गया; उसे ठीक नहीं करवाया जा सकता था, इसलिए मुझे सभी कुछ टाइप करने के बाद जहां कहीं 'बी' होता, उस जगह हाथ से 'बी' बनाना पड़ता था। कहानियों और लेखों पर तभी 'विचार किया जाता था जब वह टाइप किये हुए हों, इसलिए मेरे पास ऐसा करने के सिवा कोई चारा नहीं था। हर बार हालात को कोसते हुए, 'बी' अक्षर आते ही अंदर ही अंदर कुछ न कुछ बड़बड़ाता: 'हाय बी बड़ा बेदर्दी!' इतने सालों से लिखते हुए मैंने कभी भद्दे शब्द इस्तेमाल नहीं किये- जो कि अब मुझे करने पड़ रहे थे!

जहां मेरा टाइपराइटर काम के मारे बेहाल था, वहीं सूटकेस अपना काम करने के बाद मजे से आराम फरमा रहा था। उसे फिर तब इस्तेमाल किया गया जब मैं तीन या चार साल के लिए दिल्ली गया, और वह एक ऐसा दौर था जब अच्छा लिखने की सारी कोशिशों पर ग्रहण सा लग गया था। एक लेखक के तौर पर मेरे ऊपर अपने आसपास के माहौल का बहुत असर पड़ता है, और 1960 के दशक की दिल्ली (बल्कि, नयी दिल्ली) मेरे अंदर रचनात्मकता का रस पैदा करने में नाकाम रही।

अब सिर्फ एक ही काम करना बाकी था- सामान बांधो और पहाड़ का रुख करो।

यह एक समझदारी भरा कदम था भले ही इसमें आराम की गुंजाइश जरा कम थी। मकान मालिकान, टपकती छतें, दरकते पहाड़, और पानी की कमी जैसी किसी न किसी वजह से एक घर से दूसरे घर में जाना पड़ता था- मेपलवुड लॉज, वेसाइड कॉटेज (पुराने किपलिंग रोड पर), मॉल के पास वाला फ्लैट, फिर लंडौर के प्रॉस्पेक्ट पॉइंट तक चढ़ाई और फिर कुछ नीचे वापस आकर आइवी कॉटेज! पुराने सूटकेस से काफी काम लिया गया था, और अब उसे किताबें और कागजात रखने के लिए ज़्यादा इस्तेमाल किया जाता है। उसकी कुंडियों में जंग लग गया

जिससे सूटकेस को बंद करने के लिए मुझे एक लंबी रस्सी इस्तेमाल करनी पड़ती थी; लेकिन वह टूटा नहीं जबकि उसे सिर्फ मजबूती देने के लिए कई चीजों को हार्डबोर्ड यानी दफ्ती के साथ चिपका कर बनाया गया था।

कई साल तक वह मेरे पलंग के नीचे पड़ा रहा, और जब कभी मुझे कोई दिलचस्प पुरानी निशानी मिलती, किसी पुरानी पत्रिका या अखबार की शक्ल में, तो मैं उसी में आगे के लिए संभाल कर रख देता था। मेरे पास जमा चीजों में 1926 का मद्रास मेल एनुअल, क्वेटा भूकंप की तबाही की रिपोर्टिंग वाला द स्टेट्समैन (मुझे लगता है 1936 का), और लाइफ का वह अंक (1947) जिसमें आजादी के उस दौर में भारत में हो रहे बदलावों पर एक फीचर था। उसमें मेरी एक तस्वीर थी, जिसमें मैं शिमला के बिशप कॉटन स्कूल, जिसका उस लेख में 'ईटन ऑफ द ईस्ट' के तौर पर जिक्र किया गया था, के स्कूल चौपल में प्रार्थना करते हुए भोला-भाला सा नजर आ रहा था। मुझे लगता है कि उस तस्वीर के लिए मुझे कुछ हद तक इसलिए चुना गया क्योंकि मैं फरिश्ते सा दिख रहा था और कुछ इसलिए क्योंकि मैं स्कूल में बाकी बचे मुट्ठी भर अंग्रेज दिखने वाले लड़कों में से एक था। लेकिन जब मैं तेरह साल का था, तब मुझ में फरिश्ते जैसा कुछ नहीं था, बिलकुल वैसे ही जैसे अब भी मुझ में फरिश्ते जैसा कुछ नहीं है।

कुछ समय में चुहियों ने सूटकेस को कुतर कर उसके अंदर जाने का रास्ता बनाने में कामयाबी हासिल कर ली और मेरी पुरानी यादों से जुड़ी चीजों के बीच अपने लिए एक छोटा सा घर बना लिया। चूंकि उन्होंने कोई ज़्यादा नुकसान नहीं किया, इसलिए मैंने उन्हें यूं ही छोड़ दिया- जियो और जीने दो हमेशा से मेरा उसूल रहा था।

फिर पिछले महीने एक जबरदस्त तूफान आया। खिड़की खुल गयी, उसका शीशा निकल गया, बारिश का पानी कमरे में आने लगा और सुबह तक सूटकेस में पानी ही पानी हो गया था। चुहियां पहले ही निकल कर भाग चुकी थीं, लेकिन कागज की हर चीज बर्बाद हो गयी थी और उन्हें फेंकना ही पड़ा।

सूटकेस को बरामदे में सूखने के लिए रख दिया गया था, लेकिन ऐसा नहीं लग रहा था कि अब वह कुछ रखने लायक हो पायेगा।

‘क्या मैं इसे फेंक दूं?’ मेरी पोती बीना ने पूछा, ‘इसका तो हर हिस्सा अलग हुआ जा रहा है।’

क्या आप एक पुराने दोस्त को सिर्फ इसलिए खुद से दूर कर सकते हैं क्योंकि वह अपाहिज हो गया है, और अब किसी काम का नहीं रहा है? चौंसठ साल से इस सस्ते हार्डबोर्ड के सूटकेस ने लगातार मेरा साथ दिया है, मेरी जद्दोजहद, मेरी कामयाबियों, मेरी नाकामियों, मेरी बेवकूफियों का गवाह रहा है।

‘नहीं, हम इसे फेंक नहीं सकते,’ मैंने कहा, ‘इसे टांड़ पर रख दो, और इसमें वह सब पेस्ट्री वगैरह रख दो जो मुझे नहीं खानी चाहिए, और चूहों को मौज-मस्ती करने दो!’

❑❑❑